Herzsprung Verlag

Impressum:

Alle handelnden Personen, Orte sowie die Handlung selbst sind frei erfunden. Mögliche Ähnlichkeiten mit Personen, Orten oder Situationen sind rein zufällig und nicht beabsichtigt.

Besuchen Sie uns im Internet:
www.herzsprung-verlag.de

Oberer Schrannenplatz 2, 88131 Lindau
Telefon: 08382/7159086
info@herzsprung-verlag.de

Erstauflage 2018

Lektorat: Melanie Wittmann
Herstellung: Redaktions- und Literaturbüro MTM
www.literaturredaktion.de

Coverfoto: Dajana Welz

Druck: MCP / Polen
Gedruckt in der EU

ISBN: 978-3-96074-020-9

Das Meer mit dir

Eine junge Frau entdeckt sich selbst ...
... und die Liebe zu einer Frau

ROMAN

LISA RADTKE

Herzsprung-Verlag

Prolog

Sarah,

ich hoffe, dass dich diese Zeilen erreichen werden. Ich habe sehr lange überlegt, ob ich dir schreibe. Unser Abschied war ja sehr frostig und bitte glaube mir, wenn ich dir sage, dass ich dir nie wehtun wollte. Die Zeit, die wir miteinander verbracht haben, zähle ich immer noch zu den schönsten Momenten, die ich bisher erleben durfte.
Deine liebevolle Art und dein schwarzer Humor haben mich immer wieder strahlen lassen. Ich liebte deine schusselige Seite so sehr. Vor allem vermisse ich es nun, dieses Leuchten in deinen wunderschönen blauen Augen zu sehen. Du bist ein liebenswerter Mensch, was du mir immer wieder aufs Neue bewiesen hast. Ich bin froh, dass du ein Teil meines Lebens warst und es immer bleiben wirst.
Als ich dich damals auf dem Gnadenhof kennenlernte, war ich mir nicht sicher, wie ich mit dir umgehen sollte. Du hast den Tieren so viel Liebe und Aufmerksamkeit geschenkt und warst gegenüber anderen Personen kalt und distanziert. Ich brauchte eine Weile, um aus dir schlau zu werden, und begriff letztendlich, dass du nur zu deinem eigenen Schutz so warst. Niemand sollte dir wehtun.
Als du dich etwas geöffnet hattest und wir auch zusammen lachen konnten, nachdem Colorado die Zuckerwürfel aus deiner Tasche stibitzt hatte … für einen kurzen Moment konnte man hinter deine Fassade sehen und spüren, wie viel Wärme und Liebe in dir steckt, die du auch Menschen schenken kannst. Ich werde niemals unsere Strandbesuche vergessen, wie wir uns im Wasser bekriegt haben und uns danach in Handtücher eingewickelt den Sonnenuntergang ansahen.
Du bist für mich ein besonderer Mensch und ich hoffe, dass du mir verzeihen kannst. Ich wollte dir nie wehtun, als ich dir erzählte, dass ich nach Neuseeland gehen würde. Wie du vor mir standst und deine Augen sich mit Tränen füllten, hat sich in mein Gedächtnis gebrannt. Manchmal wache ich nachts auf und denke an dich. Du fehlst mir. Du hast dich damals einfach umgedreht und bist die Dünen hochgelaufen. In diesem Moment zersprang mein Herz in tausend Teile. Bitte, glaube mir, ich wollte dich niemals verletzen.
Ich sitze jetzt hier und verdränge meine Tränen, so gut ich kann. Es tut mir

unendlich leid. Vielleicht wirst du mir nie verzeihen können, aber ich hoffe, dass du jemanden findest, der dein Herz behütet und dich so lieben kann, wie du bist. Du bist eine wundervolle Frau, die sich selbst sucht und auch finden wird. Gib dir die Zeit, deinen Weg zu finden. Manchmal muss man auch durch die Welt irren, um sich über etwas klar zu werden.
Ich hoffe, dass du bis hierher gelesen hast. Ich würde mich freuen, wenn ich irgendwann eine Antwort von dir erhalte.

Ashlyn

Ich faltete den Brief zusammen und schob ihn zurück in den sorgsam beschrifteten Umschlag.

Kapitel 1

„Sarah, raus!" Ich hatte es geschafft. Innerhalb von einer Woche wurde ich nun das dritte Mal des Unterrichts verwiesen.

Ich schlenderte aus dem Klassenraum, wohl wissend, dass die Blicke meines BWL-Lehrers mir folgten. Er seufzte, als ich hinter mir die Tür schloss. Ich suchte etwas Kleingeld in meiner Hosentasche und fütterte den in die Jahre gekommenen Kaffeeautomaten damit.

„Na, stellst du einen neuen Rekord im Aus-dem-Unterricht-Fliegen auf?"

Ich schrak zusammen und drehte mich zu der Stimme um. Alice grinste mir breit entgegen. Verdammt, ich verlor mich schon wieder in ihre wundervollen grünen Augen, und das auch noch in Rekordzeit.

Hastig versuchte ich, ein Gespräch anzufangen. „Ähm, eigentlich nicht, Herr Fürst fand wohl nur meine Definition von Kaufverträgen nicht so supertoll. Zumindest kann ich jetzt in Ruhe einen Kaffee trinken, er wird mich wohl kaum zehn Minuten vor Unterrichtsende wieder reinrufen."

In Gedanken schlug ich mir mit der flachen Hand an die Stirn. *„Sarah, diese Erklärung war so sinnlos."*

Doch Alice schmunzelte. Wie süß sie dabei aussah mit ihrem leicht schief gelegten Kopf und den langen blonden Haaren, die sie zu einem lockeren Zopf gebunden hatte. „Du bist ein Rebell und das macht dich irgendwie liebenswert. Ich muss leider ins Sekretariat, Unterlagen für das Praktikum holen. Wir sehen uns." Sie bog um die Ecke und ich blieb mit meinem Kaffee in der Hand zurück.

Ich seufzte leise und grinste in mich hinein. Wie schaffte sie es, mich immer wieder sprachlos zu machen? Ich strich mir durch die Haare und lehnte mich an die Wand, während ich mir die Zunge am Kaffee verbrannte. Scheiße! Diese Frau hatte eine Wirkung auf mich, deren ich mir erst jetzt wirklich bewusst wurde. Energisch schüttelte ich den Kopf. Nein, das konnte nicht sein. Nur eine Frau hatte bisher so eine Wirkung auf mich gehabt.

Es klingelte zum Unterrichtsende und wenig später kam Sam aus dem Klassenraum herausgestürzt. „Sarah, ernsthaft, wenn du deine Ausbildung erfolgreich abschließen willst, musst du dir den einen oder anderen Kommentar verkneifen. Einen Kaufvertrag eine Selbstgeißelung zu nennen, war echt dumm. Hol deine Tasche, sonst verpassen wir den Bus."

Ich musste schmunzeln, während seine braunen Augen mich böse anfunkelten. Kaum einen halben Kopf größer als ich und ein wenig stämmig gebaut, aber sich wie ein Vater aufspielen, der viel zu früh von uns ging.

„Ja, Vati, ich geh ja schon." Ich wuselte zwischen den Leuten hindurch in den Raum und griff nach meiner Tasche.

In dem Moment erspähte mich Herr Fürst, nahm mich beiseite und fragte mich, ob ich Probleme hätte und darüber reden wolle. „Du warst doch sonst nicht so, Sarah. Wenn du Hilfe brauchst, komm gerne auf mich zu." Besorgt sahen mich seine grauen, müden Augen an. Scheinbar war auch er nicht so der Frühaufsteher. Ich verließ den Raum, ohne weiter darauf einzugehen.

Sam stand im Flur und zupfte nervös an seinem Ziegenbart herum. „Na endlich, ich dachte, du kommst nie wieder. Los, wir sind spät dran."

Die Berufsschule lag in einem abgelegenen Waldstück. Ich mochte die Ruhe, die der umliegende Birkenwald ausstrahlte. Schon als Kind hatte ich es geliebt, durch Wälder zu spazieren, verloren in meinen Gedanken und Gespräche planend, die niemals stattfinden würden. Ich war gern auf Bäume geklettert und die angenehme Stille hatte mich den Alltag für einen Moment vergessen lassen. Ich war zwar oft heruntergefallen, doch zu meinem Glück hatte ich mir nie was gebrochen. Schade eigentlich, dass ich so eine Erfahrung niemals hatte machen dürfen.

„Wollen wir in der Stadt noch einen Kaffee trinken gehen?" Sam riss mich aus meinen Tagträumen.

„Hm? Ja, klar, können wir machen. Coffee Unlimited?"

„Deal!"

Kapitel 2

„Ich will ans Fenster!", rief ich übertrieben kindisch, als ich mit Sam in den Bus stieg.

Er rollte mit den Augen. Selbst meine Mutter konnte es nicht ansatzweise so gut wie er. „Dann setz dich einfach ans Fenster und gib Ruhe. Der ganze BWL-Kram macht mich kirre im Kopf, so viel kann sich doch kein Mensch merken. Und ..."

„Sam, mach endlich Feierabend! Man könnte meinen, du lebst nur noch für deine Ausbildung zum Buchhalter." Ich nahm seine Hände und hob sie hoch in die Luft. „Einatmen", befahl ich ihm forsch.

„Willst du mich verarschen?"

„Einatmen!", wiederholte ich schroff. Genervt atmete er ein. „Braver Junge. Und jetzt ausatmen." Ich lächelte und ließ seine Arme wieder sinken.

„Oh, Sarah, ich wusste gar nicht, dass du Privatsitzungen zu Entspannungsritualen gibst." Alice saß hinter uns und lehnte sich zu uns nach vorne. „Bekomme ich eventuell auch ein paar Tipps zur Entspannung? Ich hab's momentan etwas im Nacken, weißt du. Die Bürostühle im Computerraum sind echt der Horror."

„Wo du es gerade sagst, Alice", grätschte Sam dazwischen.

„Du Arsch, halt die Klappe, ich will ihre angenehme Stimme hören, die mir eine Gänsehaut nach der anderen verpasst ..."

Sam wandte sich wieder mir zu. „Hast du schon deine Unterlagen für den Ergonomie-Vortrag vorbereitet?"

„Willst du eine ehrliche Antwort oder darf ich lügen?"

„Sarah."

„Nein, ich habe sie nicht vorbereitet."

„SARAH! Der Vortrag ist in zwei Tagen. Ich habe dir alle Themen, die du besprichst, geschickt. Mach das endlich fertig!"

Ich seufzte und strich mir die Haare aus dem Gesicht. Draußen schien die Sonne. Nur ein paar kleine Wolken waren am Himmel zu sehen. Meinen Strandspaziergang, den ich für heute Abend geplant hatte, konnte ich wohl vergessen.

Ich hörte, wie Alice leise lachte. Meine Lippen formten ein kleines Lächeln. Sie war schon anders als die anderen.

Als wir am Café ankamen, brauchte ich auf den Schreck erst mal einen großen Karamell-Macchiato, den ich mir sofort bestellte. Sam trank wie immer einen Milchkaffee. Ich hatte nie verstanden, wie man so was trinken konnte.

Dieses Café war etwas Besonderes. Die Stühle wurden durch alte, ausgestopfte Kaffeebohnensäcken ersetzt und die Tische waren alte Fässer, die neu lackiert worden waren. Es roch wundervoll nach frisch gemahlenem Kaffee und wir ließen uns auf die bequemen Sitzmöglichkeiten fallen. Zunächst besprachen wir noch einmal die Themen des Vortrags und ich versuchte, mir alles zu merken, damit ich zumindest eine halbwegs gute Note bekommen würde.

„Mach dir Karteikarten mit den wichtigsten Stichpunkten. Das wird dir sicherlich helfen. Du bist ja immer so aufgeregt, wenn es um Vorträge geht", schlug Sam vor, während er in seinem Milchkaffee herumrührte.

„Ich stehe halt nicht gerne im Mittelpunkt, auch wenn viele das Gegenteil behaupten. Ich erstelle heute Abend die Stichpunkte und schreibe sie mir morgen auf die Karteikarten." „Bitte versau es nicht, ja?"

„Ich gebe mir die größte Mühe." Ich quälte mich zu einem Lächeln und bezahlte. „Wir sehen uns morgen." Anschließend verließ ich das Café und kramte meine Kopfhörer aus meinem übervollen Rucksack. Ich mochte es nicht, ohne Musik irgendwohin zu gehen.

Ich wohnte nur 15 Minuten Fußmarsch vom Coffee Unlimited weg, doch heute ging ich besonders langsam. Mir ließ Alice' subtile Bemerkung einfach keine Ruhe. Es war schon so für mich schwer, in ihrer Nähe die Fassung zu bewahren. Ich mochte ihre langen, leicht lockigen, blonden Haare und ihre grünen Augen. Sie war ungefähr so groß wie ich, vielleicht ein wenig größer. Was aber noch viel schöner an ihr war, war ihr Charakter. Sie hatte eine liebevolle und warmherzige Art, gepaart mit Humor und Sarkasmus. Sie war smart. Sie war tollpatschig. Einfach eine liebenswerte Person.

Eigentlich hatte ich sie zum ersten Mal gesehen, als wir mit den Bürokaufleuten nach Schwerin gefahren waren, um uns den Landtag im Schloss anzusehen. Sie wirkte ein wenig verloren und unsicher zwischen ihren neuen Mitschülern. Sam war leider – oder Gott sei Dank – krank, sodass ich nicht mal mit ihm irgendwelchen Unsinn hätte machen können. Als dann endlich der Bus kam und ich mir einen Platz im Mittelfeld gesucht hatte – hinten saßen bereits die „Coolen", die sich lauthals über irgendwelche Bands unterhielten –, stand sie plötzlich vor mir. Schüchtern sah sie mich an und fragte mich, ob es in Ordnung wäre, wenn sie sich zu mir setzen würde.

„Klar", antwortete ich und räumte meinen Rucksack vom Nebensitz.

Lächelnd bedankte sie sich bei mir und kramte aus ihrer Tasche einen iPod und Kopfhörer hervor. Scheinbar suchte sie kein Gespräch, ich hatte auch nicht wirklich Lust, mich zu unterhalten. Ich hasste solche Fachexkursionen sowieso. Sie waren langweilig, eintönig und ich interessierte mich nicht dafür, was im Landtag passierte. Das Einzige, was für mich zumindest ein wenig interessant werden könnte, war der Schlossgarten. Vielleicht würde ich mich in irgendeiner ruhigen Ecke etwas entspannen können.

Obwohl die Fahrt nur eine knappe Stunde dauerte, lag irgendwann Alice' Kopf auf meiner Schulter, sodass ich sie in Ruhe mustern konnte. Ihre weichen Gesichtszüge waren wirklich schön, ihre Lippen erstrahlten in einem zarten Rot, das ich gerne geküsst hatte.

Sofort kräuselte sich meine Stirn. *„Sarah, was ist mit dir los? Wie kannst du nur so was denken? Lass das, dir wurde doch schon mal das Herz gebrochen, es würde dir nicht guttun."*

Vorsichtig weckte ich sie, indem ich ihr sanft über die Wange streichelte. Mein Gott, wie konnte man nur so weiche Haut haben?

Seufzend rieb sie sich die Augen und starrte mich ungläubig an. „Habe ich die ganze Zeit auf deiner Schulter geschlafen? Das war echt keine Absicht, es tut mir furchtbar leid", entschuldigte sie sich hastig und räumte ihren iPod zurück in ihre Tasche.

Ich grinste sie frech an. „Nun mach mal keine Welle, ist doch alles in Ordnung", winkte ich ab.

Sie lächelte mich an, bevor sie ausstieg. Auch ich verließ den Bus, der genau vor dem Schloss gehalten hatte. Schlanke tausend Jahre hatte das Gemäuer, in dem unser Landtag saß und irgendwelche Beschlüsse durchdrückte, bereits auf dem Buckel. Zahlreiche kleine Türmchen mit dunkelblauer Spitze ragten in den wolkigen Himmel empor. Über dem Reiter – Niklot I. –, der seinen Speer in die Luft reckte, befand sich die große Goldkuppel, die mich schon als kleines Mädchen beeindruckt hatte. Kaum zu glauben, dass dieses Gebäude einst eine Slawenburg gewesen war.

Wir trotteten in den Eingangsbereich, wo uns eine in Schwarz gekleidete Dame in Empfang nahm. Vor mir ging Alice, die von einigen Jungs umringt war und immer wieder mit plumpen Anmachsprüchen belästigt wurde.

„Hey, Püppchen, ich kann dir auch das Schloss zeigen und noch andere schöne Dinge, wenn du verstehst, was ich meine", raunte ihr der mit dem grauen Basecap grinsend zu.

„Kevin, halt einfach die Klappe, es kommt sowieso nur Müll raus", fuhr ich ihn augenrollend an. Wie ich es hasste, wenn jemand so niveaulos mit einer Frau sprach. Waren wir denn schon wieder in der Brunftzeit? Für mich war es der absolute Horror.

Alice drehte sich zu mir um und zwinkerte mir zu. Ich lächelte verlegen zurück und der Typ mit dem Basecap hielt auch tatsächlich die Klappe, als wir durch das Schloss geführt wurden. Ich hörte nicht zu, sondern trabte einfach nur hinterher.

Endlich war die Führung vorbei und wir durften uns frei bewegen. Schnell fand ich eine ruhige Ecke unter einer Weide am Ufer des Sees, der das Schloss einkesselte. Zumindest war es dort ruhig, bis die anderen Mitschüler dazukamen. Ich ging ein paar Meter weiter, wo sich eine alte Grotte befand, die aus unzähligen Felssteinen geformt war. Bei der drückenden Hitze brauchte ich ein wenig Schatten. Kurz zuckte ich zusammen, als ich bemerkte, dass dort noch jemand Schatten suchte. Alice. Ein wenig erschöpft sah sie zu mir hoch, als ich auf sie zuging.

„Das war echt fad", merkte sie an, bevor sie an ihrer Wasserflasche nippte.

Ich zuckte gleichgültig mit den Schultern. „Jetzt kommt ja der schöne Teil. Freizeit", entgegnete ich trocken und beobachtete, wie einige Wildenten am flachen Ufer vorbeischwammen. Ich setzte mich zu Alice auf den Boden. Gemeinsam verharrten wir in angenehmer Stille, bis ich Schritte hörte. Ich drehte mich um, um zu sehen, wer diese himmlische Ruhe störte.

„Hey, du musst Alice sein", ertönte eine aufgeregte Stimme, die zu einer androgyn wirkenden Person, die nun zwischen uns stand, gehörte. Alice lächelte sie an und nickte kurz. „Ich bin Chrisy", stellte sie sich vor und setzte sich zu uns. Ihre kleine, aber dennoch sportliche Statur und ihre verstrubbelten, kurzen, dunkelblonden Haare machten sie auf eine gewisse Art und Weise sympathisch, das schwarze Unterlippenpiercing gab ihr zudem einen frechen Touch.

„Moin", murmelte ich ihr zu. Eine solch offene Art war mir fremd. Gerne hätte ich weiterhin hier gesessen, doch irgendwie fühlte ich mich nicht mehr wohl und zog deshalb weiter durch den Schlossgarten. Einige Touristengruppen flanierten über die Kieswege, die sich um das prunkvolle Schloss herumschlängelten. Bei diesem Spaziergang verliebte ich mich regelrecht in das wundervolle Gemäuer, das im Stil der Neurenaissance gehalten war. Die sandsteinfarbene Fassade mit ihren filigranen Zinnen und Skulpturen verströmte zusammen mit den tiefblauen Spitztürmen schon fast französisches Flair. Man nannte das Schloss nicht umsonst Neuschwanstein des Nordens.

In einem gemächlichen Tempo schlenderte ich an der Statue von Friedrich Franz II. vorbei, hinein in den von schier endlosen Weidenbögen überspannten Wandelgang, der kühlen Schatten spendete. Dort ließ ich mich ächzend auf eine Bank fallen und schloss die Augen. Ruhe. Endlich.

Ich stieg in den Bus ein und warf noch mal einen letzten Blick auf das Schloss und den See. Schön war's, keine Frage. Gerne wäre ich noch geblieben und hätte mich weiter umgesehen, doch wir mussten wieder los. Schade eigentlich. Neben mir teilten sich Chrisy und Alice eine Sitzbank und unterhielten sich eifrig. Ich jedoch steckte mir meine Kopfhörer in die Ohren und lauschte den sanften Klängen von Philipp Poisel. Immer wieder sah ich zu Alice hinüber. Sie war eine sehr hübsche, attraktive Frau, die ich nicht aus meinem Kopf bekam. Zwischendurch lächelten mich ihre schönen grünen Augen an, in denen ich mich ein wenig verlor. Ich zog die Augenbrauen zusammen und schloss die Lider. Ich kannte sie doch gar nicht, wusste absolut nichts von ihr. Die Sonne strahlte mir ins Gesicht, während der Bus sich in den Verkehr einfädelte. Sie sprach mich nicht an, doch ich konnte ihre Blicke auf meiner Haut spüren und sie fühlten sich nicht mal unangenehm an.

Langsam tauchte ich aus meiner Erinnerung an die erste Begegnung mit Alice auf. Zu meiner Verwunderung dudelte in dem Moment eine Ballade durch meine Kopfhörer, von der ich nicht mal gewusst hatte, dass sie sich auf meinem Handy befand. Grinsend bog ich ins Wohnviertel ein. War das Schicksal? Wir wohnten in einem ruhigen Viertel, das gut an die Innenstadt angebunden war. Die schmalen Straßen waren voll mit kleinen Läden und Cafés, die von kreativen Köpfen geleitet wurden. Ich mochte diese Atmosphäre sehr und musste schmunzeln, als ich vor einem Laden eine Pferdekopfmaske auf der Treppe liegen sah. In keinem anderen Stadtteil fand man beispielsweise selbst gestrickte Mützen für die unzähligen Poller am Straßenrand. Ich konnte mir nicht erklären, warum man so was machte, aber es hatte Charme, gab den vielen ineinander verschachtelten Straßen ein einzigartiges Flair. Die alten Bürgerhäuser und Flachbauten mit ihren grazilen Giebeln und den unzähligen Graffiti zauberten mir immer wieder ein Lächeln ins Gesicht.

Ich kam an einem sonnenblumengelben Haus an und klingelte bei Fischer.

„Hast du schon wieder deinen Schlüssel vergessen?", seufzte meine Mutter genervt in die Gegensprechanlage.

„Ja", murrte ich zurück. Dämliche Frage, wieso sollte ich sonst klingeln? Die Tür surrte und ich stapfte in den zweiten Stock. „Warum bist du eigentlich schon zu Hause? Sonst bist du nie vor 17 Uhr hier", fragte ich sie, während ich meinen Rucksack in die nächste Ecke schmiss.

„Ich musste deinen Bruder von der Schule abholen, der hat die Noroviren. Bitte desinfiziere deine Hände immer, okay?"

„Marco, die Virenschleuder. Ja, mach ich. Was gibt es denn zu essen?", kommentierte ich schmunzelnd ihre Aussage.

„Ich habe dir einen Salat gemacht. So viel Pizza, wie du momentan in dich reinstopfst, ist ja nicht mehr normal. Irgendwann rollst du die Treppen hoch."

Ich sah an mir hinunter. Ja, ich hatte ein wenig zugenommen, trotzdem hatte ich eine sehr schlanke Statur. Als kleines Mädchen war ich schon recht schlank gewesen, egal, wie viel ich gegessen hatte, ich hatte kaum zugenommen. Na ja, damals hatte ich mich auch noch ein wenig gesünder ernährt als jetzt. Ich gab meiner Mutter einen Kuss auf die Wange, schnappte mir die Salatschale und ging in mein Zimmer. Es war sehr minimalistisch eingerichtet, aber es strahlte Wärme und Gemütlichkeit aus. An den Wänden hingen Plakate von meinen Lieblingsserien und Lieblingsbands. Man hätte denken können, hier lebte ein aufstrebender Rockstar. Aber es war ich und ich war absolut kein Rockstar, eher die Person, die die Ruhe genoss.

Ich stellte meine Schale auf den selbst gebastelten Tisch aus Treibholz. Er war ein Andenken an meinen verstorbenen Vater. Wir waren viel am Strand, Angeln oder Segeln gewesen, Hauptsache, am Wasser. Wir liebten das Meer und das Rauschen der Wellen. Wir sammelten Treibholz und bauten daraus alles Mögliche: Regale, Tische, Schränke. Irgendwann wurde er krank und erlag der Krankheit. Damals war ich acht. Die Ärzte wussten bis heute nicht, was für eine Krankheit das gewesen war.

Ich schaltete mein altes, in die Jahre gekommenes Radio ein. Leise dröhnte Rockmusik durch die Lautsprecher. Ich summte vor mich hin und startete meinen Computer. Gedankenverloren suchte ich die Mail von Sam heraus und staunte nicht schlecht, als ich bemerkte, dass es 14 Seiten waren. Beim Durchscrollen der Unterlagen stellte ich fest, dass das die 14 Seiten waren, die ich vortragen sollte. Ich seufzte und ging in die Küche, in der meine Mutter gerade putzte. Marco, mein kleiner Bruder, nahm soeben seine Medizin.

„Na, kleine Virenschleuder? Husch mal gleich wieder in dein Zimmer, sonst putzt Mutti noch die ganze Nacht", scherzte ich, aber der Witz kam bei Marco nicht gut an.

„Halt die Klappe, okay? Ich bin hier der Babo", maulte er mich an.

Die Pubertät musste grauenhaft sein, ich konnte mich zumindest nicht erinnern, dass ich so gewesen war. Marco wollte immer der Chef sein und wurde als Küken der Familie ohnehin stets bevorzugt. Das Resultat davon konnte man jetzt sehr gut erkennen. Sein Kleiderschrank bestand nur aus Markenklamotten und monatlich wechselte sein Lieblings-YouTuber beziehungsweise seine Lieblingsband. Wenn etwas nicht mehr taugte, warf man es weg. Einmal hatte Oma ihm einen selbst gestrickten Schal geschenkt und Begeisterung sah anders aus. Ich hatte noch nie so viel Ekel und Abneigung im Gesicht eines 13-jährigen Jungen gesehen. Babo heißt wohl Anführer oder Chef. Google weiß ja bekanntlich alles.

„Hey, Mutti, magst du mir einen Kaffee machen? Ich habe voll vergessen, den Vortrag für die Berufsschule vorzubereiten und muss jetzt in zwei Tagen 14 Seiten durcharbeiten“, bat ich. Sie nickte und wischte dabei die Arbeitsfläche ab. „Danke. Ich geh schnell duschen.“

Anschließend ging ich zurück in mein Zimmer, um frische Klamotten rauszusuchen, entschied mich dann aber doch für meine Schlafsachen. Ich ging ins Badezimmer und stieg in die Dusche, wusch mir den heutigen Tag vom Körper. Dabei musste ich immer wieder an Alice denken. Ich ließ das Wasser laufen, bis es mir eigentlich viel zu kalt war, was ich in diesem Moment jedoch gar nicht wirklich wahrnahm. Wieso musste ich nur immer wieder an sie denken? Was war los mit mir? Was ging in mir vor? Ich wusste, dass ich auf Frauen stand. Männer langweilten mich nur, obwohl ich einige Beziehungen gehabt hatte, die aber nie lange hielten.

Ich stellte das Wasser aus und stieg aus der Dusche. Ich erschrak kurz, als ich mich im Spiegel sah. Meine kurzen schwarzen Haare standen nach allen Seiten ab und meine blauen Augen sahen im kalten Licht des Badezimmers müde aus. Ich wickelte mich in mein Handtuch ein und bändigte meine Haare.

Das Klopfen meiner Mutter riss mich aus meinen Gedanken. „Sarah, beeil dich bitte! Es wollen noch andere unter die Dusche.“

Ich schloss auf und ging in mein Zimmer. „Nicht mal in Ruhe duschen kann man hier“, fauchte ich.

„Solange du deine Füße unter meinem Tisch hast …“, begann meine Mutter, doch ich unterbrach sie.

„Solange ich meine Füße unter deinem Tisch habe, besteht immer noch die Möglichkeit, den Tisch wegzuziehen, Mutti. Ich habe dich lieb und geh jetzt meinen Vortrag vorbereiten.“ Hastig ging ich in die Küche, nahm meinen Kaffee und trottete in mein Zimmer zurück. Ich hörte noch, wie sie leise schimpfte.

Als ich wieder vor meinem Rechner saß, druckte ich die Unterlagen aus und fing an, alles zu markieren, was mir wichtig erschien. Sam hatte mir Gott sei Dank den einfachen Teil gegeben. Ich arbeitete mich durch und war überrascht, dass von den 14 Seiten am Ende nur drei Seiten relevant waren. Oder Sam hatte es einfach wieder mal geschafft, mich zum Lesen zu zwingen. Dieser kleine Schlingel. Erschöpft und etwas entnervt von dem Vortrag beschloss ich, für heute Schluss zu machen. Ich legte mich ins Bett und dachte noch mal über Alice’ Worte nach. Sollte ich ihr wirklich eine Privatsitzung zur Entspannung geben? Ich musste schmunzeln und schlief ein.

Kapitel 3

Der Wecker riss mich aus meinem Traum. Es war sechs Uhr und die Sonne ging langsam auf. Ich schleppte mich ins Badezimmer und machte mich fertig für die Berufsschule. Ich versuchte mich an meinen Traum zu erinnern, mein Gedächtnis war jedoch einfach noch nicht wach. Enttäuscht über mich selbst machte ich mir eine Schüssel Cornflakes und einen Kaffee.

Meine Mutter kam in die Küche und raunte mir ein „Guten Morgen“ zu. Wir beide waren keine Morgenmenschen. Sie nahm sich ebenfalls einen Kaffee und setzte sich zu mir. Wir schwiegen uns eine Weile an, bis sie mich etwas fragte. „Sarah, wer ist Alice?“

Ich verschluckte mich an meinem Kaffee. „Was?“, hüstelte ich.

„Du hast im Schlaf nach einer Alice gerufen, das habe ich sogar in meinem Schlafzimmer gehört“, erklärte sie mit schief gelegtem Kopf.

Tja, was sollte ich darauf antworten? Die Situation war für mich schon peinlich genug. „Sie macht eine Ausbildung zur Bürokauffrau und wir haben manche Fächer zusammen“, antwortete ich kleinlaut. Ich hatte also von Alice geträumt. In meinem Kopf drehte sich alles. Mein Magen verkrampfte sich. Sie war also nicht mehr nur in meinen Gedanken, sondern auch in meinen Träumen. Das konnte doch nicht wahr sein, wie machte sie das? Ich wusste nicht mal, ob sie auf Frauen stand, aber so wie ihr die Typen hinterherpfiffen und sie es konsequent ignorierte, wäre es zumindest möglich. Verdammt, ich dachte schon wieder an sie.

„Sarah.“ Mutti riss mich aus meinen verwirrenden Gedanken.

„Hm? Oh Mist.“ Ich hatte meinen Kaffee verschüttet. Schnell wischte ich den braunen See auf, ich wollte keinen Streit am frühen Morgen. „Ich muss los, sonst verpasse ich den Bus. Wir sehen uns später.“ Ich schnappte mir meinen Rucksack, polterte die Treppen hinunter, indem ich fast eine ältere Dame überrannte, und lief zur Bushaltestelle. Was zum Teufel hatte Alice in meinem Traum zu suchen gehabt und wieso hatte ich ihren Namen so laut gerufen, dass meine Mutter es hören konnte?

Ich schaffte es nur durch einen Sprint, den Bus zu erreichen. Heute fuhr Gerd und erfahrungsgemäß wartete er immer ein wenig länger auf mich. Er lächelte mich müde an, als ich keuchend einstieg. Seine massige Statur und seine Zahnlücke machten ihn sympathisch. Wie immer trug er sein hellblaues Hemd mit dem Firmenlogo auf der Brust und die schwarze Stoffhose. Ein richtiges Knuddelbärchen.

„Na, Liebes, bist du wieder nicht aus den Federn gekommen?“, empfing er mich.

Ich lächelte ihn an, als ich mich in die vorderste Reihe schräg hinter ihm setzte. „Heute lag es mal nicht an der behaglichen Nestwärme“, witzelte ich, als ich mein Rucksack auf den freien Platz neben mir stellte. „Ich hatte einen Traum und der war irgendwie seltsam.“

„Magst du drüber reden?“, fragte der dickliche Busfahrer vorsichtig nach.

Er wusste, dass es mir schwerfiel, über meine Gefühle zu reden. Ich war noch nie gut in so was gewesen. Das war wohl auch der Grund, warum ein Typ nie lange an meiner Seite blieb. Ich war dominant, aber auch verletzlich und ich gab mir stets Mühe, diese Verletzlichkeit zu verbergen. Diese Eigenheit war in meiner Vergangenheit zu oft gegen mich verwendet worden. Ich konnte mir sowieso nicht erklären, wie ich überhaupt imstande war, eine Beziehung einzugehen, grundsätzlich war es mir egal, ob ich nun alleine im Bett schlief oder nicht.

„Nein, Gerd. Sei mir nicht böse, bitte.“

„Alles gut, Sarah. Manchmal möchte man einfach nicht reden, sondern handeln. Man glaubt es kaum, aber ich war auch mal so jung wie du“, sagte er zwinkernd.

Ich schenkte ihm ein herzliches Lächeln. Er hatte recht. Ich musste handeln. Ich musste meiner Mutter endlich gestehen, dass ich homosexuell war – und davor ich hatte Angst.

Der Unterricht zog einfach nur an mir vorbei. In meinem Körper war alles verspannt. Meine Familie wusste nicht, dass ich auf Frauen stand. Ich selbst hatte es auch nie wirklich wahrgenommen, bis eine bildhübsche Dame namens Alice um die Ecke kam und meine komplette Emotionslage auf den Kopf stellte.

Die einzigen Personen, die wussten, dass ich mich zu Frauen hingezogen fühlte, waren Sam und seine Mutter. Sie war aufgrund eines Schlaganfalls Frührentnerin und machte den besten Käsekuchen der Welt. Ihre herzliche Art erinnerte mich an meine Oma, die schon 86 Jahre alt und das wichtigste Bindeglied der Familie war. Ich bewunderte ihre ruhige Art, mit der sie auch die kompliziertesten Dinge anging und löste.

Als mein Vater starb, war Oma die Einzige gewesen, die nicht geweint, sondern gelächelt hatte. „Mein Sohn ist erlöst. Nun kann er endlich Ruhe finden und durch die Wolkenmeere segeln. Er wird immer bei uns sein.“

Ich hatte mit meinen acht Jahren nicht verstanden, was Oma meinte.

Später, mit ungefähr 14, legte sich in meinem Kopf ein Schalter geräuschvoll um und ich begriff, was Oma ausdrücken wollte. Ein Mensch starb erst endgültig, wenn man ihn vergaß. Ich beschloss, nach dem Unterricht zum Grab meines Vaters zu gehen und dort zu überlegen, was ich tun sollte.

Es klingelte und ich war endlich frei. Ich stopfte meine Unterlagen in meine Tasche und ging zügig in Richtung Bushaltestelle.

„Hey, Sarah, warte kurz!"

Ich erstarrte. Alice' Stimme ließ mich erschauern. Langsam drehte ich mich zu ihr um. Sie sah wieder mal fantastisch aus mit ihrer engen, dunklen Jeans und dem figurumschmeichelnden weißen Shirt. Ihre Haare hatte sie zu einem lockeren Zopf gebunden, der sich schon fast komplett aufgelöst hatte.

„Mein Gott, hast du einen Stechschritt", schnaufte sie und brauchte ein paar Augenblicke, um zu Atem zu kommen. „Ich wollte fragen, was du morgen nach dem Unterricht machst. Ich schulde dir noch einen Kaffee, weil ich dich letztens am Kaffeeautomaten einfach stehen gelassen habe. Sorry noch mal."

Mein Gehirn brauchte einen Moment, um die Information zu verarbeiten. Sie wollte sich mit mir treffen. In mir jubelte alles, doch warum? Wie schaffte sie es, mich dermaßen in ihren Bann zu ziehen, verdammte Hacke noch mal?

„Also, bisher habe ich nichts vor. Wann hast du denn Schluss?", fragte ich vorsichtig nach.

„Nach deinem Ergonomie-Vortrag. Frau Schäfer hat mit Herrn Fürst gesprochen. Wir behandeln momentan das gleiche Thema und sie hat uns heute darüber informiert, dass die Buchhalter und die Bürokaufleute zusammen Unterricht haben."

Mein Gesicht entgleiste. Ich war kein Freund von Vorträgen, schon gar nicht, wenn ich selbst vorne stand und auch noch das gesamte zweite Lehrjahr der Bürokaufleute anwesend war, inklusive Alice. Scheiße. Ich hatte den Vortrag kaum vorbereitet und mir blieb nicht mehr viel Zeit. Ich wollte mich nicht vor ihr blamieren.

„Wenn ich danach noch brauchbar bin, sehr gerne. Ich bin nicht so gut bei Vorträgen, musst du wissen", stammelte ich vor mich hin. *„Sarah, jetzt kneif den Arsch zusammen!"*, schalt ich mich im Stillen.

„Du wirst super sein, ich weiß das. Dann sehen wir uns morgen", lächelte Alice. Sie umarmte mich, ich erhaschte den angenehm süßlichen Duft ihres Parfüms und versuchte, mir diesen, so gut es mir möglich war, einzuprägen. Ihre Haut fühlte sich so weich an. Mein Unterleib zog sich zusammen und ich brauchte einen Moment, um mich zu fangen, bevor ich meinen Weg zur Bushaltestelle fortsetzte.

Ich hatte ein Date mit Alice und war absolut nicht vorbereitet. „Tut mir leid, Papa, aber heute kann ich dich wohl nicht besuchen. Ich komme bestimmt bald vorbei und erzähle dir alle Neuigkeiten", nuschelte ich in mich hinein. Diese kleinen Selbstgespräche beruhigten mich immer etwas. Ich hatte Angst vor dem, was ich vorhatte, und vor dem Verlieben. Ich musste meiner Mutter endlich erzählen, dass ich auf Frauen stand.

Ich trottete zur Bushaltestelle und schrieb Sam eine kurze SMS.

Hey, tut mir leid, dass ich schon los bin. Ich muss noch so viel für den Vortrag machen. Wusstest du, dass die Bürokaufleute morgen mit uns gemeinsam Unterricht haben?

Fast schon automatisiert sendete ich die Nachricht ab. Mein Handy vibrierte einige Augenblicke später und ich las die Antwort von Sam.

Hey, ich kenne dich gar nicht so pflichtbewusst. Ist alles in Ordnung? Herr Fürst hat doch im Unterricht gesagt, dass wir beide morgen größeres Publikum haben. Lass uns heute Abend kurz telefonieren, damit wir uns ein bisschen absprechen können. Bis dann.

Ich ärgerte mich über mich selbst. Hätte ich dem Unterricht ein wenig mehr Aufmerksamkeit geschenkt, wäre ich nicht so überrumpelt gewesen, als Alice mich auf diese Neuigkeit ansprach.

Ich war schon immer unglaublich unorganisiert gewesen, was meine Ausbildung zu allem Überfluss erschwerte. Dass ich überhaupt den Beruf der Buchhalterin lernte, war dem Wunsch meiner Mutter geschuldet. Sie war Geschäftsführerin eines Exportunternehmens und wollte, dass ich irgendwann ihre Firma übernahm. Eigentlich hatte ich, wie viele andere Mädchen in meinem Alter auch, Tierärztin werden wollen. Damals hatten wir einen Kater gehabt, den ich als Kind immer untersuchte. Tierarztbesuche waren für mich die größte Freude. Ich hatte sogar ein Praktikum auf einem Gnadenhof absolviert. Kein Mensch konnte mir so viel Liebe schenken, wie Tiere es taten. Diese unendliche Dankbarkeit, weil man ihnen ein zufriedenes Leben schenkte, war unbeschreiblich schön und ließ die eine oder andere Träne über meine Wange rollen. Nur die Tiere durften meine emotionale Seite sehen.

Gedankenverloren stieg ich in den Bus ein und setzte mich in die hinterste Reihe. Warum hatte ich nicht einfach meinen Traum verwirklicht, anstatt den Wünschen der anderen nachzugeben? Manchmal verstand ich mich selbst nicht.

Mein Handy vibrierte. Meine Mutter rief an. „Sarah, bist du auf dem Heimweg? Ich muss mit dir reden, es ist wichtig. Bitte, beeile dich." Sie klang sehr besorgt.

„Ja, ich bin im Bus und in circa 15 Minuten da. Was ist denn los?"

Es herrschte kurz Stille und ich ahnte schon Schlimmes.

„Das möchte ich nicht am Telefon besprechen. Wir sehen uns ja gleich", sagte sie und beendete das Telefonat.

Verwirrt von dem seltsamen Telefonat mit meiner Mutter, schaute ich aus dem Fenster. Der Himmel zog sich zu. Wie passend. Selbst er ahnte etwas und ich saß nichts wissend im Bus.

Kapitel 4

Als ich zu Hause ankam, saß mein Bruder, der etwas mitgenommen aussah, am Küchentisch.

Ich stellte meinen Rucksack ab. „Weißt du, was los ist?“, fragte ich vorsichtig nach.

Er zuckte mit den Schultern, würdigte mich keines Blickes und spielte weiter mit seinem Handy herum.

Meine Mutter stand plötzlich hinter mir und bedeutete mir, Platz zu nehmen. „Ich muss mit euch reden“, sagte sie, als sie sich an die Stirnseite des Tisches setzte.

Die Stimmung war kaum auszuhalten, es lag eine Anspannung in der Luft, die ich in meiner Familie nicht gewohnt war.

„Ihr wisst, dass euer Vater schon lange tot ist und ich mich wieder nach einem Mann sehne. Ich habe jemanden kennengelernt, der mir sehr gefällt, und ich möchte euch Martin gerne vorstellen. Er ist ein jahrelanger Geschäftspartner und beim letzten Geschäftsessen hat es zwischen uns gefunkt.“ Sie seufzte verliebt.

Marco jedoch verzog das Gesicht. „Aber, Mama, was wird denn aus uns? Was wird aus mir? Ich war doch immer der Mann im Haus und das soll auch so bleiben“, krächzte er empört. Natürlich musste so eine Aussage von ihm kommen. Er hatte Angst, die Rolle des Alphamännchens zu verlieren. Unsere Mutter hat schon mehrmals Männer heimgebracht, die er allesamt erfolgreich rausgeekelt hatte.

Mutti warf ihm einen strafenden Blick zu. „Marco, du bist mein Sohn, aber verstehe bitte, dass ich wieder einen Mann an meiner Seite haben möchte. Ich wünsche mir von dir, dass du Martin zumindest die Chance gibst, sich bei euch vorzustellen. Ihr werdet ihn bestimmt mögen“, verkündete sie zuversichtlich und mit glänzenden Augen. Da war jemand schwer verliebt.

Ich gönnte es ihr sehr. Sie hatte so lange mit dem Tod unseres Vaters gekämpft und ich freute mich, dass sie nach etlichen Affären endlich wieder etwas Festes gesucht und wohl auch gefunden hatte.

Ich ergriff das Wort, um diese angespannte Stimmung aus dem Raum zu fegen. Ich wusste, dass Mutti das gleiche Problem hatte wie ich: Wir konnten beide nicht wirklich über Gefühle reden. „Also, ich freue mich für dich und bin gespannt, wie Martin so drauf ist.“

Mutti schenkte mir ein herzliches Lächeln und ich überlegte, ob es der richtige Zeitpunkt war, um mit ihr über mich zu reden. Allein der Gedanke reichte, dass mein Magen sich verkrampfte. Es wäre zu früh gewesen. Abgesehen davon, hatte ich nicht mal eine Freundin. Ich schwärmte für eine Frau, die ich nicht mal wirklich kannte. Ich knetete nervös meine Hände, was nicht unbemerkt blieb.

„Sarah, stimmt etwas nicht? Du siehst so nachdenklich aus und bist auch ganz schön blass um die Nase."

Sofort bedeckte ich diese, drehte mein Gesicht weg und wich schnell mit einem „Nee, nee, alles in Ordnung, ich war nur in Gedanken" aus.

„Sarah, lüg mich nicht an, was ist los?", herrschte Mutti mich an. Sie machte sich etwas größer auf ihrem Stuhl und musterte mich eindringlich.

„Können wir das unter vier Augen besprechen? Ich glaube, die Virenschleuder braucht ihr Bett", stichelte ich in Marcos Richtung.

Er warf mir einen verächtlichen Blick zu und verschwand in seinem Zimmer. Ich sprach erst, als ich hörte, wie die Zimmertür ins Schloss fiel. Schüchtern sah ich Mutti an. Wie würde sie reagieren? Ein beklemmendes Gefühl beschlich mich. Scheinbar war es jetzt so weit, die Karten auf den Tisch zu legen.

Ich holte tief Luft. „Ich wollte es dir schon seit gefühlten Ewigkeiten erzählen, aber ich hatte einfach Angst vor deiner Reaktion. Bis ich selber begriffen habe, was mit mir los ist, hat es auch eine Weile gedauert. Du weißt, ich kann meine Gefühle nicht so gut äußern." Gespannt sah mich meine Mutter an, während ich aufstand und mich an die Arbeitsplatte lehnte.

Ihre Blicke verfolgten mich. „Du liebst Frauen", sagte sie mir auf den Kopf zu und lächelte mich an.

Ich kniff die Augen zusammen und hoffte, dass ich gleich aus einem Traum aufwachen würde. Aber dem war nicht so. Meine Mutter lächelte mich immer noch an, als ich die Augen zögerlich öffnete, und füllte so den Raum mit Liebe und Wärme.

„Ja", flüsterte ich. Ich wartete auf eine Reaktion von ihr, aber es passierte nichts. Schon wollte ich gehen, als Mutti meinen Arm ergriff.

„Setz dich bitte", bat sie mich leise.

Innerlich erklärte ich diesen Tag zum emotionalsten des Jahres. Ich hatte es ihr gesagt, wieso konnte ich mich nun nicht einfach in Luft auflösen oder im Boden versinken?

„Ich ahne es schon seit zwei Jahren, als du Robert ohne ersichtlichen Grund den Laufpass gegeben hast. Du bist von klein auf dominant gegenüber männlichen Personen gewesen. Als du letzten Sommer mit Ashlyn heimkamst, habe ich es gewusst. Du hattest dieses Leuchten in den Augen, wenn du sie angesehen hast. Wie dein Vater, als wir uns kennengelernt haben. Ich habe dich neun Monate unter dem Herzen getragen, Sarah. Du wirst von mir all die Unterstützung erhalten, die du brauchst. Ich werde für dich da sein."

Ich war sprachlos. Ein Kloß hatte sich in meinem Hals festgesetzt und ich konnte nicht anders, als meinen Gefühlen freien Lauf zu lassen. Ich weinte drauflos und versenkte den Kopf in meinen Händen. Mir fiel ein Stein vom Herzen, wenn nicht sogar ein ganzer Felsen. Ich hatte so viele Szenarien im Kopf gehabt, aber nicht dieses.

„Danke", schluchzte ich leise. Ich wollte ihr noch so viel sagen, ihr zeigen, dass ich froh war, es nicht mehr verheimlichen zu müssen, doch aus mir kam kein Ton heraus. Ich atmete rasselnd ein und wischte mir die Tränen aus den Augen. „Ich habe es schon gemerkt, als ich im Kindergarten war. Ich habe immer mit den Jungs gespielt und fand das eine oder andere Mädchen schön. Eigentlich hatte ich damals nur die ganzen Typen, damit du denkst, ich sei hetero. Ehrlich gesagt hatte ich nie das Bedürfnis, mit einem Mann zusammen zu sein. Wenn ein paar Freunde eine Frau heiß fanden, konnte ich das nachvollziehen. Ich habe mich nie nach Männern umgedreht, es waren ausschließlich Frauen, die meine Aufmerksamkeit auf sich zogen. Ich konnte nicht ahnen, dass du bereits wusstest, dass ich lesbisch bin. Ich weiß, dass du dir Enkelkinder wünschst, und ich hatte Angst, dir damit das Herz zu brechen. Dich zu enttäuschen."

Mutti kam um den Tisch herum und setzte sich neben mich. „Weißt du, ich liebe dich, so wie du bist, mein Kind. Enkelkinder für mich kannst du trotzdem bekommen, es gibt ja auch für lesbische Paare genug Möglichkeiten." Sie streichelte beruhigend meinen Rücken und ich fing langsam an zu lächeln. Seltsam, dass sie gleich an Enkelkinder dachte und von den Möglichkeiten sprach, womit ich mich noch nie beschäftigt hatte.

Mutti war eigentlich immer für mich da. Der Tod meines Vaters hatte uns einander nähergebracht. Wir hatten so viel Unsinn angestellt, dass man hätte denken können, sie wäre noch ein Teenager.

„Magst du mir von Alice erzählen, deren Namen du im Schlaf gerufen hast?", fragte sie leise und reichte mir ein Taschentuch.

Ich schnäuzte meine Nase und sah meine Mutter mit geschwollenen Augen an. Ich merkte erst jetzt, dass das Radio eingeschaltet war. *„Piece by piece he collected me"*, sang Kelly Clarkson. Genau das tat Mutti im Moment, indem sie die kleine, eigentlich so schlagfertige Sarah wieder aufsammelte und zusammensetzte. Ich war selten derart emotional.

Nun holte ich tief Luft, um mich zu beruhigen. „Alice ist eine angehende Bürokauffrau an meiner Berufsschule. Sie ist einfach ein Traum. Vielleicht steigere ich mich in etwas hinein, ich weiß ja nicht einmal, ob sie auf Frauen steht."

Mutti streichelte mir sanft über den Kopf. „Wie heißt Alice denn mit Nachnamen?", fragte sie neugierig.

„Henndriks", antwortete ich.

Mutti fing an zu lachen. „Na, dann werdet ihr euch nächste Woche wohl auf der Arbeit besser kennenlernen. Sie macht bei uns ein Praktikum. Wirklich eine hübsche Frau, das muss ich ihr lassen. Dazu hat sie auch noch ein Spitzenabitur, eigentlich hat sie ihren Ausbildungsvertrag schon in der Tasche", schmunzelte sie.

Mir stockte der Atem. Ich sah fassungslos meine Mutter an, die schelmisch grinste. „Ich hoffe, du kannst dann noch konzentriert arbeiten. Sie wird Frau Ritter am Empfang assistieren."

„Also sitzt sie genau vor meinem Büro?!", krächzte ich entsetzt. Ich konnte mich kaum beherrschen, wenn Alice nur kurz in meiner Nähe war, aber sie acht Stunden am Stück zu sehen, würde meine Konzentration immens beeinträchtigen. Ich stellte mir vor, wie Alice wohl im schicken Anzug aussähe, und mir entwich ein Seufzer.

Mutti drückte mich sanft an sich. „Du schaffst das. Samuel ist ja auch noch da. Ich werde ihm sagen, dass er die Jalousien runterlassen soll, sonst schaust du nur zu deiner Herzdame am Empfang", lachte meine Mutter.

Ich warf einen Blick auf die Uhr. Scheiße! Es war schon acht.

„Mutti, ich weiß, es ist jetzt echt doof und absolut unpassend, aber ich muss den Vortrag vorbereiten. Den muss ich morgen mit Sam vor dem gesamten zweiten Lehrjahr der Bürokaufleute und Buchhalter halten und ich sollte mir noch Karteikarten mit Stichwörtern schreiben. Sam wollte auch noch mal anrufen und alles besprechen", sprudelte es aus mir heraus.

„Warte", unterbrach mich meine Mutter. Sie zog einen Stapel Karteikarten aus ihrem Blazer und schob ihn zu mir herüber. „Hier. Ich habe heute Vormittag deinen Schreibtisch aufgeräumt und die Unterlagen für den Vortrag gefunden. Du warst heute Morgen so zerstreut und ich dachte, ich greife dir ein wenig unter die Arme. Wenn du magst, können wir das Präsentieren gleich mal üben." Wieder lächelte sie.

Ich war so dankbar und überflog sofort die Karteikarten, die fein säuberlich von ihr beschriftet worden waren.

„Lass uns in dein Zimmer gehen, damit Marco uns nicht stört", schlug Mutti vor und ging zielstrebig voran. Sie ließ sich auf mein altes, runtergerocktes Ledersofa fallen. „Dann leg mal los", verkündete sie freudig.

Ich baute mich vor dem Sofa auf und stammelte den Text vor mich hin.

„Nein, nein, nein, Sarah. Allein schon deine Haltung ist falsch. Stell mal beide Beine fest auf den Boden", unterbrach sie mich bereits nach den ersten beiden Sätzen. Ich befolgte ihren Ratschlag und fühlte mich tatsächlich etwas sicherer. „So, und jetzt drück deinen Rücken durch. Schultern nach hinten. Kriech nicht so in die Karteikarten rein, sie sind nur zur Unterstützung da, du bist doch nicht bei einem Vorlesewettbewerb. Am besten demonstriere, was du erklären willst."

„Ich soll also den Begriff Ergonomie tanzen?", unterbrach ich meine Mutter und grinste frech.

„Nein, aber du kannst demonstrieren, wie man richtig sitzt oder etwas anhebt", empfahl sie mit einer weichen Handbewegung.

Nach kurzem Überlegen fand ich die Idee gar nicht schlecht. In dem Moment klingelte unser Festnetztelefon und unterbrach unsere Übung. Ich ergriff den Hörer und meldete mich: „Fischer?"

„Na endlich erreiche ich dich." Es war Sam. Den hatte ich ja total vergessen, kein Wunder bei der ganzen Aufregung. „Hast du die Karteikarten fertig und alles noch mal verinnerlicht?", kam er umgehend zum Punkt.

„Meine Mutter gibt mir grad noch einen Präsentationscrashkurs."

„Dann bist du ja morgen hoffentlich bestens vorbereitet. Treffen wir uns vor dem Unterricht am Kaffeeautomaten? Dann können wir noch mal schnell alles durchgehen", schlug Sam vor.

„Machen wir. Bis morgen, schlaf gut", antwortete ich grinsend. „Soll ich meine Mutter von dir grüßen?"

Sam lachte. „Ja, bitte." Er legte auf und ich stellte das Telefon zurück auf die Ladestation.

„Grüße von deinem Lieblingsazubi", rief ich meiner Mutter zu, während ich dabei war, mein Handy aus meiner ziemlich zerschlissenen Jeansjacke zu kramen.

„Du hättest mir auch mal kurz das Telefon geben können, dann hätte er mir das selbst sagen können", gab meine Mutter zurück. Das Augenrollen, das diese Worte begleitete, konnte man schon aus ihrer Stimme heraushören.

Ich sah auf mein Display. Fünf verpasste Anrufe von Sam und eine Nachricht von einer unbekannten Nummer, die ich neugierig öffnete.

Hey, ich freue mich schon auf deinen Vortrag morgen und aufs Kaffeetrinken. Wenn du magst, können wir durch den Wald spazieren. : Alice*

Ich ging langsam zurück in mein Zimmer, während ich unentwegt auf den Handybildschirm starrte.

„Stimmt was nicht?", riss mich meine Mutter aus meinem Gedanken.

„Alice hat mir geschrieben. Ich möchte gerne mal wissen, wer ihr meine

Nummer gegeben hat", antwortete ich und wandte den Blick von meinem Handy ab.

„Vielleicht hat sie Samuel gefragt", vermutete Mutti und tippte sich nachdenklich mit dem Finger ans Kinn.

Wenn er das gemacht hatte, hätte er mir wenigstens Bescheid sagen können, dann würde ich jetzt nicht total ahnungslos und vollkommen überfordert dastehen.

Wir übten noch ein paarmal das richtige Präsentieren und ich wurde von Mal zu Mal besser, sehr zur Freude meiner Mutter.

Nachdem wir um zehn Uhr die Übungen beendet hatten, legte ich mich ins Bett und nahm mein Handy mit. Ich las mehrmals die Nachricht von Alice und rang mich schlussendlich dazu durch, ihr zu antworten.

Hey. Sorry, dass ich erst so spät antworte. Wenn du magst, kann ich eine Decke mitbringen, du hattest ja letztens nach einer Privatsitzung bezüglich Entspannungstechniken gefragt. Bis morgen, gute Nacht. PS: Von wem hast du eigentlich meine Nummer bekommen?

Ich zögerte kurz und drückte dann auf Senden. In mir war ein großes Staunen ausgebrochen. Ich fing ja richtig an zu flirten. Ich hatte nicht mal gewusst, dass ich das konnte. Grinsend starrte ich die Decke an. Ich musste es zulassen, denn ich spürte, wie gut es mir tat. Mein Handy vibrierte. Es war Alice, was mein Grinsen noch breiter werden ließ. Keine Frage, niemand sonst schaffte es, mir so ein Lächeln ins Gesicht zu zaubern.

*Super Idee! Ich freue mich auf die Privatsitzung. Ich habe die Nummer von Sam – reiß ihm bitte nicht den Kopf ab. Schlaf schön. :**

„Glaub mir, Alice, ich werde sehr gut schlafen", flüsterte ich, bevor ich den Wecker stellte und mein Handy auf meinen Nachtschrank legte. Ich starrte wieder die Decke an und ließ den Tag Revue passieren. Ich hatte endlich mein Outing hinter mich gebracht und war immer noch überrascht, wie positiv es meine Mutter aufgenommen hatte. Ich hatte das Gefühl, sie würde jetzt mehr auf mich eingehen. Sie half mir sonst kaum bei Hausarbeiten oder Vorträgen. Bestimmt hatte sie was geahnt. Ich drehte mich auf die Seite und schlief ein.

Kapitel 5

Als ich unsanft vom Wecker aus dem Schlaf gerissen wurde, konnte ich noch Fetzen meines Traums wahrnehmen. Ich lag mit Alice auf einer Decke. Um uns herum waren Blumen und irgendwo in den Bäumen zwitscherten ein paar Vögel. Wir sahen uns an. Nicht mehr und nicht weniger. Ich spürte ein Kribbeln im Bauch und musste lachen. Verdammt, was, wenn das eine Vorahnung war?

Ich sprang aus meinem Bett und suchte mir ein paar Klamotten aus. Ich wollte zum Vortrag nicht zu lässig auftreten, aber auch nicht zu elegant, obwohl ich gerne im Anzug durch die Weltgeschichte lief. Selten fühlte ich mich so wohl in einem Kleidungsstück. Ich entschied mich für eine zerrissene Jeans, ein weißes Slim-Fit-Hemd und schwarze Halbschuhe. Dann huschte ich ins Badezimmer und machte meine Haare. Ich bürstete sie leicht schräg nach hinten und fixierte alles mit Haarspray und Wachs. Nach einem kritischen Blick in den Spiegel warf ich mir meine Klamotten über. Mein prüfender Blick urteilte, dass ich ganz passabel aussah und mich so in der Öffentlichkeit zeigen konnte. Ich drehte und wendete mich vorm Spiegel und war letztendlich zufrieden mit mir. Anschließend setzte ich meine schwarz gerahmte Brille auf, die ich nur selten trug, aber heute passte sie perfekt zu meinem Outfit.

Ich ging in die Küche und fand auf dem Tisch eine Tasse heißen Kaffee und eine Notiz von Mutti.

Hey, mein Schatz, ich wünsche dir maximalen Erfolg bei deinem Vortrag.
Ruf mich danach kurz an und erzähl mir, wie es gelaufen ist.
Hab dich lieb.
Mutti

Ich machte mir ein paar Brote und räumte nebenbei meine Tasche ein. Anschließend suchte ich eine Decke raus und stopfte sie in meinen übervollen Rucksack. Ich war so voller Vorfreude, dass ich durch die Wohnung tänzelte und meine Lieblingslieder vor mich hin summte.

Schnell räumte ich noch die Küche auf, steckte mein Handy ein und eilte zur Bushaltestelle. Heute war ich ausnahmsweise mal vor dem Bus da. Die Sonne kletterte gerade über die Dächer und ich streckte mich genüsslich, um die ersten Strahlen des Tages auf meiner Haut zu genießen. Ich träumte von Alice. Wieder hatte ich dieses Kribbeln im Bauch. Ich fing an, es zu lieben. Fing an, mich in sie zu verlieben.

Gerd bog mit dem alten Schlenkerbus um die Ecke und sah mich lächelnd an. „Einen wunderschönen guten Morgen, mein Lieblingsbusfahrer“, begrüßte ich ihn überschwänglich, als sich die Türen öffneten.

„Immer hereinspaziert, junge Dame. Du hast aber gute Laune. Das Lächeln steht dir besser als das nachdenkliche Gesicht vom Vortag“, erwiderte er fröhlich, „Mann, du hast dich ja richtig rausgeputzt. Ist heute ein besonderer Feiertag?“, erkundigte sich der stämmige Busfahrer, während er mich von oben bis unten musterte.

„In gewisser Weise schon. Ich muss heute einen Vortrag halten und danach habe ich eine Art Date“, gestand ich Gerd halb schüchtern, halb freudig. Ich erzählte ihm die jüngsten Ereignisse und er hörte aufmerksam zu.

„Das klingt nach einem emotionalen Tag, den du da hattest. Ich finde es toll, dass deine Mutter es so positiv aufnimmt, dass du lesbisch bist. Mein Gott, jeder soll glücklich sein, so wie er es will und braucht. Mein Mann hatte auch lange zu knabbern, bis er sich outete.“

„Du bist also schwul?“, platzte es aus mir heraus. Ich hatte noch nie Taktgefühl in solchen Dingen besessen und spürte, wie mein Kopf rot wurde.

Gerd schmunzelte. „Ja, das bin ich. Wir sind nun unter einer Flagge“, scherzte er und zwinkerte mir zu.

„Gerd, ich wollte dir echt nicht zu nahe treten, glaub mir, ich bin in so was schon immer schlecht gewesen. Bitte, nimm es mir nicht krumm“, entschuldigte ich mich, doch er winkte ab.

„Alles gut. Mach dir keine Sorgen, Liebes. Du musst aussteigen. Viel Erfolg beim Vortrag und deinem Date“, verabschiedete sich der Busfahrer herzlich.

„Danke, mein Lieber. Fährst du nächste Woche auch wieder die 23er-Linie?“, fragte ich noch schnell. Ich wollte Gerd besser kennenlernen. Er begleitete mich schon eine Weile und ich wusste so wenig von ihm.

„Nächste Woche musst du pünktlich sein, ich bin erst die Woche darauf wieder auf der Linie. Mach dir ein schönes Wochenende.“

„Du auch!“ Die Türen öffneten sich und ich ordnete mich in den Fluss von Menschen ein, die in Richtung Berufsschule gingen.

„Guten Morgen, Sonnenschein. Na? Bist du aufgeregt?“, begrüßte mich Sam, der plötzlich neben mir stand, überschwänglich.

„Guten Morgen, Sahnepopo. Mir geht es blendend, bin aber trotzdem ein wenig aufgeregt. Ich muss mich ja eigentlich bei dir und deiner Mutter bedanken.“ Sam sah mich fragend an und ich grinste in mich hinein. Ich rückte etwas näher an ihn heran und flüsterte in sein Ohr: „Ich habe mich geoutet und meine Mutter hat es total positiv aufgenommen. Sie sagte, sie würde mich bei allem unterstützen. Ich war total überwältigt. So kenne ich sie nicht. Sie ist eigentlich die knallharte Geschäftsfrau, auch zu Hause." Ich grinste Sam an.

Er schien etwas länger zu brauchen, um diese Informationen zu verarbeiten. Schließlich hatte wohl auch die letzte Synapse mitbekommen, was los war. Er blieb stehen und umarmte mich, sodass ich sein Aftershave riechen konnte. „Ich freue mich so für dich! Ich dachte schon, ich würde dein Coming-out nicht mehr erleben. Das müssen wir später feiern."

„Negativ", grätschte ich dazwischen. „Ich habe nach dem Vortrag eine Verabredung", flüsterte ich ihm zu.

Sams Kinnlade klappte nach unten. „Nein!"

„Doch!"

„Oh."

Wir beide mussten lauthals lachen, konnten wir doch diese Szene aus Hasch mich, ich bin der Mörder in Perfektion nachahmen. Ich fühlte mich derart beflügelt, dass ich ein paar kleine Tanzschritte hinlegte.

„Sexy! Zeig mir mehr, Sarah." Diese Stimme. Meine Nackenhaare stellten sich auf und ich hatte wieder dieses Kribbeln im Bauch. Es war Alice. Sie grinste mich frech an und kam näher. „Versuch es mal mehr aus der Hüfte. So ungefähr", schlug sie vor und fasste mich an der Hüfte an, die sie zum Kreisen brachte.

Ich war es nicht gewohnt, an dieser Stelle berührt zu werden, und stammelte verlegen: „Ähm, danke für den Tipp, ich werde es beherzigen."

„Kein Problem, wir sehen uns nachher in der Aula. Ich freue mich auf euren Vortrag." Alice zwinkerte mir zu und Sam starrte ihr nach, als sie im Stechschritt von dannen zog.

„Sie ist lesbisch und sie will dich. Mein Gaydar zeigt vollen Ausschlag", erklärte Sam langsam. Er sah mich mit ernster Miene an. „Ich glaub, ich bin Amor. Ich habe ihr gestern nach langem Bitten und Betteln deine Nummer gegeben." Wir schauten einander an und mussten kurz danach losprusten.

„Du bist nur Amor, wenn du dich in so 'nen sexy Griechenfummel schmeißt", konterte ich.

„Du meinst eine Toga?"

„Ich merke, wir verstehen uns. Komm, wir sollten noch mal den Vortrag durchsprechen."

Wir setzten uns in den leeren Klassenraum und ich kramte die Karteikarten hervor, während Sam uns den Kaffee organisierte.

„Also, ich mach den ganzen Theoriekram und du kannst die Beispiele vorstellen“, schlug er vor, als er mit zwei Bechern wieder in den Raum kam.

Ich sah ihn skeptisch an. „Das würde ja heißen, dass ich meine Karteikarten umsonst gemacht habe“, protestierte ich. Sam zog eine Augenbraue hoch. „Ja, gut, meine Mutter hat sie gemacht“, gab ich zu, woraufhin er mich grinsend schubste.

15 Minuten vor Vortragsbeginn einfach mal die ganze Planung umzuwerfen, war eigentlich genau meine Art, ich wollte jedoch eine gute Note und Herrn Fürst zeigen, dass ich meinen gewohnten Leistungsstandard halten konnte. Aber vor allem wollte ich bei Alice Punkte sammeln.

Plötzlich betrat meine Mutter den Klassenraum. „Na, meine beiden Buchhalter, seid ihr in den letzten Zügen?“, trällerte sie freudig.

„Was machst du denn hier? Musst du nicht arbeiten?“, unterbrach ich sie. Toll, alle kaufmännischen Auszubildenden, mein Tutor, meine Mutter und meine Herzdame in einem Raum. Und das, obwohl ich so megakrasses Lampenfieber habe.

Mein innerer Moralapostel ohrfeigte mich. *„Reiß dich jetzt mal zusammen! Der Vortrag geht nicht mal zehn Minuten und danach kannst du dich immer noch blamieren.“* Ich schüttelte den Kopf. „Los, Sarah, kneif deinen Hintern zusammen und zieh das Ding durch. Danach gibt's Kaffee.“

„Sorry, Mutti, ich wollte dich nicht so angehen. Ich bin bloß etwas nervös, du weißt, dass ich nicht so gut bin ...“, entschuldigte ich mich.

„Schatz, du bist großartig! Rede dir nicht so einen Unsinn ein. Ich wollte euch nur viel Glück wünschen. Obwohl“, sie überlegte kurz, „nein, ich wünsche euch viel Erfolg. Der ist wenigstens skalierbar“, korrigierte sie sich grinsend und verschwand durch die Tür.

„Sarah, du machst die Beispiele und ich erklär alles. Ich habe sowieso für dich mitgelernt.“ Sam stellte mich vor vollendete Tatsachen. Das machte er nur dann, wenn er kurz davor war, in Panik zu verfallen.

Wir gingen zusammen in die Aula hinüber. Sie war aufgebaut wie ein Theater, doch die Ränge waren gesperrt, nur die Schulleitung saß mit ihren Assistenten dort. Circa 65 Schüler saßen im Parkett. Ich fühlte, wie mir flau im Magen wurde. Schnell schickte ich ein Stoßgebet gen Himmel, dass ich es nicht versauen würde.

Herr Fürst und Frau Schäfer betraten die Bühne und begrüßten alle. Ich bemerkte, dass hinten in der Ecke der Bühne Bürostühle standen, und in meinem Kopf blitzte eine Idee auf.

„Sam, siehst du irgendwo einen Tisch rumstehen?“, fragte ich hastig. Ich wirbelte herum und fand einen, bevor Sam antworten konnte. „Komm, fass mit an. Den brauche ich für die Beispiele." Und gemeinsam schleppten wir den Tisch auf die Bühne.

Die Lehrer guckten uns skeptisch an. „Ja, dann fangen wir mal mit dem Ergonomie-Vortrag an. Die beiden konnten es ja kaum erwarten, zu uns zu kommen. Denkt bitte dran, dass es prüfungsrelevant ist. Viel Vergnügen!"

Die Schüler klatschten höflich Beifall. Meine Augen huschten über unser Publikum hinweg und ich entdeckte Alice. Unsere Blicke trafen sich und sie schenkte mir ihr schönstes Lächeln. Mein Herz schlug wie wild. Ich will diese Frau haben.

In dem Moment zog Sam seine Karteikarten aus der Hosentasche und räusperte sich kurz. Ich bereitete den Tisch vor, während er sich vorstellte und die wesentlichen Züge der Ergonomie erklärte. Es war, als würde man das Lehrbuch aufschlagen und es laut vorlesen. Sam war ein Meister im Auswendiglernen. Er sprach frei und wippte dabei von einem Fuß auf den anderen. Unsicherheit – das hatte mir meine Mutter gestern Abend beigebracht.

„Sarah wird euch nun ein paar Beispiele zeigen, wie man rückenschonend und gesund sitzt", erklärte er zum Schluss dem leicht ermüdeten Publikum und wandte sich mir zu.

Aller Augen waren jetzt auf mich gerichtet. Ich sah, wie meine Mutter, die hinter Alice saß, sich auf ihrem Stuhl aufrichtete, um mich besser zu sehen, und mir zulächelte.

„Um die Beispiele vorzustellen, brauche ich jemanden von euch. Freiwillige vor", begann ich.

Prompt erhob sich Alice von ihrem Stuhl und kam in ihrer eleganten und selbstsicheren Art auf die Bühne. Ein paar Jungs in der letzten Reihe pfiffen ihr hinterher. Was für Idioten waren das denn? Die benahmen sich ja wie die Affen im Zoo.

„Die, die gerade gepfiffen haben, könnt ihr mal kurz aufstehen, bitte?", forderte ich in ruhigem Ton. Zu meiner Überraschung standen die Jungs wirklich auf und alberten rum. „Mir wurde gesagt, wer Frauen hinterherpfeift, hat zu viel Luft im Kopf. Ich empfehle euch einen Knigge-Kurs. Ihr seid angehende Bürokaufmänner und keine Bauarbeiter. Ihr steht später vor wichtigen Geschäftskunden und werdet eventuell sogar in Führungspositionen aufsteigen. Wenn ihr herumalbern wollt, bewerbt euch beim Zoo, für euch werden sie bestimmt ein Gehege bauen. Danke, jetzt setzt euch bitte wieder." Ich kochte innerlich.

Alice schaute mich erstaunt an. In ihren Augen konnte ich ein leises „Danke" erkennen.

Die Jungs setzten sich ein wenig bedröppelt und wortlos wieder hin, während ich anerkennenden Beifall erntete.

„Damit haben wir den kleinen Exkurs in puncto Benehmen auch erledigt. Hey, zusammen. Für die, die mich nicht kennen, ich bin Sarah. Ich zeige euch heute, wie ihr richtig sitzt, ohne dass ihr im Alter Rückenbeschwerden oder Ähnliches habt. Fangen wir an." Ich nahm einen Bürostuhl und bat Alice den Platz an. Sie nickte mir dankend zu und ließ sich nieder. „Wichtig ist, dass ihr nicht vorne an der Kante sitzt. Alice macht es genau richtig. Sie sitzt ganz hinten, ihr Rücken ist gerade, die Beine stehen im 90°-Winkel auf dem Boden. Was passiert aber, wenn ich mich regelrecht in den Bürostuhl lege?", fragte ich meine Mitschüler, die mich eingehend beobachteten.

Einer hob zaghaft die Hand. „Du sitzt wie ein Schluck Wasser da. Das mache ich immer beim Zocken und hab danach Megarückenschmerzen", antwortete er langsam.

„Genau", bestätigte ich ihm. „Zum Liegen sind Bürostühle nicht geeignet. Wenn ihr später nicht wie Quasimodo rumlaufen wollt, ist es absolut empfehlenswert, so zu sitzen, wie Alice es uns gerade demonstriert. Wie sieht es denn aus, wenn ich am Schreibtisch sitze? Wie weit sollten die Arme auf den Tisch ragen oder sollen nur die Handgelenke aufliegen?" Ich drehte mich zu Alice um. Meine Güte, wie süß sie mich anlächelte, meine Knie wurden ganz weich. „Weißt du es?"

„Man sollte die Unterarme auflegen, da sonst die Gefahr besteht, dass die Hände einschlafen. Außerdem wäre andernfalls die Durchblutung gestört", antwortete sie wie aus der Pistole geschossen.

Ich lächelte in mich hinein. Die Frau war der Wahnsinn. „Genau, richtig", lobte ich sie.

Ich zeigte noch weitere Dinge, zum Beispiel wie der Monitor richtig zu positionieren war und wie man schwere Dinge am besten hochhob. Ich nutzte diese Gelegenheit, um Alice zu berühren. Meine Hände kribbelten und mir wurde unglaublich warm. Sie wehrte sich nicht gegen meine Berührungen, im Gegenteil, ich hatte das Gefühl, sie genoss sie mindestens genauso sehr wie ich.

Als ich mit meinen Ausführungen fertig war, wandte ich mich Alice zu. „Danke, du darfst wieder Platz nehmen."

„Es war mir ein Vergnügen", antwortete sie lächelnd und ging wieder zurück zu ihrem Platz.

Sam, der mir aufmerksam zugesehen hatte, meldete sich zu Wort. „Hat denn jemand noch Fragen?"

Es herrschte Stille in der Aula, bis meine Mutter anfing zu applaudieren, woraufhin die anderen einstimmten. Ich war froh, dass es vorbei war. Als ich zu Mutti blickte, konnte ich ihr ansehen, wie stolz sie war. Sam und ich klatschten uns ab und verließen die Bühne.

Herr Fürst und Frau Schäfer nahmen uns freudig in Empfang. „Ihr beide habt das fantastisch gemacht. Sarah, ich wusste gar nicht, dass du so gut vortragen kannst. Du hast uns sehr überrascht. Ich gebe euch beiden die maximale Punktzahl. Gut gemacht!", verkündete Herr Fürst erfreut.

Ich war überglücklich und Sam grinste mich an. „Du Improvisationstalent. Das war echt super", freute er sich und lehnte sich zu mir herüber „Du konntest aber auch nicht die Finger von Alice lassen, du Schlingel. Ich bin dann mal weg. Erzähl mir, wie das Date war", flüsterte er mir ins Ohr.

Ich grinste ihn verwegen an und wartete, dass die Aula sich leerte.

Es war Freitag und alle Schüler wollten schnellstmöglich ins Wochenende starten. Ich holte meine Tasche und ging zurück in die Aula, wo meine Mutter und Alice sich angeregt unterhielten.

„Frau Fischer, ich bin Ihnen so dankbar, dass ich den Praktikumsplatz bei Ihnen bekommen habe."

„Ach, Alice, es war von vornherein klar, dass wir dich nehmen. Ich denke, du wirst dich bei uns sehr wohlfühlen. Oh, Sarah, Schatz, du warst wunderbar." Mutter herzte mich ausgiebig. Ein wenig erschöpft grinste ich. „Ich werde dann mal wieder ins Büro gehen, muss noch ein wenig arbeiten. Sarah, wir sehen uns später." Mit diesen Worten verschwand sie durch den Hinterausgang. Chefin zu sein, hatte offenbar viele Vorteile, man konnte kommen und gehen, wann man wollte.

„Also, dann sehen wir beide uns nächste Woche auf der Arbeit", merkte ich leise an.

„Ja, deine Mutter hat mir gestern Abend die Zusage gemailt. Ich werde am Empfang arbeiten."

„Der befindet sich vor dem Büro der Buchhalter", erklärte ich Alice, die mich schelmisch angrinste. Erneut wurden meine Knie weich. Was sie in mir auslöste, war definitiv etwas anderes als das, was ich bisher gekannt hatte.

„Lass uns einen Kaffee holen und im Wald spazieren gehen. Hast du die Decke mit?", fragte sie mich.

Ich hob meinen Rucksack hoch. „Aber natürlich."

„Perfekt. Du bist die Beste!" Sie gab mir einen Kuss auf die Wange, nahm meine Hand und zog mich Richtung Ausgang.

Kapitel 6

Ich brauchte einige Sekunden, bis ich den Kuss realisiert hatte. Ihre Lippen waren genauso weich, wie ich es mir vorgestellt hatte. Ich wollte mehr davon. Mein Lächeln zog sich bis zu meinen Ohren hoch, während wir Hand in Hand zum Kaffeeautomaten schlenderten. Alice trug heute ihre Haare offen, was sie nicht weniger schön machte als die zusammengebundene Variante. Sie trug ein schwarz-weiß kariertes Holzfällerhemd und schwarze Shorts. Die Frau hatte Geschmack.

„Du siehst toll aus", flüsterte ich leise.

Sie blieb abrupt stehen und musterte mich lächelnd. „Du siehst auch fantastisch aus. Ich mag deine zerrissene Jeans sehr, vor allem die Stellen, wo man Haut sehen kann." Sanft streichelte sie mir über die Schultern und ich spürte, wie sich meine Nackenhaare aufstellten.

Verdammt, konnte man meinen schwarzen BH sehen? Darauf hatte ich heute Morgen überhaupt nicht geachtet. Mir lief ein kalter Schauer über den Rücken. Ich wollte mehr von diesen subtilen Berührungen. Mehr von diesen Blicken. Von ihrer Nähe. Mein ganzer Körper schrie nach Alice. Ich war auf dem besten Weg, mich in sie zu verlieben. Mein Gewissen zog eine Augenbraue hoch und meinte, es wäre schon längst passiert.

Sie holte zwei Becher Kaffee vom Automaten und reichte mir einen. „Wollen wir?", fragte sie und reichte mir ihre Hand. Ich nickte und ergriff sie.

Wir gingen über den Parkplatz, am Park entlang und dann in den Wald hinein.

„Ich war ziemlich beeindruckt von deinem Vortrag."

Ah, Small Talk. Das konnte ich. „Ich war selbst überrascht, dass es so gut lief. Und ich war froh, dass du aufgestanden bist", gab ich zu.

„Damit du mich berühren konntest?", stichelte Alice, ohne mich anzusehen.

Ich wurde rot und schwieg. Ich wollte ihr so viel sagen, aber ich bekam geradeso einen grammatikalisch fehlerfreien Satz heraus. Ich kannte sie kaum und musste mehr von ihr erfahren. „Darf ich dich was fragen?"

„Ob wir hier die Decke ausbreiten? Ja, ich finde auch, dass es hier sehr schön ist", antwortete Alice frech und ging an meinen Rucksack, den ich auf dem Rücken trug.

Wir hatten eine kleine Lichtung erreicht und die Sonne schien durch die begrünten Äste der Birken hindurch. Dieser Ort war wunderschön. „Mann, was hast du denn alles mit? Willst du auswandern?“, neckte sie mich.

„Wir können Bonnie und Clyde spielen und durchbrennen“, konterte ich.

Alice lachte. Sie stellte unsere Kaffeebecher auf einen Baumstumpf und ich sah ihr dabei zu, wie sie die Decke ausbreitete, sich auf diese legte und mir anschließend bedeutete, mich ebenfalls hinzulegen. Ich stellte seufzend meinen Rucksack ab und ließ mich neben ihr nieder.

Sie sah mich neugierig an, die Hände unter ihrem Kopf verschränkt. „Du wolltest mich etwas fragen?“ Ich hörte die Neugierde in ihrer Stimme mitschwingen. Sie strich sich die Haare aus dem Gesicht und stützte ihren Kopf auf den Arm.

Jede Bewegung von ihr ließ mein Herz schneller schlagen. Verdammt, was war ich verliebt. Entweder wusste sie, wie man mich rumkriegte, oder ... ach, keine Ahnung, es war mir egal, sie war wundervoll. „Ich habe dich im ersten Lehrjahr hier nie gesehen. Bist du erst hergezogen?“, wollte ich wissen.

Sie wirkte mit einem Mal ernst und antwortete langsam: „Ich bin bei meinen Eltern ausgezogen, weil sie mich rausgeschmissen haben. Also habe ich mir eine eigene Wohnung gesucht und setze jetzt hier meine Ausbildung fort“, erklärte Alice mir mit zusammengezogenen Augenbrauen. „Ich brauche noch deine Adresse, damit ich deiner Mutter als Dankeschön ein kleines Präsent schicken kann“, versuchte sie abzulenken.

Doch ich ignorierte es. „Wo wohnen denn deine Eltern und warum haben sie dich rausgeschmissen?“, platzte es aus mir heraus. *„Super, Sarah. 100 Punkte auf dein Taktgefühlkonto, hast du wieder toll gemacht“*, fluchte ich im Stillen und biss mir verlegen auf die Lippe. „Sorry. Ich wollte dich nicht so überrennen“, entschuldigte ich mich rasch.

„Nein, nein, das ist okay. Meine Eltern wohnen in Süddeutschland. Sie sind sehr konservativ eingestellt, weißt du, wobei meine Mutter noch offener ist. Ich ging auf eine katholische Schule und wurde sehr streng erzogen. Deshalb wusste ich auch gleich, wie ich auf dem Bürostuhl sitzen musste“, witzelte Alice.

Ich musste kichern. Ich konnte ihr stundenlang zuhören. Sie hätte mir auch die Gebrauchsanweisung für eine Waschmaschine vorlesen können und es würde sich wunderschön anhören. Ihre leicht rauchige Stimme war perfekt dafür geeignet.

„Sie haben mich rausgeworfen, weil ich nicht so war, wie sie mich gerne gehabt hätten“, fuhr sie fort. „Kannst du etwas für dich behalten?“ Alice sah mich ernst an.

Ich hielt ihr meinen kleinen Finger hin. „Ich schwöre es sogar“, grinste ich sie an.

Sie schaute verwirrt auf meinen Finger, verstand dann aber, was ich von ihr wollte, und hakte ihren kleinen Finger bei meinem ein. „Ich bin lesbisch." Sie wandte den Blick ab und starrte in den strahlend blauen Himmel. „Meine Eltern sehen Homosexualität als Krankheit, als etwas Abnormales. Mein Vater ist total ausgerastet und wollte mich in eine Klinik stecken. Meine Mutter weinte nur noch. Sie hatte Angst, niemals Enkel zu bekommen, und mein Vater machte sich Vorwürfe, etwas bei meiner Erziehung falsch gemacht zu haben. Du musst wissen, ich bin Einzelkind. Wir haben uns nur noch gestritten. Irgendwann kam ich von der Berufsschule heim und mein Vater stellte mir eine Reisetasche vor die Füße. Ich hob sie auf und ging einfach. Dann stieg ich in den nächsten Zug, der mich ans Meer brachte, und nun bin ich hier. Meine Mutter hat mir heimlich ein kleines Startkapital überwiesen, damit ich nicht auf der Straße sitze. Das Praktikum im Unternehmen deiner Mutter ist die einzige Chance, die ich habe", erzählte Alice ruhig. Sie ließ den Himmel nicht aus den Augen und wirkte dabei unglaublich gefasst und reif.

Ich konnte die Geschichte nur langsam realisieren und wusste nicht, was ich sagen sollte. Schließlich nahm ich ihre Hand und streichelte sie.

Alice drehte sich zu mir um und lächelte ein wenig. „Ich weiß, dass du ebenfalls ein kleines Geheimnis hast, Sarah", fuhr sie fort. „Du bist auch lesbisch. Das ist ziemlich offensichtlich. Ich habe mich ein wenig über dich informiert und deine Beziehungen mit Männern gingen der Reihe nach in die Brüche. Auch dein Auftreten ist nicht so, wie man es von dir erwartet. Trotzdem liebt dich deine Mutter, so wie du bist. Ich wünschte, es wäre bei mir auch so. Ich vermisse meine Eltern, auch wenn sie so scheiße zu mir waren. Ich gebe die Hoffnung aber nicht auf, dass sie eines Tages einsehen, dass Homosexualität nichts Schlimmes ist oder gar eine Krankheit. Ich glaube sogar daran, dass es irgendwo in den Genen verankert ist. Man kommt so zur Welt. Natürlich will man erst mal so sein wie andere und sucht sich einen Mann. Ich habe aber schon bei meinem ersten Freund gemerkt, dass das nicht das ist, was ich will. Ich habe mich schon als kleines Mädchen zu Frauen hingezogen gefühlt." Alice sah meine Hand an und lachte leise in sich hinein. „Scheiße, ich tisch dir hier meine halbe Lebensgeschichte auf und lass dich gar nicht zu Wort kommen. Verzeih mir, bitte. Es tut einfach gut, es sich von der Seele zu reden", rechtfertigte sie sich.

Ich lächelte. „Das ist vollkommen okay für mich. Ich höre dir gerne zu. Ich habe da nur eine Frage." Ich merkte, wie Alice' Stimmung kurz von entspannt auf beunruhigt kippte. „Willst du nicht deinen Kaffee trinken?"

Alle Anspannung fiel von ihr ab und sie lachte so herzhaft, dass ihr eine Strähne ins Gesicht fiel, die sie gleich wieder in die richtige Position brachte. Fast hätte ich total verliebt geseufzt, aber ich konnte mich gerade noch beherrschen.

„Verdammt, den habe ich voll vergessen! Gib mir mal bitte meinen Becher rüber."

Ich reichte ihr besagtes Gefäß und wurde Zeuge, wie sie es in einem Zug leerte. „Hm, nicht schlecht. Ich kenne wenige, die Kaffee auf ex trinken", sagte ich anerkennend.

„Auf die trink ich nicht", entgegnete sie trocken.

Ich grinste sie frech an. „Also, hattest du schon einmal eine Freundin?", fragte ich sie neugierig. Für mich war das alles Neuland und ich wollte einfach so viel wie möglich herausfinden, ohne dabei zu aufdringlich zu werden.

Alice nickte und streichelte mir dabei über die Wange. Ich schloss die Augen und saugte diesen Moment auf, wollte ihre Berührungen in vollen Zügen auskosten. „So wird also aus der bösen und vorlauten Wölfin ein handzahmes Lamm. Das sollte ich mir wohl merken", hörte ich sie flüstern.

Ich schmunzelte und nahm ihre Hand, senkte meinen Kopf und öffnete zaghaft die Augen. Was ich erblickte, ließ mein Herz kurz aussetzen. Unsere Hände waren ineinander verschränkt, ohne dass ich es recht mitbekommen hätte. Warum fühlte es sich so wunderschön an? Und warum fühlte es sich so richtig an?

„Es fühlt sich gut an. Du fühlst dich gut an. Ich fühle mich in deiner Nähe unglaublich wohl, obwohl wir uns kaum kennen", flüsterte Alice mir zu.

Ich suchte ihren Blick. „Ich empfinde das Gleiche, nur bin ich verdammt schlecht darin, zu sagen, was ich fühle oder denke. Es ist, als würde ich dich schon jahrelang kennen. Wenn du mich berührst, kribbelt es überall, so was kenne ich nicht." Ich beugte mich zu ihr und küsste ihre Stirn. Dass ich mich so mutig vorwagte, machte mich selbst etwas stutzig. Es fühlte sich an, als würde Alice das Eis zum Schmelzen bringen, welches mein Herz umgab.

Sie streichelte meinen Handrücken und ich hatte wieder dieses Kribbeln im Bauch. „Warst du noch nie so richtig verliebt?", bohrte sie nach und sah mich schief an. Ich legte die Stirn in Falten und schüttelte den Kopf. „Hast du es eilig?", fragte Alice mich.

Verwirrt über den plötzlichen Themenwechsel, zog ich eine Augenbraue hoch. „Nein, ich könnte ewig mit dir hier liegen. Es wird aber langsam dunkel. Wo schläfst du?", erkundigte ich mich und sah sie an.

„Ich habe eine kleine Wohnung, aber nur einen Haufen Kissen als Bett", gab sie betreten zu.

„Warte", unterbrach ich sie. Ein Kissenhaufen als Bett? Nein, da konnte sie nicht noch eine Nacht drin schlafen. Dafür gab es bestimmt eine bessere Lösung. Ich griff nach meinem Handy und wählte eine Nummer.

„Hey, mein Schatz, ist alles in Ordnung?“, meldete sich Mutti.

„Hey, alles in Ordnung, ich wollte nur fragen, ob es okay wäre, wenn eine Freundin heute Nacht bei uns schläft. Sie ist noch nicht lange hier und ihre Wohnung ist sehr spartanisch eingerichtet“, ratterte ich meine Sätze herunter. „Bitte, bitte, sag ja!“, flehte ich stumm.

Nach einer kurzen Pause antwortete sie: „Wenn es die Person ist, die ich gerade im Kopf habe, habe ich absolut kein Problem damit, sie darf auch gern länger bleiben. Ich quartiere Marco zu Oma um, dann nervt er euch nicht.“

Mir fiel ein Stein vom Herzen. „Du bist die Beste, Mutti. Danke. Wann kommst du nach Hause?“

„Ich bin noch in der Nähe der Berufsschule. Soll ich euch abholen?“

„Nein, nein, wir nehmen den Bus.“

Mutti seufzte theatralisch ins Telefon. „Na schön, ich bin gegen 22 Uhr zu Hause.“

„Okay, dann wissen wir Bescheid. Bis später.“ Ich legte auf. Alice sah mich erwartungsvoll an. „Meine Mutter hat kein Problem damit, wenn du bei uns schläfst.“ Alice wirkte nervös. „Hey, alles in Ordnung?“, fragte ich besorgt.

„Ich weiß nicht, ob das eine so gute Idee ist. Ich will mich nicht aufdrängen. Und ich habe es mir nun mal so ausgesucht. Versteh das bitte.“

„Du darfst in meinem Bett schlafen. Ich gehe aufs Sofa. Und morgen schauen wir mal, dass wir ein Bett für dich auftreiben können. Meine Mutter weiß bestimmt eine Möglichkeit, wie wir das dann auch zu dir transportieren können.“ Ich sah Alice liebevoll an. „Sag doch einfach Ja und diskutiere nicht so viel rum, gegen mich hat noch nie jemand eine Diskussion für sich entscheiden können“, dachte ich.

Sie küsste meine Stirn und stand auf. „Komm, wir müssen zum Bus, es bringt ohnehin nichts, mit dir zu diskutieren. Ich schlaf bei dir.“

Alice seufzte nachdenklich. Ich nahm ihre Hand und zog mich hoch. Nun stand ich ganz dicht vor ihr. Erst jetzt sah ich, dass ihre Augen nicht grün, sondern eher blaugrün waren, was mich noch mehr faszinierte.

Sie legte ihre Arme um meinen Hals und lehnte ihre Stirn an meine. „So was hat noch nie jemand für mich gemacht. Ich weiß nicht, wie ich das wiedergutmachen soll“, flüsterte sie beklommen.

„Ich würde für dich noch ganz andere Sachen machen“, entgegnete ich leise. Ein Lächeln huschte über meine Lippen und ich spürte dieses Kribbeln im Bauch. Ich war verliebt. Verliebt in eine Frau, die mir im Nu mein Herz gestohlen hatte und von der ich kaum etwas wusste.

Im Eiltempo legten wir die Decke zusammen und stopften sie zurück in meinen Rucksack. Ich sammelte unsere Kaffeebecher auf, in denen sich schon die Ameisen tummelten. Den Rest des Getränks schüttete ich weg und warf die Becher in die nächste Mülltonne. Hand in Hand gingen Alice und ich zur Bushaltestelle. Es fühlte sich so an, als würden wir uns schon Jahre kennen. Es hatte so viel Vertrautes an sich oder bildete ich mir das nur ein?

„Scheiße, ich habe kein Geld mehr für den Bus“, flüsterte Alice, als wir gerade rechtzeitig die Bushaltestelle erreichten und sie in ihrer Tasche rumkramte.

Als der Bus einfuhr, erkannte ich Gerd hinterm Steuer. „Ich kenne den Busfahrer, er wird dich so mitfahren lassen.“

Wir stiegen gemeinsam ein und Gerd lächelte mir zu. „Wie lief dein Vortrag, Sarah? Hast du den Saal gerockt?“

Ich grinste und deutete mit dem Daumen nach oben. Wir setzten uns an der Tür hin und sahen uns an. Ich griff nach ihrer Hand, aber Alice zog sie weg. Es verletzte mich ein wenig, ich konnte mir aber denken, warum sie das tat. Nur sie, ich und ihre Eltern wussten, dass sie lesbisch war. Sie war einfach noch nicht so weit, es aller Welt zu zeigen.

Mein Gewissen stimmte mir zu: *„Nimm Rücksicht, Sarah. Nicht alle poltern mit der Tür ins Haus wie du. Gib ihr Zeit.“*

Kapitel 7

Wir kamen bei mir zu Hause an. Ich kramte meine Schlüssel hervor und schloss die Tür auf. Ein Blick auf die Küchenuhr verriet mir, dass es neun war. Wir hatten also noch eine Stunde für uns, bevor meine Mutter auftauchen würde.

Alice folgte mir scheu. Ich zeigte ihr mein Zimmer und sie begeisterte sich sofort für die aus Treibholz gefertigten Möbel. „Die sind wunderschön. Hast du die gemacht?“, fragte sie mich neugierig.

Ich nickte und legte meinen Rucksack ab. Plötzlich stand Alice hinter mir und umarmte mich. Ich streichelte ihre Hände, die auf meinem Bauch ruhten. Wenn ich so überlegte, dass ich eigentlich kein Mensch für Zärtlichkeiten war, konnte ich nur innerlich den Kopf schütteln. Warum hatte ich mich so lange dagegen gewehrt?

„Du scheinst handwerkliches Geschick zu haben, warum verschwendest du dein Potenzial und wirst Buchhalterin?“, raunte sie mir zu, bevor sie meinen Nacken küsste.

Ich ignorierte ihre Frage und genoss das Kribbeln, welches mein Körper durchzog. Vielleicht war sie meine Zukunft, wer wusste das schon? Ich nahm meinen ganzen Mut zusammen. „Ich habe mich verliebt, Alice. Ich will dich nicht mehr hergeben. Ich weiß, ich bin dir vielleicht viel zu stürmisch, aber ich will das. Ich will dich“, flüsterte ich.

Alice drückte mich an sich. Ging ihr das alles etwa zu schnell?

„Aber ich gehöre doch schon dir, von der ersten Sekunde an, als ich dich überrannt habe, erinnerst du dich?“ Sie küsste wieder meinen Nacken und ich grinste dämlich vor mich hin.

Ja, unsere erste Begegnung war – neben der im Bus auf dem Weg zur Fachexkursion – zugegeben nicht unbedingt wie die aus einem Liebesfilm gewesen. Wir hatten Rechtslehre gehabt und ich hatte einen ganzen Klassensatz an BGBs getragen. Ich taumelte gerade langsam in Richtung Bibliothek, als Alice mir entgegenstürzte, wir das Gleichgewicht verloren und auf den harten Boden knallten. Um uns herum lagen die Bücher verteilt. Sie entschuldigte sich tausendmal und sammelte hastig die BGBs auf. Unsere Blicke trafen sich beim letzten Buch, nach dem wir beide gegriffen hatten. Verunsichert sahen wir einander in die Augen. Anschließend brachten wir gemeinsam die Bücher in die Bibliothek zurück und verabschiedeten uns voneinander. Ich sah ihr einen Moment lang nach, als sie abrupt stehen blieb und sich noch mal zu mir umdrehte. Unsere Blicke trafen sich erneut, bevor ich meinen schüchtern abwandte.

Ich drehte mich zu Alice um, wollte ihre wunderschönen Augen sehen. Sie lächelte müde und beugte sich zu mir, als ihr Magen unvermittelt laut knurrte. Sie errötete und hielt sich den Bauch.

„Wir sollten uns etwas zu essen machen. Komm mit!" Ich griff nach Alice' Hand und zog sie in die Küche. Ich schaltete das Radio ein, aus dem gerade Love Never Felt So Good schallte. Treffender ging es gar nicht mehr. Es fühlte sich einfach so gut an, sie hier zu haben und ihre Nähe zu genießen.

Ich durchsuchte den Kühlschrank nach etwas Essbarem. „Al, bist du Vegetarierin oder Veganerin?", fragte ich nach.

„Ach, sind wir schon so weit, dass wir uns Kosenamen geben?", scherzte Alice und verschränkte die Arme vor der Brust. „Ich bin Fleischfresser durch und durch", fügte sie lachend hinzu und streckte mir die Zunge raus.

Ich spürte ein Zucken im Unterleib. Sie war so ein süßes Biest und machte mich mit einfachen Dingen unglaublich glücklich. Sie zog mich immer mehr in ihren Bann.

Ich grinste in den Kühlschrank hinein. „Wir haben noch Fleischspieße von gestern, ist es okay, wenn ich die für uns warm mache?"

„Ich könnte auch dich essen", drohte sie mir spielerisch, „aber das könnte ich nicht verantworten." Alice biss mir sanft ins Ohrläppchen, was mir einen leisen Seufzer entlockte. Das war absolut unfair, ich war noch so schüchtern in ihrer Nähe.

Sie lachte. „Mach schnell das Essen warm. Dein Magen knurrt auch schon", ermahnte sie mich.

Ich stellte das Essen in die Mikrowelle und wählte die Zeit aus. Leise brummte das Gerät vor sich hin und ich wandte mich wieder Alice zu. Sie suchte bereits die Teller und das Besteck.

„Es ist schön, in einer vollständigen Küche zu stehen. Ich habe nur eine Spüle, einen Kühlschrank und eine Herdplatte, aber es reicht für den Anfang", gab sie leise zu.

Sie tat mir irgendwie leid. Sie hatte aus dem Nichts ihr komplettes Leben aufgegeben und musste jetzt neu Fuß fassen, ohne irgendwelche Hilfe. Doch ich wollte ihr helfen. Man konnte spüren, dass ihr die ganze Situation peinlich war.

Ich hörte, wie die Eingangstür aufgeschlossen wurde, und schaute auf die Uhr. Halb zehn. Mutti war wie immer zu früh da. Alice war plötzlich total angespannt und löste sich von mir. Gut gelaunt, aber erschöpft kam meine Mutter mit drei vollgepackten Einkaufstüten heim.

„Meine Güte, nicht mal abends kann man in Ruhe einkaufen. Der Supermarkt war rappelvoll. Komm, hilf mir eben schnell auspacken. Alice, meine Liebe, schön, dass du da bist. Habt ihr euch schon was zu essen gemacht?"

Ich deutete auf die Mikrowelle, die in diesem Moment mit einem lauten Klingeln das Aufwärmen des Essens beendete. Ich holte die Fleischspieße heraus und griff nach dem Salat, den Mutti wohl heute früh gemacht hatte.

„Möchtest du auch ein wenig davon?", fragte ich an Alice gewandt und hielt die Salatschüssel hoch. Alice schüttelte den Kopf.

„Kind, nun hilf mir doch mal, das Eis fängt schon an zu schmelzen", beschwerte sich meine Mutter.

Ich packte schnell die Einkaufstüten aus und bat Alice, schon mal in mein Zimmer vorzugehen. Sie nahm die Teller, das Besteck und die Spieße und huschte davon.

„Mutti, wir müssen ihr helfen. Sie hat Schreckliches durchgemacht und sie besitzt kaum Möbel", verkündete ich.

Sie legte die Stirn in Falten und überlegte kurz. „Wir fahren morgen shoppen. Um elf Uhr geht's los. Nun geh zu ihr und kümmere dich um sie", antwortete Mutti.

Ich war völlig perplex. So wie es sich anhörte, wollte meine Mutter Alice die Wohnung einrichten. Mir war klar, dass meine Mutter ein großes Herz hatte, aber so was hatte sie noch nie gemacht. Sie vertraute Alice blind. Obwohl Mutti eine sehr gute Menschenkenntnis besaß, das sollte nicht außer Acht gelassen werden.

Wir wussten selbst, wie es war, vor dem Nichts zu stehen. Als mein Vater starb und Mutti die Firma übernahm, schrieben wir monatelang rote Zahlen und mussten ums Überleben kämpfen. Ich vermutete, dass das der Grund war, warum sie einfach mal so beschloss, Alice das komplette Mobiliar zu spendieren.

Ich ging in mein Zimmer und musste schmunzeln, als ich Alice sah. Wie ein hungriges Tier fiel sie über das Essen her. Von acht Fleischspießen lagen nur noch zwei auf dem Teller. „Es tut mir so leid, ich wirke bestimmt total verfressen, aber ich hatte so einen Hunger und die Spieße waren so lecker", schmatzte sie mit vollem Mund. Sie seufzte und sah mich missmutig an.

„Alles okay, ich fall nicht vom Fleisch. Iss die beiden letzten auch noch auf und ich hole mir den Salat", beschwichtigte ich sie.

Alice war die Situation total unangenehm, aber mir war einfach nur wichtig, dass es ihr gut ging. Sie fühlte sich ja scheinbar auch wohl. Ich sah aus den Augenwinkeln, dass sie ihre langen Haare zu einem Zopf gebunden hatte. Ein paar Strähnen fielen in ihr hübsches Gesicht. In Gedanken führte ich einen kleinen Freudentanz auf. Ich hatte mich schon so sehr an ihre Nähe gewöhnt, obwohl wir erst wenige Stunden miteinander verbracht hatten.

Ich holte den Salat und setzte mich zu ihr. „Wollen wir noch einen Film gucken oder bist du müde?“, fragte ich Alice, während sie den letzten Fleischspieß aß und ich den Salat in mich hineinschaufelte.

„Ich bin total müde und will nur noch mit dir kuscheln“, nuschelte sie mit vollem Mund.

Ich schmunzelte. Sie hätte nicht süßer sein können.

Ich leerte hastig meine Salatschale und räumte das Geschirr weg. Kuscheln klang wie Musik in meinen Ohren, da wäre der Film sowieso nebensächlich geworden.

„Ich geh noch schnell duschen. Brauchst du Schlafzeug oder schläfst du in Unterwäsche?“

„Geh du nur duschen, ich suche mir ein Shirt zum Schlafen von dir raus“, murmelte Alice erschöpft, während sie sich streckte. Sie war offenbar total kaputt.

Ich nahm mein Schlafzeug und ging ins Badezimmer, wo ich duschte und mir die Zähne putzte. Ich wollte so schnell wie möglich wieder bei ihr sein.

Schließlich sauste ich frisch geduscht in mein Zimmer zurück. „Hey, brauchst du ...“, fing ich an, aber Alice lag bereits in meinem Bett und schlief. Sie sah so friedlich aus. Ihre Haare hingen in ihrem makellosen Gesicht, welches sie halb in meinem Kissen vergraben hatte. Sie hatte meinen selbst genähten Caranumba im Arm, das Geschenk einer Freundin. Ich hätte quieken können vor Freude.

Ich nahm mir eine Decke und ein Kissen aus meinem Kleiderschrank und machte es mir auf dem Sofa bequem. Ich sah noch eine Weile zu Alice hinüber, die tief und fest schlief. Ich hatte Angst, dass das alles zu schnell für sie ging. Ich war schon immer sehr stürmisch gewesen, aber ich wollte Alice unter keinen Umständen verlieren. Ihre Art faszinierte mich. Man glaubte vielleicht, dass sie kein Wässerchen trüben könnte, aber sie war mindestens genauso verletzlich wie ich. Ich vermutete, dass sie und ich viel durchmachen würden. Sie wäre meine erste ernsthafte Beziehung. Alice hatte ja bereits angemerkt, dass sie schon mal eine Freundin gehabt hatte, nur schien sie wohl nicht gerne darüber zu reden. Der Gedanke, mit ihr zusammen zu sein, ließ mich erröten. Gott sei Dank war es schon finstere Nacht.

„Sarah?“ Alice war wach geworden.

„Ja?“, antwortete ich ihr.

Anhand des Knarrens konnte ich vermuten, dass sie sich im Bett umdrehte. „Wo bist du?“, fragte sie zögernd.

„Ich liege auf dem Sofa. Schlaf weiter“, besänftigte ich sie leise.

„Schlaf bitte neben mir. Ich möchte mit dir kuscheln.“

Ich zögerte einen Moment. Ob es das Richtige war, gleich beim ersten Date in einem Bett zu schlafen? Ich räumte meine Zweifel beiseite und ging zu Alice hinüber. „Du musst schon ein wenig Platz machen, wenn wir kuscheln wollen“, murmelte ich müde lächelnd. Langsam rückte sie ein Stück zur Seite und ich legte mich zu ihr in mein Bett.

Sie vergrub prompt ihr Gesicht an meinem Schlüsselbein und atmete tief ein. „Du benutzt Herrenduschgel?“, fragte sie.

„Ich mag es lieber als die ganzen Damenduschgelsorten. Die sind mir einfach zu fruchtig“, rechtfertigte ich mich verlegen. Worauf sie alles achtete.

„Du brauchst dich nicht zu verteidigen. Du riechst zum Anbeißen“, seufzte sie und schien damit beschäftigt zu sein, sich in den Griff zu bekommen.

Ihre Anspielungen waren eindeutig, was mich etwas verunsicherte. „Ich habe noch nie eine Beziehung mit einer Frau gehabt“, hauchte ich in ihre Haare. In mir kochte Angst hoch. Ich hatte gehört, dass es Frauen gab, die damit überhaupt nicht klarkamen.

„Das ist doch in Ordnung. Mach dir darüber keine Gedanken.“ Sie drückte mich an sich und ich küsste ihre Haare, die so gut dufteten.

„Ist es okay für dich, wenn wir das langsam angehen? Es ist alles so neu für mich. Ich habe mich noch nie so wohlgefühlt und ich habe noch nie so was für jemanden empfunden. Es fühlt sich so richtig an, mit dir hier zu liegen und deine Nähe zu spüren.“ Ich fing an zu lachen. „Scheiße, jetzt laber ich dir einen Knopf an die Backe. Tut mir leid.“

Ich spürte Alice’ Grinsen auf meiner Haut. „Wie du möchtest, mein Liebling. Wir lassen uns Zeit, auch wenn ich das Bedürfnis habe, dich zu küssen. Ich will wissen, wie es sich anfühlt.“

Mein Herz machte einen Sprung und meinem Gewissen klappte die Kinnlade herunter. Unbeholfen streichelte ich über ihren Arm, der auf meiner Hüfte ruhte. Wie konnte sie mich nur derart aus der Fassung bringen?

„Es fühlt sich gut an, deine Nähe zu spüren“, seufzte sie leise. Ich suchte ihre Hand und hielt sie fest. „Gute Nacht“, nuschelte sie müde.

Ich küsste noch mal ihre Haare, bevor ich einschlief.

Kapitel 8

Als ich wach wurde, lag Alice halb auf mir. Ich konnte mich kaum bewegen. Ihr Arm ruhte auf meinem Bauch und ein Bein war um meine Hüfte geschlungen. Also, ich könnte so verdreht gar nicht schlafen. Ich streichelte ihren Rücken bis hoch in den Nacken. Schmunzelnd stellte ich fest, dass Alice mein Lieblingsshirt trug. Rammstein. Anscheinend hatten wir den gleichen Musikgeschmack. Ich wusste selbst solche Kleinigkeiten nicht. Vielleicht würde ich heute ein wenig mehr von ihr erfahren. Dämlich grinsend sah ich sie an. Scheiße, ich war verliebt.

Ich schaute mich nach meinem Handy um und fand es schließlich auf meinem Nachtschrank. Ich versuchte, es zu ergreifen, ohne Alice zu wecken, und schrieb Sam eine Nachricht.

Hey, das Date lief super. Alice liegt gerade auf meinem Bauch und schläft noch. Ich melde mich später.

Senden. Ich sah auf die Uhr. Es war acht. Ich legte das Handy weg und versuchte mich aus ihrem Klammergriff zu lösen.

Alice grummelte und schmiegte sich wieder an mich. „Nur noch fünf Minuten", brummte sie leise.

Ich kraulte ihren Kopf und starrte an die Decke. Wie konnte es sein, dass sie mich so glücklich machte? Ich summte leise die Melodie von Titanium und ließ meine Gedanken kreisen. Was Alice wohl zu dem Shoppingausflug sagen würde? Ich hatte gestern bereits bemerkt, dass es ihr unangenehm war, hier zu schlafen. Ich wollte ihr jedoch helfen, das war das Mindeste, was ich für sie tun konnte.

Ich spürte, wie Alice sich langsam bewegte und wach wurde. Sie rieb sich die Augen und sah mich total verschlafen an.

„Guten Morgen, Strubbel", flüsterte ich.

Alice legte sich auf mich und lächelte mich an. „Guten Morgen. Hast du heute schon an der Steckdose geleckt?", scherzte sie. Ich ahnte, dass meine Haare wieder nach allen Seiten abstanden.

„Frechheit!", protestierte ich und kitzelte sie.

Sie lachte und flehte, dass ich aufhören solle. Langsam setzte sie sich auf meinen Schoß und grinste mich an. „Hast du auch so gut geschlafen wie ich?“, erkundigte sie sich und ließ ihren Finger um meinen entblößten Bauchnabel kreisen.

Ich beobachtete sie dabei und spürte ihre Blicke auf meiner Haut. Sie strich ihre Haare zur Seite und küsste meinen Bauch. Dabei ließ sie mich nicht aus den Augen. Ich schloss genussvoll die Lider. So war ich noch nie geküsst worden. Nicht dort. Nicht so. Jeder Kuss hallte in meinem Körper nach. Daran konnte ich mich gewöhnen.

Ich richtete mich langsam auf und küsste ihr Schlüsselbein. „Wir müssen aufstehen, meine Mutter will mit uns zum Shoppen fahren.“

Alice hob meinen Kopf, sodass wir uns in die Augen sahen. „Du hast mir immer noch nicht gesagt, wie du geschlafen hast. Vorher werden wir dein Bett nicht verlassen“, sagte sie bestimmt.

„Super. Nach Ewigkeiten habe ich mal wieder durchgeschlafen.“

„Das freut mich zu hören. Dein Bett ist unglaublich bequem. Aber eins musst du mir bitte erklären.“ Sie nahm mein Caranumba in die Hand. „Was ist das?“

Ich lachte. Es war ein kleines rosafarbenes Etwas mit gekringelten Ohren, einem überproportional großen Körper und kleinen, süßen Gliedmaßen. Die Augen waren riesig und auf gewisse Weise ulkig.

„Das ist ein Caranumba. Eine gute Freundin hat es mir zu Weihnachten geschenkt. Es soll die Albträume fernhalten und es kann die Augenfarbe wechseln.“

Alice begutachtete das Stofftier. „Das ist echt süß von deiner Freundin“, lächelte sie. „Hast du es denn schon getauft?“, fragte sie wissbegierig.

„Mir ist bisher kein guter Name eingefallen. Weißt du einen?“, fragte ich langsam und küsste ihren Hals. Ich war süchtig nach ihr.

Alice überlegte und kraulte meinen Kopf. „Zareb“, sagte sie schließlich.

„Klingt zumindest afrikanisch. Caranumbas kommen aber aus dem südamerikanischen Raum“, berichtigte ich Alice.

Sie warf mir einen trotzigen Blick zu. „Trotzdem heißt er jetzt Zareb“, verkündete sie und gab dem Stofftier einen Kuss auf die vermutete Stirn.

Es klopfte an der Tür und Alice sprang sofort von meinem Schoß, als sie sich kurz darauf einen Spaltbreit öffnete. „Guten Morgen, ihr beiden. Frühstück ist fertig“, rief meine Mutter gut gelaunt.

„Wir sind gleich da“, antwortete ich.

„Alice, ich habe dir ein Handtuch ins Badezimmer gehängt, damit du duschen kannst.“

„Danke, Frau Fischer, das ist lieb von Ihnen“, bedankte sie sich höflich.

Die Tür schloss sich wieder und Alice sah mich an. Mein Shirt passte ihr nicht so richtig und versteckte nur knapp ihre Unterhose. Sie streckte sich genüsslich und gewährte mir dadurch einen Blick auf ihren Bauch. Sie schien viel Sport zu machen, man konnte ihre leicht definierten Bauchmuskeln erkennen. Sie grinste mich frech an. „Willst du nicht aufstehen?"

„Willst du nicht duschen gehen?", konterte ich. Sie streckte mir die Zunge raus und wieder zog sich mein Unterleib zusammen.

Ich stand langsam auf und Alice verschwand im Badezimmer. Schnell zog ich mir etwas an. Heute sollte es besonders warm werden. Ich entschied mich daher für ein Top und eine Hotpants. Dann ging ich zu meinem Nachtschrank. Sam hatte mir geantwortet.

Seid ihr etwa beim ersten Date in der Kiste gelandet?!

Ich tippte schnell eine Nachricht.

Ich erzähle dir alles am Montag. Sie bleibt das Wochenende bei uns.

Nachdem ich auf Senden gedrückt hatte, versuchte ich mit den Fingern, meine Haare zu bändigen. Es klappte überraschend gut.

Ich schreckte zusammen, als mir plötzlich jemand in den Po kniff.

„Du siehst heiß aus." Ich drehte mich um. Alice stand nur in ein Handtuch gewickelt vor mir.

Ich schluckte. Wie extrovertiert konnte man eigentlich sein? Sie schien, was das anging, die Messlatte ziemlich hochzulegen.

„Hast du eventuell was zum Anziehen für mich?", fragte sie mich schüchtern und ich merkte, dass sie sich ein schelmisches Grinsen verkneifen musste.

„Bedien dich", erwiderte ich und zeigte auf meinen Kleiderschrank. Ich biss mir verlegen auf die Lippe und versuchte, mir selbst einzureden, dass mich ihre halb nackte Erscheinung kaltließe.

Mein Gewissen brach umgehend in schallendes Gelächter aus und kringelte sich regelrecht auf dem Boden. „Natürlich lässt es dich kalt, Sarah", witzelte es sarkastisch.

Alice trat an meinen Schrank heran und öffnete die Flügeltüren. „Hm, was hast du denn Schönes für mich?", grübelte sie laut. Sie durchforstete meinen T-Shirt-Stapel und entschied sich für ein grau-gelb gestreiftes Top. Dann beugte sie sich zu meinen Unterhosen hinunter, nahm sich eine dunkelblaue und eine schwarze kurze Hose, die mir leider zu eng war. Es war mal meine Lieblingshose gewesen, aber wegen meines Fast-Food-Konsums passte ich nicht mehr hinein. Sie nahm den Stapel Sachen und verschwand wieder im Badezimmer.

Ich fand es schade, dass Alice alleine duschte.

Mein Gewissen, das sich wieder beruhigt hatte, verschränkte die Arme und tippte energisch mit dem Fuß auf den Boden. „Sarah, du hast ihr gesagt, dass du es langsam angehen willst, und jetzt willst du am liebsten über sie herfallen? Setz mal bitte deine Prioritäten", meckerte es. Und es hatte recht.

Ich widersprach mir selbst. Einerseits wollte ich es langsam angehen, andererseits wollte ich mehr. Ich war so hungrig auf mehr von ihr. Sie war erfahrener als ich und ich schämte mich ein wenig für meine Unschuld.

Ich schüttelte meine wirren Gedanken ab und ging in die Küche. Meine Mutter hatte ihre langen dunkelbraunen Haare hochgesteckt und trug ein weißes Kleid.

„Guten Morgen, Schatz. Hast du gut geschlafen?", begrüßte sie mich und gab mir einen Kuss auf die Wange.

„Danke, Mutti, ich habe super geschlafen. Erwarten wir noch Gäste oder warum hast du so viel vorbereitet?"

Der Küchentisch war voll mit diversen Leckereien: Eier, Aufstrich, Feinkostsalate, Brötchen in mindestens drei Variationen, diverse Säfte, Tee und Kaffee.

„Nein, nur wir drei", antwortete Mutti und kräuselte die Lippen. Wie konnte ich es nur wagen, die Fürsorglichkeit meiner Mutter infrage zu stellen?

Ich machte mich ein wenig kleiner und grinste sie verlegen an. Lächelnd strich sie mir über die Wange, die sie zuvor geküsst hatte, und kniff hinein. Leise fluchte ich vor mich hin. Ich war doch keine neun Jahre mehr und damit zu alt für so was.

Alice kam aus dem Badezimmer und setzte sich zu mir. „Guten Morgen, Frau Fischer. Danke für das Handtuch, die Dusche tat echt gut", wandte sie sich höflich an meine Mutter.

„Ach, Liebes, das ist doch nicht der Rede wert. Ich sehe, du hast dich an Sarahs Kleiderschrank bedient. Wir fahren heute shoppen und kleiden dich neu ein. Danach holen wir noch ein Bett und andere Sachen für deine Wohnung. Keine Widerrede! Und nun lasst es euch schmecken", schmetterte sie jeden möglichen Protest ab und bot uns die frischen Brötchen an.

Wir frühstückten ausgiebig und Mutti löcherte Alice, der es sichtlich unangenehm war, mit Fragen.

„Mutti, nun nimm Alice nicht so ins Kreuzfeuer. Ich denke, sie wird dir die Antworten geben, die du brauchst. Nur nicht jetzt", ermahnte ich meine Mutter mit skeptischem Blick.

Alice räusperte sich kurz. „Danke, Sarah, das ist echt süß von dir. Frau Fischer, um ein paar Fragen zu beantworten: Ja, ich bin lesbisch. Meine Eltern leben in Süddeutschland und weiter möchte ich darauf im Moment nicht eingehen. Bitte verstehen Sie das", sagte sie. „Ich würde mich freuen, wenn Sie es erst mal für sich behalten. Ich möchte es nicht an die große Glocke hängen", fügte sie noch mit flehendem Blick hinzu.

„Alice", fing meine Mutter an und nahm ihre Hand, „das kann ich verstehen. Ich freue mich, dass du hier bist. Du hast die Welt meiner Tochter ziemlich auf den Kopf gestellt. Sie hat sogar im Schlaf deinen Namen gerufen."

„Danke, Mutti, das war auch gerade überhaupt nicht peinlich", dachte ich errötend. Ich nahm einen Schluck Kaffee und konnte aus den Augenwinkeln erkennen, dass Alice mich angrinste.

„Das hast du mir ja gar nicht erzählt", meinte sie.

„Wann willst du denn los, Mutti?", versuchte ich, das Thema zu wechseln.

„Wenn ihr fertig seid mit Frühstücken, dann können wir in einer Stunde los", eröffnete sie uns und sah dabei auf ihre Armbanduhr.

„Soll ich Ihnen helfen, den Tisch abzuräumen?", bot Alice an, aber meine Mutter winkte ab.

„Nein, nein, fühl dich hier wie zu Hause. Sarah kann dir ja mal unsere Wohnung zeigen, wenn du magst", schlug Mutti vor.

Ich fand die Idee nicht schlecht. So konnte ich vielleicht mehr über Alice erfahren. Entschlossen nahm ich ihre Hand und führte sie ins Wohnzimmer. Es strahlte eine himmlische Ruhe und Gemütlichkeit aus. Wir hatten ein riesiges schwarzes Ledersofa und einen Massagesessel, auf dem mein Vater früher immer gesessen hatte. An der Wand gegenüber dem Sofa hing ein riesiger Flachbildfernseher, der nur selten genutzt wurde. Nie hatte ich verstanden, wozu Mutti so ein gigantisches Teil haben wollte, Marco hingegen fand das Gerät super, sodass er auch gerne mal seine Konsole an diesen Fernseher anschloss, zum Unmut meiner Mutter, die nach einem langen Tag einfach nur entspannen wollte.

Auf dem Schrank standen Bilder von mir, meinem Bruder und meinen Eltern, überall waren Kerzen in allen möglichen Farben und Formen, die um die Bilder herum aufgestellt waren. Meine Mutter war die Königin der Dekoration, es war ein harter Kampf, dass sie sich nicht auch noch in meinem Zimmer austobte.

Alice bewegte sich sehr vorsichtig und umsichtig durch den Raum. Sie nahm ein Bild und betrachtete es eingehend. Ich ging zu ihr und schaute ihr über die Schulter. Es war unser letztes Familienfoto. Papa strahlte uns mit seinen bernsteinfarbenen Augen und seinen langen schwarzen, zum Zopf gebundenen Haaren an. Er hatte Mutti – die scheinbar nie gealtert war –

und mich, die uns mit ihrem Zahnpastalächeln und ihren blauen Augen anstrahlte, im Arm. Ich hatte meine schulterlangen Haare zu einem Zopf gebunden und meinen kleinen Bruder hochgehoben, der breit grinste.

„Ihr seht alle so glücklich aus", flüsterte Alice lächelnd. „Wir haben auch oft Familienbilder machen lassen. Sie wirkten immer sehr gestellt und unnatürlich. Ich wurde immer in die hässlichsten Kleider gesteckt. Meine Eltern haben ein großes Anwesen mit einer Hausdame und zwei Gärtnern. Mein Vater ist sehr streng und wies die Angestellten ständig zurecht, meistens völlig unbegründet. Meine Mutter war eher die ruhige und liebevolle Seele des Hauses. Sie stand total unter dem Pantoffel meines Vaters und nahm mich immer in Schutz, wenn ich mal was angestellt hatte. Einmal habe ich eine teure Vase beim Spielen kaputt gemacht. Da war ich sieben oder so. Mein Vater ist total in die Luft gegangen und wollte mich auf seine Weise bestrafen. Meine Mutter ging dazwischen und bekam die volle Breitseite ab. Ich habe bitterlich geweint. Es tat mir so leid", erzählte sie ruhig.

Ich lauschte ihr aufmerksam. Sie wirkte gedankenverloren.

Langsam stellte Alice das Bild zurück und nahm eines, auf dem Marco zu sehen war. „Du hast einen Bruder?", fragte sie und zeigte mir das Bild eines schlanken Jungen, der seine dunkelbraunen Haare zu einem Irokesen frisiert hatte.

Ich nickte. „Marco macht gern auf dicke Hose, lass dich von diesem Engelsgesicht nicht täuschen", erläuterte ich Alice, die ihren Blick zum nächsten Bild wandern ließ.

Sie nahm ein Porträt von mir und strahlte. „Du hattest mal lange Haare?! Oh, mein Gott, du siehst so süß aus. Wie alt bist du denn da gewesen?", quietschte sie vor Begeisterung.

Ich legte meine Hände auf ihre Schultern, während mir mein jüngeres Ich entgegenlächelte. „Da war ich acht. Das Bild entstand ein paar Wochen, bevor mein Vater starb", erklärte ich Alice. Sie sagte nichts. Ich deutete ihre Stille als Anteilnahme, wofür ich ihr sehr dankbar war. Mir fiel es immer noch schwer, über meinen Vater zu reden, auch wenn er schon eine ganze Zeit nicht mehr unter uns war.

Alice stellte die Bilder zurück, drehte sich zu mir um und nahm mich in den Arm. Ich versuchte, ein paar Tränen zu verdrücken, aber es wollte mir einfach nicht gelingen. Mir entwich ein leiser Schluchzer, was Alice nicht entging, die mich nur umso fester an sich drückte.

„Hey, nicht weinen. Ich kann dich total verstehen. Meine Patentante starb bei einem Autounfall, als ich sechs war. Sie war die Einzige, die mich verstand und mich nicht ständig unter Druck setzte. Ich fiel für eine Weile in ein tiefes Loch. Vielleicht war das der Grund, wieso ich in der Schule so rebellierte", flüsterte sie, während sie meinen Rücken streichelte. Sie erzählte sehr ruhig und ernst. Ich wischte meine Tränen weg und Alice lächelte mich an. „Lass uns über etwas Schönes reden, Liebling", schlug sie schließlich vor.

Ich versuchte mich zu beruhigen. Mein Körper zitterte. Mein Herz schlug mir bis zum Hals. Da schloss ich die Augen und küsste sie. Mein Körper explodierte innerlich, als Alice meinen Kuss erwiderte. Es fühlte sich unglaublich schön und angenehm an. Ihre Lippen waren so weich und sanft, genau so hatte ich es mir vorgestellt.

Als wir uns langsam voneinander lösten, öffnete ich die Augen und sah meine Liebste an, die mich liebevoll anlächelte. Ich war überrascht, dass ich sie überhaupt geküsst hatte, es war sonst absolut nicht meine Art, den ersten Schritt zu machen. Diesen Moment würde ich niemals vergessen. Mein Körper kribbelte unentwegt, mein Herz raste, dass ich befürchten musste, gleich ohnmächtig zu werden.

„Du überraschst mich immer wieder", hauchte sie und küsste mich noch mal.

„Mhm. Ich will nicht aufhören. Bitte", flehte ich sie an, als meine Mutter ins Wohnzimmer kam.

„Hey, ich bin so weit fertig, wie sieht es mit euch aus?", fragte sie.

Alice nahm meine Hand. „Wir können los, Frau Fischer", antwortete sie.

Ob sie auch in der Stadt meine Hand halten würde?

Kapitel 9

Wir stiegen in unseren alten Kombi. Immer wieder stellte ich mir die Frage, wieso Mutti sich nicht einfach einen neuen Wagen zulegte, wir nagten ja nicht gerade am Hungertuch. Doch sie beharrte darauf, das Auto zu behalten und so lange zu fahren, bis es auseinanderfallen würde.

Alice saß vorne und ich hatte auf der Rückbank Platz genommen. Im Radio lief ein Sommerhit nach dem nächsten, was meine Laune ins Unermessliche steigerte. Mein Körper kam auch langsam mit der ständigen Nähe zu Alice, die mir so viel bedeutete, klar. Ich hatte mich selten so gut gefühlt. Unauffällig beobachtete ich sie über den Seitenspiegel. Ihr Lächeln hätte problemlos den Mount Everest nach Europa versetzen können. Sacht wehten ihre Haare im Fahrtwind. Für mich war sie einfach perfekt.

Mutti und Alice unterhielten sich über die umliegenden Shoppingtempel, die man besuchen könnte. Wir beschlossen jedoch, erst in die Stadt zu fahren und über die Einkaufsmeile zu bummeln.

Meine Mutter hatte seit Jahr und Tag einen rasanten Fahrstil. Sie schnitt dreimal die Kurve und fuhr mehrmals über eine fast rote Ampel. Ich schüttelte den Kopf. So viel jugendlicher Leichtsinn in einer erwachsenen Frau ließ mich das eine oder andere Mal fassungslos dastehen.

Als wir im Parkhaus aus dem Auto gestiegen waren, nahm Alice meine Hand und drückte sie sanft. Überrascht sah ich sie an und sie küsste mich auf die Wange. Sie schien selbstsicherer zu sein, sonst hätte sie das bestimmt nicht getan. Meine Mutter tänzelte vor Freude. „Ihr seid so ein süßes Paar! Alice, wo möchtest du zuerst hin?“

„Ich kenne mich hier kaum aus, empfehlen Sie mir einen Laden“, meinte Alice kleinlaut.

„Ach, nenn mich doch bitte Senta. Ich mag dieses Frau Fischer nicht. In der Firma duzen wir uns auch alle“, fügte sie zwinkernd hinzu.

Wir schlenderten aus dem Parkhaus und bogen in die Einkaufsmeile ein. Es war Samstag, weswegen die Stadt natürlich brechend voll war. Wir strebten einem kleinen Laden zu, der mit Sommerklamotten vollgestopft war. Alice ließ meine Hand los und bahnte sich einen Weg zwischen den unzähligen Kleiderständern hindurch. Ich sah mich um und fand ein weißes Shirt, das mir ganz gut gefiel.

„Sarah?“, rief mich Alice, die einige Meter von mir entfernt stand.

Ich nahm das Shirt mit und ging zu ihr hinüber. Sie hielt sich ein weißes Kleid, das sehr schlicht geschnitten war, an den Körper und schaute mich fragend an.

„Probier's mal an, so kann ich das nicht beurteilen“, schlug ich vor.

Schnell huschte sie in die Umkleidekabine und zog sich um. Wenige Minuten später schob sie den Vorhang zurück und mir verschlug es den Atem. Das Kleid saß perfekt an ihrem Körper. Sie drehte sich langsam und lächelte mich an.

„Gefalle ich dir?“, fragte sie zögerlich. Ich nickte stumm, war absolut sprachlos.

„Alice, du siehst wundervoll aus“, freute sich Mutti, die diese eingehend betrachtete. „Zieh es wieder aus, das kaufen wir dir.“ Ich hatte nicht mal bemerkt, dass Mutti auf einmal aufgetaucht war.

Alice zog den Vorhang wieder zu und schlüpfte in ihre beziehungsweise meine Klamotten. „Senta, das Kleid ist unglaublich teuer“, widersprach sie, als sie sich umzog. „Ich weiß nicht, ob ich das annehmen sollte.“

„Ach, Alice, lass das mal meine Sorge sein. Schau dich ruhig noch etwas um, vielleicht finden wir passende Schuhe dazu“, entgegnete meine Mutter. Sie achtete beim Shoppen nie aufs Geld, da konnte es schon mal passieren, dass einige große Scheine über die Ladentheke wanderten.

Alice schlenderte weiter durch den Laden, während meine Mutter mit dem Kleid in der Hand die nächste Verkäuferin suchte und fragte, ob die passenden Schuhe zum Kleid da wären.

Gelangweilt kaute die Verkäuferin Kaugummi und schaute nach einem Paar Schuhe. „Welche Größe brauchen Sie denn?“, fragte sie.

„Alice, welche Schuhgröße hast du?“, rief meine Mutter durch den Laden.

„38“, gab sie zurück, während sie einige T-Shirts betrachtete.

Ich schaute an mir hinunter und bemerkte erst jetzt, dass ich noch das Shirt in der Hand hatte. Sofort ging ich in die Umkleidekabine und probierte es an. Es war eines dieser Oberteile, bei dem eine Schulter frei blieb, keine Ahnung, wie man die eigentlich nannte. Ich war nie ein Freund von Mode gewesen und interessierte mich auch nicht dafür. Das Shirt saß locker, aber auch nicht wie ein Sack. Es schmiegte sich leicht an meinen Körper.

„Das steht dir“, wisperte Alice und betrachtete mich eindringlich. Sie hatte ihren Kopf in die Kabine gesteckt und grinste mich an.

„Danke“, erwiderte ich und küsste sie flüchtig.

In dem Moment zog meine Mutter den Vorhang weg und lachte. „Sarah, das sieht echt gut aus. Wenn ich noch mal so jung wäre wie du, würde ich das auch tragen.“

„Gott sei Dank, bist du schon etwas älter“, scherzte ich und Mutti kniff mir in die Wange.

„Du Schelm!“, lachte sie.

Alice beobachtete das Spektakel und amüsierte sich köstlich. Meine Mutter gab ihr ein Paar Schuhe und bat sie, noch mal das Kleid mit den Schuhen zusammen anzuprobieren. Gehorsam schlüpfte Alice zu mir in die Umkleide.

„Hey, nur eine Person pro Kabine!“, schnauzte die kaugummikauende Verkäuferin von der anderen Ecke des Ladens.

Alice und ich seufzten, doch sie ging in die Kabine neben meiner und zog sich noch mal um. Ich wechselte ebenfalls die Klamotten und beschloss, das Shirt zu kaufen. Aufgeregt wartete ich, dass Alice den Vorhang lüftete. Ein paar Sekunden später tat sie dies und ich war erneut sprachlos. Das Kleid und die Schuhe harmonierten perfekt miteinander. Wieder drehte sie sich langsam und mir stockte der Atem.

„Du bist perfekt“, flüsterte ich.

„Also soll ich beide Teile nehmen?“

„Ja“, hauchte ich. Eigentlich bekam man mich selten mundtot, doch sie schaffte es mit einer Leichtigkeit, die mich einfach nur ungläubig dastehen ließ.

Alice machte den Vorhang wieder zu und zog sich um. Ich wartete auf sie, bevor wir zusammen zu meiner Mutter, die bereits an der Kasse stand, gingen.

„Passt alles, Liebes?“, fragte Mutti. Alice nickte lächelnd.

Wir bezahlten und zogen weiter durch die Läden.

„Hast du eigentlich ein Outfit fürs Büro?“, erkundigte sich meine Mutter irgendwann. Alice schüttelte peinlich berührt den Kopf. „Dann gehen wir jetzt zu meinem Lieblingsladen. Dort kaufe ich immer ein“, verkündete sie munter und preschte voran.

Sie schleifte uns in eine kleine Boutique. Egal, wo man hinsah, überall waren Hosenanzüge, Bleistiftröcke, Blazer, Hemden und die dazu passenden Schuhe.

„Frau Fischer, schön, Sie zu sehen. Wie darf ich Ihnen heute weiterhelfen?“, begrüßte uns die Verkäuferin.

„Selma, Liebes, du sollst mich doch nicht siezen, ich bin schließlich erst 29“, scherzte Mutti. Beide gackerten los.

Das war ja wie im Hühnerstall. Ich verdrehte genervt die Augen.

„Selma, das ist Alice“, stellte sie die beiden einander vor. „Sarah kennst du ja schon.“

Die Verkäuferin winkte mir kurz zu und ich grinste gequält. Das letzte

Mal, als ich hier gewesen war, hatten wir meine Klamotten fürs Büro ausgesucht. Es war der Horror gewesen. Meine Mutter hatte mich in Bleistiftröcke und viel zu enge Hemden gezwängt. Ich hatte mich gefühlt wie eine Anziehpuppe. Nachdem ich lautstark mit meiner Mutter diskutiert, fast schon gestritten und meinen Kopf durchgesetzt hatte, waren wir mit vier Hosenanzügen heimgefahren. Tagelang war sie mir noch in den Ohren gelegen, wie toll ich doch in den Röcken, die ich bis aufs Blut hasste, ausgesehen hätte.

Alice sah nervös aus.

„Selma, hast du etwas Schönes für meine neue Auszubildende?", wollte Mutti wissen.

Ich zog eine Augenbraue hoch. Auszubildende? Sollte sie nicht erst mal ein Praktikum machen?

Die Verkäuferin musterte Alice und ging nachdenklich um sie herum. „Sie sind eine wunderschöne junge Frau. Schauen wir mal, was wir für Sie haben. Gibt es etwas, das Sie absolut nicht mögen?", fragte Selma freundlich.

„Ich mag keine zu hohen Absätze", antwortete Alice freundlich.

„Dann haben wir ja ein großes Repertoire, auf das wir zugreifen können. Ich schätze, Sie haben bei Oberteilen die Größe S und bei Hosen und Röcken 36, liege ich da richtig?", mutmaßte Selma lächelnd. Alice nickte verdutzt.

Ich versuchte, mir das zu merken. Oberteile S, Hosen und Röcke 36. Check! Mein Gewissen saß mit der Brille auf der Nase da und tippte die neu gewonnenen Infos in den Computer ein.

Die Verkäuferin wirbelte durch ihren Laden und griff gezielt nach einem Bleistiftrock, einer weißen Bluse und dem dazu passenden Blazer. Beim Vorbeigehen nahm sie noch schnell die richtigen Schuhe aus dem Regal. „Welche Größe haben Sie, Alice?"

„38", antwortete ich knapp, während ich auf der Bank vor den Umkleidekabinen Platz nahm. Ich hasste Shoppen, vor allem mit meiner Mutter. Sie brauchte immer ewig, um das Richtige zu finden.

Alice war total nervös und kam zu mir herüber. „Bitte gib mir einen Kuss. Ich muss mich irgendwie beruhigen, mir ist die Sache nicht sehr angenehm", bettelte sie.

Ich streichelte ihre Wange und küsste sie zärtlich. „Beruhige dich bitte, die beiden sind immer so. Wie Dick und Doof, nur weiß keiner, wer wer ist." Alice lachte und wirkte sogleich ein wenig entspannter.

Die Verkäuferin brachte ihr die Klamotten. „Schauen wir mal, wie das aussieht", lächelte sie, als Alice mit dem Outfit in die Umkleidekabine verschwand. Ihre grauen, mittellangen Haare hatte sie locker nach hinten geföhnt und mit einigen Haarnadeln fixiert. Sie trug etwas Mascara und einen knallroten Lippenstift. Eine Perlenkette zierte ihren Hals, passend zu einem gestreiften Shirt und einem marineblauen Blazer. Ein Bleistiftrock und flache Schuhe rundeten das Gesamtbild ab.

Alice stand wenig später in ihrem Outfit vor mir und prompt entfuhr mir ein leises „Wow". Das Hemd, der Blazer, der Rock und die Schuhe passten einfach fabelhaft zusammen. Selma und Mutti quietschten vor Entzücken und ich konnte mich einfach nicht sattsehen.

„Perfekt! Alice, wollen Sie noch einen Hosenanzug anprobieren? Dazu würde ich flache Schuhe empfehlen. Ich weiß aus Erfahrung, dass Schuhe mit Absätzen die Hölle sein können", scherzte Selma.

Alice nickte und ging vor mir auf und ab. Mutti huschte der Verkäuferin hinterher und flüsterte ihr etwas zu.

Diese Gelegenheit nutzte Alice, um mich zu küssen. Ihre grünen Augen leuchteten mir entgegen. „So was hat noch nie jemand für mich getan. Solche Klamotten könnte ich mir im Leben nicht leisten." Sie zeigte auf das Preisschild am Blazer. 129 Euro. Ich schürzte die Lippen. Mit meinem kleinen Auszubildendengehalt konnte ich mir so was auch nicht leisten.

Selma kam mit einem Hosenanzug zurück und gab ihn Alice. „Probieren Sie das an. Sie werden wundervoll aussehen."

Ich hatte einen trockenen Mund und beschloss, schnell eine Flasche Wasser im Kiosk nebenan zu kaufen. „Eine Klimaanlage wäre bei dem Wetter eine sinnvolle Investition für diese kleine Boutique", dachte ich.

Draußen war es ekelhaft schwül. Ich stand einen Augenblick vor dem geöffneten Getränkeschrank und genoss die kalte Luft, die herausströmte, bevor ich nach einer Wasserflasche griff. Schnell ging ich zur Kasse.

„Macht 'n Euro", nuschelte der Verkäufer, der kurz aufsah.

Ich gab ihm diesen und ging wieder zurück in die Boutique. Als ich mich dort auf meinen angestammten Platz gesetzt hatte, zog Alice den Vorhang auf. Ich verschluckte mich und hustete wie doof. Alice sah aus wie eine Bürovorsteherin. Wie eine verdammt heiße Bürovorsteherin. Sie drehte sich kurz und ging ein paar Schritte. Oh. Mein. Gott. Mein Unterleib zog sich zusammen. Selma und Mutti waren ebenfalls sprachlos.

„Das Outfit hätte ich gerne zweimal", ordnete Mutti an. Selma sah dies wohl als Befehl und suchte das gleiche Outfit hastig nochmals zusammen.

„Alice, fühlst du dich darin wohl?", fragte ich. Sie nickte und zwinkerte mir kaum merkbar zu, ehe sie wieder in der Umkleidekabine verschwand.

„Ich glaube, dann haben wir das auch erledigt", freute sich Mutti und wandte sich mir zu. „Ich geh mit Selma schon einmal nach vorne. Ihr beide kommt nach, oder?"

Ich nickte und ging zur Umkleidekabine, in der Alice war. „Du raubst mir den Atem. Ich weiß gar nicht, wie ich die nächste Woche überleben soll", stotterte ich vor mich hin.

Alice lachte leise, zog mich in die Umkleidekabine und küsste mich. Ich erwiderte jeden einzelnen ihrer Küsse, die mich Stück für Stück in den Wahnsinn trieben. Ihre Hand glitt unter mein Shirt und wanderte über meinen Bauch. Ich spürte, wie diese Berührung mich erregte, und sah Alice an. Sie stand nur in Unterwäsche vor mir. Erneut zog sich mein Unterleib zusammen.

„Willst du mir beim Anziehen helfen oder draußen warten?", fragte sie frech grinsend.

„Ich warte lieber draußen. Ich habe Angst, dass wir sonst zu früh einen Schritt weitergehen", antwortete ich sachlich und küsste ihre Stirn. „Momentan kann ich mich nicht so gut zusammenreißen. Wer weiß, wie lange ich das noch schaffe?", drohte ich ihr spielerisch. Sie zwickte mir sanft in den Po und ich verließ die Umkleidekabine. Frech war für Alice gar kein Ausdruck.

Wenige Sekunden später stand sie vor mir, bepackt mit den ausgewählten Outfits. „Warte, ich nehme dir die Klamotten ab, kannst du bitte die Tüte halten? Da ist auch eine Wasserflasche drin, trink etwas. Draußen ist es echt warm."

„Danke", raunte sie mir zu. Zusammen gingen wir zu Selma und Mutti.

„Ach, da seid ihr ja. Ich habe schon bezahlt. Dann lasst uns mal weiterziehen. Sarah, nimmst du die Tüten bitte?", bat mich meine Mutter freundlich.

Wir verabschiedeten uns von Selma und gingen weiter die Einkaufsmeile entlang. Alice schlenderte neben mir her und streichelte mir kurz über den Rücken. Diese einfache Berührung zauberte mir unwillkürlich ein Lächeln ins Gesicht.

Meine Mutter unterbrach meine Gedanken, indem sie mir die Autoschlüssel gab und mich bat, die Tüten im Wagen zu verstauen. Ich seufzte und ging zum Parkhaus. Bepackt wie ein Esel ging ich zum Fahrstuhl und drückte auf die Taste P1. Die Türen schlossen sich und der Aufzug ruckte kurz, als er losfuhr. Kurz danach kam er zum Stehen.

„P1", verkündete eine schnarrende Stimme aus den Lautsprechern.

Ich stieg aus und schlenderte zum Auto. Alice hatte mir in Rekordzeit den Kopf verdreht, jeder Moment ohne sie fühlte sich leer und sinnlos an. Dieses Lächeln, das sie mir immer wieder auf die Lippen zauberte, bedeutete mir die Welt. So was war mir nie zuvor passiert, es war für mich nur schwer nachvollziehbar, was Liebe aus einem Menschen machen konnte.

Ich schloss den Kofferraum auf und legte die Tüten hinein. Gerade als ich die Kofferraumklappe wieder zufallen ließ, vibrierte mein Handy. Es war Mutti.

„Ja?“, beantwortete ich den Anruf. Warum rief sie an, ich war doch gerade erst losgegangen?

„Sarah, du musst schnell kommen, Alice klappt mir zusammen. Bitte, beeile dich!“ Sie legte auf und ich rannte zum Ausgang.

Was war passiert? In meinem Kopf herrschte Aufruhr. Was hatte Alice? Würde es ihr bald wieder besser gehen oder musste sie ins Krankenhaus?

Ich lief die Einkaufsstraße entlang, vorbei am Kiosk und an der Boutique. Endlich sah ich Mutti und Alice, die sich einen Platz im Schatten gesucht hatten. Alice trank etwas Wasser und war kreidebleich. Sie lächelte matt, als sie mich sah.

„Mach dir keine Sorgen um mich, das habe ich ab und zu im Sommer. Ich kann die Hitze nicht so ab“, erklärte sie mir leise.

Ich nahm Alice' Hand und fühlte ihren Puls, der ziemlich schwach war. „Warum hast du mir das nicht gesagt? Ich bin vor Sorge fast gestorben. Was machst du nur für Dinge? Ich hol dir jetzt eine Kleinigkeit vom Bäcker und eine Cola. Dein Blutzucker ist vermutlich im Keller. Hast du irgendwelche Wünsche?“, wollte ich wissen.

„Eine Zimtschnecke“, antwortete sie betreten.

Ich wandte mich an meine Mutter. „Leg ihr bitte ein kühles Tuch in den Nacken. Ich bin gleich wieder da.“ Meine Mutter kannte diesen Befehlston nicht an mir und nickte nur verblüfft.

Ich ging zum Bäcker, holte eine Zimtschnecke und eine Cola und knallte der Verkäuferin einen Fünfeuroschein auf den Tresen. „Stimmt so“, brummte ich und ging zurück zu Mutti und Alice. Wieso hatte sie mir das nicht vorher gesagt? Ich hatte mir ernsthafte Sorgen um sie gemacht und mir jedes erdenkliche Szenario im Kopf ausgemalt. Einerseits war ich froh, dass meine wüsten Gedankengänge sich nicht bewahrheiteten, andererseits war ich etwas enttäuscht von Alice, die mir nicht die Wahrheit gesagt hatte.

Zumindest sah sie nun schon wieder etwas besser aus. Ich setzte mich neben sie und gab ihr die Zimtschnecke und die Cola.

„Iss. Danach wird es dir besser gehen“, befahl ich ihr, nahm ihre Hand und fühlte noch mal ihren Puls. Er war immer noch schwach, aber kam langsam wieder in Schwung. Ich seufzte erleichtert und Mutti ergriff vorsichtig das Wort.

„Nun sei nicht so streng mit ihr. Sie wollte uns bestimmt nicht beunruhigen“, beschwichtigte sie mich.

Vielleicht hatte sie recht, aber ich hatte wirklich Angst um Alice gehabt.

Diese aß langsam ihre Zimtschnecke und war still. Ich berührte sanft ihre Wange. Sie drehte ihren Kopf zu mir und bot mir von ihrer Zimtschnecke an. Ich nahm einen Bissen und streichelte ihre Hand.

„Geht es dir schon ein wenig besser?", fragte ich zögernd. Ich hatte sie bestimmt mit meinem Befehlston, der dem eines Admirals ähnelte, total verschreckt. Innerlich erwartete ich eine Abfuhr. Alice lächelte mich jedoch an und nickte. Ich fühlte noch einmal ihren Puls, der nun wieder im Normalbereich lag.

„Du bestimmst jetzt das Tempo, okay?", schlug Mutti vor.

„Okay", nickte Alice. „Lasst uns dort drüben mal schauen." Sie zeigte auf den Laden, der schräg gegenüber von uns lag.

Langsam standen wir auf und schlenderten dorthin, wo uns ein Meer aus Kleiderständern erwartete.

Ich nahm Alice' Hand und küsste sie. „Du hast mir Angst gemacht", flüsterte ich.

„Verzeih mir. Du weißt ja nun für das nächste Mal Bescheid", beschwichtigte sie mich.

Eigentlich verzieh ich nur sehr langsam und brauchte lange, um mit etwas Geschehenem abzuschließen, doch bei Alice war es irgendwie anders.

Bei den Massen an Klamotten, die auf den Kleiderständern hingen, wusste man gar nicht, wo man zuerst schauen sollte. Alice nahm den Kampf jedoch auf und ich trottete ihr hinterher. Sie fand vier Shirts und zwei Hosen, die ihr gefielen, und Mutti zückte das Portemonnaie. Sie nahm Alice die Kleidungsstücke ab und ging bezahlen.

„Liebling?", sprach sie mich an.

„Hm?"

„Bist du mir böse?" Sie sah beklommen zu Boden.

„Nein. Ich habe mir nur unglaubliche Sorgen gemacht", antwortete ich kurz. Ihr Verhalten war irgendwie verständlich und ändern konnte ich es jetzt auch nicht mehr, also hatte ich keinen Grund, ihr böse zu sein.

Mutti kam mit zwei weiteren Tüten aus dem Laden. „So, Liebes. Jetzt besorgen wir dir ein Bett und, bitte, mach dir keine Sorgen, wie teuer es wird, ja?"

Alice nickte und für einen kurzen Moment hatte ich das Gefühl, sie wollte im Erdboden versinken.

Gemeinsam gingen wir zurück zum Parkhaus. Alice setzte sich diesmal nach hinten und ich durfte auf dem Beifahrersitz Platz nehmen.

Ich drehte mich zu ihr um. „Gib mir deine Hand, bitte", forderte ich sie auf.

Alice sah mich leicht gereizt an und reichte mir ihre Hand. Ich küsste jeden einzelnen Finger und legte ihre Hand an meine Wange. Daraufhin schenkte sie mir ein liebevolles Lächeln.

„Man kann dir echt nicht lange böse sein, obwohl du einen harten Ton draufhast. Das musst du erst mal wiedergutmachen", entgegnete sie und beugte sich zu mir. „Ich erinnere dich an die Privatsitzung", flüsterte sie mir ins Ohr.

Ich grinste. Verdammt, die hatten wir gestern vollkommen vergessen. „Okay, heute Abend wirst du deine Privatsitzung bekommen", verkündete ich.

In dem Moment setzte sich Mutti ins Auto und drehte sich zu Alice um. „Geht es dir besser?", erkundigte sie sich.

„Ja, danke. Ich bin eher ein Strandmensch, habe ich festgestellt. Wenn es mir zu warm ist, gehe ich ins Wasser", berichtete Alice.

Mutti lachte. „Dann habt ihr, du und Sarah, ja was gemeinsam. Sie liebt den Strand, schon als kleines Mädchen war es schwer, sie dort wieder wegzubekommen."

Alice sah mich an. Ich konnte ihre Gedanken regelrecht hören. Sie wollte mit mir zum Strand gehen, am liebsten sofort.

„Wir können morgen Abend ans Meer, wenn du magst. Ich kenne ein paar Ecken, wo nie jemand ist", versprach ich ihr.

„Ich freue mich drauf", antwortete Alice ganz aufgeregt.

„Dann können wir ja jetzt zur nächsten Station aufbrechen", verkündete meine Mutter gut gelaunt, bevor sie den Wagen aus dem Parkhaus lenkte und wir die Innenstadt hinter uns ließen.

Die Fahrt über sagte keiner ein Wort. Alice hielt meine Hand und streichelte sie. Ich hatte dieses Kribbeln im Bauch. Ob das die viel zitierten Schmetterlinge waren? Ich wollte Alice nicht mehr missen. Sie machte mich glücklich und zog mich immer mehr in ihren Bann. Mittlerweile wusste ich schon mehr von ihr und konnte mit Fug und Recht sagen, dass wir beide keine einfache Vergangenheit hatten.

Wir kamen auf dem Gelände eines riesigen Einrichtungshauses an und Mutti suchte den besten Parkplatz. Wenn es möglich wäre, würde sie sogar mit dem Auto einkaufen. Es war nicht viel los, das Wetter lud eher zum Verweilen am Strand ein, sodass Mutti direkt vor dem Ausgang parkte. Alice und ich gingen Händchen haltend hinter ihr her. Erstaunt sah ich Alice an. Gestern noch hatte sie meine Hand weggestoßen und heute war sie wie ausgewechselt.

„Alice, was brauchst du denn alles für deine Wohnung? Hast du eine Küche?", fragte Mutti nach.

„Ich habe eine Spüle, einen Kühlschrank und eine separate Herdplatte. Mehr steht in meiner Wohnung nicht“, erzählte sie seufzend. „Ich habe die Sachen vor dem Sperrmüll gerettet“, fuhr sie fort.

„Also brauchst du eine Komplettausstattung. Das bekommen wir hin.“

Hilfe suchend wandte sich Alice zu mir um und ich begriff. „Mutti, meinst du nicht, dass das ein bisschen teuer wird? Ich glaube, Alice hat jetzt schon ganz fiese Gewissensbisse.“ Ich versuchte zu vermitteln, aber Mutti ließ sich nicht in die Karten schauen. Wenn sie sich etwas in den Kopf gesetzt hatte, wurde es durchgezogen, da half auch keine Diskussion.

„Das lass mal meine Sorge sein, Kind“, antwortete sie schnippisch.

Ich schüttelte resigniert den Kopf und überlegte, wie ich meiner Mutter zumindest ein wenig Einhalt gebieten konnte, doch es war aussichtslos.

Wir betraten Muttis Eldorado und fuhren die Rolltreppe hoch. Alice und Mutti unterhielten sich über die Wünsche, die meine Freundin hatte. „Ich möchte die Wände im Wohnzimmer gern in einem sanften Braunton haben, die Küche in Mintgrün und das Schlafzimmer soll eine Wand mit einer schön gestreiften Tapete bekommen“, zählte sie auf, während Mutti sich alles auf einem kleinen Zettel notierte.

Die beiden verstanden sich offenbar blendend, worüber ich mich sehr freute. Was gab es Besseres, als wenn sich die Eltern mit dem Partner gut verstanden?

Als wir in die Sofaabteilung kamen, ließ ich mich auf ein bequemes Eckledersofa fallen. Alice setzte sich zu mir.

„Wow, das ist echt bequem. Das Leder fühlt sich gut an“, meinte sie und strich über den Bezug.

„Gefällt es dir?“, fragte Mutti neugierig.

Regel Nummer eins, wenn man mit meiner Mutter Shoppen ging: niemals zugeben, wenn einem etwas gefiel. Andernfalls würde sie es sofort kaufen. Alice hatte diese Regel mit Bravour missachtet. Gut, zu ihrer Verteidigung: Sie wusste nichts von deren Existenz.

Alice lächelte. „Ja, ich finde es echt schön. Es würde super zu den Wänden passen. Ich will gerne ein paar Strandbilder aufhängen, das würde bestimmt toll aussehen.“

„In welchem Stock wohnst du eigentlich?“, platzte es aus mir heraus. Verdammte Neugierde!

„Im dritten, ohne Aufzug.“

Ich schnaufte.

„Ach, wir lassen alles liefern und so lange kannst du gern bei uns wohnen“, winkte meine Mutter ab.

„Wenn es dir beziehungsweise euch keine Umstände macht, würde ich gerne bleiben“, erwiderte Alice strahlend.

Mein Herz tanzte einen zackigen Tango und mein Grinsen hätte mir absolut niemand aus dem Gesicht wischen können. Ich würde meine Liebste jeden Tag sehen und jeden Tag ihre Nähe spüren können. Voller Überschwang drückte ich ihr einen Kuss auf die Wange.

„Sarah, langsam. Erinnerst du dich?“, kam es mir in den Sinn.

Danach zogen wir weiter, Mutti notierte sich eifrig die Artikelnummern der von Alice präferierten Möbelstücke. Ihr machte es unglaublichen Spaß, eine Wohnung einzurichten. Alice und Mutti beratschlagten sich über die Farben und welche Ausstattung am besten wäre, während ich einfach nur hinterhertrottete und Papiermaßbänder aufrollte. Das war meine absolute Lieblingsbeschäftigung in Einrichtungshäusern und entspannte mich ungemein.

Endlich kamen wir in meinem zweitliebsten Bereich an: der Bettenabteilung. Alice ging zielstrebig auf ein Modell mit Metallgestänge zu. Meine Mutter huschte ihr hinterher. Sie berieten sich ausgiebig. Mutti war eher für ein Boxspringbett, Alice beharrte jedoch auf dem metallenen Exemplar. Mutti seufzte und notierte widerwillig die Artikelnummern von Rahmen, Lattenrost und Matratze. Alice grinste mich breit an. Sie war so süß, wenn sie ihren Sturkopf durchsetzte.

Sie kam auf mich zu und flüsterte mir ins Ohr: „Du machst mich glücklich. Ich bin dir und deiner Mutter unglaublich dankbar.“

„Meine Mutter hat Spaß daran, Wohnungen einzurichten. Lass uns weitergehen, sonst verlieren wir sie noch.“ Sie küsste mich flüchtig, sodass es wieder in meinem Bauch kribbelte.

Kurze Zeit später trottete ich wieder hinter den beiden her und schnappte ein paar Fetzen ihres Gesprächs auf. „Ich habe Angst, dass sie meine Gefühle nicht erwidern kann“, erzählte Alice betrübt.

„Sie kümmert sich doch rührend um dich. Vorhin die Szene ist das beste Beispiel. Ich hatte ihr nicht mal gesagt, wo wir sind, und keine drei Minuten später war sie bei uns. Du bedeutest ihr sehr viel. Sie hat nur Probleme damit, ihre Gefühle zu zeigen oder in Worte zu fassen. Oh, guck mal, die Garderobe ist doch super“, lenkte meine Mutter vom Thema ab.

Ich blieb stehen und kämpfte gegen ein plötzliches Schwindelgefühl an. Ich war mir nicht recht sicher, ob es wirklich Schwindel war oder die Tatsache, dass Alice Angst hatte, ich würde sie nicht lieben. Ich ließ mich auf eine Sitzbank fallen und stützte meinen Kopf in meine Hände. Mein Herz zog sich schmerzhaft zusammen. Ich wusste, dass ich sie liebte, das eigentliche Problem war, dass alles für mich so neu war.

„Hey, ist alles okay, Liebling?“ Alice kniete neben mir und sah mich voller Sorge an.

„Nein, es ist nichts. Ich brauchte nur eine kleine Pause“, nuschelte ich leise. Ich stand auf und Alice bot mir ihre Hand an.

„Komm. Ich möchte, dass du und ich zusammen entscheiden, was in meine Wohnung kommt“, grinste sie mich an.

„Engel, ich bin in so was echt schlecht. Meine Mutter ist da tausendmal besser als ich“, antwortete ich ausweichend.

Alice blieb abrupt stehen und starrte mich verwirrt an. „Wie hast du mich grad genannt?“, hakte sie nach. Ihr Blick war erwartungsvoll, hatte ich irgendwas Besonderes gemacht, ohne es zu merken?

„Engel“, wiederholte ich.

Ihre Augen strahlten. „Das ist das erste Mal, dass du so was zu mir sagst. Ich mag es, wenn du mich so nennst.“

Ich küsste sie flüchtig und wir schlenderten Hand in Hand die Gänge entlang.

Der Zettel meiner Mutter war voll mit Artikelnummern. Wir gingen zur Kasse und bezahlten alles, wobei ein stolzes Sümmchen zusammenkam, das Alice erschauern ließ. Ich seufzte nur, weil ich wusste, dass Alice das nicht auf sich sitzen lassen würde. Woher ich das wusste? Das war reine Intuition.

„Senta, bitte. Lass mich wenigstens einen kleinen Teil beisteuern“, bettelte sie, aber meine Mutter blieb eisern. Sie gab der Kassiererin ihre Kreditkarte, wodurch sie die Diskussion gar nicht erst zustande kommen ließ. Da war sie wieder, die knallharte Geschäftsfrau.

„Wohin sollen wir das alles liefern?“, fragte die Mitarbeiterin freundlich.

„Alice, gib mir bitte deine Adresse“, forderte Mutti sie auf.

„Jahnstraße 13.“

„Das ist ja gar nicht weit weg von uns“, freute sie sich. Und auch mein Herz tanzte wie wild.

Alice wohnte nur vier Straßen von uns entfernt, also nicht mal zehn Minuten Fußmarsch. Warum hatte ich sie dann vorher noch nie in der Siedlung gesehen?

Die Kassiererin druckte einen Beleg aus. „Damit gehen Sie dort vorne in den Wartebereich, Sie werden aufgerufen“, erläuterte die Dame kurz.

Wir bedankten uns und wünschten ihr noch einen schönen Tag. Als wir im Wartebereich ankamen, zogen wir eine Nummer.

„Sieben“, las Alice vor. „Das soll ja eine Glückszahl sein.“

Prompt zeigte das Display eine Sieben an.

„Siehst du? Glückszahl. Sag ich ja", grinste Alice zufrieden.

Sie ging mit meiner Mutter zum Schalter und vereinbarte den Liefertermin.

Kurz darauf hatte Alice ihren Kaufvertrag in der Hand und strahlte. „Nächste Woche Freitag kommen unsere Möbel, Liebling", verkündete sie freudig, während sie mir entgegentanzte. Sie hatte echt Rhythmusgefühl, das musste man ihr lassen.

Ich lächelte sie verträumt an. „Aber es sind doch deine Möbel, mein Engel."

„Ja, aber du wirst mich doch besuchen kommen, oder?" Sie zog eine Schnute.

Ich lachte und küsste sie. Doofe Frage. „Aber natürlich. So oft, wie du mich ertragen kannst", scherzte ich.

„So, Mädels, wir brauchen noch Farbe und Tapeten. Hopp, hopp, ins Auto!", kommandierte meine Mutter.

Alice und ich lachten. Meine Mutter war privat das absolute Organisationstalent, geschäftlich war es dann doch ein wenig anders. Da wurde gerne mal etwas vergessen oder es ging über ihrem Berg an Unterlagen einfach unter.

Als wir zum Auto marschierten, legte Alice ihren Arm um meine Hüfte. Ich steckte meine Hand in ihre Gesäßtasche und sah sie an. Sie grinste breit. Ich erlebte mit ihr so viele erste Male, dass ich schon aufgehört hatte zu zählen. Das Neben-ihr-Schlafen, die Küsse, die Berührungen. Alles fühlte sich für mich neu und aufregend an. Ich kniff Alice in den Po.

„Aua!" Sie sah mich mit einem gespielt vorwurfsvollen Blick an. „Du kleines Biest", drohte sie mir mit tiefer Stimme. Wieder ein erstes Mal.

Ich lachte schelmisch. „Was hast du denn vor, hm? Willst du mich etwa fesseln?", fragte ich spöttisch.

Alice' Augen verengten sich zu Schlitzen. „Genau das habe ich vor."

Ich schluckte. Verdammt, warum machte mich der Gedanke an? Ich bin in solchen Dingen eine absolute Jungfrau. Verlegen biss ich mir auf die Lippe. Wieso musste ich nur so unerfahren sein?

„Was turtelt ihr beide denn da?", fragte Mutti neugierig und riss mich aus meinen Gedanken. „Los, einsteigen!", befahl sie uns.

Also kletterten wir ins Auto und meine Mutter sauste los. Der Baumarkt war nicht weit weg, sodass ich aufs Anschnallen verzichtete. Alice strafte mich dafür mit vorwurfsvollen Blicken.

Das Auto kam zum Stehen und wir gingen zielstrebig in die Farbabteilung. Die Auswahl war gigantisch und erschlug mich fast. Wozu brauchte man so ein riesiges Sortiment an Farben? Da wurde man doch ganz wirr im Kopf. Alice ging voran und nahm sich eine Farbpalette aus dem Ständer. Warme Farben, stand darauf.

„Was hältst du von der hier?“, fragte sie mich und zeigte auf einen dezenten Ockerton.

„Ich finde die da schöner“, erwiderte ich und deutete auf einen Farbton, der Nordseestrand hieß.

Alice betrachtete die Farbe einen Moment und schoss dann los, um diese zu suchen. „Hier steht sie!“, rief Alice und winkte mich und meine Mutter zu sich.

Ich hockte mich vor den Farbeimern hin. „Wie groß ist deine Wohnung?“, erkundigte ich mich und sah zu ihr hoch.

„50 Quadratmeter mit Balkon“, antwortete sie wie aus der Pistole geschossen.

„Dann sollte der große hier locker reichen“, fachsimpelte ich und nahm einen 30-Liter-Eimer. Schnaufend stellte ich ihn sofort wieder ab. Scheiße, war das Teil schwer.

„Warte, Sarah, ich hol uns einen Wagen.“ Meine Mutter hastete los.

Alice hielt derweil eine zweite Farbpalette in der Hand und studierte diese. „Für das Bad wäre diese Farbe schön, oder?“, grübelte sie und zeigte mir einen blassen Türkiston.

„Ja, das würde echt toll aussehen. Wir können auch versuchen, die Farben selber zu mischen“, schlug ich vor.

Sie gab mir einen sanften Kuss auf die Wange, sodass ich etwas errötete. „Die Idee ist gar nicht schlecht. Wenn Senta wieder da ist, können wir ja mal schauen. Eventuell wird es so etwas günstiger“, murmelte sie leise.

Ich streichelte ihre Wange. „Dir ist das alles wahnsinnig unangenehm, stimmt's?“, forschte ich nach.

„Ja, irgendwie schon. Ich meine, ich freue mich voll, aber andererseits“, sie seufzte, „ich musste mir bisher alles im Leben hart erkämpfen. Ich bin es nicht gewohnt, so viel Unterstützung zu bekommen. Es ist alles sehr neu für mich“, erklärte Alice verunsichert.

Ich nahm ihre Hand und küsste sie. „Meine Mutter liebt es, jemandem zu helfen. Sie hat ein gutes Herz“, beruhigte ich sie und sie lächelte zögerlich.

Wenig später kam Mutti mit einem Einkaufswagen um die Ecke gebogen und stellte den Farbeimer hinein. Wo hatte sie bloß die Kraft her? Sie war nicht gerade eine russische Kugelstoßerin, die eben mal 30 Kilogramm hochhob. Ich schürzte anerkennend die Lippen.

„So, das Wohnzimmer haben wir schon mal. Fehlen nur noch Küche, Bad, Flur und das Schlafzimmer“, listete Mutti auf.

Alice unterbrach sie. „Senta, Sarah hatte die Idee, die Farben für Küche und Badezimmer selbst anzumischen.“

Mutti grinste breit. „Darauf bin ich gar nicht gekommen. Sarah, pack noch zwei große Eimer mit weißer Farbe ein. Dann lasst uns mal nach Abtönfarben schauen“, sagte sie und stiefelte los. Alice lief ihr hinterher.

Ich seufzte, schnappte mir zwei große Eimer mit weißer Farbe, stellte sie ächzend auf den Wagen und schob diesen hinter den beiden renovierungswütigen Damen her.

Alice nahm gerade eine blaue Farbflasche und eine grüne und legte sie in den Einkaufswagen. Sie zwinkerte mir zu. Ich schaute ihr nach und stellte erst jetzt fest, dass meine Klamotten ihre Figur perfekt umspielten. Ich musste lachen, als ich mir vorstellte, dass sogar ein Müllsack an ihr fantastisch aussehen würde.

Nun fing Mutti an, mit Alice über die Flurfarbe zu diskutierten. „Weiße Wände sehen doch so kahl aus.“

„Ich will dort ein paar Bilder aufhängen, dann ist der Flur nicht mehr nur weiß.“

„Aber, Liebes, schau doch mal hier.“ Mutti zeigte ihr eine Flasche mit roter Abtönfarbe. „So ein zartes Rot wäre doch toll“, versuchte sie sie zu überzeugen.

Alice aber blieb bei ihrer Meinung. Insgeheim beneidete ich sie um ihre konsequente Art, ich hätte mit meiner Mutter diskutieren können, bis ich tot umgefallen wäre, meine Chancen, gegen sie zu gewinnen, waren so gering, dass ich es meist vermied, mit ihr zu streiten.

Ein wenig enttäuscht stellte Mutti die Farbflasche weg und wir gingen hinüber zu den Tapeten. Alice schritt zügig voran, während ich Farbeimer und Abtönfarben vor mir her schubste. Eigentlich hatte ich an diesem Tag dieselbe Aufgabe wie immer: die Einkäufe hinter meiner Mutter herzuschieben und ab und zu mal meine Meinung kundzutun, mehr wurde nicht verlangt.

Meine Mutter legte noch ein paar Farbrollen und Pinsel in den Wagen und gesellte sich dann zu Alice, die soeben eine Rolle Tapete zur Hand nahm. Sie war rot-grau-braun-weiß gestreift, was ich ziemlich cool fand.

Alice lächelte. „Die gefällt mir. Sarah, was sagst du?“, rief sie und hob die Rolle hoch. Ich nickte und deutete mit dem Daumen nach oben. Sie nahm drei Rollen und legte sie in den Wagen, während Mutti Tapetenkleber organisierte.

„Wir treffen uns an der Kasse“, rief sie uns noch zu, bevor sie um die Ecke bog.

Gemächlich machten wir uns auf den Weg zu den Kassen.

„Das Streichen wird nicht lange dauern. Das Tapezieren dauert vielleicht einen halben Tag, ich will ja nur eine Wand so haben“, grübelte Alice leise vor sich hin. Sie kam zu dem Ergebnis, dass alles zusammen circa zwei Tage dauern würde. Ich beobachtete sie, wie sie noch einmal unsere Einkäufe überprüfte. „Ich hoffe, das alles reicht“, sorgte sie sich.

„Na klar. Ich habe sogar das Gefühl, dass etwas übrig bleibt“, versuchte ich sie zu beruhigen und sie schenkte mir ihr schönstes Lächeln, woraufhin meine Knie weich wurden. Wie machte sie das nur? Sehr gute Frage, ich wusste es nicht, jedenfalls war sie eine unglaublich schöne Frau.

Meine Mutter kam mit Kleister und drei Blaumännern wieder. „Wir wollen uns ja nicht dreckig machen“, scherzte sie und ging schnurstracks zur Kasse.

Ich schob schnell den Wagen hinterher und legte die Kleinigkeiten aufs Band. Sie bezahlte und wir luden alles in den Kofferraum. Ich brachte den Wagen weg und stieg hinten ein.

„Alice, hast du deine Wohnungsschlüssel mit? Dann könnten wir gleich alles zu dir bringen“, schlug Mutti vor.

„Ja, habe ich. Du weißt ja meine Adresse“, antwortete sie grinsend. Ich spürte ein wenig Unsicherheit in ihrer Stimme mitschwingen.

Wir fuhren zu Alice’ Wohnung, und je näher wir kamen, umso nervöser wurde sie. Ich wollte sie beruhigen und legte meine Hand auf ihren Oberschenkel. Wieder ein erstes Mal. Sie zuckte kurz zusammen und sah auf meine Hand hinunter, dann legte sie ihre eigene darauf und lächelte verträumt aus dem Fenster. Ich streichelte behutsam ihren Oberschenkel. Sie hatte so unglaublich weiche Haut.

Wenig später kamen wir bei Alice an und hievten die Einkäufe in den dritten Stock hinauf. Sie schloss die Tür auf und wir standen in einer fast leeren Wohnung. In jedem Raum – außer dem Badezimmer, das ganz klassisch mit weißen Fliesen bestückt war – war helles Laminat verlegt, was die Räume größer wirken ließen, als sie tatsächlich waren. Lediglich ein alter Stuhl und ein abgenutzter Tisch standen im lichtdurchfluteten Wohnzimmer. Auf dem Tisch lagen ein paar Lehrbücher und Ordner. Die Küche war für meinen Geschmack zu klein geschnitten. Nur die Spüle, ein Kühlschrank und die Herdplatte standen bunt zusammengewürfelt da. Ich stellte mir vor, wie es dort wohl mit den gekauften Möbeln aussehen würde. Mehr als zwei Personen würden sich in dem Raum kaum bewegen können, für Alice jedoch würde es voll und ganz reichen. Das Bad hatte ein kleines Fenster und eine Badewanne. Auf dem Waschbecken stand eine Waschtasche.

„Alice, meine Liebe, du hast ja gar keine Waschmaschine“, krächzte meine Mutter entsetzt.

„Ich bin immer in den Waschsalon gegangen“, versuchte Alice zu erklären und wurde dabei knallrot.

„Nächste Woche Freitag kommen ja deine neuen Möbel. Dann kannst du hier deine Wäsche waschen“, schlichtete ich schnell. Warum musste meine Mutter denn auch noch Salz in die offene Wunde streuen? Es war Alice so schon peinlich genug. Manchmal besaß Mutti absolut gar kein Taktgefühl.

Alice nahm meine Hand und führte mich ins Schlafzimmer. Ein großer Haufen Kissen lag am Fenster, daneben eine schwarze Reisetasche. Sie nahm ein paar Klamotten heraus und stopfte sie in eine herumliegende Tüte.

„Ich liebe es, deine Kleidung zu tragen, aber es kann nicht schaden, wenn ich meine eigenen Sachen einpacke. Nur für den Fall“, flüsterte sie verlegen.

Ich musterte sie mit schief gelegtem Kopf. Es musste ihr doch nicht peinlich sein, ich hatte vollstes Verständnis für ihre Situation. Schlagartig war sie nicht mehr so selbstbewusst, wie sie es heute Morgen noch gewesen war, sondern zurückhaltend und fast schon schüchtern. Selbst so wollte ich sie lieben. Ihre Wohnung würde ja nicht mehr lange so karg eingerichtet sein.

„Deine Klamotten fürs Büro liegen noch im Auto“, lächelte ich und legte meine Arme von hinten um ihre Hüfte, als sie sich wieder aufgerichtet hatte. Sie drückte ihren Rücken an mich, als ich ihren Nacken küsste. Sie war warm, aber ich wollte sie trotz der ohnehin herrschenden Hitze im Raum nicht loslassen, ich liebte ihre Nähe, es war genau das, was ich brauchte.

Mutti störte unsere Zweisamkeit. „Oh, Alice, du hattest ja wirklich kein Bett. Wie konntest du darauf nur schlafen? Du musst ja jeden Morgen ganz schlimme Rückenschmerzen gehabt haben.“

Ich seufzte leise in Alice’ Nacken. Wie gerne hätte ich meiner Mutter dafür die Ohren lang gezogen. Mitleid hin oder her, sie riss immer wieder die Wunden auf, die langsam am Verheilen waren, was mich gradewegs zur Weißglut trieb. Ich biss mir auf die Lippe, um mir meinen Kommentar zu verkneifen.

„Kommt, lasst uns heimfahren, es ist schon spät“, sagte Mutti schließlich.

Ich zog mein Handy aus der Hosentasche und schaute auf die Uhr. Es war bereits sieben. Wo war der Tag nur hin? Betrübt löste ich mich von Alice und nahm ihr die Tüte ab. Dieses Gefühl der Zweisamkeit war für mich etwas Besonderes, etwas, das ich schon immer gesucht, aber nie von jemandem bekommen hatte, der mir wichtig war. Jetzt gab mir die Frau, die im Türrahmen stand und auf mich wartete, diese Liebe. Besser hätte ich es nicht treffen können. Wir verließen die Wohnung.

„Liebling?“, flüsterte sie mir zu, als Mutti schon vorgegangen war.

Ich wandte mich zu ihr um und verlangsamte mein Tempo. „Was denn?“, fragte ich neugierig.

Alice legte ihre Hand auf meine Schulter und drehte mich zu sich um, dann drückte sie mir einen Kuss auf die Lippen und streichelte dabei meinen nass geschwitzten Rücken. „Du musst nachher unbedingt duschen“, hauchte sie.

Ich nickte. Wie gerne hätte ich mit ihr zusammen geduscht. Prompt schüttelte ich kaum merklich meinen Kopf. *„Es ist viel zu früh für so was.“*

Kapitel 10

Wir stiegen wieder ins Auto, das Mutti bereits gestartet hatte, und rasten nach Hause. Für die läppischen vier Straßen verzichtete ich wieder aufs Anschnallen. Als wir bei uns ankamen, schnappten wir uns die restlichen Einkäufe und brachten sie in mein Zimmer. Sorgsam drapierte ich die Hemden und Blazer auf Kleiderbügel. Das war schon immer eine Marotte von mir gewesen. Ich hasste nichts mehr als zerknitterte Klamotten.

Alice witzelte: „Ist das eine Macke von dir?“

Ich rollte die Augen und hängte den letzten Kleiderbügel mit den Hosen auf. „Nein, ich möchte nur, dass du am Montag kein zerknittertes Outfit hast“, rechtfertigte ich mich zähneknirschend.

Sie stellte sich vor mich und blickte mich an. Diese wunderschönen grünen Augen, die mich anstrahlten, ließen mein Herz schneller schlagen. „Ich freue mich auf unsere Privatsitzung“, wisperte sie mir zu. Was sie mit ihrer Stimme anstellte, war kaum auszuhalten. Meine Knie wurden ganz weich.

„Vorher gehe ich aber duschen. Mutti bereitet bestimmt das Abendessen vor. Wenn du magst, kannst du ihr helfen“, schlug ich vor und gestikulierte in Richtung Tür.

Ich suchte mir neue Klamotten raus, gab Alice einen flüchtigen Kuss und verschwand im Badezimmer. Gedämpft hörte ich, wie sie sich mit meiner Mutter unterhielt. Lächelnd pellte ich mich aus meinen verschwitzten Sachen, stieg in die Dusche und drehte das Wasser auf. Ich streckte mein Gesicht dem Duschkopf entgegen und summte *Wind of Change* vor mich hin.

Ich fand den Tag wunderschön. Alice und ich hatten unseren ersten Kuss gehabt. Mein Bauch kribbelte und ich musste schon wieder lächeln. Ich liebte jeden Kuss, jede Berührung und jedes Lächeln von ihr. Ich liebte es, wie ihre Haare im schwachen Sommerwind wehten. Ich liebte es, wie sie ihr hübsches Gesicht gen Sonne streckte. Ich konnte nicht aufhören zu lächeln. So gut war es mir schon ewig nicht mehr gegangen. Sie hatte mich in null Komma nichts in ihren Bann gezogen. Es war alles so schnell gegangen, vielleicht sogar zu schnell. Es war mir aber egal. Sie tat mir gut und ich durfte endlich erfahren, wie es sich anfühlte, wenn Liebe erwidert wurde.

Ich wusch meine Haare und seifte mich ein. Einen Moment lang glaubte ich, jemand wäre im Badezimmer. Ich lugte hinter dem Vorhang hervor und schaute mich um, aber es war niemand zu sehen. Also schob ich den

Vorhang wieder zu, spülte meine Haare aus und ließ das angenehm warme Wasser auf meinen Körper prasseln. Ich versuchte mir vage vorzustellen, was Alice und ich überhaupt in der Privatsitzung machen konnten. Nachdenklich runzelte ich die Stirn. Vielleicht massieren? Ich sollte schon einmal ein wenig Massageöl in meinem Zimmer deponieren.

Ich stellte das Wasser aus und griff nach meinem Handtuch. Schnell trocknete ich mich ab. Bloß keine Zeit verlieren, die ich mit Alice verbringen konnte. Ich bürstete meine Haare, sodass ich ein wenig ordentlich aussah. Dann suchte ich nach meinem Deo, das verführerisch nach Schokolade roch. Grinsend sprühte ich mich damit ein und stieg in meine frischen Klamotten. Wie ich diesen Duft liebte, es gab einfach nichts Besseres als Schokolade.

Ich nahm noch schnell das Massageöl aus dem Spiegelschrank und versteckte es in meinem Zimmer, bevor ich in die Küche ging.

Dort entdeckte ich Alice und meine Mutter, die ein Glas Sekt tranken.

Mutti erhob ihr Glas und säuselte: „Auf euch beide! Ihr seid so ein süßes Paar." Sie nahm einen Schluck und kicherte leise. Sie konnte einfach nichts ab und war schon mal nach dem zweiten Glas – zumindest vermutete ich das – auf einer Betriebsfeier betrunken gewesen, zur Belustigung meinerseits. „Kommt, lasst uns essen", forderte sie uns auf.

Wir aßen zusammen zu Abend und schmiedeten Pläne, wann wir mit den Arbeiten in Alice' Wohnung anfangen wollten. Sie wurde ganz rot, offenbar war ihr die Sache immer noch sehr unangenehm. Sie flüsterte mir zu, dass sie nur einen kleinen Schluck Sekt getrunken hatte.

Als wir fertig gegessen hatten, verschwand ich in meinem Zimmer und nahm noch etwas zu trinken und zwei Gläser mit. Alice ging schnell duschen und ich hatte etwas Zeit, es uns gemütlich zu machen. Ich schüttelte mein Bett auf und stellte überall Teelichter auf. In meinem Rucksack kramte ich nach einem Feuerzeug und zündete die Kerzen an. Ich stellte das Massageöl auf den Nachtschrank und legte mich auf mein Sofa.

Ich war nie eine Romantikerin gewesen. Meine Exfreunde hatten immer so was Ähnliches für mich gemacht und ich hatte es extrem kitschig gefunden. Einer hatte zusätzlich zu den Kerzen auch noch Rosenblätter verteilt. Auf dem Absatz hatte ich kehrtgemacht und war gegangen. Ich hätte nie gedacht, dass ich so was selbst mal für meine Freundin machen würde.

Ich runzelte die Stirn. Waren Alice und ich überhaupt ein Paar? Wir küssten uns, hielten Händchen und liebkosten uns in jeder Sekunde, in der es nur möglich war. Wir schenkten uns gegenseitig so viel Zuneigung und Aufmerksamkeit, dass ich danach süchtig war. Gab es eine Definition für so was? Schließlich gab es für wirklich alles einen Ratgeber und irgendwer hatte ja auch die Idee gehabt, Paartherapie als Berufszweig einzugliedern. Alice machte verheißungsvolle Anspielungen, die mir immer wieder ein mulmiges Gefühl verschafften.

Mir wurde vom vielen Nachdenken warm und ich knöpfte mein Hemd auf. Insgeheim hoffte ich, dass Alice es nicht falsch interpretieren würde.

Als Alice ins Zimmer kam, blieb sie abrupt stehen. Langsam schloss sie die Tür und ließ ihren Blick durch den Raum wandern. Sie kam zu mir und setzte sich neben mich. „Liebling." Ihr stockte der Atem.

Ich setzte mich auf und küsste ihren Hals, der nach meinem Duschgel roch. „Wir wollten uns doch entspannen, oder? Ich habe mir gedacht, es geht mit ein wenig Kerzenschein besser."

„Das hat noch nie jemand für mich gemacht", flüsterte Alice kaum hörbar. Ich sah eine Träne über ihre Wange rollen und küsste diese schnell weg. Sie vergrub ihr Gesicht in meinem geöffneten Hemd.

„Ich habe dir doch gesagt, ich würde noch viele andere Dinge für dich tun. Das ist eins davon", flüsterte ich in ihr Ohr und streichelte ihre nassen Haare.

Langsam hob sie den Kopf und sah mich mit geröteten Augen an. „Du bist das Beste, was mir passieren konnte", sagte sie mit tränenerstickter Stimme und küsste mich liebevoll. Mein Bauch kribbelte wie verrückt.

Sie zwang mich zurück in eine liegende Position und legte sich auf mich. Ihre Küsse wurden immer intensiver. Ihre Zunge spielte mit meiner. Mein Unterleib krampfte. Ich verlor mich in ihrer Liebe, die sie mir schenkte, und wollte nicht, dass es aufhörte. Sie war die Richtige, sie war die Frau, die ich zwar nicht gesucht, aber doch gefunden hatte. Oder hatte sie mich gefunden? Es war mir im Moment absolut egal.

Alice fing an, meinen Hals zu küssen. „Du riechst so gut", raunte sie.

Sie trieb mich in den Wahnsinn. Mein Körper schrie nach mehr, aber ich wollte es doch langsam angehen. Kurz haderte ich mit mir selbst und entschloss mich dann, die Notbremse zu ziehen. Wie würde es rüberkommen, wenn es hier und jetzt mehr geworden wäre?

„Lass uns ins Bett umziehen, ich will dich gerne massieren", versuchte ich auszuweichen.

Sie setzte sich auf und schüttelte ihre langen Haare. Überrascht, wie einfach es war, sie zu zügeln, setzte ich mich ebenfalls auf. Mir fiel erst jetzt auf, dass Alice ein Hemd von mir trug. Die drei obersten Knöpfe standen offen und ich konnte einen Blick in ihren Ausschnitt erhaschen.

Mein Gewissen rügte mich dafür. *„Ja, ja, langsam, ich weiß."*

Alice stand auf. Sie trug meine dunkelblauen Boxershorts und sah darin wahnsinnig sexy aus. Sie legte sich bäuchlings auf mein Bett und sah mich erwartungsvoll an. Ich ging zu meinem Radio und schaltete es ein, wechselte die Einstellung und legte etwas Ruhiges in das CD-Fach. Leise und herzzerreißend ertönte Jessie Ware aus den Lautsprechern. Dann ging ich zu meinem Bett, wo Alice mich schon sehnsüchtig erwartete.

„Ich habe gedacht, du bist eher die Rockgöre. Ich bin überrascht, dass du so gefühlvoll sein kannst", stellte sie fest. Ihre Augen leuchteten im spärlichen Licht.

Ich setzte mich auf ihren Po und streichelte mit den Fingerspitzen ihren Rücken. Eigentlich hatte ich keine Ahnung, wie man massierte, und machte das, was ich am besten konnte: Ich improvisierte.

„Hm, das tut gut", seufzte sie ins Kissen.

Ich grinste in mich hinein. „Darf ich dir das Hemd ausziehen?", fragte ich schüchtern.

„Gerne. Warte, ich mach nur eben die Knöpfe auf."

Ich rutschte weiter nach hinten, damit Alice sich ausziehen konnte. Nun lag sie nur noch in BH und Unterhose vor mir. Mein Hemd hatte sie einfach irgendwo auf den Boden geworfen.

Mein Gewissen ermahnte mich: *„Sarah, ihr seid nicht mal einen Tag zusammen. Du willst dich doch nicht über sie hermachen, oder?"* Ich seufzte und streichelte weiter den hübschen Rücken, der vor mir lag.

„Sarah, darf ich dich etwas fragen?", flüsterte sie scheu.

Ich hielt kurz inne. Diese Frage wollte doch eigentlich ich stellen. „Natürlich darfst du das", antwortete ich knapp.

„Sind wir ein Paar?", stieß sie hastig hervor. Kurz zog sie die Schultern zusammen, als hätte sie eine dreiste Frage gestellt, die man so nicht hätte aussprechen dürfen.

Ich beugte mich vor und küsste ihren Nacken. „Ich weiß nicht, Engel. Sind wir das?", gab ich zurück.

Sie lachte leise ins Kissen. „Es fühlt sich zumindest so an", antwortete sie schließlich.

„Dann ist es also offiziell?", wollte ich wissen. Ich hätte es am liebsten in die Welt hinausgeschrien und mein Herz sprang mir fast aus der Brust. Die Schmetterlinge in meinem Bauch drehten eine Extrarunde und mein Grinsen wurde immer breiter. Glücksgefühle durchströmten mich mit einer angenehm molligen Wärme. Ich küsste liebevoll ihren Rücken. Jeder einzelne Zentimeter wurde mit einem Kuss bedeckt, als würde mein Leben davon abhängen.

Sie erschauderte. „Mh. Mehr davon", forderte sie leise.

„Wie ist das Zauberwort?", erwiderte ich frech.

„Sofort!“, knurrte sie mich an.

Ich setzte mich auf. „Das war leider die falsche Antwort.“

Alice drehte ihren Kopf, um mich anzusehen. „Liebling, bitte mach weiter. Es fühlt sich so schön an, wenn deine Lippen meine Haut berühren“, bettelte sie mit zuckersüßer Stimme.

Ich lehnte mich vor und pustete ihr ganz sanft in den Nacken. Sie erschauderte – schon wieder. Ich nahm das Massageöl vom Nachtschrank und kippte einen kleinen Schluck in meine Hand. Langsam verrieb ich es und mir stieg der angenehme Duft von Himbeeren in die Nase.

„Ich muss wohl heute Nacht aufpassen, dass ich nicht an dir rumknabbere. Das Öl riecht echt gut“, schmunzelte ich.

„Ich beiße“, drohte Alice.

Innerlich bettelte ich darum, doch ich ging darauf nicht weiter ein. Stattdessen verteilte ich das Öl auf ihrem Rücken. Meine Hände glitten sanft über ihre Haut. Alice stöhnte leise. Es gefiel ihr und ich hatte meinen Spaß daran, ihr etwas Gutes zu tun. Ich massierte ihre Schultern und den Nierenbereich.

„Hast du das mal gelernt?“, fragte Alice leise, während meine Hände über ihre Schultern wanderten.

„Nein. Ich mach das frei Schnauze, aber deinem Stöhnen nach zu urteilen, bin ich gar nicht mal so schlecht“, antwortete ich und grinste breit. Ich sah, dass sie ebenfalls grinste.

„Du machst das echt super. Aber wäre es nicht sinnvoller, meinen BH zu öffnen? Sonst schmierst du das ganze Öl rein“, schlug Alice vor.

Ich sah meine Hände an. „Kannst du das bitte machen, meine Hände sind total schmierig“, bat ich sie schüchtern.

Alice griff nach ihrem BH-Verschluss und öffnete ihn mit einer gekonnten Bewegung. Ich betrachtete ihren Rücken und war überrascht, wie selbstverständlich sie sich vor mir auszog. Gut, grundsätzlich hatte sie noch ihren BH an, aber es ging mir ums Prinzip.

Ich massierte weiter. „Erzähl mir etwas von dir, Engel. Ich habe das Gefühl, ich weiß fast nichts über dich.“ Ich hatte ein wenig Angst vor eventuellen Gegenfragen, die unbequem werden konnten, doch meine Neugierde war einfach größer.

Alice wirkte leicht angespannt, aber ich massierte unbeirrt weiter. „Ich liebe Rockmusik, höre aber auch gerne ruhige Stücke. Ich habe mir vorhin deine CDs angesehen. Wir hören fast die gleichen Bands. Meine Eltern haben mir immer verboten, Rockmusik zu hören. Sie meinten, es verderbe den Charakter eines Menschen.“

Ich musste lachen. So was Unsinniges hatte ich ja noch nie gehört. „Und dann kommt jemand wie ich daher. Ich bin ja so verdorben", scherzte ich und dämpfte meine Stimme.

Alice grinste wieder ins Kissen. „Du bist absolut handzahm. Du tust nur immer so böse. Man muss hinter deine Fassade schauen", begann Alice. „Du bist sehr zuvorkommend und aufmerksam. Du bist ein guter Zuhörer, soweit ich es beurteilen kann. Wenn du lächelst, füllst du den ganzen Raum damit. Du schenkst mir mit Kleinigkeiten so viel Liebe, wie ich es vorher niemals erfahren habe", fuhr Alice fort. Scheinbar meinte sie damit wohl die Massage im Kerzenschein.

Ich hörte ihr zu, ich mochte ihre Stimme sehr, sie war angenehm rau und ruhig. „Ich bin ein Gentleman, nur halt als Frau", ergänzte ich ihre Aufzählung.

„Eine Gentlewoman also, ja?", scherzte Alice.

„Mhm. Erzähl mir mehr. Was für Hobbys hast du?", fragte ich neugierig.

Alice runzelte die Stirn. „Ich habe früher gefochten. Es ist unglaublich anstrengend, aber es macht riesigen Spaß. Ich habe sogar an Turnieren teilgenommen."

Ich pfiff anerkennend. „Nicht schlecht."

„Ich war süddeutsche Meisterin im Fechten. Du solltest dich lieber nicht mit mir anlegen", alberte sie herum, was uns beide zum Lachen brachte. „Ich liebe die Natur und die Sonne. Ich freu mich schon auf morgen Abend, wenn wir zum Strand gehen."

„Der heutige Abend hat gerade mal angefangen und du freust dich schon auf morgen", grummelte ich. „Übrigens ist deine Massage beendet. Das Öl ist einmassiert und meine Daumen tun weh. Ich wasch mir schnell die Hände. Bin gleich wieder da." Ich stand auf und hastete ins Badezimmer, um meine schmierigen Hände vom Öl zu befreien. Im Eiltempo huschte ich zurück in mein Zimmer und schloss die Tür.

Alice stand mit dem Rücken zu mir und versuchte, ihren BH zu schließen, wobei sie kläglich scheiterte. „Verdammt, ich bekomme ihn nicht zu. Magst du mir kurz helfen?"

Ich ging langsam zu ihr und schloss ihren BH. Eigentlich sollte das doch jede Frau im Handumdrehen hinbekommen.

Plötzlich drehte sie sich zu mir um und küsste mich leidenschaftlich. Ich war vollkommen überrumpelt. Intuitiv hob ich Alice hoch, die sofort ihre Beine um mich schlang. Ich stöhnte auf, als meine Liebste mir in die Haare griff. Ich setzte mich mit ihr aufs Bett, darauf bedacht, jeden einzelnen Kuss zu erwidern.

„Ich liebe dich", keuchte sie. Sanft knabberte ich an Alice' Lippe und zog sie näher an mich. „Hey, nicht so gierig", bremste sie mich.

Ich streichelte verträumt ihre Taille. Da war ich wohl voll in ihre gestellte Falle getappt. Kaum merklich schüttelte ich den Kopf. Es war ja nichts passiert, warum also alles schwarzsehen?

Wir lösten uns langsam voneinander, aber Alice machte keine Anstalten, meinen Schoß zu verlassen. Sie sah mich lächelnd an.

„Wir wollten es langsam angehen. Es ist für dich das erste Mal und ich will nicht, dass es eben mal so passiert. Es soll für dich etwas Besonderes werden", erklärte sie mir langsam.

Ich sah sie betrübt an. „Es tut mir leid. Es ist meine Schuld. Es überkam mich einfach so. War ich etwa so scheiße?", flüsterte ich enttäuscht. Ich hatte ein flaues Gefühl im Magen, einfach weil ich so unerfahren war.

Alice kicherte. „Du warst wunderbar gierig. Spaß beiseite. Du küsst wundervoll. Du machst das, was dir gefällt. Du denkst nicht viel nach, das mag ich an dir. Das ist wohl auch der Grund, warum ich mich in dich verliebt habe. Du bist ein Freigeist und mit deiner liebevollen und trotteligen Art hast du mein Herz erobert. Ich spüre dieses Knistern zwischen uns, wenn du bei mir bist", machte sie mir deutlich. Ihre Blicke verankerten sich in meinen. Was für eine wundervolle Liebeserklärung war das denn, bitte schön? Ich konnte fühlen, wie ich rot wurde, und sah weg.

„Och, wie niedlich. Du wirst ja ganz rot", feixte sie. „Das musst du nicht, es ist nur die Wahrheit. Komm, jetzt will ich dich massieren und dann erzählst du mir was über dich. Deal?" Sie küsste meine Nasenspitze.

Ich konnte ihr diesen Wunsch nicht abschlagen, also zog ich mein Hemd aus, wobei Alice mich nicht aus den Augen ließ.

„Trainierst du?", fragte sie mich. Ihr Blick ruhte auf meinen Schultern.

„Das kommt vom Ordnertragen", lachte ich schüchtern, bevor ich mich räusperte. „Ich vermute, dass ich meinen BH ebenfalls ausziehen soll?" Alice nickte. „Würdest du ... ich meine ... ähm ... könntest du vielleicht ...", stammelte ich unbeholfen. Wieso war ich plötzlich so schüchtern?

Alice verstand dennoch, was ich meinte, und drehte sich um, sodass ich schnell meinen BH ausziehen konnte. Nachdem ich mich plump aufs Bett geworfen hatte, drehte Alice sich wieder zu mir um.

„Du kannst ja richtig schüchtern sein. Als hättest du was anderes als ich", neckte sie mich spielerisch.

Sie setzte sich auf meinen Po und mein Unterleib zog sich zusammen. Schon beeindruckend, was Verliebtsein mit einem anstellte.

„Ich habe noch nie jemanden massiert. Hoffentlich tu ich dir nicht weh", bangte sie.

„Du wirst das Kind schon schaukeln", ermutigte ich sie. *„Super, Sarah, war das der beste Spruch, der dir einfallen konnte?"*, rügte mich mein Gewissen.

Ich wollte, dass sie endlich anfing, und schloss die Augen. Alice streichelte zärtlich meinen Rücken. Es fühlte sich wunderschön an. Sie hatte sich das von mir abgeguckt.

„Was sind deine Träume?“, fragte sie mich leise und ich überlegte kurz.

„Ich wollte früher immer Tierärztin werden. Wir hatten eine Katze, die ich als kleines Mädchen ständig untersucht habe“, erinnerte ich mich. Alice küsste meine Schultern und ich seufzte leise. „Ich bin meiner Mutter zuliebe Buchhalterin geworden. Na ja, eigentlich bin ich es noch nicht. Du verstehst aber, was ich meine, oder?“

„Ich verstehe schon. Weiß sie das? Ich meine, dass du es für sie und nicht für dich machst.“

„Nein. Ich glaube, es würde ihr das Herz brechen. Sie will, dass ich irgendwann die Firma übernehme“, erklärte ich langsam.

Alice ließ ihre Zungenspitze über meine Wirbelsäule gleiten, sodass ich leise stöhnte. Sie wusste, wie sie mich nehmen musste. Ich versuchte, meine Gedanken zu sammeln, auch wenn es mir schwerfiel.

„Engel, was hältst du davon, wenn wir morgen anfangen, deine Wohnung zu streichen?“, warf ich ein.

Alice verharrte kurz. „Deine Mutter wollte morgen zu einem Martin, hat sie mir erzählt. Dann wären wir alleine. Warum eigentlich nicht? Was fertig ist, ist fertig. Du wirst bestimmt sexy aussehen, wenn du den Blaumann anhast.“ Ich konnte ihr Schmunzeln förmlich hören.

„Da freut sich aber jemand. Abends gehen wir dann zum Entspannen an den Strand. Wollen wir auch schwimmen gehen oder willst du dich nur in der Abendsonne aalen?“, fragte ich sie. Der Gedanke, Alice im Bikini zu sehen, ließ mein Herz schneller schlagen. Sie hatte einen unglaublich schönen Körper, den man absolut nicht zu verstecken brauchte.

„Ich kann nicht schwimmen“, flüsterte Alice betreten.

Ich konnte hören, wie meine Seifenblase zerplatzte. Da war sie dahin, die Vorstellung, Alice in Badesachen zu sehen. „Ich kann es dir beibringen. Es ist ganz einfach.“

Sie biss mir sanft in die Schulter, was sich ungewohnt schön anfühlte. „Ich habe nicht mal Badesachen, Schatz.“

„Dann gehst du halt in Unterwäsche ins Wasser. Wo wir planschen, ist nie jemand und ich bin wirklich verdammt oft da“, versuchte ich Alice zu überzeugen. Ich flehte innerlich, dass sie endlich nachgab und Ja sagte.

Sie seufzte. „Lass uns einfach nur die Restsonne genießen, bis ich einen Bikini habe, ja?“, bettelte sie.

„Okay, wie du magst. Ich zwinge dich zu nichts“, kapitulierte ich. Es würde ohnehin nichts bringen, wenn ich sie dazu drängte.

„Gib mir bitte das Massageöl.“

Ich reichte ihr die kleine Flasche über meine Schulter. „Nimm nicht zu viel, sonst massierst du mich bis morgen früh.“ Sie ließ das Öl, das schrecklich kalt war, auf meinen Rücken träufeln. Meine Nackenhaare stellten sich auf und ich fröstelte etwas.

Alice lachte. „Du bist sehr sensibel. Das gefällt mir“, flüsterte sie verführerisch und verteilte langsam das Öl auf meinem Rücken.

Wir schwiegen. Die CD spielte nicht mehr, doch ich genoss die Stille und lauschte Alice' ruhigem Atem. Sie war sehr zärtlich und plante scheinbar jeden Griff und jede Bewegung im Voraus.

„Erzähl mir mehr von dir. Meine Mutter hat dir bestimmt schon einiges über mich verraten“, bat ich.

„Sie hat mir erzählt, dass du nur schwer deine Gefühle ausdrücken kannst.“

Mein Magen verkrampfte sich. Da hatte sie eben mal den Spieß umgedreht, aber so ließ ich sie nicht davonkommen. „Ich habe euer Gespräch gehört“, flüsterte ich.

Alice wechselte von Massage zu Streicheleinheiten. „Das habe ich mir schon gedacht, als du dort auf der Bank saßt. Wovor hast du Angst?“, hakte sie nach, während sie meinen Rücken liebkoste.

Ich wollte doch mehr von ihr wissen und nicht ständig von mir erzählen. Grübelnd starrte ich auf mein Sofa. „Es kostet mich sehr viel Überwindung, dir das anzuvertrauen. Versprich mir bitte, dass du es niemandem erzählst. Bisher weiß es nur Sam.“

Ich wartete, bis Alice mir ein leises „Okay“ als Antwort gab, und atmete tief durch. Allein der Gedanke verursachte eine Welle der Angst in meinem Körper, aber ich hatte mir vorgenommen, ehrlich zu ihr zu sein.

„Ich wurde früher in der Schule gemobbt. Ich habe einer Freundin im Vertrauen erzählt, dass ich Frauen attraktiv finde, und wenig später wusste es die ganze Klasse. Ich wurde ausgeschlossen, mein Freundeskreis war von einem auf den anderen Tag dahin. Das war in der siebten Klasse. Es ging so weiter bis zur 10. Klasse. Das war für mich nicht einfach. Ich verschloss mich vor Nähe und Emotionen. Ich ließ niemanden mehr an mich heran. Beziehungen führte ich nur noch halbherzig, fast schon gleichgültig. Wenn jemand mit mir Schluss machte, weil ich so kühl zu ihm oder ihr war, war es mir egal. Ich fing erst wieder an, mich zu öffnen, als ich die Ausbildung anfing und Sam kennenlernte. Ich habe in ihm eine Art Vertrauensperson gefunden. Meine Mutter wusste bis zu meiner Ausbildung nicht, wie sie mit mir umgehen sollte. Immer wieder hatte sie mir vorgeschlagen, die Schule zu wechseln, ich wollte das aber nicht. Ich wollte nicht als Feigling dastehen, der sich von intoleranten Mitschülern unterbuttern lässt. Das Einzige, was mir Freude bereitete, war unser Kater Mr Smith. Bitte glaube mir, dass ich Gefühle für dich habe, die ich nicht beschreiben kann. Du hast es vorhin schon sehr treffend auf den Punkt gebracht. Diese starke Bindung zwischen uns, obwohl wir uns kaum kennen, spüre ich auch. Ich genieße deine Nähe in vollen Zügen und wünsche mir, dass wir glücklich sind."

„Schöner Name für einen Kater", warf Alice ein, rutschte von meinem Po und kniete sich neben mir nieder. Ihr besorgter Blick und ihr schief gelegter Kopf machten sie süß. „Schatz, es klingt schrecklich, was dir passiert ist. Ich verspreche dir, es für mich zu behalten. Ich bin froh, dass ich dich kennen- und lieben gelernt habe. Ich will mit dir glücklich werden, auch wenn wir erst am Anfang stehen." Sie küsste mich sanft und ich lächelte sie an. Keine Worte konnten beschreiben, wie dankbar, wie froh ich war, dass Alice so einfühlsam war.

„Ich habe unglaublichen Durst", meinte sie nun und leckte sich die Lippen. Ich versuchte, diese Geste zu ignorieren.

„Ich auch. Ich habe uns Orangensaft mitgenommen. Dort." Ich zeigte zu meinem selbst gestalteten Tisch.

„Kannst du uns etwas zu trinken einschenken? Ich bin leider verhindert." Alice zeigte mir ihre öligen Hände.

Ich grinste, hob mein Hemd vom Boden auf, warf es mir über und machte nur die nötigsten Knöpfe zu. Dann stand ich auf und goss den Saft in die beiden Gläser. Ich hielt Alice eines davon an die Lippen und kippte es langsam. Sie trank es binnen Sekunden leer.

„Mehr?", fragte ich.

„Nein, danke. Das sollte erst mal reichen."

Ich nahm mein eigenes Glas und leerte es in einem Zug.

Alice nickte anerkennend. „Ich bin beeindruckt. Wenn du das bei Tequila auch kannst, ziehe ich meinen Hut vor dir."

„Das ist wohl eine Kampfansage, oder?"

„Natürlich", erwiderte sie trocken.

Ich verschränkte die Arme. „Dann soll es wohl so sein. Den Termin teilen Sie mir bitte schriftlich mit, Frau Henndriks", antwortete ich förmlich.

„Frau Fischer, das werde ich sehr gern tun", gab sie mit einem süßen Lächeln zurück. Ich stellte das leere Glas ab. „Zieh dich aus. Ich will dich weitermassieren", befahl Alice mir mit ernster Miene.

Überrascht von ihrem Stimmungswechsel ging ich zum Bett und knöpfte mein Hemd auf, das ich mit einer eleganten Bewegung auf den Boden fallen ließ. Aus den Augenwinkeln konnte ich sehen, wie Alice die Kinnlade runterfiel. Ich legte mich wieder auf den Bauch und unterdrückte ein Grinsen.

„Spielst du jetzt Spielchen mit mir?", fragte Alice, als sie sich wieder auf meinem Po platzierte. Ich schmunzelte, sagte aber nichts.

Sie massierte mich weiter und wir genossen die angenehme Stille. Scheinbar musste sie erst mal meine Vergangenheit sacken lassen. Es war jetzt auch nicht unbedingt der leichteste Stoff, sogar Sam war sprachlos gewesen, als ich es ihm erzählt hatte. Es brach mir das Herz zu sehen, wie andere, vollkommen Unbeteiligte mit mir litten, obwohl ich selbst damit umgehen konnte. Zwar nicht so, wie manch andere Person es getan hätte, aber für mich war Isolation die einfachste Lösung. Wenn keiner an mich herankam, konnte mir auch keiner wehtun, das war meine Devise. Dass ich damit aber andere Personen zutiefst verletzt hatte, war mir erst später aufgefallen, was mir im Herzen wehtat. Durch meinen Wall hatte ich mich zwar bestens geschützt, tat aber meinem persönlichen Umfeld weh. Meine Mutter hatte am meisten darunter gelitten. Als ich endlich die Mauer, die ich aufgebaut hatte, abgerissen hatte, verbesserte sich auch unser Verhältnis. Sie hatte mich weinend in den Arm genommen und fest an sich gedrückt. Das war vor zwei Jahren gewesen, seitdem ging es kontinuierlich bergauf.

„Liebling, ich bin fertig und geh schnell Hände waschen", sagte Alice plötzlich.

Kurz zuckte ich zusammen, ich musste so in meine Gedanken vertieft gewesen sein, dass ich meine Umwelt gar nicht mehr wahrgenommen hatte. Sie gab mir einen Kuss auf die Wange und ging ins Badezimmer. Ich suchte meinen BH, schlüpfte hinein und stellte das Radio aus. Fast alle Teelichter waren inzwischen erloschen. Nur eins flackerte noch munter vor sich hin.

Alice kam ins Zimmer zurück und legte ihre Arme um mich. „Jetzt riechen wir beide zum Anbeißen." Prompt biss sie mir sanft in den Hals, sodass ich leise aufstöhnte.

Durch Alice entdeckte ich erogene Zonen, die mir vorher gar nicht bekannt gewesen waren. Sie zog mich an meinem BH ins Bett und auf einmal fand ich mich auf ihr wieder. Sie legte die Hände um meinen Hals und sah mich erwartungsvoll an.

Ich setzte mich auf und zog Alice' Oberkörper mit hoch. „Du hast Kraft", lächelte sie beeindruckt.

„Die werde ich morgen brauchen", antwortete ich und streichelte ihre Wange.

Sie schloss die Augen und schien meine Berührungen zu genießen. Ich strich sacht über ihre Lippen und sie biss mir in den Daumen.

„Ich habe doch gesagt, ich bin bissig. Wieso hörst du nicht auf mich?", nuschelte sie und ließ kurz danach meinen Daumen wieder los.

Ich nahm ihre Hände und wir ließen uns langsam zurück in die Kissen fallen. Wir küssten uns sanft und mit vielen Streicheleien, von denen ich nicht genug bekommen konnte. Ich wollte, dass das nie mehr aufhörte.

Alice streichelte meinen Bauch. „Du bist so hübsch“, hauchte sie.

Ich sah auf die Uhr. Es war Mitternacht. „Wollen wir schlafen? Morgen wird es noch mal anstrengend“, merkte ich an und kuschelte mich eng an die Frau, in die ich so verliebt war.

„Nur wenn du mir noch ein bisschen von dir erzählst.“

„Aber nicht so lange“, warf ich ein.

Ich rollte mich auf die freie Seite zu Alice’ Rechter. Sie legte ihren Kopf auf meine Schulter und nahm meine Hand, dabei berührte sie flüchtig meine Brust. Sie stutzte kurz und sah an mir runter.

„Du hast Nippelpiercings?!“, fragte sie total überrascht.

Ich musste lachen. „Ja, die habe ich mir mit 17 machen lassen. Ich finde die schön.“

Alice starrte mich an. „Spürst du es, wenn ich leicht dagegenkomme?“

„Intensiver als ohne“, antwortete ich und war amüsiert darüber, dass ich Alice mit so einer Kleinigkeit komplett aus der Fassung gebracht hatte.

„Tut es denn nicht weh, wenn man daran zieht oder so?“, fragte sie neugierig nach.

„Am Anfang blieb ich immer mit dem T-Shirt hängen, das tat verdammt weh. Wenn es verheilt ist, tut es nicht mehr weh, außer man übertreibt maßlos“, versuchte ich zu erklären.

„Hast du etwa ...“, fing Alice an, ich unterbrach sie aber.

„Nein, ich hatte, seitdem ich 16 Jahre alt war, keinen Sex mehr. Ich bin so gesehen noch vollkommen unerfahren.“

„Ich nehme dich so, wie du bist, auch wenn du mich manchmal sehr überraschst“, säuselte Alice mir ins Ohr und knabberte an meinem Ohrläppchen.

Wieder stöhnte ich auf, drehte mich zu Alice und kuschelte mich an ihre Brust. Sie kraulte meinen Kopf, bis ich irgendwann einschlief.

Kapitel 11

Ich wachte um sieben auf. Alice schlief noch neben mir. Ich beobachtete sie eine Weile. Ihre langen Haare bedeckten ihr halbes Gesicht und ich strich sie vorsichtig beiseite. Langsam richtete ich mich auf und beugte mich hinunter zum entblößten Bauch von Alice, den ich sanft küsste. Sie bewegte sich murrend und öffnete langsam die Augen. Ich arbeitete mich mit einer Spur aus Küssen zu ihren vollen Lippen hoch.

„Guten Morgen, mein Liebling“, hauchte sie.

„Guten Morgen, Engelchen. Hast du gut geschlafen?“

Sie nickte müde. „Ich habe von Nippelpiercings geträumt“, meinte sie keck und sah auf meine Brüste, bevor sie sich verlegen auf die Lippe biss.

„Hör auf damit, das macht mich an“, drohte ich ihr.

Sie streckte mir die Zunge raus und setzte sich auf. Sanft küsste sie mein Schlüsselbein und arbeitete sich langsam nach unten. Ich stöhnte leise. Sie schob langsam meinen BH hoch, doch ich nahm ihre Hände in meine.

„Bitte nicht. Ich würde so gerne mehr von dir lernen, aber ich glaube, das wäre zu schnell. Ich will nichts überstürzen, wir haben doch alle Zeit dieser Welt“, erklärte ich ihr, während ich ihre Wange streichelte.

Sie sah traurig aus. „Ich weiß. Es ist jetzt schon das zweite Mal. Bitte verzeih mir“, flüsterte sie beschämt.

„Schau mich mal an, bitte.“ Langsam hob sie den Kopf und blickte mich betreten an. Ich lächelte sanft. „Wir beide können es wohl kaum abwarten. Doch lass uns noch etwas Zeit, ja?“ Alice nickte und lächelte scheu.

Ich sprang aus dem Bett und schaute nach, ob meine Mutter schon weg war. Sie hatte den Frühstückstisch gedeckt und einen kleinen Zettel neben der Kaffeemaschine hinterlassen. Neugierig las ich, was draufstand.

Hey, ihr beide, ich hoffe, ihr habt gut geschlafen. Ich werde vor 22 Uhr nicht nach Hause kommen.

Ich ging zurück in mein Zimmer, wo mich Alice in Unterwäsche empfing. Sie lächelte mich an, strich mir über die Haare und ging zu den Einkaufstüten von gestern, aus denen sie ein neues Shirt hervorzog. Es war bauchfrei und ließ sich im Nacken zusammenbinden.

„Die gab es doch schon mal in den 90ern“, grübelte ich laut.

„Hey, du Fashionikone, komm mal lieber rüber und hilf mir, das gute Stück zusammenzubinden“, forderte sie mich auf.

Ich streckte ihr die Zunge raus und knotete die Enden zusammen. Ihr Rücken roch wundervoll nach dem Massageöl. Anschließend nahm ich ein weites Top und ein weißes, unter den Armen tief geschnittenes Oberteil heraus. Ich fischte noch eine karierte, kurze Hose aus dem Fach und gab Alice einen Kuss.

„Machst du uns Kaffee?“, bat ich. Sie nickte und gab mir einen Klaps auf den Po. Ich verließ lachend das Zimmer und ging ins Badezimmer. Dort schlüpfte ich in frische Unterwäsche und zog meine Klamotten an. Routiniert griff ich zur Pomade und zupfte meine Haare zurecht. „Widerspenstiger Haufen!“, fluchte ich, als ich auch die letzte Strähne in ihre von mir bestimmte Position zwang. Ich wusch meine Hände und griff zur Zahnbürste. Zufrieden stellte ich fest, dass in meinem Becher eine zweite stand. Mutti hatte sie für Alice vorbereitet und sogar einen schmalen Zettel mit ihrem Namen daran befestigt. Meine Mutter dachte echt an alles. Ich grinste und schmierte etwas Zahnpasta auf meine Zahnbürste.

Zähne putzend betrat ich die Küche, wo Alice das Radio eingeschaltet hatte und verträumt durch den Raum tanzte. Ich lehnte mich an den Türrahmen und beobachtete sie eine Weile. Hätte ich nicht gerade eine Zahnbürste im Mund, wäre das Ganze unglaublich erotisch. Alice, die mich inzwischen bemerkt hatte, schien es nicht zu stören. Man sah ihr an, dass sie Spaß hatte. Ich nahm ihre Hand, führte sie ins Badezimmer und zeigte ihr die Zahnbürste.

Schnell spülte ich meinen Mund aus. „Sag, dass es süß ist.“

Alice lächelte die Zahnbürste an. „Oh ja, das ist echt süß, fehlt nur noch, dass ich mein eigenes Fach in deinem Kleiderschrank bekomme.“

Ich fand die Idee gar nicht schlecht und wollte gerade in mein Zimmer gehen, als Alice meine Hand ergriff und mich zu sich zog. Sie drückte mich an die Wand und küsste mich innig.

„Hey“, wisperte ich.

Alice löste sich von mir und sah betreten zu Boden. „Ich bin doof. Aber du siehst so heiß aus.“

„Du bist nicht doof. Wir können einfach nicht die Finger voneinander lassen, das ist das Problem. Aber wenn es passiert, dann ist es eben so. Du siehst auch zum Anbeißen aus. Es fällt mir wahnsinnig schwer, mich zu beherrschen“, gestand ich ihr.

Sie lächelte ein wenig. „Danke für das Kompliment.“ Sie errötete etwas und ich zog sie näher an mich, um ihre Stirn zu küssen.

„Dafür brauchst du dich nicht zu bedanken. Ich liebe dich."

Alice' Augen funkelten. Das war das erste Mal, dass ich es auch wirklich so meinte, wie ich es gesagt hatte. „Ich liebe dich auch", erwiderte sie.

„Komm, lass uns frühstücken."

„Ich putz nur eben meine Zähne", sagte sie und zeigte mir ihre Alice-Zahnbürste.

Ich ging zurück in die Küche und nahm meinen Kaffee. Irgendwie hatte Alice es geschafft, ein Herz in den Schaum zu machen. Ich lächelte über diese Kleinigkeit, als sie zur Tür hereinkam. Sie nahm sich eine Karotte und knabberte daran herum.

„Danke für den Kaffee. Wie hast du das Herz hinbekommen? Ich habe es schon gefühlt hundertmal probiert, aber es klappte einfach nicht", erkundigte ich mich.

„Magie", antwortete Alice und fuchtelte mit der Karotte vor meiner Nase herum.

Ich schnappte mir ihre Hand und biss von der Karotte ab. „Pass mal ein bisschen auf, was du mit deinem Möchtegernzauberstab machst, du Harry-Potter-Verschnitt", griente ich mit dumpfer Stimme.

Sie richtete die Karotte alias den Zauberstab auf meine Nase und rief: „Petrificus Totalus!"

Ich machte mich ganz steif und sah sie erschrocken an, sodass wir beide laut loslachen mussten.

„Ich liebe die Harry-Potter-Bücher", schmunzelte sie.

„Ich auch. Ich habe damals so gehofft, eine Eule aus Hogwarts zu bekommen."

„Ich auch!", rief Alice ganz aufgeregt. Sie nahm einen weiteren Bissen von ihrer Karotte und legte ihre Stirn in Falten. „In welches Haus wir wohl gekommen wären?"

„Ich wäre bestimmt in Slytherin und du in Hufflepuff oder Ravenclaw."

„Du würdest auch eine gute Gryffindor abgeben", grübelte Alice und musterte mich. „Du bist mutig und kämpfst dich durch dein Leben. Du hast ein großes Herz. Wie deine Mutter", stellte sie fest. Sie hatte recht.

„Slytherins kämpfen aber für die Familie und ihre Freunde", entgegnete ich.

„Das stimmt. Wir werden es wohl nie erfahren", seufzte Alice und knabberte ihre Karotte auf.

Ich machte mir ein Käsebrot und nahm einen Schluck Kaffee. „Dein Kaffee wird kalt, Engel."

Alice nahm ihre Tasse und lehnte sich an die Arbeitsplatte. Sie nahm ein paar Schlucke und sah mich aufmerksam an. „Wollen wir uns etwas Proviant mitnehmen, wenn wir zu mir rübergehen?"

„Gute Idee. Was möchtest du denn? Obst wäre gut. Bei der Hitze möchte ich nicht unbedingt Fleisch essen." Ich sah hinüber zu der Wetterstation, die auf einem schmalen Regal stand. Es sollte bis zu 30 °C heiß werden.

„Wir packen zumindest viel Wasser ein. Ich will nicht wieder so abklappen wie gestern", eröffnete mir Alice und sah betreten in ihre Kaffeetasse.

Ich stand auf und stellte mich vor sie. Fragend musterte sie mich, als ich ihre Tasse nahm und wegräumte. „Ich pass auf dich auf. Aber bitte sag mir sofort Bescheid, wenn du merkst, dir geht es nicht so gut. Versprochen?" Ich hielt ihr meinen kleinen Finger hin, in den sie ihren einhakte.

„Versprochen."

Ich gab ihr einen Kuss und suchte eine Tüte für das Obst. Ich packte ein paar Bananen, Äpfel, eine Handvoll Karotten und einen Beutel Nüsse ein. Außerdem legte ich noch ein kleines Küchenmesser dazu und verknotete die Tüte. Aus dem Schrank holte ich vier Flaschen Mineralwasser.

Alice nahm die Frühstückseier, die Mutti für uns gekocht hatte, und gab sie mir. „Kannst du die auch noch in die Tüte packen?"

Ich löste den Knoten, wickelte vorsichtig die Eier in ein Küchentuch ein und legte das Bündel in den Proviantsack. „Noch schnell den Tisch abräumen und dann können wir los."

„Habt ihr ein Radio, das wir mitnehmen können? Mit Musik geht uns die Arbeit bestimmt leichter von der Hand", sagte Alice.

Ich ging in mein Zimmer und nahm das Radio vom Strom. Ich rollte das Kabel auf und steckte das Gerät in einen Stoffbeutel. Mit diesem in der Hand ging ich in die Küche und legte die Wasserflaschen dazu. Alice hatte schon den Tisch abgeräumt und zog sich die Schuhe an. Sie sah umwerfend aus.

Ich nahm meine Schlüssel und drehte mich zu ihr um. „Hast du alles? Wohnungsschlüssel?", fragte ich nach.

Sie nahm meine Hand. „Jetzt habe ich alles, was ich brauche", strahlte sie mich an.

Draußen war es jetzt schon brüllend warm. Alice hakte ihren kleinen Finger in meinen. In der anderen Hand hielt ich unseren Proviant für den Tag. Sie trug das Radio und die Getränke. Wir erreichen recht schnell die Jahnstraße. Alice schloss die Tür auf und leerte den Briefkasten.

„Zeitung", grummelte sie.

Mir kam eine Idee, als wir die Treppen hoch in die dritte Etage gingen. Auf dem Türschild stand Henndriks und ich klingelte einfach wild drauflos.

Alice rollte mit den Augen. „Spielkind", murmelte sie.

Ich grinste vor mich hin und betrat den leeren Flur. Alice legte die Getränke in den Kühlschrank und steckte das Radio ein. Ich nahm die Zeitung und faltete Papierhüte. Als ich noch klein gewesen war, hatte mein Vater mir das beigebracht, dann hatten wir immer den ganzen Tag Piraten gespielt. Ich betrachtete mit kritischem Blick meinen nach vielen Jahren ersten gefalteten Papierhut. Dann lächelte ich zufrieden und zog die Kanten nach.

Alice ging in ihr Schlafzimmer und zog sich den Blaumann über. „Na, sieht das nicht heiß aus?", fragte sie, als sie wieder ins leere Wohnzimmer kam. Ihre Stimme hallte laut in dem Raum nach.

Ich drehte mich um, den zweiten Papierhut in der Hand, und beobachtete, wie sie für mich posierte. „Ich bekomm schon Schnappatmung, so heiß bist du. Es fehlt aber noch eine Kleinigkeit", sagte ich, ging zu ihr und setzte ihr den Papierhut auf. Dann trat ich ein paar Schritte zurück. „Kapitän Henndriks, Landratte Fischer erwartet Ihre Anweisungen, arrh", imitierte ich eine Piratenstimme.

Sie lachte. „Landratte Fischer, wo ist Ihre Dienstkleidung? Umziehen. Sofort!", kommandierte sie mich herum. Mit ihr konnte man auch einfach nur doof sein. Ach, ich liebte es.

„Aye, aye!", salutierte ich und nahm meinen Blaumann sowie meinen gefalteten Papierhut. Ich ging ins Schlafzimmer und zog mich um. Der Maleroverall passte mir mehr oder weniger. Ich zog mein Shirt aus. Wenigstens das sollte sauber bleiben. Dann setzte ich meinen Hut auf und ging zurück ins Wohnzimmer.

Alice klebte gerade die Folie fest, als ich den Raum betrat. Ihre Augen funkelten vor Begeisterung. „Du solltest öfter einen Blaumann tragen", empfahl sie mir und ging zu den Farbeimern hinüber, die mitten im Wohnzimmer standen. „Deine Mutter hat solche Hightech-Rollen gekauft ... ich habe keine Ahnung, wie die funktionieren", bekannte Alice und reichte mir eine.

„Die haben da vorne eine Düse, die ziehst du auf wie eine Spritze. So, guck." Ich öffnete den Eimer, auf dem Nordseestrand stand, hielt den Stab in die Farbe und zog die Öse am Griff nach hinten.

Alice staunte nicht schlecht, als sich die Kanüle mit Farbe füllte, und pfiff anerkennend. „Mensch, Mensch, geiles Teil!" Sie nahm sich die zweite Farbrolle und befüllte die Kanüle ebenfalls. „Dann sollte das Streichen ja schnell gehen. Jeder nimmt eine Wand. Wer zuerst fertig ist, gewinnt eine Massage vom Verlierer", schlug Alice vor. Sie brachte sich in Position und in ihren Augen flackerte Kampfgeist auf. Sie wollte gewinnen, doch gegen mich hatte sie absolut keine Chance. „Bereit?", fragte sie.

„Bereit", antwortete ich entschlossen.

„Drei ... zwei ... eins ... LOS!“, rief sie und wir fingen an, die Wände zu streichen.

Sie legte gut vor, allerdings war sie mit der Technik nicht so vertraut. Ich nutzte es zu meinem Vorteil, auch wenn ich mich dabei ein wenig schlecht fühlte, aber es ging hier um meinen Stolz als Malerlaie, der ich war. Da konnte ich auch mal ausblenden, dass es eigentlich nur ein Spiel war.

Nach der Hälfte der Wand musste ich die Kanüle das erste Mal neu auffüllen. Die Farbe sah auf der weißen Wand noch etwas fleckig aus, ich hoffte, dass es nicht so bleiben würde, wenn sie getrocknet war. Ich liebte dieses Teil. Mit einer normalen Rolle wäre ich sicher schon einige Male zum Farbeimer gelaufen. Ich zog die Kanüle neu auf und warf einen Blick auf Alice' Werk. Sie arbeitete sehr konzentriert und beachtete mich gar nicht. Wie energisch und diszipliniert sie die Wand strich, beeindruckte mich schon ein wenig, doch sie war meine Konkurrentin, meine Rivalin, die ich nicht ohne Kampf gewinnen lassen wollte. Im Radio lief Lay All Your Love on Me und ich sang leise mit, während ich wieder zu meiner halb gestrichenen Wand eilte. Ich arbeitete ehrgeizig weiter und war tatsächlich kurz vor Alice fertig.

„Erste!“, rief ich und streckte triumphierend meine Arme hoch.

Alice drehte sich um und schmollte. „Manno, nur weil ich nicht mit dieser Technik klarkomme.“ Sie wirkte etwas deprimiert.

Ich ging mit der Farbrolle in der Hand zu ihr hinüber, küsste ihre Nasenspitze und strich ihre Wand zu Ende. „Dann bekomme ich heute Abend wohl eine Massage. Du hast dich wirklich tapfer geschlagen“, rief ich ihr grinsend zu.

„Ich werde mir größte Mühe geben“, lächelte sie zurück.

Wir hatten für zwei Wände gerade mal eine halbe Stunde gebraucht.

„Lass uns weitermachen. Umso schneller können wir zum Strand“, schlug ich vor.

Wir brauchten für das komplette Wohnzimmer eine Stunde. Das Nervigste dabei waren die kleinen Flächen über der Tür und am Fenster. Alice nahm sich den Stuhl und einen Pinsel, weil ich schon nach fünf Minuten völlig entnervt war.

„Ich bin echt nicht der Typ für solche fummeligen Arbeiten“, murrte ich zähneknirschend und legte meinen Pinsel weg.

Alice seufzte und ging nicht weiter auf mein Gemecker ein. Ich lehnte mich an den Türrahmen der Küche und beobachtete sie eine Weile. Ihr Blaumann hatte bereits einige Farbspritzer abbekommen, der Papierhut ließ sie etwas kindlich wirken. Zwischendurch hatte ich ein wenig Angst, so wie sie auf dem Fensterbrett herumturnte, doch ich ließ sie machen. Ich wollte sie nicht bevormunden oder zu anhänglich sein. Schließlich war sie alt genug, um auf sich selbst aufzupassen.

Als Alice fertig war, mischten wir die Farben für die Küche und das Badezimmer an. Ich hatte versucht, sie zu überzeugen, etwas weiße Farbe abzufüllen, doch sie setzte sich durch und kippte kurzerhand in die beiden geöffneten Eimer die Abtönfarben rein.

„Wird schon schiefgehen." Ich zuckte mit den Schultern, verrührte unser – besser gesagt: ihr – Farbexperiment und war erstaunt, wie gut ihre spontane Entscheidung aussah. Ich hievte den mintgrünen Farbeimer hinüber in die Küche.

„Ich mach eine kleine Pause, Liebling. Ich habe einen total trockenen Mund. Du kannst ja schon mal mit dem Bad anfangen."

„Wird gemacht, Kapitän Henndriks!" Ich salutierte und ging mit dem zweiten, blassblauen Farbeimer und Eric – so nannte ich die Farbrolle – ins Badezimmer.

Nach 15 Minuten war ich bereits mit dem Bad fertig und hatte noch mehr als genug Farbe übrig. Ich schloss den Eimer und spülte die Rolle aus.

„Engel, kommst du bitte? Das Bad ist fertig", rief ich laut.

„Bin gleich da", gab Alice zurück. Sie hatte immer noch den Papierhut auf, als sie ins Badezimmer kam. „Perfekt", lobte sie meine Arbeit und küsste mich sanft.

„Hast du etwas gegessen?", fragte ich vorsichtig nach. Alice erschien mir ein wenig blass um die Nase, was mir die Sorgenfalten auf die Stirn trieb.

„Eine Banane und einen Apfel", zählte sie auf. „Ich möchte dir auch was zeigen", fügte sie breit grinsend hinzu. Sie nahm meine Hand und führte mich ins Wohnzimmer. „Stopp!", rief sie und hielt mir die Augen zu. Mit kleinen Schritten gingen wir weiter in die Küche. „Bist du bereit?", fragte Alice leise.

„Ja", antwortete ich knapp. Was hatte sie denn jetzt vor?

Sie nahm die Hände von meinen Augen und vor mir stand in riesigen, geschwungenen Lettern an der Wand:

Nur mit dir. Ein Leben lang.

Ich war gerührt und küsste Alice liebevoll. Wieder ein erstes Mal, jedoch ein besonderes, einzigartiges. „So was hat noch nie jemand für mich gemacht", flüsterte ich.

„Ich freue mich, dass es dir gefällt", hauchte Alice.

Ich biss mir auf die Lippe. Das bedeutete mir viel. So was hätte sie bestimmt nicht gemacht, wenn es ihr nicht ernst gewesen wäre. Verlegen strich ich ihr über die Wange. Dann lief ich ins Badezimmer, holte meine Farbrolle und strich gemeinsam mit Alice die Küche.

Wir legten die Farbrollen weg und betrachteten unser Werk. Die Küche erstrahlte in einem sanften Mintgrün, so wie sie es sich gewünscht hatte.

Ich grinste Alice an. „Ich finde, das haben wir echt super hinbekommen."

Sie legte den Arm auf meine Schulter. „Ja, oder? Dafür, dass ich vorher noch nie gestrichen habe, sieht es echt gut aus. Jetzt fehlt nur noch das Schlafzimmer und wir sind fertig."

Mein Handy vibrierte. Ich zog es aus meiner Hosentasche und sah aufs Display. Mutti. Ich nahm den Anruf an. „Hey, Mutti."

„Oh, Sarah, ich habe gar nicht erwartet, dass du rangehst. Was macht ihr Schönes, seid ihr am Strand?"

„Nein, wir sind gerade mit dem Streichen fertig geworden. Es muss nur noch Alice' Schlafzimmer tapeziert werden." Am anderen Ende des Telefons herrschte Stille. „Hallo?", fragte ich verwirrt.

„Ihr habt die ganze Wohnung schon fertig gestrichen?!", krächzte Mutti ins Telefon.

„Ja, diese Farbrollen sind echt super."

Mutti seufzte. „Ich habe eine Idee. Martin und ich könnten euch helfen. So kannst du ihn mal kennenlernen", schlug sie vor.

Ich überlegte kurz. „Das wäre nicht schlecht, dann müssen wir uns unter der Woche nach der Arbeit nicht so stressen. Wann könnt ihr hier sein?", fragte ich.

„In 30 Minuten. Braucht ihr noch etwas? Getränke? Essen?"

„Wir haben uns Getränke und Obst mitgenommen. Allerdings benötigen wir einen Tapeziertisch, einen Quast und einen Eimer zum Kleisteranrühren."

„Okay, dann sind wir gleich da." Sie legte auf.

Alice sah mich fragend an. „Mutti und Martin kommen her und helfen uns mit dem Tapezieren", verkündete ich, als ich mein Handy wegsteckte.

Sie sah mich verwirrt an. „Martin? Ist das nicht der potenzielle Freund deiner Mutter?" Ich nickte. „Den kenne ich doch gar nicht."

„Tja, dann sind wir schon zwei. Ich kenne ihn auch noch nicht", ließ ich sie wissen. Ich war tatsächlich gespannt, wie er wohl so war, hatte ich doch absolut kein Bild von ihm im Kopf, obwohl er schon einige Male in der Firma gewesen war.

Wir räumten die Farbeimer beiseite und gingen ins Schlafzimmer. Alice sah aus dem Fenster und beobachtete, wie jemand sein Auto in eine viel zu kleine Parklücke zu zwängen versuchte. Nach einigen Minuten gab der Fahrer es auf und sauste die Straße hinunter.

Ich küsste Alice' Nacken und schlang meine Arme um ihre Hüfte. „Es hat mir echt Spaß gemacht", murmelte sie gedankenverloren und drehte sich um. „Ich freue mich, wenn alles fertig ist und ich mit dir hier in meinem Bett liegen kann." Sie deutete auf die noch weiße Wand gegenüber dem Fenster.

„Hm, klingt verführerisch. Mein Bett ist ein wenig schmal. Dazu kommt, dass die Nächte so heiß sind."

Alice betrachtete mich eindringlich. „Nicht nur die Nächte", murmelte sie lächelnd. Ich spürte, wie ich errötete. Mit Komplimenten konnte ich nicht umgehen, das war schon immer so gewesen. Ich schmiegte mich an meine Liebste, die mich in ihre Arme schloss.

„So schüchtern", flüsterte sie mir ins Ohr.

Es klingelte und ich ging zur Gegensprechanlage. „Hallo?"

„Wir sind's!", schallte es aus dem Hörer.

Seufzend betätigte ich den Türöffner. „Mutti und Martin sind da", rief ich Alice zu. Sie kam aus dem Schlafzimmer und verschwand im Bad.

Martin und Mutti kamen schnaufend zur Tür herein. „Hey, mein Schatz", begrüßte sie mich und gab mir einen Kuss auf die Wange. „Wo hast du Alice gelassen?"

„Sie ist zur Toilette, denke ich." Ich deutete in Richtung Badezimmer.

Muttis Begleiter brachte indessen den Tapeziertisch ins Wohnzimmer. „Sarah, das ist Martin. Ich hatte dir ja bereits von ihm erzählt", verkündete Mutti strahlend. Meine Güte, sie lächelte ihn so verliebt an, als wäre sie noch ein Teenager. War ich etwa auch so, wenn ich Alice ansah?

Martin war vermutlich Ende 30 und ein groß gewachsener Geschäftspartner meiner Mutter mit schlanker Statur. Seine kurzen schwarzen Haare waren zerzaust. Er lächelte mich freundlich an und kratzte sich unbeholfen am Dreitagebart. Sein Outfit war perfekt abgestimmt. Sein beigefarbenes Polohemd und die braune, kurze Hose ließen ihn sehr sportlich wirken. Seinen Waden nach zu urteilen, war er wohl auch mindestens einmal die Woche im Fitnessstudio.

Zaghaft streckte er mir seine Hand entgegen. „Hey, Sarah, freut mich, dich kennenzulernen." Ich schüttelte seine Hand. Sein Blick wanderte durch den Raum und er schürzte beeindruckt die Lippen. „Da wart ihr aber fleißig", lobte er uns.

Alice kam aus dem Bad und umarmte meine Mutter. „Danke, dass ihr so schnell kommen konntet", begrüßte sie die beiden Neuankömmlinge.

„Ach, Alice. Wir machen das gerne“, winkte Mutti ab.
„Du bist also Alice. Senta schwärmt regelrecht von dir“, fing Martin an.
Alice schüttelte ebenfalls seine Hand und lächelte ihn an.
Ich beobachtete die beiden mit Argusaugen. Ein Gefühl der Eifersucht durchströmte meinen Körper, das ich nicht kannte. Er war mit meiner Mutter zusammen, was hatte ich also zu befürchten? Ich schüttelte den Gedanken ab.

Alice und ich sahen uns an. Ich bemerkte, dass sie etwas blass war. Sofort holte ich eine Flasche Mineralwasser aus dem Kühlschrank und drückte sie ihr in die Hand. Warum konnte sie nicht besser auf sich achten? Sie hatte es mir schließlich versprochen.
„Trink. Du bist schon wieder so blass“, befahl ich ihr.
Dankend nahm Alice die Flasche und trank ein paar Schlucke. Martin baute derweil den Tapeziertisch auf und Mutti stellte den Eimer mit den Utensilien ab.
„Habt ihr schon das Schlafzimmer frei geräumt?“, forschte Mutti nach.
Alice und ich nickten gleichzeitig, was eine glatte Lüge war. An sich war es aufgeräumt, es stand zumindest nichts an der Wand, die tapeziert werden sollte. Martin nahm den Zollstock aus dem Eimer und gab meiner Mutter einen flüchtigen Kuss. Ich erschauderte etwas. Es war für mich ungewohnt, meine Mutter turtelnd zu erleben.
„Martin, ich habe dir ein Wechselshirt eingepackt, zieh das bitte über“, bemutterte sie ihren Liebsten. Der kam zurück, nahm das T-Shirt und verschwand im Bad, um das Oberteil zu wechseln.
„Du hast es mit dunkelhaarigen Männern, oder?“, fragte ich Mutti spöttisch, als die Tür des Badezimmers ins Schloss gefallen war. Meine Mutter hatte bisher nur dunkelhaarige Männer gehabt. Manche Liebhaber schleppte sie mit nach Hause und ich erhaschte bisweilen einen Blick auf sie. Ich hatte ihr Beuteschema schnell erkannt: groß, dunkle Haare, dunkle Augen, schlank oder zumindest sportlich.
Alice ergriff das Wort. „Da habe ich ja etwas mit dir gemeinsam, Senta“, grinste sie. Beide sahen mich an und ich fühlte, wie die Röte mein Gesicht überzog. Sollte das jetzt ein Kompliment sein?
„Komm, Engel, wir holen schon mal die Tapetenrollen“, schlug ich vor.
Sofort zog mich Alice ins Schlafzimmer und schloss die Tür. Sie legte ihre Arme um meinen Hals und küsste mich. „Was wäre ich nur ohne dich?“, seufzte sie.
„Vermutlich wärst du alleine und würdest irgendwann eine andere Frau finden, die dich glücklich macht“, antwortete ich.

„Ich will nicht alleine sein und ich will nicht ohne dich sein", protestierte sie mit zusammengeschobenen Augenbrauen.

Ich drückte den Trauerkloß, der nun vor mir stand, an mich. Manchmal sollte ich echt auf meine Worte achten. Ich wollte sie damit doch nicht verletzen. „Um keinen Preis der Welt werde ich dich gehen lassen. Du bedeutest mir so viel", flüsterte ich in ihr Ohr.

Sie gab mir einen Kuss und ihre Augen leuchteten. „Willst du etwa das Lesbenklischee erfüllen und gleich bei mir einziehen?", neckte sie mich und musste sich das Lachen verkneifen.

Ich streckte ihr die Zunge raus. „Der Gedanke ist wunderschön, aber wir hatten eine Abmachung. Ich denke, du willst auch mal Zeit für dich haben", erklärte ich behutsam.

Sie legte ihren Kopf an meine Brust. „Da hast du recht. Du würdest mich auch nur vom Lernen ablenken."

Allein die Vorstellung, mit Alice zusammenzuwohnen, ließ mein Herz kurz stolpern. Die Zeit, die wir bisher zusammen verbracht hatten, war sehr schön gewesen, doch sofort zusammenzuziehen, fühlte sich falsch an. Liebe brauchte Zeit und davon hatten wir mehr als genug.

Es klopfte an der Schlafzimmertür. Alice löste sich aus meiner Umarmung, nahm eine Tapetenrolle und ging damit zur Wand.

Schon kam Mutti herein. „Ihr turtelt doch nicht etwa, oder?", feixte sie und musterte uns mit prüfendem Blick.

„Als hättest du nicht auch die Zeit genutzt", maulte ich und hob die restlichen Tapetenrollen auf.

„Wir brauchen zehn Bahnen", fachsimpelte Alice. „Dann müssen wir nur noch die Länge ausmessen."

„Ich helfe dir", rief Mutti sofort und zückte den Zollstock.

Indessen ging ich ins Wohnzimmer, wo Martin den Kleister anrührte. Ich legte die Tapetenrollen neben den Tapeziertisch und öffnete eine. Martin summte die Melodie von *Rock or Bust* vor sich hin. Er hatte einen echt guten Musikgeschmack. „Hey, Martin, brauchst du meine Hilfe?"

Er drehte sich zu mir um und lächelte. „Momentan nicht. Nachher, wenn wir die Tapeten ankleben, werde ich dich bestimmt brauchen. Übrigens: Bekomme ich auch so einen tollen Hut?", fragte er und zeigte auf meinen Kopf.

Ich hatte gar nicht gemerkt, dass ich den Papierhut immer noch aufhatte. Ich ging hinüber zum Tisch und faltete für Martin den gewünschten Papierhut. „Tada!"

„Perfekt. Dann kann ich ihn gleich aufsetzen." Martin nahm ihn dankend entgegen und platzierte ihn auf seinem Kopf. „Und? Wie sehe ich aus?", wollte er wissen.

„Wie ein Mann mit einem Papierhut auf dem Kopf", antwortete ich sachlich. Er sah mich verlegen an, sodass ich anfing zu lachen. „Meiner Mutter wird es gefallen."

In diesem Moment kamen Alice und meine Mutti aus dem Schlafzimmer. „Martin, du siehst ja ulkig aus", lachte Mutti denn auch gleich und Alice legte einen kleinen Zettel auf den Tapeziertisch.

„Pass auf, dass ich dich nicht über die Planke schicke, du Landratte", drohte Martin meiner Mutter spielerisch.

Alice rollte ein Stück Tapete ab und legte den Zollstock an. Sie wirkte konzentriert. Langsam zog sie einen senkrechten Strich.

Martin gesellte sich zu ihr. „Nimm lieber fünf Zentimeter mehr. Lieber zu viel als zu wenig", sagte er und machte einen weiteren Strich auf der Tapete.

Ich sah, wie sich die Hände von Alice und Martin berührten. Das gefiel mir ganz und gar nicht. Ein Schwall Eifersucht durchströmte mich, was mich irre machte. Im gleichen Moment empfand ich meine Reaktion als total daneben, doch aus irgendeinem Grund wollte ich nicht, dass er sie berührte. Vermutlich geschah es noch nicht mal mit Absicht, doch ich wollte einfach nicht, dass ihr jemand zu nahe kam.

„Engel, wollen wir eine kleine Runde spazieren gehen?", fragte ich sie betont freundlich.

Alice drehte sich zu mir um. „Gerne", antwortete sie lächelnd.

„Wir sind in 15 Minuten wieder da", informierte ich meine Mutter, die uns verwirrt hinterhersah. Ich nahm Alice' Hand und zog sie aus der Wohnung.

„Hey, nicht so schnell!", beschwerte sie sich, als wir die Treppen hinunterliefen. Doch ich hörte ihr nicht zu.

Wir gingen aus der Haustür hinaus und sofort fühlte ich mich von der Hitze erschlagen.

„Sarah, was ist los mit dir? Warum bist du so ruppig zu mir?", beklagte sich Alice lauthals.

Ich ließ ihre Hand los und strich mir über die Stirn. Ich musste mich kurz sortieren, bevor ich ihr antwortete. „Ich weiß es nicht. Irgendwie ist es mir zu viel, dass meine Mutter mit Martin rumturtelt. Außerdem hat er dich berührt. Ich kann es dir nicht erklären", platzte es aus mir heraus. Ich war überrascht, wie banal die Gründe für meine Eifersucht waren. Warum machte ich eigentlich so einen Aufstand?

Alice verschränkte die Arme vor der Brust und sah mich kritisch an. „Du kannst deiner Mutter schlecht verbieten, sich zu verlieben. Uns hat doch auch keiner gefragt. Es passiert einfach", wies sie mich zurecht. In ihren Augen lag die blanke Enttäuschung.

Betrübt senkte ich meinen Blick. Was war ich doch nur für ein Idiot ...

„Und wegen der Berührung, es war doch nichts dabei. Ich glaube, du bist eifersüchtig, und ich sehe dafür absolut keinen Grund. Du weißt, dass ich dich liebe. Sag mir mal bitte, was ich mit einem Mann soll, wenn ich dich habe?", forderte Alice wild gestikulierend zu erfahren. Sie war wütend auf mich, daran bestand kein Zweifel.

„Ich weiß es nicht. Ich habe halt Angst, dass ich dir nicht das geben kann, was du willst und brauchst", murmelte ich, ohne sie anzusehen.

„Sarah, du bist alles, was ich will und brauche! Hör bitte auf mit dem Theater!", drohte sie mit gekräuselter Stirn.

Die Wahrheit klatschte mir mit voller Wucht ins Gesicht. Ich atmete tief durch. Sie hatte mal wieder recht. Mein Gewissen nickte eifrig. *„Sie hat wirklich recht, Sarah. Mach hier nicht so eine Szene."*

Ich ging ein paar Schritte auf Alice zu und suchte zaghaft ihren Blick. „Verzeih mir, bitte", flehte ich sie an und streichelte ihren Arm.

Ihre Stirn, die immer noch in Falten gelegt war, glättete sich langsam. Ihre Lippen umspielte ein liebevolles Lächeln. Wie erlösend doch ein Lächeln sein konnte ...

„Ich kann dich ja verstehen. Aber lege nicht alles auf die Goldwaage. Mir zuliebe", bat Alice. Sie legte den Kopf schief und wartete auf meine Reaktion.

„Ich werde mir Mühe geben. Sollte ich noch mal so eine Anwandlung haben, sag mir bitte Bescheid", erwiderte ich leise.

Sie küsste meine Nasenspitze. „Wir sind ja fast fertig. Komm, wir gehen wieder hoch, ich halte diese Hitze nicht aus."

Kapitel 12

Als wir vor Alice' Wohnungstür standen, hörten wir das Radio in übermäßiger Lautstärke spielen. Sie warf mir einen skeptischen Blick zu, bevor sie die Tür aufschloss. Im Wohnzimmer tanzten Martin und Mutti ausgelassen und nahmen uns gar nicht wahr. Alice gesellte sich dazu, während ich die Wohnungstür langsam schloss. Ich versuchte mich zu erinnern, wann ich meine Mutter jemals so unbeschwert gesehen hatte, doch außer den Betriebsfeiern, wo sie mal einen über den Durst getrunken hatte, fiel mir keine weitere Situation ein. Ein Lächeln machte sich auf meinem Gesicht breit. Martin war wohl der Richtige für sie. Mein Blick wanderte zu Alice, die mich eindringlich beobachtete und mich sanft ins Wohnzimmer zog.

„Tanz mit mir", flüsterte sie.

Peinlich berührt sah ich auf den Boden. „Ich kann nicht tanzen", wisperte ich in ihr Ohr.

Erschrocken sah sie mich an. „Bitte was?", fragte sie ungläubig.

„Ich kann nicht tanzen", wiederholte ich verlegen.

Sie legte ihre Hände um meine Hüfte. Ich sah intuitiv hinunter auf meine Füße, aber Alice ermahnte mich sofort. „Schau mich an, die Füße bekommen das ganz alleine hin."

Sie führte mich und im Nu waren meine Bedenken verflogen. Wie viele Personen vor ihr hatten schon versucht, mir das Tanzen beizubringen, und waren dabei kläglich gescheitert?

Alice' Augen leuchteten mir entgegen. „Geht doch", zwinkerte sie mir zu, als die Musik verstummte. Sie schmiegte sich an mich und drückte mir einen zärtlichen Kuss auf die Schultern.

Unbeholfen kraulte ich ihren Nacken. Ich war tatsächlich sprachlos und überrascht, mit was für einer Leichtigkeit sie mich von Dingen überzeugte, die ich eigentlich konsequent mied.

„Genug getanzt, ran an die Arbeit!", rief meine Mutter und klatschte übermotiviert in die Hände. Da war sie wieder, die knallharte Geschäftsfrau, die sie sonst immer war.

Martin begann sofort, die zurechtgeschnittenen Tapetenbahnen einzukleistern. Ich faltete sie zusammen, während Alice und Mutti sie an die Wand im Schlafzimmer klebten. Zwischendurch kam ich gar nicht mit dem Falten hinterher, weil die beiden einfach zu schnell waren. Ich befürchtete schon, dass die Bahnen schief und krumm angebracht worden waren, doch als wir nach einer Stunde fertig waren, war ich begeistert, mit welcher Akribie sie die Wand verschönert hatten.

„Wollt ihr beide nicht den Berufszweig wechseln?", fragte ich sarkastisch. Mutti kniff mir in die Wange und lachte nur.

„Wenn die Möbel stehen, wird es bestimmt toll aussehen", schwärmte Alice und trat ein paar Schritte zurück. Mit verschränkten Armen und prüfendem Blick betrachtete sie das Werk und nickte schließlich.

„Dann sind wir eigentlich fertig, oder?", ließ Mutti verlauten. Sie wendete sich zu Martin um. „Lass uns aufräumen. Ich muss mich noch umziehen, bevor wir später essen gehen."

Da fiel mir etwas ein. „Mutti, hast du eigentlich auch den Aufbauservice gebucht oder nur die Lieferung?", fragte ich.

„Ich habe das Rundum-sorglos-Paket gebucht", antwortete sie und tippte mir auf die Nase.

Ich zog eine Grimasse. Ich mochte es, Möbel aufzubauen.

Alice bemerkte meinen Schmollmund. „Du kannst die Gardinenstangen anbohren", versuchte sie mich zu trösten.

„Immerhin ein kleiner Trost für dich, Sarah", sagte meine Mutter und tätschelte meine Schulter. Ich lächelte ein wenig.

Martin lud den Tapeziertisch und die restlichen Gerätschaften in Muttis alten Kombi, während wir ihm dabei zusahen.

„Wollt ihr gleich zum Strand?", fragte Mutti.

„Ja, aber ich muss noch mal nach Hause und meinen Bikini drunterziehen", entgegnete ich. Ich sah an mir hinunter. Verdammt, ich hatte ja noch meinen Blaumann an. Ich griff an meinen Kopf und bemerkte, dass ich sogar noch immer meinen Papierhut trug. Ich nahm ihn ab und faltete ihn zusammen. Alice tat es mir gleich.

„Wollt ihr bei uns mitfahren oder lieber zu Fuß gehen?", fragte Mutti.

Ich sah Alice an. „Ich denke, wir gehen das kurze Stück zu Fuß", wich meine Freundin aus.

Mutti verabschiedete sich von uns und stieg ins Auto. Martin hupte zum Abschied.

„Wir müssen noch mal hoch, ich habe mein Shirt bei dir vergessen", erklärte ich Alice.

„Ach, die paar Minuten kannst du doch warten und dir ein neues anziehen. Vorher sollten wir jedoch duschen."

Als wir bei mir zu Hause die Treppen nach oben gingen, kniff Alice mir in den Po.

„Wenn du so weitermachst, habe ich da überall blaue Flecken", schimpfte ich mit zusammengepressten Lippen, während sie zufrieden grinste.

Wir gingen sogleich in mein Zimmer und suchten uns neue Klamotten raus. Anschließend begab ich mich ins Bad, zog mich aus und stieg in die Dusche. Ich stellte das Wasser auf angenehme 28 °C und drehte den Hahn auf. Es fühlte sich unbeschreiblich gut an. Ich rieb mich mit Duschgel ein und dachte nach. Ich hatte noch nie jemandem meinen abgelegenen Strandabschnitt gezeigt. Nicht mal meine Mutter wusste, wo das war. Mir bedeutete dieser entlegene Platz sehr viel. Es war mein Rückzugsort, wenn es mir schlecht ging oder ich einfach Zeit für mich brauchte.

Gedankenverloren schäumte ich meine Haare ein und sah an mir hinunter. Die Angst, dass ich Alice nicht genügen könnte, fraß mich innerlich auf. Sie hatte mir bereits mehrmals versichert, dass ich ihr alles bedeutete, aber irgendwie ging das nicht in meinen Kopf hinein. Ich nahm mir vor, weniger nachzudenken und mehr zu genießen.

Da hörte ich, wie die Badezimmertür zuging. Ich lugte hinter dem Vorhang hervor. „Deine Mutter macht gerade mit ihrem Lover rum, daher habe ich mich hier verkrochen", erklärte Alice. Sie wurde rot.

„Ich bin gleich fertig, dann kannst du duschen. Ich warte besser hier auf dich, denn ich habe keine Lust, mir das Rumgemache anzuhören." Ich schloss den Vorhang wieder und wusch meine Haare aus.

Plötzlich wurde der Duschvorhang zur Seite geschoben und ließ kalte Luft durch. Alice stand nackt vor mir und fokussierte mich. Ich war sprachlos. Sie legte ihre Hände auf meine Schultern und küsste mich zärtlich. Ich saugte jeden ihrer Küsse, die immer intensiver wurden, in mich auf. Sie griff mir ins Haar, ihre Zunge bahnte sich fordernd ihren Weg in meinen Mund. Ich griff nach ihrer Hüfte und zog sie eng an mich. Sie stöhnte auf. Meine Hände glitten hinab und ruhten schließlich auf ihrem Po. Er fühlte sich fest an. Ihre Küsse brannten heiß auf meinen Lippen. Wir stöhnten im Einklang.

„Alice", entfuhr es mir. Sie ließ ihre Fingernägel über meinen Rücken gleiten, sodass ich aufkeuchte. „Ich will mehr. Bitte", flehte ich. Ich warf meine Prinzipien einfach über Bord, denn ich wollte sie. Jetzt. Hier.

Sie öffnete die Augen. Ihre nassen Haare glänzten im kühlen Licht. „Wie viel mehr?", raunte sie mir zu, während sie mir über die Wange streichelte. Meine Gier stieg ins Unermessliche. Ich kratzte über ihren Rücken, sodass sie lustvoll seufzte. Sie beugte sich etwas nach unten und biss mir vorsichtig in die Brustwarze. Oh mein Gott! Mein Körper erzitterte. Ich wollte mehr. Sie sah lächelnd zu mir hoch.

„Nein, nicht aufhören. Bitte mach weiter“, bettelte ich.
Plötzlich drehte sie sich um. Fassungslos ruhten meine Blicke auf ihren Schultern. Das konnte nicht ihr Ernst sein.
„Seifst du mir bitte den Rücken ein?“, fragte sie unschuldig.
Ich zitterte vor Erregung. *„Reiß dich zusammen, Sarah!“* Mein Gewissen meckerte mit mir.
Ich schob Alice' nasse Haare beiseite, nahm etwas von meinem Duschgel und verteilte es langsam auf ihrem Rücken. Meine Finger wanderten von oben nach unten, bis sie sich mutig nach vorne zu ihren Brüsten tasteten. Ich konnte meine Lust kaum noch bändigen, es war ein Kampf, den ich sowieso verlieren würde.
Sie stöhne laut. „Liebling, nicht so schnell“, ermahnte sie mich leise.
Ich ließ meine Hände zwischen ihren Brüsten hinabgleiten und seifte ihren Bauch ein. „Ich liebe dich“, flüsterte ich.
Alice legte einen Arm um meinen Hals und küsste mich. „Ich will mit dir zum Strand.“
Ich zog meine Liebste an mich und ließ das Wasser auf uns niederprasseln, während mein Körper sich beruhigte. So verharrten wir eine Weile, bis der ganze Schaum von unseren Leibern gespült war. Wir waren zu weit gegangen, so was hätte nicht passieren dürfen.
Alice stieg als Erste aus der Dusche und ich blickte verstohlen auf ihren Po.
„Hey! Ich sehe das!“, schimpfte sie und zeigte auf den Spiegelschrank.
Mist! Ich biss mir auf die Lippe. Der Anblick ihres sportlichen Körpers ließ mein Herz höherschlagen. Sie wickelte sich in ein Handtuch ein und schüttelte ihre Haare zurecht. Langsam drehte sie sich zu mir um. Ich strich meine Haare nach hinten und trat aus der Dusche.
Alice fixierte mich mit ihren Blicken. „Du hast einen wunderschönen Körper.“ Ihr Blick ruhte auf meinen Piercings. Ich konnte die Gier in ihren Augen sehen. Provokant spielte ich an meinem Körperschmuck herum und grinste Alice an. Sie biss sich auf die Lippe und schien mit sich in einem inneren Konflikt zu stehen. „Wenn du willst, dass ich gleich über dich herfalle, provoziere mich ruhig weiter“, knurrte sie und kam etwas näher.
Ich nahm mein Handtuch und wickelte es um meinen Körper.
Alice verzog ihr Gesicht. „Ich hatte mich noch nicht sattgesehen“, schmollte sie und strich mir durch die Haare.
Ich schloss die Augen. Ich wusste nicht, was sie vorhatte, aber ich war zu allem bereit. Sollte hier und jetzt mein erstes Mal mit der Frau, die ich so sehr liebte, passieren, wäre es eben so. Mein Unterleib zog sich zusammen, als ich Alice' Lippen an meinem Hals spürte.
„Trockne dich ab. Ich kann es kaum erwarten, endlich mit dir am Strand

zu liegen“, hauchte sie mir ins Ohr und knabberte an meinem Ohrläppchen.

Ich stöhnte leise und erklärte diese Partie meines Körpers zur erogenen Zone.

Alice trocknete sich ab und schlüpfte in ihre Klamotten. Sie trug eine verdammt kurze Hotpants und ein ärmelloses Hemd. Ich drückte ihr einen Kuss auf den Ausschnitt. „Du kleiner Gierschlund“, lachte sie.

Ich schmunzelte und fing ebenfalls an, mich abzutrocknen. Ich beobachtete sie aus den Augenwinkeln, wie sie ihre Haare zu einem Zopf band. Sie sah so unwiderstehlich aus, dass es mir schwerfiel, mich zu beherrschen. Ich zog meinen Bikini an, graue Shorts und ein weißes Top. Dann öffnete ich den Spiegelschrank und nahm die Sonnencreme heraus.

„Mir gefällt es, wie vorausschauend du bist“, meldete sich Alice zu Wort.

Sie nahm zwei Handtücher aus dem Schrank und verließ das Bad. Ich legte unsere nassen Handtücher weg und ließ meine Gedanken kreisen. Wir hatten unter der Dusche rumgemacht. Wir waren wieder viel zu weit gegangen, obwohl wir es eigentlich nicht wollten. Ich war wütend auf mich selbst. Warum schaffte ich es nicht, nur ein einziges Mal meinen Prinzipien treu zu bleiben? Unsere Beziehung hatte gerade erst angefangen und wir fielen übereinander her wie die Tiere. Ich erkannte mich selbst nicht mehr wieder. Normalerweise war ich sehr zurückhaltend und scheu, wenn es um Beziehungen ging, doch mit ihr war es anders. Sie war ja auch die erste Person, die mir zeigte, dass ich überhaupt imstande war, eine Beziehung zu führen.

Ich versuchte, meine wirren Gedanken beiseitezuschieben, und bürstete meine Haare. Alice stand in der Tür und sah mir dabei zu.

„Ist alles in Ordnung? Du wirkst so unzufrieden. Hat es dir nicht gefallen, was eben in der Dusche passiert ist?“, fragte sie.

„Es war wunderschön und für mich etwas vollkommen Neues. Ich weiß nicht. Wir wollten es doch langsam angehen und irgendwie machen wir das komplette Gegenteil. Wir gehen Stück für Stück einen Schritt zu weit. Ich meine, wir sind noch nicht lange zusammen und ich will wirklich alles mit dir erleben. Aber wir gewöhnen uns doch erst aneinander. Versteh mich bitte nicht falsch. Ich liebe es, was du mit mir machst. Du hast mein Herz im Sturm erobert. Ich spüre, dass wir miteinander verbunden sind. Wir sind wie zwei Magnete, die einander ständig anziehen. Ich will nicht, dass du was Falsches von mir denkst“, sprudelte es aus mir heraus. Ich machte mich schon bereit, alles zu verlieren.

„Soll ich gehen?“, fragte Alice.

Ich riss die Augen auf. „Nein! Bitte, alles, nur nicht das!“, flehte ich sie an und spürte, wie Tränen über mein Gesicht rollten. Ich hatte alles falsch gemacht. Ich sackte zusammen und weinte bitterlich. Sie durfte nicht wieder aus meinem Leben verschwinden, sie zeigte mir doch gerade erst alles, was ich immer hatte wissen wollen. Wie sich die Liebe anfühlte, die ich nie zugelassen hatte. Ich wollte sie nicht verlieren. „Bitte verlass mich nicht", bettelte ich mit tränenerstickter Stimme.

Alice hockte sich zu mir und nahm meine Hände. „Schatz, schau mich an."

Ich drehte meinen Kopf von ihr weg, weil ich nicht wollte, dass sie mich so sah. Ich hasste es, vor anderen verletzlich zu sein.

„Bitte", flüsterte sie etwas eindringlicher. Vorsichtig wandte ich ihr mein Gesicht zu. Ihre Augen waren feuerrot. „Ich liebe dich. Ich möchte, dass wir das klären. Lass uns in dein Zimmer gehen", schlug Alice vor.

Ich nickte und versuchte, auf die Beine zu kommen. Sanft zog sie mich hoch, bevor wir wortlos in mein Zimmer gingen. Alice setzte sich im Schneidersitz auf das Sofa und ich ließ mich neben sie fallen.

„Saft?", fragte sie mich und hielt eine Packung Orangensaft hoch. Ich nickte und sie kippte mir ein Glas voll, das ich mit beiden Händen festhalten musste. Ich zitterte am ganzen Körper.

Alice stützte den Kopf auf ihrem Arm ab, der auf der Lehne ruhte, und sah mich liebevoll an. „Du hast mir ja schon dein Herz ausgeschüttet. Nun möchte ich dasselbe tun", erklärte sie langsam.

Ich hatte Angst. Angst, von ihr verlassen zu werden. So wie es bei Ashlyn der Fall gewesen war, die von einem Tag auf den anderen nach Neuseeland abgehauen war. Ein Stechen in der Brust ließ mich zusammenzucken. Ich umklammerte das Glas fester und beobachtete angespannt Alice, die mir sanft über die Haare strich.

„Schatz, du hast in einigen Dingen recht. Ja, wir sind noch nicht lange zusammen. Und ja, wir fallen übereinander her wie nichts Gutes. Aber wie stellst du dir denn eine Beziehung vor? Drei Monate lang nur Händchen halten und dann der erste Kuss? Wir sind doch keine zwölf mehr. Ich glaube, du musst dich erst daran gewöhnen, dass wir eine Beziehung führen. Es ist für mich auch alles anders. Ich habe nie so viel Unterstützung erhalten und ich war noch nie so verliebt. Wenn du lächelst, geht mein Herz auf. Ich könnte die Welt umarmen, weil ich so glücklich mit dir bin. Du schenkst mir deine ganze Aufmerksamkeit. Selbst deine kleinen Eifersüchteleien finde ich süß. Ich habe dich bewusst unter der Dusche verführt. Ich wollte wissen, wie weit du gehst, und ich glaube, wir hätten Sex gehabt, hätte ich nicht die Notbremse gezogen. Das klingt jetzt eventuell böse, aber ich meine es definitiv nicht so. Ich will liebend gern mit dir schlafen. Ich will deine Erste sein. Wir haben aber abgemacht, uns Zeit zu lassen. Wir beide wussten, worauf wir uns einlassen", schilderte sie ihre Sicht der Dinge ruhig, aber bestimmt. Ich sah, wie eine Träne über ihre Wange kullerte.

Ich war wie gelähmt. „Wie stellst du dir unser erstes Mal vor?", flüsterte ich.

Alice wischte sich die Träne fort. Ich war unfähig, mich in irgendeiner Weise zu bewegen. „Ich will, dass alles perfekt ist. Es sollte so romantisch sein wie letzte Nacht. Ich wünsche mir nur eins." Sie beugte sich zu mir herüber. Ich spürte ihren Atem auf meiner Haut. „Vertraue mir und lass mich an deinen Gedanken teilhaben. Ich möchte wissen, was dir gefällt und was nicht. Es bringt uns beiden nichts, wenn ich alles ausprobiere und versuche und von dir kommt keine Reaktion. Mehr möchte ich nicht."

Ich stellte mein Glas auf den Fußboden und nahm Alice' Hände. Sie zitterten. Ich hatte mein Selbstvertrauen wieder und atmete tief durch. Wenn wir ehrlich zueinander sein wollten, dann sollte ich so früh wie möglich damit anfangen.

„Mein Engel, ich verspreche es dir. Du hast recht. Wir sind keine zwölf. Ich hatte nur schon seit Ewigkeiten keine Beziehung mehr. Oder besser gesagt: Ich hatte noch nie eine Beziehung, die mit unserer vergleichbar wäre. Dazu kommt, wie du schon sagtest, dass du meine erste Frau bist. Ich werde alles tun, damit du dich bei mir wohlfühlst. Ich möchte mich bei dir entschuldigen, dass ich in der Dusche so voreilig war. Ich war gierig nach mehr. Ich wollte wissen, wie es sich anfühlt, dich an bestimmten Stellen zu berühren. Du bist eine wunderschöne Frau, die mir sehr viel bedeutet. Ich hoffe, du kannst mir verzeihen", flüsterte ich. Ich hatte die ganze Zeit auf das Sofa gestarrt, konnte ihr einfach nicht in die Augen sehen.

Alice hob mein Kinn an und lächelte mir entgegen. Womit hatte ich sie verdient? Womit hatte ich so viel Liebe verdient?

„Schatz. Dir muss gar nichts leidtun. Du hast das gemacht, was du für richtig empfunden hast, und damit kann ich leben. Nicht jede Frau greift mir gleich an die Brüste. Nicht so wie du es getan hast. Es war fordernd, aber dennoch liebevoll. Ich hoffe, wir werden öfter zusammen duschen. Es war schön, dich nackt zu sehen." Alice lächelte mich sanft an. Ich fand keine Worte, ließ mich nur nach hinten fallen und schloss die Augen. Sie krabbelte auf mich drauf. „Ich liebe dich, mein Schatz. Ich denke, wir lassen den Strand heute ausfallen", schlug sie vor, als sie ihren Kopf an meine Schulter legte.

„Du hattest dich doch schon so sehr darauf gefreut", protestierte ich leise.

„Ja, aber er wird ja nicht von heute auf morgen verschwinden."

Ich seufzte und gab es auf. Mit ihr zu diskutieren, wäre ohnehin sinnlos gewesen. „Wollen wir einen Film gucken?", fragte ich stattdessen. Nur herumliegen und kuscheln war ja ganz schön, doch ich wollte irgendetwas mit ihr zusammen machen.

„Du hast gar keinen Fernseher."

Ich zeigte mit dem Finger nach oben. An der Decke hing ein Beamer. Alice machte ein erstauntes Gesicht.

„Welchen Film wollen wir schauen? Irgendwelche Wünsche? Action? Comedy? Kriegsfilm?", zählte ich auf. Ich brauchte Ablenkung, wollte nicht in dieser Stille verharren. Irgendwas musste meine Ängste übertünchen.

„Mir steht der Sinn nach Comedy. Hast du schon *How to Be Single* gesehen?", fragte Alice neugierig.

„Nein. Dann schauen wir den."

Sie rutschte von mir herunter und schüttelte sich ihre Haare zurecht. Ich konnte mich nicht daran sattsehen, entschied mich dann aber, den Film herauszusuchen. Ich nahm die Fernbedienung für den Beamer und drückte auf ON. Das Gerät piepte kurz und fing an, leise zu schnurren. Ich ging zu meinem Computer und startete ihn. Er brummte und ich öffnete einen Streamingdienst, tippte den Filmtitel ein und klickte auf das erste Suchergebnis. Das Bild wurde auf die Wand über meinem Bett projiziert. Ich schaltete den Monitor aus und legte mich zu Alice aufs Sofa. Sie bettete ihren Kopf auf meiner Brust und schmiegte sich eng an mich.

Kapitel 13

Alice schlief in meinem Arm. Bei ungefähr der Hälfte des Films hatte sie auf einmal leise zu schnarchen begonnen. Zwischendurch zuckte sie im Schlaf. Ich streckte mich nach der Fernbedienung für den Beamer und schaltete ihn aus.

Das Piepen weckte sie, denn sie streckte sich und sah mich verschlafen an. „Hab ich den ganzen Film verschlafen?“, nuschelte sie müde.

Ich nickte. „Aber ich fand den nicht so gut. Ein paar Stellen waren witzig, mehr aber auch nicht.“

„Dann habe ich ja nicht viel verpasst.“ Sie ließ ihren Kopf auf meiner Brust ruhen, während ich ihren Arm streichelte.

Ich sah auf meine Wanduhr. Es war sechs. „Wollen wir etwas zu Abend essen? Wir müssen morgen früh aufstehen“, schlug ich vor.

„Das wäre super, ich habe Megahunger.“ Sie blieb auf meiner Brust liegen, während ich über ihren Kopf streichelte und leise vor mich hin summte. „Kannst du eigentlich singen? Du summst immer, aber ich habe dich noch nie singen gehört“, fragte Alice.

„Nein, ich singe nicht. Ich bin nur super im Summen“, erwiderte ich.

„Ich kann ein wenig Klavier spielen.“

„Wirklich? Ich finde so was unglaublich toll. Ich habe mal angefangen, Gitarre zu lernen“, erzählte ich.

„Klischeelesbe“, lachte Alice.

Ich hob eine Augenbraue. War das jetzt ein Kompliment oder eher eine Beleidigung?

„Jede Lesbe hat mindestens einmal im Leben angefangen, Gitarre zu spielen“, erklärte sie mir, als sie mein fragendes Gesicht sah.

„Das wusste ich nicht“, gab ich zu.

„Du musst noch viel lernen, Liebling“, meinte Alice und küsste mich. Sie stand auf und reichte mir ihre Hand. Ich nahm sie und zog mich an ihr hoch.

„Deine Haare sind total verstrubbelt, Engel“, lachte ich.

Sie ging zu dem einzigen Spiegel im Raum und schüttelte wie wild ihre Haare zurecht. „Die wollen nicht so wie ich“, jammerte sie und zog das Haarband aus ihrer Hosentasche. Sie knotete ihre Haare zu einem lockeren Zopf.

„Ich bin so froh, dass du dir keinen Pebbles-Zopf machst. Ich finde den so schrecklich", merkte ich an.

„Finde ich auch scheußlich", antwortete Alice mit zusammengeschobenen Augenbrauen. Sie drehte sich um und schenkte mir ein süßes Lächeln, bevor sie in die Küche davonschwebte.

In diesem Moment öffnete sich die Wohnungstür und mein Bruder kam herein. Er warf Alice einen skeptischen Blick zu. „Wer bist du denn?", keifte er sie an.

„Alice, das ist mein Bruder Marco. Marco, das ist Alice."

Er beäugte sie kritisch. „Ich wusste doch, dass du auf Frauen stehst. Die hätte ich auch genommen." Er zupfte sein Shirt zurecht und straffte seine Schultern.

Ich rollte genervt mit den Augen. Selbst mein kleiner Bruder wusste bereits, dass ich Frauen liebte. Das wurde ja immer besser.

„Sorry, Kleiner, aber du wirst wohl alleine mit deinen Bauklötzen spielen müssen", gab Alice kühl zurück.

Marco wurde bleich und ging wortlos in sein Zimmer. Alice hatte meinen kleinen, sonst so vorlauten Proletenbruder mit einem Satz mundtot gemacht.

„Du hast ihm gerade die Hyperschelle des Todes gegeben. Ich habe die richtige Frau gefunden", feixte ich breit grinsend. Ich gab Alice einen High five.

Sie lachte. „Ich durfte mir schon öfter solche billigen Anmachen anhören. Ich bin darin geübt", meinte sie schulterzuckend.

„Das glaube ich dir sofort. Du bist halt eine sehr attraktive Frau."

„Danke für die Blumen", antwortete Alice und drückte mir einen Kuss auf die Wange.

Wir schauten im Kühlschrank nach, was wir essen wollten, konnten uns jedoch einfach nicht entscheiden.

„Wir haben noch Pizza", schlug ich vor und schloss den Kühlschrank.

„Oh ja, das wär's jetzt", quietschte Alice aufgeregt.

Wir entschieden uns für eine Thunfischpizza und schoben sie in den Ofen. Alice stellte die Temperatur ein und zog die Eieruhr auf.

„Wir wollen ja keine Kohlepizza essen", erklärte sie mir.

„Hast du schon alles für morgen bereitgelegt?", fragte ich sie, während sie gedankenverloren auf die Eieruhr starrte.

„Hm? Ja, ich denke schon. Du hast schließlich alles auf die Kleiderbügel gehängt. Ich kann mich nur nicht entscheiden, ob ich den Hosenanzug oder das Kostüm nehme", überlegte sie mit gerunzelter Stirn.

„Hm, also, ich wäre ja für das Kostüm, aber nur, weil ich damit meine eigenen Vorteile in den Vordergrund stellen würde. Das möchte ich natürlich nicht und empfehle dir den Hosenanzug", überlegte ich laut.

„Was ziehst du eigentlich an?", fragte Alice neugierig. „Hemd, Blazer und eine Jeans. Buchhalter dürfen im Casual Business rumlaufen. Alle anderen tragen Smart Business", grinste ich.

Alice zog einen Schmollmund. „Toll, du bekommst wieder die Extrawurst."

„Wenn du eine Weile im Unternehmen bist, wird der Dresscode ein wenig gelockert. Es kam mal vor, dass jemand in Jeans und versifftem T-Shirt auftauchte, als wir einen Geschäftskunden zu Besuch hatten. Meine Mutter ist ausgerastet und hat den Mitarbeiter eine Woche unentgeltlich suspendiert. Daher ist der Dresscode auf Casual Business festgelegt worden."

Alice nickte. „Ist auch vollkommen verständlich, es ist schließlich ein internationales Unternehmen."

„Wo wir gerade bei international sind", fiel ich Alice ins Wort. „Welche Sprachen sprichst du?" Ich war neugierig und legte den Kopf schief. Mutti bestand darauf, dass man zumindest Englisch fließend sprechen konnte.

„Englisch, Spanisch und ein wenig Italienisch."

„Nicht schlecht. Da fühle ich mich mit meinen paar Brocken Französisch und Englisch schon fast unterqualifiziert", gab ich zu.

Marco kam in die Küche und suchte ebenfalls etwas Essbares. Er erblickte die Pizza im Ofen, was seine Augen größer werden ließ.

„Vergiss es gleich mal wieder. Das ist unsere", fauchte ich ihn an. Er hatte eine undefinierbare Miene aufgesetzt. Vermutlich versuchte er, mich mit seinen Blicken zu töten.

„Wenn du Bauchweh hast, geh auf die Toilette. Deinem Blick nach zu urteilen, musst du wohl sehr dringend ein Häufchen machen", knurrte Alice ihn an. Bäm! Voll ins Gesicht!

Marco nahm sich den Teller mit belegten Broten von heute Morgen und ging zügig in sein Zimmer zurück. Ich führte einen kleinen Freudentanz auf und Alice grinste zufrieden.

„Du bist der Hammer", flüsterte ich und küsste sie. „Ich habe noch nie erlebt, dass Marco sprachlos ist. Du hältst ihn gut in Schach."

Alice grinste triumphierend. „Wenn du wüsstest, was ich noch alles kann, würde dir dein nicht vorhandener Hut hochgehen."

„Du und deine Anspielungen", schmunzelte ich.

Wir erschraken, als die Eieruhr schrill klingelte. Sofort holten wir die Pizza aus dem Ofen und gingen in mein Zimmer. Ich zog den kleinen Tisch zum Sofa und wir machten es uns gemütlich. Alice hatte die Pizza bereits in vier Stücke zerschnitten.

„Weißt du schon, was morgen mein grobes Aufgabenfeld sein wird?“, fragte sie vorsichtig, während sie von ihrem ersten Stück abbiss. Sie musste wirklich aufgeregt sein, was auch vollkommen verständlich war. Mir war es damals nicht anders ergangen und ich hatte meiner Mutter stundenlang Löcher in den Bauch gefragt.

„Erst mal werden dir alle vorgestellt und du lernst die Abteilungen kennen. Dann bekommst du deine Kennungen und deinen Fingerprint, damit du überall reinkommst. Damit ist bestimmt schon der Vormittag rum. Wenn du magst, können wir in der Kantine zusammen essen.“ Der Ablauf war bei jedem Mitarbeiter gleich. Vorstellen, Fingerprint, Kennungen, Einweisung in die Arbeit.

„Ich würde mich sehr freuen, mit meiner Kollegin mittagzuessen“, feixte Alice. Ich streckte ihr die Zunge raus. „Du bist ganz schön frech. Man sollte dich mal übers Knie legen“, murmelte sie.

„Bevor du das machst, lass mich doch bitte aufessen“, witzelte ich, doch Alice sah mich ernst an. Zögernd biss ich von meinem letzten Stück Pizza ab. Was hatte sie nur damit gemeint und was sollten ihre Blicke bedeuten? Ich nahm meinen Mut zusammen und fragte sie.

„Ich wollte eigentlich noch etwas warten, bis ich dir das erzähle, aber ich kann in bestimmten Situationen sehr dominant sein. So wie ich dich einschätze, bist du das wohl auch. Ich werde es dir zeigen, wenn es so weit ist“, erklärte sie mir knapp und nahm ihr letztes Stück Pizza.

„Das heißt also, du stehst darauf, wenn dein Partner wehrlos ist?“, hakte ich nach. Ich versuchte mir auszumalen, was genau sie meinte.

„Nicht unbedingt wehrlos. Mir geht es um Vertrauen, blindes Vertrauen. Es klingt für dich bestimmt wie BDSM, oder?“, seufzte sie und legte die Stirn in Falten. Ich nickte kurz. „Hab ich mir schon gedacht. Es ist aus meiner Sicht eher das Schenken von Liebe auf eine besondere Art. Es gibt Schmerzen und es gibt Schmerzen. Manche tun höllisch weh, doch es gibt andere, die erotisch und stimulierend sind. Es tut nicht weh, man könnte sagen, es ist sogar angenehm. Solltest du Schmerzen spüren, würde ich sofort aufhören. Da du aber noch Jungfrau bist, wirst du damit erst mal nicht in Berührung kommen.“

Ich saugte alles auf, was Alice sagte, konnte mir allerdings nur sehr vage vorstellen, wie das ablaufen sollte. „Ich freue mich drauf, wenn es so weit ist“, erwiderte ich und Alice lächelte verwegen.

Ich räumte den Teller in die Spülmaschine und ging zurück in mein Zimmer, wo Alice dabei war, ein paar Kerzen anzuzünden.

„Wird das jetzt unser Abendritual?“, fragte ich und beobachtete sie.

„Es ist einfach so schön entspannend. Deine Teelichter gehen aber leider zur Neige. Wir sollten morgen nach der Arbeit neue kaufen."

„Oh, warte." Ich hastete ins Wohnzimmer, ging zum Schrank links neben der Tür und nahm einen Sack Teelichter heraus. Laut der Verpackung waren hundert Stück drin. Die sollten vorerst reichen. Ich ging zurück in mein Zimmer und legte den Beutel auf den Tisch.

„Okay, dann brauchen wir wohl doch keine neuen", korrigierte sich Alice. „Wir werden aber welche für unsere Wohnung brauchen. Ich möchte gern mit dir im Kerzenschein baden. Dazu vielleicht ein Glas Sekt", träumte sie vor sich hin.

Ich musste schmunzeln, als sie von „unserer" Wohnung sprach. Es war ihre Wohnung und vielleicht würde ich dort auch irgendwann einziehen, bis dahin würde aber noch viel Wasser bergab fließen.

„Bier wäre mir lieber", entgegnete ich, woraufhin Alice zu lachen begann.

Das Zimmer erstrahlte im Kerzenlicht und hüllte uns in eine angenehme Wärme. Alice stand in der Mitte des Raumes. „Zieh mich aus", flüsterte sie fordernd.

„Ganz?", fragte ich zögerlich. Sie nickte. Ich schnappte nach Luft und knöpfte langsam ihr Hemd auf. Dabei beugte ich mich zu ihrem Bauch hinab, doch sie bremste mich mit einer zügigen Handbewegung.

„Nur ausziehen. Keine Küsse. Keine Streicheleinheiten. Verstanden?" Sie sah mich mit entschlossener Miene an.

„Okay. Das wird hart für mich", gestand ich ihr. Was hatte sie vor? Für mich gehörten Zärtlichkeiten dazu, doch eine Diskussion würde nur die Stimmung ruinieren.

Ich streifte das Hemd langsam von ihrem Körper. Was ich sah, ließ mein Herz höherschlagen. Ich öffnete ihren BH und fühlte mich beobachtet. Alice' Blicke durchbohrten mich und verfolgten jede meiner Bewegungen.

Ich ging auf die Knie und öffnete ihren Hosenknopf, ohne sie aus den Augen zu lassen. Ganz langsam zog ich die Hotpants herunter. Sie trug keine Unterhose. Ich schmunzelte, als sie aus ihrer Hose stieg. Splitterfasernackt stand die Frau meiner Träume vor mir. Ich richtete mich auf und legte ihre Sachen aufs Sofa. Was hätte ich dafür gegeben, sie jetzt zu streicheln und zu küssen. Verlegen biss ich mir auf die Lippe.

„Jetzt ziehe ich dich aus. Für mich gelten die gleichen Regeln wie für dich. Keine Küsse. Keine Streicheleinheiten. Nur ausziehen. Es gibt eine Ausnahme: Du hältst deine Augen geschlossen. Sollte ich merken, dass du schummelst, werde ich sie dir verbinden." Ihre Stimme war dunkel und irgendwie geheimnisvoll.

Gehorsam schloss ich die Augen.

„Heb deine Arme hoch“, wisperte Alice verführerisch.

Mein Gott, was sie mit ihrer Stimme anstellte, machte mich fassungslos. Ich spürte, wie sie mein Oberteil über meinen Körper streifte, und hörte, dass sie es aufs Sofa warf. Ich versuchte zu erlauschen, was sie vorhatte.

„Entspanne dich. Ich sehe, wie du deinen ganzen Körper anspannst.“

Ich versuchte mich zu lockern, was mir wirklich schwerfiel. Ich wollte ihr zusehen, aber ich durfte es nicht und ich wollte es mir mit ihr nicht verscherzen. Sie löste beide Schleifen meines Bikinis, der zu Boden fiel und dabei meine Brustwarzen streifte. Ganz kurz erschauderte ich. Es war so erregend, was sie tat.

Ich stand nur noch in meiner Shorts da. Ein paar Augenblicke später öffnete Alice meine Hose und ließ sie zu Boden fallen. Ich stieg vorsichtig heraus. Alice warf das Bikinioberteil und die Shorts aufs Sofa.

„Bevor ich dir dein letztes Kleidungsstück ausziehe, möchte ich, dass du weißt, dass wir heute Nacht nicht miteinander Sex haben werden.“

Ich schluckte. „Verstanden. Kein Sex“, wiederholte ich zaghaft. Diese Dominanz in ihrer Stimme machte mich irre und zugleich neugierig. Ich hätte sie provozieren können, sie war schließlich schon beim letzten Kleidungsstück, was hatte ich zu verlieren? Doch es wäre dämlich gewesen, daher ließ ich einfach meine Augen geschlossen und genoss das, was sie tat. Sie zog langsam meine Bikinihose herunter. Ich war nackt.

„Du darfst deine Augen jetzt öffnen.“ Ich tat es und entdeckte Alice ganz dicht vor mir. „Hat es dir gefallen?“, fragte sie leise.

„Ich wusste nicht, dass du so herrisch sein kannst. Es hat mir sehr gefallen“, lächelte ich schüchtern. Ihre Stimme war nicht mehr so dunkel und verführerisch wie vorher, als würde sie die Rolle der dominanten Alice eben mal ablegen.

„Das nächste Mal wird es noch intensiver. Das verspreche ich dir“, flüsterte sie. Sie küsste mich liebevoll und streichelte meine Wange.

„Wir beide stehen also auf Spielchen“, stellte ich fest und hob meine Liebste hoch.

Sie schlang ihre Beine um mich und sah mich verträumt an. „Bitte sag mir, wenn es dir zu schnell geht.“

„Ich liebe es, dich in meinen Armen zu haben. Es ist ein unbeschreibliches Gefühl, geliebt zu werden. Ich hatte damals am Kaffeeautomaten Angst, dass du hetero bist“, gestand ich Alice scheu. Ich ging langsam auf mein Bett zu und setzte mich.

Alice lehnte ihre Stirn an meine. „Sehe ich etwa hetero aus?“, witzelte sie leise.

„Du hast keinen Stempel mit dem Wort LESBISCH auf der Stirn", gab ich sarkastisch zurück. „Um ehrlich zu sein, ich hatte Angst, dass du mich nicht wahrnimmst. Ich bin nicht unbedingt so extrovertiert wie du."

„Ich wirke also extrovertiert? Du weißt ja, dass dem eigentlich nicht so ist."

Wir streichelten uns sanft und ich fuhr fort: „Ich habe dich überall erkannt. Wenn die Massen aus den Bussen strömen, sehe ich dich immer zuerst. Du hast eine wahnsinnige Ausstrahlung. Merkst du nicht, dass dir alle nachsehen, wenn du vorbeigehst?"

Alice schüttelte den Kopf. „Meistens sind es Männer und die interessieren mich nicht. Was soll ich mit einem Mann, wenn ich dich haben kann?" Sie küsste meine Stirn und ich genoss es in vollen Zügen.

„Eigentlich müssen wir uns bei Sam bedanken. Hätte er dir nicht meine Nummer gegeben, hätten wir nicht auf der Decke gelegen. Vielleicht wäre es total verkrampft abgelaufen. Ich bin wahnsinnig schlecht im Flirten und darin, etwas von mir zu erzählen. Ich merke es nicht mal, wenn jemand mit mir flirtet", gab ich seufzend zu.

Alice lachte. „Ich liebe deine leicht trottelige Art", hauchte sie und küsste mich.

„Ich kann mein Glück kaum fassen. Und nun möchte ich dich gerne was fragen." Sie saß gespannt auf meinem Schoß und sah mich fragend an. „Sam wird mich morgen ausquetschen, wie unser Date lief. Darf ich ihm von uns erzählen oder möchtest du es noch etwas verheimlichen?"

Alice legte die Stirn in Falten. „Ich denke, es geht in Ordnung, wenn du es Sam erzählst. Irgendwann würde er es sowieso rausfinden. Außerdem ist er dein bester Freund. Aber mal eine andere Frage: Wie kommen wir morgen eigentlich zur Arbeit? Ich habe zwar einen Führerschein, aber kein Auto."

Wie süß sie war, weil sie über solche Belanglosigkeiten nachdachte! Es fuhr auch alternativ ein Bus zur Firma, aber den würden wir sowieso nicht benutzen.

„Meine Mutter wird uns mitnehmen. Sie ist noch aufgeregter als du", lachte ich.

Alice rutschte von meinem Schoß und legte sich hinter mich. „Komm zu mir", bettelte sie mit zuckersüßer Stimme. Wie hätte ich da Nein sagen können? Ich ließ mich neben sie fallen und sah sie an. „Dreh dich auf den Bauch, ich will dich massieren. Hast du eventuell Creme hier? Ich möchte jetzt nicht nackt ins Bad laufen. Marco fällt sonst tot um, wenn er mich sieht."

„Schau mal in der Schublade nach."

Alice kroch über mich hinweg und zog die Schublade auf. In der hintersten Ecke wurde sie fündig. Sie schloss das Schubfach und setzte sich auf meinen Po. „Vorsicht, kalt", warnte sie mich.

„Oh, mein Gott“, keuchte ich, als Alice die Creme über meiner Wirbelsäule verstrich.

„Du darfst ruhig Alice zu mir sagen“, gab sie sarkastisch zurück.

„Wie gnädig von dir, Alice“, knurrte ich und kniff ihr in den Oberschenkel.

„Aua! Du Biest, das bekommst du zurück, wenn du am wenigsten damit rechnest“, drohte sie mir und fing an, mich zärtlich zu massieren.

Ich schloss die Augen. „Ich bin ja ein wenig stolz auf uns. Wir sind nackt und trotzdem noch nicht übereinander hergefallen“, stellte ich grinsend fest.

„Stimmt. Ich habe das noch gar nicht bemerkt. Wir können ja richtig brav sein.“

Es klopfte an der Tür. „Wer ist da?“, rief ich.

„Mutti.“

„Komm nicht rein, wir sind nackt.“ Innerlich stöhnte ich: *„Genau das wollte deine Mutter jetzt wissen, Sarah.“*

Die Tür ging einen Spaltbreit auf. „Ich wollte euch nur eine gute Nacht wünschen und fragen, ob ich euch morgen früh mitnehmen soll. Wir haben ja den gleichen Weg und die gleichen Arbeitszeiten“, wollte Mutti wissen.

„Es wäre toll, wenn du uns mitnimmst, dann sparen wir uns das Busticket. Gute Nacht und schlaf gut. Ich habe dich lieb.“

„Gute Nacht, Senta“, fügte Alice hinzu.

„Schlaft gut, ihr beide, und bleibt artig.“ Mutti schloss die Tür.

Alice massierte mich weiter. „Fertig. Die Creme muss noch etwas einziehen, dann können wir schlafen.“ Sie legte sich neben mich. Wir verzichteten auf eine Decke, es war einfach zu warm.

„Lass uns noch schnell die Kerzen auspusten. Außerdem muss ich noch meinen Computer ausschalten“, fiel mir ein. Sofort machte sich Alice daran, alle Kerzen auszublasen, während ich den PC herunterfuhr.

Zusammen sprangen wir zurück ins Bett. Alice legte ihren Kopf auf meine Brust. „Ich würde so gern an deinen Piercings rumspielen, aber es würde dich nur erregen. Ich bin so neugierig, wie es sich anfühlt, wenn wir ...“ Sie brach mitten im Satz ab.

„Wenn wir Sex haben? Du hast mein drittes Piercing noch nicht gesehen, oder?“ Alice sah mich entsetzt an. Grinsend nahm ich ihre Hand und legte sie zwischen meine Beine. Mein Grinsen wurde noch eine Spur breiter, als Alice die Kinnlade herunterfiel.

„Du hast ein Intimpiercing?“, stammelte sie.

„Wie du merkst, habe ich tatsächlich eins.“

„Ich glaube, es ist nicht nur für dich eine neue Situation“, flüsterte sie schüchtern.

„Ich habe es mir zu meinem achtzehnten Geburtstag machen lassen. Es tat echt weh und ich konnte eine Woche lang nicht richtig zur Toilette. Keine Ahnung, ob es mir beim Sex irgendetwas bringt", erzählte ich.

Alice beobachtete mich. „Sorry, aber ich bin immer noch sprachlos."

Ich zog sie an mich. „Leg deinen Kopf auf meine Brust, ich mag das", flüsterte ich.

„Ich schlaf dort auch am liebsten ein, dicht gefolgt von deinem Bauch." Wir gaben uns einen Gutenachtkuss.

„Liebling?", setzte sie von Neuem an.

„Hm?"

„Ich liebe dich."

„Ich liebe dich auch, mein Engel." Ich lächelte verträumt in die Abendsonne, die in mein Zimmer schien. Alice kuschelte sich an meine Brust und ich legte meine Hand auf ihre Hüfte. Witzig, wie ich sie mit meinen Piercings aus dem Konzept gebracht hatte.

Kapitel 14

Ich wachte auf, als aus der Küche laute Musik dröhnte. Die Uhr verriet mir, dass es Viertel nach sechs war. Ich sah zu Alice, die mich verschlafen betrachtete.

„Guten Morgen, mein Schatz“, flüsterte sie und ließ ihren Finger um meinen Bauchnabel kreisen.

„Guten Morgen. Hast du gut geschlafen?“, fragte ich und spielte mit einer Strähne ihrer Haare, die im schwachen Licht heller schimmerten als sonst.

„Ging so. Ich wurde ständig wach. Du hast mich im Schlaf gerufen“, flüsterte sie.

Ich konnte mich schwach an meinen Traum erinnern. Wir waren in einem Raum gewesen, den ich nicht kannte. Die Wände waren kahl, ein kleines Fenster ließ Licht herein. Wir redeten, doch ich verstand kein Wort. Schließlich ging Alice. Ich wollte ihr hinterherlaufen, aber ich kam nicht vom Fleck. Ich versuchte alles Erdenkliche, schrie sogar laut ihren Namen, Alice jedoch verschwand.

Ich rieb mir die Augen und erzählte ihr von meinem Traum.

„Ich werde dich nicht verlassen. Niemals.“ Sie küsste meinen Bauch, als es an der Tür klopfte.

„Aufstehen, ihr beide! Wir müssen bald los und ihr wart noch nicht duschen“, rief Mutti.

Langsam standen wir auf und ich ging als Erste ins Bad. Alice und ich hatten es so abgemacht. Es war die beste Lösung, um nicht wieder in die gleiche Situation wie am Vortag zu geraten. Ich drehte den Wasserhahn auf und duschte mich schnell. Aufs Haarewaschen verzichtete ich. Rasch putzte ich meine Zähne und bürstete meine Haare.

In Unterwäsche ging ich in mein Zimmer zurück, wo Alice mit ihrem Handy herumspielte. „Mein Akku ist fast leer“, maulte sie.

„Nimm mein Ladekabel. Es liegt in der Küche.“

„Kannst du es für mich anstecken? Ich will lieber schnell duschen und mich fertig machen.“

„Klar, kein Problem.“ Ich bekam einen sanften Kuss, bevor Alice im Bad verschwand.

Mein Blick fiel auf unsere Klamotten, die auf dem Sofa lagen. Der gestrige Tag war wahnsinnig emotional gewesen. Ich erinnerte mich an Alice’ Worte.

Erotische Schmerzen. Ich hatte wenig Erfahrungen mit Sex, geschweige denn mit Schmerzen. Ich hatte mir noch nie etwas gebrochen oder verstaucht. Das Stechen der Piercings war im ertragbaren Rahmen gewesen, also war es mit dem, was sie meinte, nicht vergleichbar. Ich war neugierig darauf, was mich wohl diesbezüglich erwartete.

Ergeben seufzte ich und ging zu meinem Kleiderschrank. Es hätte nichts gebracht, weiterhin darüber nachzudenken, außerdem waren wir schon spät dran. Ich wählte eine dunkle Jeans, ein weißes Hemd und einen blauen Blazer und schlüpfte hinein. Dann ging ich mit Alice' Handy in die Küche.

„Guten Morgen", grummelte ich und steckte das Ladekabel, das an der Steckdose über der Arbeitsplatte angeschlossen war, an ihr Mobiltelefon. Das Display leuchtete auf und ich sah Alice' Hintergrundbild: Berge, die mit glitzernden, sonnenbeschienenen Schneehauben überzogen waren. Der Himmel war blau und einige Schleierwolken waren zu sehen. Vielleicht war es ein Bild von ihrem Zuhause?

Ich wandte mich dem gedeckten Tisch zu, nahm die Tassen von Alice und mir, die schon bereitstanden, und goss uns Kaffee ein. Meine Mutter blätterte gedankenverloren in der Zeitung herum und wirkte auch noch nicht wach. Ich machte mir einen Marmeladentoast und knabberte lustlos daran herum. Aus den Augenwinkeln konnte ich beobachten, wie Alice in Unterwäsche in mein Zimmer flitzte. Ich schmunzelte über ihr schüchternes Verhalten. Niedlich.

Wenige Augenblicke später kam Marco aus seinem Zimmer. Er hatte seinen Rucksack auf dem Rücken und nahm sich einen Toast.

„Viel Spaß, kleiner Mann, wir sehen uns heute Abend. Vergiss nicht, deiner Klassenlehrerin dein Attest zu geben", belehrte Mutti ihn. Mein Bruder nickte bloß müde und verließ die Wohnung.

Alice öffnete die Zimmertür und ich verschluckte mich an meinem Kaffee. Hustend stand ich da und sah sie an. Mein Gott, sie sah wahnsinnig gut aus. Der Hosenanzug schmiegte sich an ihren schlanken, trainierten Körper. Ihre langen blonden Haare lagen perfekt drapiert auf ihren Schultern.

Mutti legte die Zeitung beiseite. „Alice, du siehst aus wie eine richtige Geschäftsfrau. Bist du schon aufgeregt?"

„Danke, Senta. Ich bin wirklich etwas aufgeregt", gab diese zu.

Mutti legte besänftigend ihre Hände auf Alice' Schultern. „Das brauchst du nicht zu sein. Ich zeige dir die Firma und stelle dir alle wichtigen Personen vor. Du brauchst wirklich keine Angst zu haben. Wir haben alle mal klein angefangen."

Ich grinste. „Die wichtigen Personen also. Dann kommt ihr an Sams und meinem Büro wohl nicht vorbei? Obwohl ich meine neue Kollegin auch gern kennenlernen würde."

Muttis Blick verfinsterte sich schlagartig. „Wenn du weiter so frech bist, darfst du eine Quartalsauswertung für geringwertige Wirtschaftsgüter schreiben, junge Frau Fischer", funkelte sie mich an.

„Du wirst doch nicht etwa deine Position ausnutzen, um deiner Tochter die Erbsenzähleraufgaben zu geben, oder?", goss ich weiter Öl ins Feuer, woraufhin mich meine Mutter richtig wütend ansah. „Okay, okay, ich habe den Bogen überspannt. Es tut mir leid", entschuldigte ich mich hastig. Heute war sie wohl nicht für Späße und schlechte Witze aufgelegt.

Mutti wandte sich wieder Alice zu. „Komm, iss etwas und trink deinen Kaffee. Sarah hat dir schon welchen eingeschenkt."

Gehorsam nahm Alice Platz, griff nach ihrer Kaffeetasse und lächelte mir zu. Ich hatte ihr ein Herz in den Schaum gezeichnet. Komischerweise hatte es diesmal geklappt, sehr zur Freude meiner Liebsten. Ich ließ mich neben ihr nieder und drückte ihr einen Kuss auf die Wange.

Wir frühstückten gemütlich, bis Mutti zur Uhr sah. „Halb acht. Wir müssen uns sputen", krächzte sie und räumte zackig den Tisch ab.

Als Alice ihr Handy vom Ladekabel löste, merkte ich an: „Du hast ein schönes Hintergrundbild."

„Das Foto habe ich letzten Winter gemacht, bevor ich hierherkam. Ich vermisse die Berge irgendwie", seufzte sie und steckte ihr Telefon in die Tasche ihres Blazers. Ich küsste sie und spielte, ohne es recht zu registrieren, an ihren Haaren herum. „Hey, ruiniere nicht meine Frisur, ich muss doch heute super aussehen", ermahnte sie mich spielerisch.

„Ihr seid ein so süßes Paar", quietschte Mutti und lächelte.

„Ach ja, Mutti, uns wäre es übrigens lieber, wenn bei der Arbeit niemand weiß, dass wir ein Paar sind. Wir wollen doch professionell bleiben", teilte ich ihr ruhig mit.

„Das verstehe ich und finde es sehr vorbildlich. Darf ich von euch ein Bild machen? Ihr seht so toll aus", fragte sie und hielt schon ihr Handy bereit.

Alice und ich sahen einander an. Ihre Augen strahlten. „Ich habe damit kein Problem. Du etwa?", fragte sie mich mit süßer Stimme und ich schüttelte den Kopf. Sofort fing Mutti an, wie wild Bilder von uns zu knipsen.

„Lass mal sehen", forderte ich quengelnd.

Mutti gab mir ihr Handy und ich musste feststellen, dass wir wirklich fantastisch zusammen aussahen. Alice hatte ihre Hände auf meine Schulter gelegt, ihre Augen strahlten und ich lächelte überglücklich in die Kamera.

„Die Bilder sind echt schön geworden", stellte Alice zufrieden fest.

Ich sandte mir die Bilder auf mein Handy und gab Mutti ihres zurück. „So, nun aber los. Wir sind spät dran.“

Um fünf vor acht erreichten wir den tristen grauen Bürokomplex. Unsere Firma saß im achten Stock und wir hatten eine Dachterrasse, auf der man nach der Arbeit grillen und entspannen konnte, die ich aber bisher noch nie betreten hatte.

Wir stiegen in den Fahrstuhl und Mutti drückte auf die Acht. Der Lift ruckte an. Ich gab Alice noch einen letzten Kuss, bevor sich die Tür öffnete. Frau Ritter begrüßte uns mit einem freundlichen „Guten Morgen“ und ich ging in mein Büro. Ich sah Alice noch kurz nach, bevor ich die Tür schloss.

„Na, Sonnenschein, hattest du ein schönes Wochenende?“ Ich erschrak und stellte fest, dass Sam schon im Büro war. „Wieder mal gerade so pünktlich“, grinste er mir entgegen.

„Du weißt, dass ich nie länger als nötig hierbleibe“, warf ich ein.

Sam umarmte mich und gab mir einen Kuss auf die Wange. „Wie war dein Wochenende? Ich bin schon total gespannt. Erzähl mal. Heute haben wir ohnehin nicht so viel zu tun. Nur ein paar Statistiken erstellen.“ Er sah mich gespannt an.

Ich nahm an meinem Schreibtisch Platz und startete meinen Computer. „Na ja, wir sind nach dem Vortrag in den Wald und haben es uns auf einer Decke gemütlich gemacht.“ Ich erzählte Sam die ganze Geschichte und er hörte mir gespannt zu. Ich berichtete von der ersten Begegnung mit meiner Mutter, der Shoppingtour, dem Renovieren und was unter der Dusche passiert war.

„Dass du nicht zimperlich bist, habe ich mir ja gedacht, aber dass es so schnell bei euch beiden geht, hätte ich nicht erwartet. Ich freue mich für euch. Oh, guck mal, wer da kommt“, meinte mein bester Freund.

Ich hob meinen Kopf und sah, wie Mutti und Alice mit Frau Ritter sprachen. Alice sah flüchtig in unseren Glaskasten. So nannte ich Sams und mein Büro. Hätten wir keine Jalousien gehabt, würden wir wie auf einem Präsentierteller hier sitzen. Ich ging zu Sams Ablage und tat so, als würde ich etwas suchen.

Mutti kam herein. „Und hier haben wir unsere Buchhalterlehrlinge. Heute sind sie auf sich allein gestellt, aber ab morgen ist Frau Strelow wieder da.“ Mutti schloss die Tür hinter sich. „Frau Ritter muss wirklich nicht wissen, dass ihr euch bereits kennt. Sie tratscht viel zu gerne.“

„Frau Ritter beobachtet uns auch gerade. Momentchen.“ Ich drehte die Jalousien zu und gab dann Alice einen Kuss.

Sam grinste. „Ihr seid ein tolles Paar“, gab er zu.

„Das haben wir auch irgendwie dir zu verdanken", lächelte Alice, die sich in meine Arme schmiegte.
Sam wurde rot. „Ich habe nur einen minimalen Teil dazu beigesteuert. Das ist nicht der Rede wert."
Mutti ergriff das Wort. „So, wir sind jetzt auch schon wieder weg. Alice braucht ihren Fingerprint."
Ich folgte den beiden und wandte mich an die Empfangsdame. „Frau Ritter, können Sie es bitte einrichten, dass Herr Fechtner und ich heute nicht gestört werden? Mit Ausnahme der Geschäftsführung natürlich."
„Das bekommen wir hin", antwortete sie und lächelte herzlich. Eigentlich konnte man die Frau echt gern haben, wenn sie nicht immer so viel plappern würde. Ich war überrascht, dass sie nur mit einem Satz antwortete.
Ich sah noch mal kurz zu Alice hinüber, die gerade um die Ecke bog, und schloss die Tür.
„Du bist bis über beide Ohren verliebt", grinste Sam mich an. Er freute sich für mich.
Ich spürte, wie mein Gesicht rot anlief. Mich hatte es voll erwischt, da konnte ich ihm nur zustimmen. „Ich mach mal die Statistik für das letzte Quartal, ja?", lenkte ich ab.
„Deine Mutter will, dass wir die Ergebnisse in einem Meeting präsentieren", erwähnte Sam, während er auf seinem Taschenrechner herumtippte.
„Na toll, auf so was habe ich ja total Lust. Wann sollen wir das denn machen?"
„Heute nach der Mittagspause." Meine Kinnlade fiel herunter. „Alice wird auch dabei sein", feixte Sam.
Scheiße. Hastig startete ich das Computerprogramm und suchte alle notwendigen Ordner zusammen.

Ich verbrachte den gesamten Vormittag damit, die Statistik vorzubereiten.
„Brauchst du Hilfe?", fragte Sam vorsichtig.
„Ja, kannst du mir eine Statistik aus dem vorletzten Quartal raussuchen, damit ich die beiden vergleichen kann?", bat ich ihn, wild auf dem Taschenrechner herumtippend.
„Ich schicke dir eine Mail. Und ich fange schon einmal mit der Präsentation an."
Ich öffnete Sams Mail und lud die angehängte Datei runter. In meiner Hosentasche vibrierte mein Handy. Ich schaute nach, wer mir schrieb.
Alice.
Ich musste lächeln. Sie hatte wohl genauso Sehnsucht nach mir wie ich nach ihr.

*Hey, treffen wir uns um 12 Uhr unten am Eingang? Ich glaube, wir sollten nicht in der Kantine essen. Wir würden auffliegen. Ich habe beim Herfahren gesehen, dass hier in der Nähe ein kleiner Imbiss ist. Ich liebe dich. :**

Schnell tippte ich eine Antwort.

Okay, wie du magst. Ich liebe dich auch. <3

„Sarah, du hast doch bestimmt noch in Erinnerung, was in den Datenschutzbestimmungen bezüglich Handys stand, oder?“, brummte Sam.
Ich seufzte und steckte mein Telefon in die Jackentasche. Ich bearbeitete die Statistiken und schickte sie Sam. Als ich anschließend durch mein Postfach scrollte, sah ich eine Mail von Alice.

Hey, ich sitze gerade an deiner Auswertung vom vorletzten Quartal. Dir ist darin ein Rechenfehler unterlaufen. Ich habe dir die korrigierte Version angehängt. Ich liebe dich.

Ich klickte auf Antworten.

Hey, danke für den Hinweis. Denk bitte dran, dass unsere Mails auf dem Server für zwei Jahre archiviert werden. Komisch, dass du schon an deinem Arbeitsplatz bist.

Nachdem ich die Nachricht abgeschickt hatte, wandte ich mich an Sam. „In der vorletzten Quartalsabrechnung haben wir einen Fehler gemacht, Alice hat mir die korrigierte Version geschickt. Ich schiebe sie dir in den Ordner.“
Sam überprüfte die neue Abrechnung sofort. „Das Mädchen ist smart“, bemerkte er.
Ich grinste in mich hinein. Ja, meine Alice war smart, daran bestand kein Zweifel.

Kapitel 15

Ich streckte mich ausgiebig. „Ich geh dann mal etwas essen“, verkündete ich.

„Bist du mit Alice verabredet? Ich würde gerne mitkommen, wenn es für euch in Ordnung ist.“ Sam sah scheu zur Tür, wo in diesem Moment Alice vorbeiging.

„Sie hat sicher kein Problem damit. Lass dein Sakko hier, es ist warm draußen“, riet ich ihm.

Wir gingen zum Fahrstuhl und ich drückte auf den EG-Knopf. Die Fahrt nach unten fühlte sich wie eine Ewigkeit an.

Alice stand neben dem Aufzug und umarmte mich, als sie mich sah. „Ich habe dich vermisst“, flüsterte sie mir ins Ohr.

„Ich bin immer bei dir. Genau hier“, sagte ich und tippte auf ihre rechte Brust.

Sam räusperte sich, sodass Alice und ich erschraken.

„Hey, Sam“, sagte Alice leise.

„Hey. Wie war die erste Hälfte deines ersten Arbeitstages?“

„Massen an Informationen. Ich habe tierischen Hunger. Wollen wir?“, fragte Alice.

Sam und ich nickten. Zu dritt gingen wir zum Imbiss. Es war schwülwarm. Mein Hemd klebte bereits an meinem Rücken fest. Alice ging neben mir her, indem sie mich immer wieder flüchtig berührte. Sam und sie redeten über die Arbeit. Sie verstanden sich super und ich freute mich darüber.

Wir erreichten den kleinen Imbiss und ich entschied mich für Pommes, Sam und Alice nahmen jeweils eine Currywurst.

„Die Runde geht auf mich.“ Ich bezahlte und mit unserem Essen in der Hand setzten wir uns in den Schatten.

„Ich bin gespannt, wie eure Präsentation wird. Diesmal kannst du mich ja nicht nach vorne holen“, neckte Alice mich schmunzelnd, während sie sich ein Stück Currywurst in den Mund schob.

Ich knabberte verstohlen an meinen Pommes. Zwischen dem Vortrag in der Berufsschule und der bevorstehenden Präsentation in der Firma lagen Welten. Ich musste mich an Fakten und Zahlen klammern, was ich überhaupt nicht mochte. Ich hasste meinen Job.

Sam ergriff das Wort. „Was haltet ihr davon, wenn wir nach der Arbeit zum Strand gehen? Einfach die Seele baumeln lassen? Euer Wochenende war ja offenbar sehr anstrengend. Es würde euch bestimmt guttun."

„Ich finde die Idee super", bekannte Alice.

„Ich auch", stimmte ich ihr zu.

Ihre Augen leuchteten voller Vorfreude. Endlich konnte meine Liebste das Meer sehen, welches ich so sehr liebte.

„Dann ist es wohl beschlossen", sagte ich. Alice jubelte und gab mir überschwänglich einen Kuss.

Wir unterhielten uns über Musik und Filme. Sam liebte Rosenstolz und Animes. Er fachsimpelte mit Alice über den besten Anime oder Manga. Ich konnte das nie wirklich auseinanderhalten, beobachtete die beiden allerdings interessiert. Ich reckte die Nase gen Sonne und konnte spüren, wie glücklich und erholt ich mich fühlte, obwohl ein anstrengendes Wochenende hinter mir lag, sowohl emotional als auch physisch. Alice legte ihre Hand auf meine und unterhielt sich weiter mit Sam. Sie streichelte meinen Daumen. Ich zog mein Handy aus der Hosentasche und schaute nach, wie das Wetter diese Woche werden würde. Sonne satt und 25°C. Strandwetter pur. Ich legte mir eine Erinnerung für Freitag an. Wohnung einrichten, tippte ich ein.

„Sarah? Hast du uns überhaupt zugehört?", riss mich Sam aus meinen Tagträumereien.

„Hm? Sorry, ich habe gerade etwas nachgeschaut", gestand ich und steckte mein Handy schnell weg.

„Wir wollen morgen in der Bar was trinken gehen", wiederholte Sam und rollte mit den Augen.

„Welche Bar meinst du?", fragte ich verdutzt nach. Rostock hatte massenweise Bars, da konnte er doch nicht erwarten, dass ich sofort wusste, welche er meinte.

„Na ja, ich bezweifle, dass ich euch beide in eine Hetenbar bekomme", schmunzelte er und rümpfte die Nase.

„Dann weiß ich, welche du meinst. Klar, warum nicht. Mich muss nur jemand nach Hause tragen, sollte ich es übertreiben", murmelte ich.

Alice lachte und ich schaute sie verwirrt an. „Wir können uns gegenseitig nach Hause tragen", kommentierte sie.

Sam grinste verschmitzt. „Dann solltest du eine Schubkarre mitbringen. Sarah kann sich unheimlich schwermachen."

„Ich glaube, wir sollten langsam zurück zum Büro. Sam und ich müssen uns noch vorbereiten", wich ich aus. Ich trank gerne einen über den Durst, aber dass Sam es gleich Alice unter die Nase reiben musste, war absolut unfair.

Diese nahm meine Hand. „Nun sei doch nicht so bockig. Es war nur ein Scherz", versuchte sie zu schlichten und hatte wie immer recht.

Sam nickte. „Ich wollte dir nicht an den Karren fahren. Nimm es mir bitte nicht krumm", entschuldigte er sich.

„Entschuldigung angenommen. Sam, ich möchte noch einen Augenblick mit Alice alleine sein. Wärst du bitte so lieb?", fragte ich ihn und sah ihn mit meinem Dackelblick an.

„Na klar. Wir sehen uns gleich", verabschiedete er sich und schlenderte in Richtung Bürokomplex davon.

„Komm, wir gehen ein kleines Stück", schlug ich vor und nahm Alice' Hand. „Gefällt es dir in der Firma? Wie ist dein erster Eindruck?", wollte ich wissen, während wir die Straße entlangwanderten.

„Es scheinen alle Leute sehr nett und zuvorkommend zu sein. Deine Mutter hat mich wie ihren Augapfel gehütet. Wie du siehst, wurde ich noch nicht in der Luft zerfetzt", schmunzelte sie.

Wir bogen in eine Gasse ein, unvermittelt blieb ich stehen und presste meine Lippen auf ihre. Mein Gott, das hatte ich so sehr gebraucht.

„Das habe ich vermisst. Es fällt mir schwer, in deiner Nähe zu sein und so zu tun, als wärst du nur meine Kollegin. Ich hoffe, die Woche geht schnell vorbei", flüsterte ich.

Alice zog mich an sich. „Ich freue mich darauf, wenn meine Möbel geliefert werden. Wirst du das Wochenende bei mir verbringen? Wir können ja unsere Küche einweihen."

„Unsere? Es ist deine Wohnung. Ich bin nur Gast. Aber ich würde sehr gerne mit dir kochen." Ich sah Alice verliebt in die Augen. Sie plante unser Wochenende, was mein Herz einen Sprung machen ließ.

„Verdammt. Ich habe nicht mal Bettwäsche, geschweige denn Töpfe oder Pfannen. Wir müssen diese Woche unbedingt noch welche besorgen", stellte sie trübselig fest.

Ich griff in meine Hosentasche und erstellte eine Notiz in meinem Handy. „Dafür müssen wir noch mal in ein Einrichtungshaus. Da werden wir alles finden. Donnerstag wäre gut. Am Freitag haben wir damit zu tun, die Möbelmenschen zu dirigieren."

Alice lachte. „Dann machen wir das so, mein Schatz. Küss mich, damit ich den Rest des Tages überstehe", bettelte sie. Ich gab ihr einen sanften Kuss. „Du siehst übrigens heiß aus in deinem Outfit."

„Du auch, Engel. Dein Po ist der Wahnsinn", grinste ich frech.

Alice kniff mir in meinen. „Das Kompliment kann ich nur zurückgeben, Frau Fischer. Komm, lass uns wieder an die Arbeit gehen." Sie griff nach meiner Hand und zögerte etwas. „Stimmt. Das hätte ich fast vergessen", korrigierte sie sich und sah etwas betrübt drein. Ich gab ihr einen letzten Kuss und wir gingen zusammen zurück ins Büro.

Der Fahrstuhl war voll mit Menschen und wir machten auf fast jeder Etage halt. Ich beobachtete die Leute, die wiederum Alice anstarrten. Mit Stolz konnte ich behaupten, dass diese Frau zu mir gehörte.

Oben angekommen ging ich ins Büro, wo Sam schon die Präsentation gestartet hatte. „Ach, du hast sie schon fertig, das ist super", freute ich mich.

„Wenn es okay ist, würde ich gern den Hauptteil ausführen. Du kannst dann einfach ergänzen", plante Sam.

„Ganz wie du magst", erwiderte ich. Alice und ich waren gerade mal zehn Minuten voneinander getrennt und ich vermisste sie jetzt schon. *Zu manchen Menschen hatte man sofort eine enge Verbindung, noch vor dem ersten Kuss.* Alice war von Anfang an in meinem Herzen gewesen, schon als sie auf den Fluren an mir vorbeigehuscht war und mich angelächelt hatte, wenn ich die Treppen hinaufhastete, weil ich wieder mal zu spät dran war. Ich hatte wieder dieses Kribbeln im Bauch, als ich an unser erstes Zusammentreffen dachte. Sam klappte sein Notebook zu und riss mich aus meinen Gedanken.

„Bereit?", fragte er.

„Logo", antwortete ich und wir gingen in den Meetingraum.

Meine Mutter und Alice waren bereits da. Sie unterhielten sich mit dem Verkaufsleiter Herrn Bachmann. Er war ein absoluter Schmierlappen, sodass ich mir Sorgen machte, ob mein Mittagessen im Magen bleiben oder den Rückwärtsgang antreten würde. Seine Haare waren nach hinten gestriegelt und er trug sein Hemd offener, als es nötig gewesen wäre. Das war definitiv nicht Casual Business. Ich beobachtete, wie er Alice eindringlich musterte und sich die Lippen leckte.

„Lustmolch, lass deine Finger bei dir!", hätte ich ihm am liebsten entgegengeschrien.

„Frau Henndriks, ich freue mich, so eine junge, gut aussehende Dame begrüßen zu dürfen", sülzte er.

Nun kam mir mein Mittagessen doch beinahe hoch. Ich räusperte mich kurz und hatte sofort die Aufmerksamkeit aller Anwesenden. „Bleibt die Runde so klein oder kommen noch welche dazu?", fragte ich förmlich.

„Frau Heise und Frau Niemann werden noch dazustoßen. Unsere Marketingleiter", schob sie zur Erklärung für Alice hinterher.

„Stimmt, ich erinnere mich", antwortete diese nach kurzem Überlegen.

Sam steckte das HDMI-Kabel des Beamers an sein Notebook und an der Wand leuchtete unser Firmenlogo auf.

Fischer Exports. Where connection counts.

Alice zupfte nervös an ihrem Hemd herum.

Die Marketingleiter kamen zur Tür herein und begrüßten uns. „Hallo zusammen“, lächelte Frau Heise in die Runde, Frau Niemann nickte allen höflich zu. Als hätten sie sich abgesprochen, trugen beide ein graues Kostüm mit schwarzen Pumps, die Frau Niemann wohl ein wenig zu eng waren. Beide hatten ihre langen, von grauen Strähnen durchzogenen braunen Haare hochgesteckt. Ich redete mit ihnen normalerweise nur das Nötigste und ließ mich auch nicht auf ihre Klatschgeschichten ein.

„Hallo, die Damen. Dann können wir ja loslegen“, begrüßte ich sie mit einem gezwungenen Lächeln. Ich ging zu Sam nach vorne. Er nahm den Presenter zur Hand und startete die Präsentation.

Geschlagene 15 Minuten dauerte es, bis wir – oder besser gesagt: Sam – fertig waren. Meine Hände waren schweißnass. Ich nahm eine Karaffe Wasser und füllte ein Glas. Dieses leerte ich in einem Zug. Alice sah mich immer wieder an. Leider konnte ich jetzt schlecht zu ihr hinübergehen und sie küssen, sosehr ich es auch gewollt hätte, aber es würde nur Sekunden dauern, bis die ganze Firma Bescheid wüsste. Das wollte weder ich noch sie, also musste ich damit leben, dass sie schier unerreichbar für mich war.

„Dank Frau Henndriks konnten wir einen Fehler in der vorletzten Quartalsauswertung beheben. Wie man sehen kann, war unsere neue Marketingkampagne ein voller Erfolg. Wir konnten die Umsätze nahezu verdoppeln. Wir haben eine Prognose für das nächste Quartal erstellt. Wenn wir unseren Fuhrpark um zwei Lkws erweitern würden, könnten wir die ansteigende Nachfrage besser managen. Die Kosten würden sich auf circa 100.000 Euro brutto belaufen.“ Sam war wieder voll in seinem Element. Zahlen und Fakten herunterzubeten und zu analysieren, war voll sein Ding.

„Herr Fechtner, ich habe eine kurze Frage“, meldete sich Alice zu Wort. „Wäre es nicht sinnvoller, in der Logistik nachzufragen, ob die Transportwaren kleiner verpackt werden könnten? Wir würden Verpackungskosten sparen und könnten dadurch mehrere Ladungen in einem Lkw unterbringen“, überlegte sie laut.

„Die Idee ist gut. Ich schreibe es mir mal auf und rede mit Herrn Schmidt. Danke dafür, Frau Henndriks“, antwortete Sam und machte sich eine Notiz.

Meine Mutter platzte fast vor Stolz und legte Alice anerkennend eine Hand auf die Schulter.

„Gibt es weitere Fragen?“, wollte Sam höflich wissen. Gemurmel erfüllte den Raum, eine Frage stellte allerdings niemand.

„Danke, Sam, es war sehr aufschlussreich“, lobte Mutti und klatschte Beifall.

Sam klappte sein Notebook zu und steckte den Presenter in seine Sakkotasche. Die Marketingdamen und der Verkaufsleiter scharten sich um Alice.

„Dafür, dass Sie gerade mal fünf Stunden hier sind, haben Sie gute Einfälle. Machen Sie weiter so und Sie werden die Karriereleiter erklimmen“, lobte Herr Bachmann Alice und strich ihr über den Arm.

Meine Augen verengten sich zu Schlitzen. Sam gab mir einen schmerzhaften Rempler in die Rippen. „Reiß dich zusammen“, knurrte er mich an und klemmte sich das Notebook unter den Arm.

Ich wollte gerade hinter ihm den Raum verlassen, als meine Mutter meinen Arm ergriff. „Ich möchte dich gern in meinem Büro sprechen. Frau Henndriks wird uns begleiten.“ Sie sah mich mit ernster Miene an.

Ich zog fragend eine Augenbraue hoch, doch folgte ihr artig in ihr Arbeitszimmer, das schlicht und zweckdienlich eingerichtet war. Der Raum war voll mit Ordnern und Regalen, die vor den blassgelben Wänden standen. Am Fenster befand sich ihr höhenverstellbarer Schreibtisch mit Blick auf die Warnow.

„Setzt euch“, befahl sie und schloss die Tür. Wir nahmen Platz und Mutti ließ sich in ihren Chefsessel fallen. „Ihr wurdet gesehen, wie ihr in einer Seitengasse rumgeknutscht habt“, eröffnete sie das Gespräch seufzend.

Mein Blick huschte sofort zu Alice, die verzweifelt aussah. „Was bedeutet das für uns?“, fragte sie hastig.

Verdammt, ich hatte bewusst die entlegenste Gasse in der Nähe ausgesucht und trotzdem waren wir erwischt worden? Das konnte einfach nicht sein. Ich wollte nicht, dass es in der Firma hieß, Alice hätte den Praktikumsplatz nur bekommen, weil sie mit der Tochter der Geschäftsführerin zusammen war. Sie war mehr als nur meine Freundin. Sie dachte strategisch und war bei ihrer Arbeit stets fokussiert, zumindest hatte ich das beim Streichen beobachten können.

Erwartungsvoll sah ich meine Mutter an, die meinen Blick ausdruckslos erwiderte. „Nichts bedeutet das. Ich war es, die euch gesehen hat“, lachte sie.

Fast wäre ich erbost von meinem Stuhl aufgesprungen. Sie konnte sich doch nicht solche Späße mit uns erlauben.

„Ihr hättet mal eure Gesichter sehen sollen“, prustete sie.

Ich fand das überhaupt nicht witzig. „Spinnst du? Mir ist mein Herz in die Hose gerutscht und Alice bestimmt auch“, schimpfte ich.

Doch diese nahm meine Hand und grinste mich breit an. Verwundert runzelte ich die Stirn. Hatte ich etwas verpasst?

„Sagt mir jetzt nicht, dass das geplant war“, brummte ich mürrisch. Meine

Freundin und meine Mutter nahmen mich aufs Korn. Ich merkte, wie die Wut meinen Hals zuschnürte.

„Sarah, es war nur ein Spaß. Ihr beide solltet aber wirklich besser aufpassen. Wir sind ein nicht allzu großes Unternehmen und jeder kennt sich, Kleines. Wenn ihr erst mal ein paar Monate hier arbeitet, dann ist es nicht so schlimm, wir haben hier viele Paare. Aber haltet euch bis dahin bedeckt", beruhigte mich meine Mutter.

Ich fasste mir an die Stirn. Mein Kopf hämmerte unentwegt. Die war doch von allen guten Geistern verlassen. Ich war so wütend, dass ich tatsächlich Kopfschmerzen bekam. „Hast du etwas zu trinken hier?", fragte ich sie.

Alice nahm meine Hand, während meine Mutter ein Glas und eine Wasserflasche holte. „Bist du böse mit mir?", fragte meine Freundin schüchtern.

„Etwas."

„Wir wollten uns nur einen Spaß erlauben. Anscheinend ging der mächtig in die Hose", flüsterte Alice betrübt. Sie wirkte traurig und natürlich konnte ich ihr nicht lange böse sein.

„Engel, bitte, mach das nie wieder. Ich dachte, mein Herz bleibt stehen."

Sie beugte sich zu mir und küsste mich sanft. „Versprochen."

Wir sahen uns verliebt an, als Mutti mit einer Wasserflasche und einem Glas wiederkam und sie mir reichte. Ich kippte mir das Glas voll und trank einen Schluck. „Sarah, du wirkst immer noch gereizt. Stimmt etwas nicht?", wollte Mutti wissen.

„Abgesehen davon, dass ihr beide mich voll verarscht habt?", brummte ich. Ich war sehr nachtragend. Obwohl ich schnell verzieh, vergaß ich nichts. Doch es gab tatsächlich noch etwas anderes, das mich beschäftigte. „Herr Bachmann ist so ein Schmierlappen. Hast du nicht gemerkt, wie er sich an Alice rangeschmissen hat?", jammerte ich.

Meine Freundin seufzte. „Bitte nicht schon wieder eine solche Eifersuchtsszene, Schatz. Das hatten wir gestern erst. Er war einfach nur nett."

„Er hat es schon mit der halben Belegschaft getrieben, das weiß jeder", fauchte ich zurück.

„Sarah, hör auf damit!", forderte Alice.

„Liebes, es ist süß, dass du auf Alice aufpasst. Ich denke aber, dass sie clever genug ist und die Sache selbst durchschaut. Ich weiß, dass Herr Bachmann ziemlich jede Frau angräbt, die gut aussieht", gab Mutti zu.

„Können wir das nicht zu Hause klären?" Ich war so genervt, dass ich nur noch hier rauswollte.

„Du wirst mein Büro erst verlassen, wenn du wieder du selbst bist. Momentan bist du ein eifersüchtiges und miesepetriges Stachelschwein", maulte Mutti mich an und richtete sich in ihrem Stuhl auf.

Ich sah aus dem Fenster. Es war bestes Strandwetter und ich musste hier sitzen und mit meiner Mutter diskutieren, während meine Freundin ihr assistierte.

„Es tut mir leid“, seufzte ich und sah zu Alice. „Ich war blöd. Bitte, glaube mir, wenn ich dir sage, dass ich dir vertraue. Ich hoffe, du kannst mir verzeihen.“ Anschließend wandte ich mich an meine Mutter. „Ich möchte mich für mein unprofessionelles Verhalten entschuldigen.“

„Ich nehme deine Entschuldigung an“, antwortete Mutti lächelnd.

Alice küsste meine Hand. „Und ich verzeihe dir.“

„Tut mir aber bitte einen Gefallen und nehmt mich nie mehr so fies auf die Schippe, mein Herz ist fast stehen geblieben. Okay?“ Ich sah abwechselnd zu Alice und zu meiner Mutter. Beide nickten. „Gut, ich geh dann wieder zu Sam. Der vermisst mich bestimmt schon.“ Ich stand auf.

Alice tat es mir gleich, zog mich an sich und flüsterte mir etwas ins Ohr. „Ich habe mir für heute Abend eine Kleinigkeit einfallen lassen.“

„Ich lasse mich gern von dir überraschen, Engel“, raunte ich ihr zu. Wir küssten uns flüchtig und ich trabte zurück in mein Büro.

Kapitel 16

Den Rest des Arbeitstages verbrachten Sam und ich damit, den idealen Papierflieger zu bauen. Sam schwor auf die Querformatfalttechnik. „Du hast so eine größere Flügelfläche und er bleibt länger in der Luft", argumentierte er.

„Das ist doch totaler Schwachsinn. Wenn du den Flieger im Hochformat faltest, ist er aerodynamischer, wie ein Kampfjet", gab ich zurück und ließ meinen Flieger auf seinen Tisch segeln. Ich mochte es, wenn wir einfach mal nicht erwachsen waren. Wir hatten auch schon einen Wettkampf im Papierkorb-Basketball ausgetragen. Ich hatte haushoch gewonnen und Sam war den ganzen Tag über geknickt gewesen. Er war kein guter Verlierer.

Pünktlich um 16 Uhr machten wir Feierabend und warteten unten auf Alice. Sam tippte wie wild auf seinem Handy rum.

„Bist du wieder am Flirten?", fragte ich spöttisch. Sam war immer aufgeregt, wenn er mit jemandem schrieb, den er nicht kannte und bald kennenlernen würde, das war eine Macke von ihm, die er einfach nicht mehr ablegen konnte.

„Er heißt Tim und ist total süß. Schau mal, was er mir geschrieben hat." Sam gab mir sein Handy.

Hey, mein Hübscher, ich hoffe, du hattest einen ruhigen Montag. Ich freue mich auf unser Date am Freitag. Ich würde gerne mit dir schwimmen gehen, wenn du magst.
*Liebe Grüße Tim :**

Ich tippte auf das Bild, das sich augenblicklich vergrößerte. Tim hatte strohblonde, kurze Haare und eine etwas stämmige Figur. Seine blauen Augen, die von perfekt gezupften Augenbrauen umrahmt wurden, wirkten verträumt und liebevoll.

„Schick. Ich hoffe, er ist der Richtige für dich", grinste ich.

„Ich wünsche es mir sehr. Ich bin schon recht lange Single und will auch mal wieder so in den Arm genommen werden wie du von Alice."

„Hab ich da meinen Namen gehört?"

Wir drehten uns um und entdeckten Alice breit grinsend vor uns. In ihrer Hand hielt sie einen braunen Umschlag.

„Was ist da drin?", wollte ich wissen.

„Das ist mein Ausbildungsvertrag. Deine Mutter ist total begeistert von mir und wird mich als Assistenz der Geschäftsführung übernehmen." Sie strahlte bis über beide Ohren.

Ich umarmte sie und drückte ihr einen Kuss auf die Stirn. In dem Moment war es mir egal, ob uns jemand sah, ich freute mich einfach nur für sie. Meine Mutter hatte schon ewig herumgemeckert, dass sie eine Assistentin bräuchte, aber keine geeignete fände. Nun hatte sie meine Liebste eingestellt, die damit auch meine Vorgesetzte werden würde.

„Ich freue mich für dich, Engelchen."

„Herzlichen Glückwunsch. Du hast mich heute bei der Präsentation echt umgehauen, du denkst sehr wirtschaftlich und unternehmerisch", lobte Sam meine Freundin. „Das müssen wir feiern. Wir holen uns auf dem Weg zum Strand ein paar Bier."

Ich war unglaublich stolz. Wir gingen zum Bus, der gerade um die Ecke bog, und nahmen ganz hinten Platz. Alice sah aus dem Fenster und ich konnte spüren, wie aufgeregt sie war. Bald würde sie das erste Mal mit mir an ihrer Seite am Strand sein.

Wir stiegen an der Endhaltestelle aus. Die Luft roch nach Algen und Salzwasser. Alice atmete tief ein und schloss die Augen. Sie nahm meine Hand und Sam legte seinen Arm um mich.

„Was wollt ihr trinken? Sarah, du nimmst wie immer ein Heineken, richtig?"

„Was anderes kommt nicht an meine Lippen", scherzte ich.

„Ich nehme auch ein Heineken", warf Alice ein.

„Okay, dann hol ich ein Sixpack. Bin gleich wieder da. Wartet bitte hier." Sam verschwand im Supermarkt, der ganz in der Nähe war.

„Du bist aufgeregt, oder?", fragte ich Alice, die zu den Dünen hochsah.

„Und wie. Ich war noch nie am Meer, zumindest nicht mit dir. Ich hoffe, Sam beeilt sich."

„Wir können ja die Zeit sinnvoll überbrücken." Ich zog Alice an mich und legte meine Hände auf ihren Po.

„Frau Fischer, was haben Sie mit mir vor?", flüsterte Alice verheißungsvoll.

Ganz langsam drückte ich meine Lippen auf ihre. Das Meer rauschte leise hinter den Dünen. Es war ein Ort, der mir viel bedeutete. Zu meinem Glück hatte mir nur die Frau, die ich jetzt in meinen Armen hielt, gefehlt. Es war für mich ein perfekter Moment, den ich mit meiner Liebsten teilte.

Alice biss mir sanft in die Unterlippe. „Dir würde ein Piercing hier echt gut stehen", meinte sie, während ihr Blick auf meinen Lippen ruhte.

„Ich möchte lieber ein Tattoo, von Piercings habe ich erst mal genug. Etwas, das mich an meinen Vater erinnert. Wir liebten das Meer, waren oft mit dem Boot unterwegs und angelten viel."

„Wie wäre es mit einem Koi als Motiv? Sie stehen für Stärke und Durchsetzungskraft. Vielleicht kann man noch das Meer mit einbauen. Der Koi könnte aus dem Wasser springen", grübelte Alice.

Ich fand ihre Idee klasse. „Toller Plan! Aber wo lasse ich es stechen?"

Alice legte ihren Finger auf meine Lippen. „Das können wir noch in Ruhe besprechen. Sam kommt zurück."

„Hör auf, das Bier zu schütteln, sonst machst du es auf!", brüllte ich meinem besten Freund entgegen, als er auf uns zulief. Augenblicklich verlangsamte er seinen Schritt.

„Wie ein dressiertes Hündchen", lachte Alice, die ihren Kopf auf meine Brust gelegt hatte.

„Männer muss man sich manchmal zurechterziehen", scherzte ich.

Schnaufend kam Sam bei uns an. „Ab zum Strand, bevor die Sonne untergeht."

Zusammen gingen wir die Dünen hoch. Als man die Ostsee sehen konnte, blieb Alice stehen, zückte ihr Handy und machte ein Bild nach dem anderen. „Es ist wunderschön", seufzte sie verträumt.

„Lass uns ein Bild zusammen machen. Hey, Sam, komm mal kurz her!", rief ich ihm zu, weil er ein paar Meter von uns entfernt stand. Er kam zu uns und ich drückte ihm mein Mobiltelefon in die Hand. „Mach bitte ein Foto von uns. Auf Selfies sehe ich immer so seltsam aus."

Er nahm das Handy und suchte eine gute Perspektive. Nach einer Weile ließ er seine Arme sinken und seufzte. „Ihr seid einfach zu süß für ein Bild", grinste er.

Alice drückte sich an mich und sah mich verliebt an. „Ich liebe dich."

„Und ich liebe dich, mein Engel."

Sie drückte mir einen sanften Kuss auf, den ich schnell erwiderte. Wie hatte ich es den ganzen Tag über vermisst, sie zu küssen. Es war wie eine Sucht und die Arbeitszeit glich einem kalten Entzug.

„Das ist wohl das beste Bild, das ich jemals gemacht habe", jubelte Sam und lief auf uns zu. Gespannt betrachteten wir das Foto. Alice und ich waren in der Mitte und blickten uns verliebt an. Im Hintergrund sah man die Ostsee, schäumende Wellen, die sich sanft auftürmten. Ich verliebte mich sofort in das Foto und stellte es als Hintergrundbild ein.

„Schick es mir bitte", bettelte Alice, doch ich steckte mein Handy weg.

„Später. Du sollst das hier genießen."

Sam öffnete drei Biere und gab Alice und mir je eins. „Auf Alice' Ausbildungsvertrag und auf eure Liebe." Wir stießen klirrend an.

„Auf dich, mein Engel."
„Und auf dich, mein Liebling."
Wir setzten uns in die Nähe der Dünen. Wenig später gab mir Alice ihr Bier und zog ihre Schuhe und Socken aus. Sie krempelte die Hose hoch und ging hinunter zum Wasser.
„Sie war wirklich noch nie am Strand?", fragte Sam und beobachtete, wie meine Freundin ins Wasser watete.
„Zumindest nicht mit mir. Sie war ganz aufgeregt, als wir auf dich gewartet haben. Sie sieht so glücklich aus."
„Ich glaube, es liegt nicht nur am Strand, dass sie glücklich ist." Er boxte mir sanft gegen den Oberarm. Das war so ziemlich das Männlichste, das er jemals getan hatte. „Du hast eine echt tolle Frau gefunden. Sie ist schlau, hilfsbereit, liebevoll und dazu auch noch verdammt hübsch. Wäre ich eine Frau, hätte ich mich auch in sie verliebt. Wenn ich überlege, wie lange du ihr hinterhergeschmachtet und dich nicht getraut hast, sie anzusprechen. Du hättest das schon viel früher haben können", machte er mir klar und nahm einen Schluck von seinem Bier.
Schmunzelnd zupfte ich am Etikett der Bierflasche herum. Wo er recht hatte, hatte er recht.

„Ich geh mal zu Alice", beschloss ich. Sie hatte sich gebückt und tastete den Boden ab. Ich vermutete, dass sie Muscheln suchte.
Als ich bei ihr ankam, erhob sie sich und hielt mir einen Stein vor die Nase, der ein durchgehendes Loch hatte. „Herzlichen Glückwunsch zu deinem ersten Hühnergott", grinste ich breit.
„Was ist ein Hühnergott?", fragte sie neugierig und drehte den Stein hin und her.
„Das hier. Man sagt, dass sie dem Finder Glück bringen", erklärte ich ihr.
Sie sah den Stein mit zusammengezogenen Augenbrauen an. „Den nehme ich mit. Ich habe auch schon ein paar Muscheln gefunden", verkündete sie stolz und zeigte mir ihre Ausbeute.
Ich hätte ihr die Stimmung auf einen Schlag vermiesen können, indem ich ihr gesagt hätte, dass der Strand voll mit Muscheln sei, doch ich ließ es sein. Ich wollte nicht mehr das gefühlskalte Arschloch sein, das ich mal gewesen war.
„Ich habe eine Idee. Wenn wir mehr Hühnergötter und Muscheln finden, können wir damit dein Wohnzimmer dekorieren", sagte ich stattdessen.
Alice strahlte und gab mir einen Kuss. „Das ist eine super Idee. Lass uns mehr suchen! Hey, Sam, komm, hilf uns!", rief sie den Strand hinauf.
Sam kam mit dem Bier und den Schuhen von Alice in der Hand zu uns.

Als wir gemeinsam weitersuchten, fragte ich Alice: „Gefällt es dir hier?"
„Es ist wunderschön, ich möchte am liebsten gar nicht mehr weg", seufzte sie und sah aufs Meer hinaus, das kleine Wellen schlug.
Ich suchte mir einen Stock und schrieb etwas in den Sand. Nur mit dir. Ein Leben lang. Alice legte ihre Arme um mich und küsste mich sanft.
Sam grinste uns an und hielt einen Hühnergott hoch. „Wenn das mal kein Zeichen ist", meinte er und steckte seinen Fund in die Hosentasche.
„Du wirst den Richtigen schon finden", ermunterte ihn Alice und strich sich die Haare aus dem Gesicht.
Während Sam ihr von Tim erzählte, lauschte ich dem Meeresrauschen. Ich zog die Schuhe und Socken aus und stellte mich ans Ufer. Die Wellen umspülten meine Füße und ich seufzte leise, während unter mir der Sand weggespült wurde. Es war für mich das schönste Gefühl, das man erleben konnte, wenn man am Strand war. Sollte ich hier jemals wegziehen, käme für mich nur ein Ort infrage, an dem ich Wasser um mich herum hätte. Die Berge waren zwar echt schön und beeindruckend, aber Seekind blieb nun mal Seekind. Es war für mich seltsam, wenn man das andere Ufer eines Gewässers sehen konnte, nur die schier unendliche Größe der Ostsee konnte mir das Gefühl geben, dass ich am richtigen Ort war.
Ich spürte, wie Sam mir eine Hand auf die Schulter legte. „So sentimental kenne ich dich gar nicht", brummte er und reichte mir mein Bier. „Auf euch", nuschelte er, stieß mit mir an und stolperte dann zu Alice hinüber, die die gesammelten Muscheln und Steine in ihre Tasche schob.
In diesem Moment war ich überglücklich, weil ich alles, was ich liebte, bei mir hatte: meinen besten Freund, meine Liebste und das Meer.

Unsere Biere waren leer und die Taschen voll mit Muscheln und Hühnergöttern. Alice watete noch einmal ins Wasser. Ich ging zu ihr und umarmte sie sanft.
„Ich will für immer hierbleiben. Es ist so schön", flüsterte sie und ließ ihren Blick über das offene Meer schweifen. Ein paar Schiffe, die wohl den Hafen ansteuerten, waren in weiter Ferne zu sehen.
„Wir müssen langsam heim. Morgen geht es weiter mit der Arbeit", flüsterte ich in ihr Ohr.
Sie seufzte leise. „Leider." Ich küsste behutsam ihren Nacken.
Sam war leicht angeheitert und fragte mit etwas schwerfälliger Zunge: „Müssen wir etwa schon gehen?"
„Ja, Sam. Es ist schon sieben und wir haben noch nichts gegessen", antwortete ich. Ich nahm Alice' Schuhe, während Sam die leeren Bierflaschen einsammelte und sie an der Mülltonne am Strandaufgang abstellte.

Wir schlenderten zur Haltestelle. „Scheiße, der letzte Bus fuhr vor fünf Minuten“, fluchte ich, als ich die Tafel studierte. Ich zog mein Handy aus der Tasche und wählte die Nummer meiner Mutter. „Hey, Mutti, kannst du uns abholen? Wir haben den letzten Bus verpasst. Ich schicke dir unseren Standort.“

„Alles klar, ich fahre gleich los.“

Ich beendete das Telefonat und schickte meiner Mutter per Messenger unseren Standort. 20 Minuten später traf sie auch schon ein.

„Immer rein in die gute Stube“, rief sie aus dem offenen Beifahrerfenster. Wir stiegen ein und sausten los. „Na, Alice, wie war das erste Mal am Strand?“, erkundigte sie sich.

„Es war wunderschön. Ich liebe die Luft und den Geruch der See. Ich will hier nie wieder weg“, erzählte Alice gedankenversunken.

„Sam, soll ich dich heimfahren? Es liegt ja auf dem Weg.“

„Das wäre total lieb von Ihnen, Frau Fischer“, murmelte er.

„Oh, oh, da hat jemand einen im Tee. Hoffentlich bist du morgen fit. Frau Strelow ist streng, wie du weißt.“

„Ich werde mir Mühe geben, morgen wieder fit zu sein“, versprach Sam kleinlaut.

Wir fuhren eine Weile, ohne dass jemand was sagte. Alice sah verträumt aus dem Fenster, während ihre Haare im Fahrtwind wehten.

Als wir Sams Zuhause erreichten, nuschelte er: „Gute Nacht zusammen, wir sehen uns morgen“, und stolperte aus dem Auto.

„Na, dass Sam morgen fit ist, wage ich zu bezweifeln“, grinste ich.

Wir fuhren heim. Alice hatte ihre Schuhe auf dem Schoß. „Meine Füße sind noch ganz sandig“, quengelte sie, als wir ausstiegen.

„Komm, ich trag dich“, schlug ich vor und hob sie hoch. Beeindruckt sah sie mich an.

Wir gingen langsam die Treppen hinauf und ich trug sie direkt ins Bad.

„Spül deine Füße ab, sonst scheuerst du sie dir auf.“

Sie stellte die Füße in die Dusche und drehte das Wasser auf. Ich reichte ihr ein Handtuch und ging in mein Zimmer. Dort leerte ich meine Taschen und es kam ein stolzer Haufen an Muscheln und Hühnergöttern zusammen.

Mutti kam herein und sah mich fragend an. „Wollt ihr noch was essen?“

„Wir machen uns Brote und werden dann ins Bett gehen“, antwortete ich.

Mutti nickte und verzog sich ins Wohnzimmer.

Alice kam wenig später in Unterwäsche herein und legte den Hosenanzug übers Sofa. Freudig betrachtete sie den Berg aus Strandgut. „Da waren wir ja richtig fleißig“, strahlte sie. „Ich habe auch noch welche in meiner Tasche.“

Ich holte eine Tüte und legte unsere Fundstücke hinein. Alice war begeistert. Sie wirkte wie ein Kind, welches zum ersten Mal am Strand gewesen war.

„Du hast mir erzählt, dass du eine Überraschung für mich hättest“, erinnerte ich sie.

Sie ging in die Küche, kam mit einer Flasche Sprühsahne wieder und grinste mich schelmisch an. „Zieh dich bitte aus, Liebling. Ich will dich verführen“, drohte sie mir mit süßer Stimme. Ich legte meine Klamotten ab, bis ich nur noch in Unterwäsche dastand. „Wir werden danach duschen müssen. Schaffen wir es, uns nicht zu bespringen?“, fragte sie und schüttelte dabei die Sprühsahne.

„Ich gebe mir Mühe“, versprach ich.

„Leg dich aufs Bett.“ Im Vorbeigehen öffnete sie meinen BH, der einfach zu Boden fiel.

Beeindruckt legte ich mich hin und sah Alice erwartungsvoll an. Sie setzte sich auf meinen Schoß und sprühte mir etwas Sahne auf den Hals. Dabei grinste sie mich frech an und ich ahnte, was passieren würde. Sie leckte die Sahne behutsam und quälend langsam weg. Ich erzitterte und stöhnte leise.

„Du bist so gemein zu mir“, flüsterte ich. Alice hatte keine Ahnung, wie erregt ich war. So was konnte mich ja auch nicht kalt lassen.

Sie wiederholte das Prozedere an verschiedenen Stellen: Schlüsselbein, Bauch, Hüfte und Brüste. Sie sprühte ein Kreuz aus Sahne auf meine Brustwarzen, das sie in sadistischer Langsamkeit wegleckte, ohne den Blick von mir abzuwenden.

„Gemein“, raunte ich ihr zu. Ich war unglaublich erregt und mein Körper wollte mehr von diesen Liebkosungen.

Alice grinste mich an und reichte mir die Flasche. „Du darfst dich jetzt rächen. Los, beweg deinen süßen Arsch“, forderte sie, als sie von mir runterstieg.

Ich öffnete ihren BH und warf ihn achtlos auf den Boden. Sie lag oben ohne vor mir und ich hatte wieder dieses Ziehen im Unterleib. Rache konnte ja so süß sein. Ich malte ein Herz aus Sahne auf ihren Bauch und leckte es genüsslich weg.

Alice beobachtete mich und stöhnte leise. „Fühlt es sich gut an?“, fragte sie kaum hörbar.

„Es macht mir sehr viel Spaß, dich zu quälen“, antwortete ich leise und malte zwei Kreise um ihre Brustwarzen. Ich ließ mir sehr viel Zeit mit dem Auflecken.

Alice stöhnte laut und krallte sich an meine Oberschenkel. Ich biss die

Zähne zusammen. Sie hatte für ihre zierliche Gestalt ganz schön viel Kraft, das musste man ihr lassen.

„Das meintest du also mit erotischem Schmerz", murmelte ich und widmete mich der mit Sahne umrahmten Brustwarze. Ich knabberte sanft daran.

„Liebling", stöhnte sie, während sie ihr Becken an meinem rieb.

Ich setzte mich auf und grinste sie an. „Ich glaube, wir beide haben uns gegenseitig verführt. Wir sind also quitt", sagte ich.

Alice zog mich an sich und übersäte mich mit Küssen. Anscheinend war ich nicht die Einzige, die wahnsinnig erregt war.

„Duschen", grummelte ich zwischen den Küssen.

Wir warfen uns die Shirts von gestern über und gingen unter die Dusche. Gegenseitig seiften wir uns ein und beobachteten uns dabei. Es fühlte sich fantastisch an. Es ging uns nicht darum, miteinander rumzumachen, sondern um die gegenseitige Zuneigung, die wir uns schenkten.

„Also, wenn es nach mir geht, können wir das öfter machen. Es hat mir sehr gefallen", flüsterte ich.

„Du bist ein Naturtalent. Ich wäre fast gekommen", gestand sie mir mit leichter Röte im Gesicht.

Ich schenkte ihr ein Lächeln. Ich war also ein Naturtalent. Mein Gewissen führte einen kleinen Freudentanz auf. So ein Kompliment bekam man nicht alle Tage.

Wir trockneten uns ab und gingen ins Bett.

„Ich werde bestimmt vom Meer träumen", seufzte Alice, als sie sich an mich kuschelte.

„Und ich von Schlagsahne und deinen Nippeln", fügte ich schmunzelnd hinzu.

Alice lachte leise und streichelte meinen Hals. „Ich liebe dich so sehr. Ich bin glücklich mit dir."

„Ich liebe dich auch. Schlaf schön, mein Schatz."

Wir gaben uns einen Gutenachtkuss und schliefen ein.

Kapitel 17

Die Woche wollte einfach nicht vergehen. Gelangweilt hing ich in meinem Bürostuhl und mein einziger Lichtblick war Alice, die immer wieder an meiner Bürotür vorbeihuschte. Unsere gemeinsamen Mittagspausen verbrachten wir am Hafen. Alice konnte vom Meer nicht genug bekommen. Es war schön, sie zu beobachten. Sie strahlte mit der Sonne um die Wette. In einer Mittagspause fragte sie mich, ob ich ihr das Schwimmen beibringen könne. Natürlich sagte ich Ja und abends durchforsteten wir das Internet nach einem passenden Bikini. Wir diskutierten über die Farbe und den Schnitt. Ich fand, dass ein weißer Bikini ihr super stehen würde, Alice wollte jedoch lieber einen schwarzen oder gleich einen Tankini.

Ich protestiere entsetzt. „Du brauchst deinen Körper nicht unter so einem Lappen zu verstecken“, brummte ich.

Alice gab mir einen tröstenden Kuss und wir entschieden, in der Stadt nach Badesachen zu suchen.

Weil Sam krank geworden war, verschoben wir unseren Barbesuch auf nächste Woche. Ich schwor darauf, dass Sam einfach nur einen gemeinen Kater hatte. So eine treulose Tomate. Die Stunden mit Frau Strelow, der Leiterin der Buchhaltungsabteilung, die eigentlich nur aus ihr, Sam und mir bestand, vergingen viel zu langsam. Sie war ein Drache. Wenn etwas nicht nach ihrer Nase ging, wurde ihr Mondgesicht knallrot und sie schimpfte den lieben langen Tag. Ich musste mir immer das Lachen verkneifen. Sie war dicklich und hatte eine sehr hohe Stimme. Es fiel mir schwer, sie ernst zu nehmen.

Am Donnerstag kam Mutti mit guten Neuigkeiten zu mir ins Büro. Ich bekam am Freitag frei. Sie steckte mir einen Zettel zu, auf dem stand, dass Alice ebenfalls frei hatte. Ich zählte die Minuten, bis ich in mein verlängertes Wochenende starten durfte.

Um Punkt 16 Uhr stürmte ich schließlich aus meinem Büro und prügelte regelrecht auf den Knopf ein, damit endlich der Fahrstuhl kam.

„Frau Fischer, Sie können wohl nicht schnell genug ins verlängerte Wochenende starten, hm?“ Frau Ritter sah mich mit einem gezwungenen Lächeln an. Woher wusste sie das?

Ich lächelte gequält zurück und die Fahrstuhltür ging auf. Schnell schlüpfte ich hinein und drückte auf EG. Nervös wippte ich von einem Fuß auf den anderen. Kaum war ich im Erdgeschoss angekommen, rannte ich zur Tür hinaus.

Ich stand auf der Straße, als jemand wie wild hupte. Ich sah mich um und entdeckte Alice in einem grauen Auto.

Sofort stieg ich zu ihr in den Wagen. „Meine Mutter hat dir einen Dienstwagen gegeben, ohne mit der Buchhaltung Rücksprache zu halten? Das wird Frau Strelow gar nicht gefallen“, scherzte ich und Alice lachte laut los.

„Ja, sie meinte, es wäre eine gute Idee, weil ich ja auch mal zu Kunden fahren muss“, erzählte sie und strich zärtlich über das Lenkrad.

Ich sah mich um. Es war ein Audi A5 Avant mit Lederausstattung. Ich traute mich kaum, irgendetwas anzufassen. Es war definitiv ein Neuwagen, eventuell auch ein Jahreswagen, zumindest war er sehr gepflegt und wirkte, als wäre er gerade erst aus Ingolstadt hierhergebracht worden.

Alice startete den Motor und wir fuhren in die Stadt. Verwirrt sah ich sie an.

„Wir wollten doch einen Bikini für mich kaufen. Hast du das etwa vergessen?“ Sie legte ihre Hand auf meinen Oberschenkel und ich spürte, wie mich das erregte.

„Stimmt, habe ich fast vergessen“, murmelte ich, während ich versuchte, mich zusammenzureißen. Alice wusste, wie sie mich in den Wahnsinn treiben konnte, und ich wusste, dass sie es gern machte. Sie liebte es. Und ich hatte sie dafür sogar schon gehasst. Am Mittwochabend zum Beispiel hatte sie mich gefesselt und mir meine Augen verbunden. Sie streichelte mit verschiedenen Gegenständen über meinen nackten Körper und ich war innerlich tausend Tode gestorben. Sie hatte ihren Spaß daran, mich zu quälen.

Wir fuhren in das Parkhaus, in dem wir beim letzten Mal schon gewesen waren. Alice stellte den Motor aus und sah mich an. Ich lehnte mich zu ihr und küsste sie liebevoll. Sie öffnete zwei Knöpfe meines Oberteils und streichelte mir übers Dekolleté.

„Willst du mich wieder verführen?“ Ich musste lächeln – sie wusste genau, welche Knöpfe sie bei mir drücken musste, sodass ich Wachs in ihren Händen wurde.

„Komm, lass uns meinen Bikini aussuchen.“ Abrupt hörte sie auf, mich zu liebkosen, und ich sah sie perplex an. Sie streckte mir die Zunge raus.

„Verdorbenes Biest!“, fluchte ich und stieg aus dem Auto.

Wir gingen Händchen haltend zum Fahrstuhl und schlenderten über die Einkaufsmeile. Es war extrem voll in der Stadt und ich klammerte mich an Alice’ Hand, die zielstrebig auf einen Kleiderständer voller Bikinis zuging. Sie sah sich mehrere Exemplare mit kritischem Blick an.

„Wie wäre es mit dem?“, fragte ich grinsend und hielt einen rot-schwarz gestreiften Zweiteiler hoch.

„Wäre er gelb-schwarz gestreift, könnte ich Biene Maja sein“, witzelte sie und suchte weiter.

Enttäuscht hängte ich das Stück weg und durchforstete weiter den Kleiderständer.

„Der gefällt mir“, sagte Alice und hielt einen Hauch von nichts hoch. Zwei kleine Stoffdreiecke sollten wohl das Oberteil darstellen. Das Unterteil war ein Tanga, der nur aus drei Stoffstreifen bestand.

Ich stellte mir dieses Etwas an Alice' Körper vor und schüttelte den Kopf. „Wie wäre es mit dem?“, schlug ich vor und reichte ihr einen schwarzen Bikini. Das Oberteil wurde von einem kleinen silbernen Ring zusammengehalten. An der Unterhose war ein circa zwei Zentimeter breites graues Band angebracht, dessen Anfang und Ende mit einem ebenfalls silbernen Ring verbunden waren.

Alice nahm den Bikini und betrachtete ihn kritisch. „Der sieht ganz gut aus. Ich probiere den und die anderen beiden mal an.“ Wie von der Tarantel gestochen, eilte sie in den Laden.

Das Geschäft war stickig und vollgestopft. Irgendwo spielte ein Radio einen Rocksong. Als ich endlich die Umkleidekabine fand, rief ich nach Alice.

„Hier bin ich!“, tönte es aus der hintersten Kabine.

Ich steckte meinen Kopf durch den Vorhangspalt und sah Alice in einem knallroten Bikini vor mir. Ich zog unwillkürlich eine Augenbraue hoch, was sie natürlich bemerkte.

„Der gefällt dir also nicht. Dann probiere ich mal deinen an. Der andere gefiel mir doch nicht.“ Sie zeigte auf einen türkisfarbenen Bikini mit weißen Hawaiiblumen.

Ich zog meinen Kopf aus der Kabine und wartete geduldig, bis Alice mich rief. Erneut lugte ich in die Umkleide und war begeistert. Der Bikini passte fabelhaft zu ihr und ich verdrängte sofort meine unzüchtigen Gedanken. „Den musst du dir kaufen. Du wirst am Strand alle Blicke auf dich ziehen.“

„Ich will aber nur deine Blicke auf mich ziehen“, berichtigte sie mich und küsste meine Stirn.

Als sie wieder ihren Hosenanzug anhatte, gingen wir zur Kasse.

„Bloß schnell raus hier, ich bekomme kaum Luft“, brummte ich und nahm die Tüte.

Wir gingen zur nächsten Eisdiele. Lou Lous Eis stand in geschwungener Schrift auf dem Schild.

„Er macht das beste Eis in der ganzen Stadt“, erzählte ich Alice und Lou, der uns bediente, lächelte.
„Danke, Sarah. Das weiß ich sehr zu schätzen“, grinste er fröhlich und sang ein französisches Lied, während er mir zwei Kugeln Pistazieneis in eine Waffel drapierte.
Alice entschied sich für zwei Kugeln Mango und ich gab dem Eismann vier Euro. „Stimmt so“, lächelte ich.
„Du bekommst das nächste Mal eine Kugel gratis“, bedankte sich Lou und wir setzten uns auf die Bank neben dem Laden.
Das Wetter war herrlich. Es war nicht mehr so warm und eine leichte Sommerbrise umspielte Alice' blonde Haare. Wie sie ihr Eis aß, war auf keinen Fall jugendfrei.
„Hörst du das?“, fragte ich.
„Was?“ Alice schaute sich verwirrt um.
„Ich glaube, deine Waffel hat gestöhnt. Kein Wunder, so wie du an deinem Eis leckst“, neckte ich sie.
Sie schubste mich lachend. „Spinner.“
Ich hielt ihr mein Eis hin. „Probier mal. Du wirst nirgends in der Stadt so ein leckeres Eis finden wie bei Lou.“ Alice leckte an meinem Eis und sah mich verführerisch an. „Du kleines Miststück“, zischte ich ihr mit zusammengepressten Lippen zu, während mein Unterleib sich zusammenzog.
„Wer anderen eine Grube gräbt, fällt selbst hinein“, flüsterte sie. „Aber du hast recht. Es ist das beste Eis, das ich jemals gegessen habe“, bestätigte sie meine Aussage.

Wir aßen auf und gingen langsam zum Parkhaus zurück. Wir stiegen in ihren Audi und fuhren zu mir, wo wir uns aufs Sofa fallen ließen.
„Das war eine kurze Shoppingtour“, stellte ich fest und legte meinen Kopf auf Alice' Schulter.
„Wir wurden ja auch schnell fündig. Müssen wir für morgen eigentlich etwas mitnehmen?“
„Ich hole nachher noch die Bohrmaschine und Dübel aus dem Keller. Wir hätten heute eigentlich auch noch nach Küchenutensilien gucken wollen“, stellte ich fest und Alice streichelte meine Wange.
„Wir haben noch mehr als genug Zeit. Morgen ist auch noch ein Tag“, beschwichtigte sie mich und presste sich an mich. Ich mochte es, wenn sie das tat.
„Letzte Woche um diese Zeit war ich total aufgeregt“, schwelgte ich in Erinnerungen.
Ich hörte, wie Alice leise lachte. „Ja, ich auch. Ich bin wie wild durch mei-

ne leere Wohnung gelaufen und dann zur Entspannung baden gegangen. Als du mir spätabends geantwortet hast, lag ich schon in meinem Kissenmeer und war am Wegdösen. Ich war so aufgeregt. Als ich dich dann am nächsten Morgen an der Bushaltestelle mit Sam sah und du anfingst, deinen somalischen Paarungstanz aufzuführen, wusste ich, dass du die Richtige bist. Du warst einfach du und so habe ich mich verliebt. Eigentlich war ich es schon vorher, aber das hat mir den Rest gegeben“, erinnerte sie sich.

„Somalischer Paarungstanz? Das ist an Dreistigkeit kaum zu überbieten“, motzte ich und kniff sie in die Hüfte.

„Aua! Du bist so ein Biest. Na warte!“, drohte sie, drehte sich mit einer eleganten Bewegung auf meinen Schoß und biss mir in den Hals.

„Wer von uns beiden ist hier das Biest?“, gab ich zurück und kitzelte sie.

„Aufhören, ich bekomme keine Luft“, japste sie und versuchte, meine Hände festzuhalten.

Ich ließ von ihr ab und Alice kam langsam wieder zu Atem. Sie strich ihre Haare zurück und lächelte mich an.

„Wollen wir ein bisschen Musik hören? Mein Radio steht ja leider bei dir“, sagte ich.

„Nur wenn ich die CD aussuchen darf.“

„Tu dir keinen Zwang an.“

Alice hüpfte von meinem Schoß und ging zum CD-Regal. „Laut und rockig oder doch lieber ruhig und gefühlvoll? Du hast ja eine ziemlich bunte Musiksammlung. Philipp Poisel. Das ist doch der mit der gefühlvollen Stimme und den noch gefühlvolleren Songs, richtig?“

„Genau das ist er.“ Ich ging zum Computer und startete diesen. Ich suchte die Alben von Philipp Poisel raus und erstellte eine Playlist. Dann klickte ich auf Wiedergabe und im nächsten Moment ertönte die Musik aus den Lautsprechern. Ich summte mit und Alice legte sich auf meinen Schoß.

„Ich hätte niemals gedacht, dass du solch gefühlvolle Musik hörst. Wieder ein Pluspunkt für dich.“

Ich streichelte ihren Bauch. „Wie viele Pluspunkte habe ich denn schon?“, wollte ich wissen.

„Mehr als genug. Für mich bist du nahezu perfekt.“ Mein Gesicht wurde ganz rot. „Oh, die kleine Sarah wird ganz rot, nur weil sie ein Kompliment bekommt“, machte sich Alice lustig und grinste mich frech an.

„Ich bin es halt nicht gewohnt und ich werde mich niemals daran gewöhnen. Es ist keine Selbstverständlichkeit, Komplimente zu bekommen.“ Ich legte die Stirn in Falten und versuchte mich zu erinnern, wann ich jemals ein Kompliment von meinen Expartnern bekommen hatte.

Alice kraulte meinen Bauch und musterte mich. „Du siehst hungrig aus.

Wollen wir uns etwas zu essen machen?" Sie stand auf und ich seufzte.
„Na, dann schauen wir mal, was wir heute so zaubern."

Wir entschieden uns für Nudeln mit Sahnesoße, was das Einzige war, das wir so auf die Schnelle fanden. Wir aßen in meinem Zimmer und gingen danach ins Bett. Alice kuschelte sich an mich und ich deckte uns zu. Ich stellte den Wecker auf acht und legte meinen Arm um Alice.

„Habe ich dir schon einmal gesagt, dass ich deine Haare liebe? Ich kann mir gar nicht vorstellen, wie du mit kurzen Haaren aussiehst."

Alice schmunzelte und küsste meinen Körper. „Ich werde sie mir nicht abschneiden, keine Sorge. Ich hatte als kleines Mädchen mal kurze Haare, weil mir ein Farbeimer auf den Kopf fiel. Ich habe so bitterlich geweint. Ich überlege, ob ich mir vielleicht ein paar dunkle Strähnen machen lasse."

„Ich denke, das würde dir super stehen. Wir müssen schlafen, mein Engel. Morgen wird ein harter Tag. Mutti meinte, deine Möbel kämen um zehn Uhr."

Alice legte sich auf mich und ich hielt sie fest. „Gute Nacht, mein wundervoller Schatz. Träume was Tolles."

Ich küsste ihre Schulter. „Dann werde ich von dir träumen. Ich liebe dich."

Kapitel 18

Der Wecker riss uns unsanft aus dem Schlaf. Alice rieb sich verschlafen die Augen, nahm mein Handy und stellte den Wecker aus. Sie tippte auf dem Display herum und ich sah sie fragend an.

„Was machst du da?“, nuschelte ich müde.

„Ich schicke mir das Bild von uns beiden. Das haben wir total vergessen“, murmelte sie leise.

Sie gab mir das Handy und ich stellte fest, dass sie sich selbst unter einem anderen Namen eingespeichert hatte. Engel stand nun da. Ich grinste Alice an. Diese Kleinigkeiten liebte ich an ihr.

Wir standen auf und gingen zusammen duschen. Alice steckte ihre Haare hoch und schlüpfte in meine Jogginghose, während ich Probleme hatte, meine Haare zu bändigen.

„Die sind viel zu lang. Ich kann mir schon einen Zopf machen. Guck. Ich sehe aus wie ein Müllsack.“ Ich demonstrierte ihr, was ich meinte, und sie lachte lauthals los.

„Vielleicht schaffen wir es morgen zum Friseur, dann siehst du auch nicht mehr aus wie ein Urmensch.“

Ich sah sie entsetzt an. „Ich sehe aus wie ein Urmensch?!“, krächzte ich empört.

„Wie ein süßer Urmensch“, berichtigte sie sich und streichelte mir über die Wange.

Wir machten uns Frühstück und packten auch noch etwas für später ein. Alice setzte ihre Sonnenbrille auf und wir fuhren zu ihrer Wohnung. Wir parkten vor der Tür, und kurz nachdem wir ausgestiegen waren, fuhr ein Lkw des Einrichtungshauses um die Ecke.

„Das nenne ich mal Timing“, staunte ich beeindruckt.

Ein junger Mann stieg aus und ging zielstrebig zur Hausnummer 13.

„Sie wollen bestimmt zu mir“, lächelte Alice.

„Wenn Sie Frau Henndriks sind“, brummte er und musterte sie skeptisch.

Sein Kollege fuhr indes die Rampe herunter und ich ging zu ihm. „Moin“, begrüßte ich ihn.

„Moin“, knurrte er mich an. Aus ihm sprudelte die Motivation regelrecht heraus. Sein weißes T-Shirt war bereits durchgeschwitzt.

Alice und ich gingen nach oben in die Wohnung und die Männer kamen mit dem ersten Möbelstück nach. „Wohin soll das?“, brummte der Jüngere. „Bringen Sie erst mal alles ins Wohnzimmer“, wies Alice ihn an.

Sie brachten den großen Karton ins Wohnzimmer und lehnten ihn an die Wand. Ich sah nach, was es war. „Dein Kleiderschrank“, stellte ich fest.

Als Nächstes kamen das Sofa und das Bett.

„Ist es in Ordnung, wenn ich Ihnen beim Aufbauen helfe? Dann können Sie auch früher in den Feierabend“, bat ich die Möbelpacker.

„Wenn Sie so was können, warum eigentlich nicht?“, antwortete mir der schwitzende ältere Mann.

Ich nahm Alice’ Autoschlüssel und holte mein Werkzeug, das ich kurz vor der Abfahrt im Wagen deponiert hatte. Ich schleppte den Kleiderschrank ins Schlafzimmer und fing an, ihn zusammenzubauen. Während das Wohnzimmer immer voller wurde, beendete ich den Zusammenbau des Kleiderschranks.

„Hase, der sollte an die andere Wand. Komm, zusammen kriegen wir den bestimmt dorthin geschoben.“ Alice zeigte zur gegenüberliegenden Seite des Raums. Warum hatte sie das nicht früher sagen können? Ich zog und schob den Kleiderschrank, bis er endlich an seiner vorbestimmten Stelle stand.

„Jetzt das Bett. Das ist einfach.“ Ich schleppte die Metallgestänge herbei und stellte sie provisorisch hin. Ich rief Alice, damit sie mir die Position absegnete und wir nicht wieder so ein Dilemma hatten wie vorhin.

„Ich wusste ja, dass du handwerklich begabt ist, aber so schnell, wie du die Möbel aufbaust, hätten wir die beiden Herren gar nicht gebraucht“, stellte Alice fest, nachdem sie mir gezeigt hatte, wo sie sich das Bett wünschte.

„Ich will die Kerle einfach nur loswerden, der eine riecht, als hätte er eine Woche lang kein Wasser mehr gesehen, und der andere hat einen ekelhaft großkotzigen Ton an sich, den ich nicht leiden kann“, antwortete ich ihr mit ein paar Schrauben im Mund.

Alice verzog zustimmend das Gesicht und ging in die Küche, um ihre wenigen Küchenutensilien in Sicherheit zu bringen. Sie legte die Getränke und unsere Snacks ins Waschbecken im Bad.

Schnaufend schleppten die beiden Möbelpacker den Rest hoch und begannen schließlich, die Küche aufzubauen.

„Engel? Kommst du mal bitte?“, rief ich.

Alice betrat mit einer Banane im Mund das Schlafzimmer. „Schon fertig?“, staunte sie und setzte sich aufs Bett.

Ich grinste und holte die Nachtschränke. Alice sah mir zu und staunte. Bei der Kommode bat ich sie um Hilfe. Sie war recht schwer und insgesamt auch nicht gerade einfach aufzubauen.

Nach einer Weile griff sich Alice die Aufbauanleitung und studierte diese eingehend. „Du musst das lange Brett da einbauen", sagte sie und zeigte mir die Anleitung.

Ich schielte kurz drauf und nach einigem Bretterwechseln passte es endlich. Eigentlich sah ich mir nie die Aufbauanleitungen an, doch dieses Mal war ich absolut nicht drumherum gekommen. Der Rest war ein Kinderspiel.

Gemeinsam betrachteten wir das fertige Schlafzimmer. „Es sieht super aus", lobte mich Alice und gab mir einen anerkennenden Kuss.

„Die Gardinenstange bringe ich an, wenn die anderen beiden weg sind."

Ich nahm meinen Akkuschrauber und nutzte die Gelegenheit, um zu schauen, wie weit die Möbelpacker mit der Küche waren. Tatsächlich waren sie fast fertig und der Geruch von Schweiß lag in der Luft. Mir wurde etwas schlecht. Körperliche Arbeit hin oder her, man hatte doch einige Möglichkeiten, um dieses Aroma zumindest zu dämpfen.

„Wenn Sie hier fertig sind, brauchen Sie nur noch die Schrankwand aufzubauen und alle Geräte anzuschließen, den Rest schaffe ich so", merkte ich an.

Der Ältere lachte spöttisch. „Sehr gerne, junger Herr", antwortete er und ich konnte heraushören, wie er mich innerlich belächelte.

„Dame", korrigierte ich ihn zähneknirschend. Ich nahm den Waschbeckenunterschrank und ging wütend ins Schlafzimmer. Meine Brüste waren nicht sonderlich groß, das war aber trotzdem das erste Mal, dass mich jemand mit „Herr" ansprach, was mich wirklich wurmte.

Alice lag im Bett und starrte aus dem Fenster.

„Die denken, ich bekomme es nicht hin, ein paar Möbel aufzubauen, und nennen mich auch noch Herr! Nur weil ich Brüste habe, heißt das doch nicht gleich, dass ich handwerklich unbegabt bin. Ich kenne genug Typen, die nicht mal einen Tisch zusammengebaut bekommen", schimpfte ich, als ich die Bretter zurechtlegte.

Alice schmunzelte. „Reg dich doch nicht über so was auf", versuchte sie mich zu beruhigen.

„Na, ist doch wahr! Die spielen sich auf, als wären sie die Helden vom Dienst. So was kann ich ganz besonders gut leiden. Herr ... pah! Dass ich nicht lache. Sind meine Brüste etwa so klein, dass man sie übersehen kann?", fluchte ich und zog die Schrauben an. Ich stellte fest, dass ich in meiner Wut vergessen hatte, die Türen einzubauen. „Verdammte Scheiße."

Alice lachte leise und presste ihre Lippen auf meine. Ihr Versuch, mich zu beruhigen, klappte.

Ich baute den Unterschrank wieder auseinander und begann noch mal von vorne. Diesmal landete alles dort, wo es sein sollte. Ich ging ins Bad und stellte mein Werk an seinen Platz.

Die beiden verschwitzten Arbeiter bauten nun die Wohnwand auf und ich besichtigte die Küche. Sie war marineblau und sah mit der weiß marmorierten Arbeitsplatte einfach super aus. Ich schaltete den Herd ein, um zu sehen, ob er auch angeschlossen war. Alle vier Ceranfelder wurden rot und ich war zufrieden. Der Kühlschrank brummte leise vor sich hin und ich räumte die Getränke und unser Essen hinein.

Nachdem Alice ihre Ordner vom Wohnzimmer ins Schlafzimmer geräumt hatte, gesellte sie sich zu mir. „Die Küche sieht super aus. Nachher kaufen wir noch den Rest ein und dann kochen wir zusammen." Sie küsste mich und ich bemerkte, wie die Möbelpacker uns begafften.

Demonstrativ zog ich Alice an mich und legte ihr meine Hände auf den Po. „Die beobachten uns", flüsterte ich in ihr Ohr.

Alice ging zur Tür und schüttelte ihre Haare in Position. „Arbeiten Sie bitte weiter, ich habe noch Termine und möchte zügig fertig werden", herrschte sie die Männer an, die wie versteinert dastanden, und knallte die Küchentür zu.

Ich strahlte bis über beide Ohren. „Du bist der Hammer, Engelchen. Wirst du irgendwann auch so mit deinen Mitarbeitern reden?", grinste ich sie an.

„Nein, ich kann es nur nicht leiden, wenn ich angeglotzt werde wie ein Tier im Zoo. Es ist doch egal, wen ich küsse, solange ich glücklich bin."

Ich hob sie hoch und setzte sie auf die Arbeitsplatte. Sie küsste mich leidenschaftlich und schlang ihre Beine um mich. Ich streichelte sie sanft, bis es an der Tür klopfte. Alice sprang von der Arbeitsplatte und öffnete. „Wir sind fertig. Bitte unterschreiben Sie hier."

Ich konnte im Hintergrund die walnussfarbene Schrankwand, bestehend aus einem schmalen Highboard, einem langen Lowboard für den Fernseher, einer großen Glasvitrine und einem Regal, sehen.

Alice unterschrieb auf dem Zettel und erhielt den Durchschlag. „Danke sehr. Schönen Feierabend", wünschte sie den Herren und begleitete sie hinaus.

Endlich waren wir alleine und ich baute die restlichen Schränke auf. Alice schaltete das Radio ein und summte die Songs, die sie kannte, mit.

Alice und ich lagen auf dem Sofa und begutachteten das fertige Wohnzimmer. Es wirkte sehr gemütlich und strahlte eine behagliche Wärme aus.

„Wollen wir heute Nacht schon hier schlafen?", fragte ich.

Alice legte die Stirn in Falten. „Das würde bedeuten, wir müssten im Eiltempo zum Einrichtungshaus, um Decken und Bettbezüge zu kaufen, anschließend noch Kochutensilien und Essen. Ich glaube, das ist mir zu stressig. Wir können doch morgen mit Senta noch mal hinfahren und diesmal bezahle ich alles. Ich will euch nicht auf der Tasche liegen."

„Dann sollten wir mit zwei Autos fahren", schlug ich vor. „Wir werden definitiv nicht alles in ein Auto reinstopfen können. Ich rufe mal Mutti an und sage ihr Bescheid." Ich zog mein Handy aus der Hosentasche und wählte die Nummer. Nach kurzer Zeit ging sie ans Telefon. „Hey, Mutti, die Möbel stehen so weit. Alice möchte morgen Decken und Dekokram kaufen. Wir würden uns freuen, wenn du mitkommst. Wir sollten aber mit zwei Wagen fahren, weil ich dich kenne und keine Lust habe, in einem überladenen Auto zu sitzen."

„Sehr gerne, Alice und ich werden schon was Tolles finden, du kannst auch gerne zu Hause bleiben", antwortete meine Mutter.

„Und wer schleppt eure Tüten?", gab ich zurück. Ich wollte nicht ohne Alice sein, mir würde die Decke auf den Kopf fallen.

„Da ist was dran. Na, dann fahren wir morgen früh um neun los. Essen wir zusammen zu Abend? Ich würde mich sehr freuen."

„Gerne. Wir sind um sieben bei dir. Hab dich lieb." Ich legte auf.

„Also fahren wir morgen wieder shoppen." Sie lächelte und legte ihren Kopf auf meine Brust.

„Du magst meine Mutter sehr, stimmt's?", fragte ich.

„Sie schenkt mir so viel Liebe, als wäre ich ihre leibliche Tochter. Dabei kennen wir uns erst seit Kurzem."

„Meine Mutter hat eine sehr gute Menschenkenntnis. Sie sieht sofort, ob du für mich gut bist oder nicht."

Alice schmunzelte. „Also bin ich gut genug für dich? Na, das ist schön zu wissen", erwiderte sie.

Ich sah auf mein Handy. Es war zwei Uhr. „Ich bin total müde. Wollen wir noch ein wenig schlafen?"

„Braucht die kleine Sarah etwa ihren Mittagsschlaf?", zog Alice mich auf und streichelte mir mütterlich über die Wange.

„Scherzkeks", maulte ich und schloss die Augen. Alice kuschelte sich an mich und wir schliefen ein.

Es war halb sechs, als wir wieder wach wurden. Alice' Shirt war hochgerutscht und ich hatte freie Sicht auf ihren flachen Bauch. Ich ließ meine Fingernägel darübertanzen und sie stöhnte kaum hörbar auf.

„Jetzt fühl ich mich fit für die Gardinenstangen", lächelte ich verträumt und setzte mich auf. Ich nahm den einzigen Stuhl im Raum und ging damit ins Schlafzimmer. Nachdem ich die Löcher angezeichnet hatte, trat ich ein paar Schritte zurück. Da ich keine Wasserwaage hatte, musste ich so rausfinden, ob sie gerade waren. Ich rief Alice zu mir, die noch total verschlafen hereinkam.

„Also, ich finde, es ist gerade“, gähnte sie und schüttelte ihre Haare zurecht.

Ich steckte die Bohrmaschine am Strom an und legte los. Innerhalb weniger Minuten hing die Stange an der Wand. Ich bestaunte mein Werk und Alice lobte meine Arbeit. Dann brachte ich im Wohnzimmer die zweite Gardinenstange an und packte die Utensilien, die ich dafür benötigt hatte, in die Tüte zurück.

„Was hältst du von dunkelblauen Vorhängen im Schlafzimmer und weißen im Wohnzimmer, Liebling?“, warf Alice ein. Vom Krach der Bohrmaschine schien sie jetzt endlich wach geworden zu sein.

„Solange wir keine roten Vorhänge im Schlafzimmer haben, ist es mir egal“, grinste ich.

„Wir?“, hakte Alice nach.

Mist, jetzt fing ich auch schon damit an, in der Wir-Form zu reden. „Na ja, ich werde hier ja auch ab und zu schlafen“, verteidigte ich mich, was Alice nur wenig überzeugte.

Sie verschränkte die Arme vor der Brust und sah mich belustigt an. „Eigentlich wohnen wir sowieso schon seit einer Woche zusammen. Ich sehe dich nicht als Gast in meiner Wohnung, sondern als Inventar. Ich weiß schon gar nicht mehr, wie es ist, ohne dich einzuschlafen“, bekannte sie.

„Wir können es ja so machen, dass ich gelegentlich hier schlafe“, schlug ich vor. Ich würde sehr gerne bei Alice einziehen, aber ich wollte das Klischee, dass Lesben schon nach dem zweiten Date mit den Umzugskartons vor der Tür ihrer Liebsten standen, nicht erfüllen.

„Na gut, dann machen wir das eben so“, seufzte sie.

Es klingelte an der Tür und Alice ging zur Gegensprechanlage. „Hallo?“

„Ich bin's, Senta.“

Alice drückte auf den Summer und öffnete die Wohnungstür. Schweren Schrittes stampfte meine Mutter hoch und umarmte uns zur Begrüßung. Sie sah sich kurz um.

„Die Garderobe wurde ja gar nicht aufgebaut“, beschwerte sie sich.

„Die Möbelpacker haben ohnehin nur die Küche und die Schrankwand aufgebaut. Den Rest habe ich gemacht, weil die beiden einfach unerträglich waren. Ich war sogar schneller als die.“ Mit stolzgeschwellter Brust stand ich da.

„Ich finde, es sieht echt toll aus“, lobte mich Mutti. „Morgen holen wir also alles Weitere. Ist es für euch in Ordnung, wenn Martin uns hilft? Er kann ja auch ein paar Tüten tragen, dann ist Sarah nicht der Packesel“, lachte sie.

Ich zuckte mit den Schultern und Alice nickte. Mutti schenkte uns ein Lächeln und sah sich die Küche an.

„Wow, die ist ja ein Traum!“, staunte sie und öffnete alle Schränke, in denen noch gähnende Leere herrschte.

Als sie endlich jedes Möbelstück bewundert hatte, verließen wir die Wohnung. Alice schloss die Tür ab und wir stiegen in ihren Audi, Mutti in ihren alten Kombi. Im Radio lief mein Lieblingslied und ich drehte die Lautstärke auf. Ich tanzte mehr oder weniger auf meinem Sitz und Alice konnte nicht aufhören zu schmunzeln. Sie fuhr für mich sogar eine Extrarunde um den Block, damit ich den Song bis zum Ende anhören konnte.

„Du bist der absolute Wahnsinn“, urteilte sie und schaltete den Motor aus.

Ich fühlte mich super. „Das wird öfter mal passieren, dass ich im Auto tanze, na ja, zumindest versuche ich es. Du solltest dich daran gewöhnen.“

Wir stiegen aus, sie schloss den Audi ab und wir gingen in die Wohnung.

Mutti war schon dabei, ein paar Fleischspieße vorzubereiten, und ich grinste Alice an. „Mach lieber ein paar mehr, Alice liebt deine Fleischspieße“, riet ich ihr.

„Ach, wirklich? Dann erkläre ich den Freitag zum Fleischspießetag“, verkündete Mutti freudig, als Marco in die Küche kam. Er würdigte Alice keines Blickes und setzte sich auf den Stuhl am Fenster. „Marco, kannst du bitte das Fenster öffnen?“, bat Mutti ihn. Er tat ziemlich widerwillig, was sie von ihm verlangt hatte.

Alice setzte sich auf die Bank und ich deckte schon mal den Tisch.

„Kannst du den Salat machen?“, richtete meine Mutter das Wort an mich. „Die Fleischspieße brauchen noch ein bisschen, ich hoffe, du hältst bis dahin durch, Alice.“

„Na klar. Macht euch keinen Stress. Ich kann ja Sarah mit dem Salat helfen.“

„Okay, dann darfst du die Zwiebeln schneiden.“ Ich legte ihr eine große Zwiebel und ein Messer hin.

„Nur wenn du meine Tränen trocknest.“

Marco machte ein Würgegeräusch und ich strafte ihn mit wütenden Blicken. Dass die Pubertät schlimm sein konnte, wusste ich ja selbst, doch mein Bruder war einfach nur frech und ein absolutes Ekelpaket. Ich drehte mich wieder zu meinen Tomaten um und schnitt sie klein. Ich hörte, wie Alice langsam anfing zu schniefen, und grinste in mich hinein.

„Hat dir die Zwiebel eine traurige Geschichte erzählt?“, scherzte ich.

„Sehr witzig“, schimpfte sie.

Ich schnitt das restliche Gemüse klein und füllte alles in eine große Salatschale. Anschließend bereitete ich das Dressing zu und stellte die Schüssel auf den Tisch.

Im Radio lief ein Evergreen aus den Achtzigern. Mutti und ich fingen an mitzusingen. Alice stimmte mit ein. Schließlich wurde es Marco zu viel und er ging zurück in sein Zimmer.

Alice nahm meine Hand und wir tanzten einen lässigen Discofox durch die Küche. „Hast du heimlich geübt, Liebling?“

„Ich schaue einfach nicht auf meine Füße“, erwiderte ich.

„Ihr seid ein absolutes Traumpaar.“ Meine Mutter wischte sich eine kleine Freudenträne aus dem Augenwinkel.

Als das Essen fertig war, rief Mutti Marco zu Tisch. Langsam trottete er zu seinem Platz am Fenster. Ich nahm einen Fleischspieß und konnte aus den Augenwinkeln sehen, dass Alice sich am liebsten drei gleichzeitig in den Mund gestopft hätte. Marco füllte sich Essen auf seinen Teller und verschwand wieder in seinem Zimmer. Mutti guckte ihm verwirrt hinterher.

„Er mag Alice nicht und ich glaube, er ist auch nicht so begeistert, dass seine große Schwester lesbisch ist. Er hat schon die eine oder andere verbale Schelle von Alice bekommen, weil er einfach nur rotzfrech war“, erklärte ich ihr.

„Gut so, Alice, er muss lernen, dass man so nicht mit Frauen umgeht. Seitdem mein Mann tot ist, fehlt ihm wohl die männliche Bezugsperson. Ich hoffe, dass er mit Martin klarkommen wird.“ Sie wirkte nachdenklich und Alice reagierte sofort.

„Senta, deine Fleischspieße sind so lecker. Wie machst du die?“ Sie fingen an, über die richtige Gewürzmischung zu fachsimpeln.

Ich fühlte mich sehr glücklich und wünschte mir, dass es für immer so bliebe. Alice hatte inzwischen schon fünf Spieße gegessen, während ich noch bei meinem zweiten war.

„Alice, darf ich dich etwas fragen?“, fing Mutti plötzlich an.

„Natürlich, schieß los“, antwortete meine Freundin leicht verunsichert.

„Ich möchte gern wissen, wieso du hier bist. Ohne deine Eltern. Du musst mir aber nicht antworten, wenn du nicht willst.“ Mutti wirkte ernst und Alice legte ihren Fleischspieß ab.

Sie räusperte sich und begann dann zu erzählen. Von ihren Eltern, der katholischen Schule und dem stummen Rausschmiss.

Meine Mutter war so entsetzt, dass ihr Tränen über das Gesicht liefen. „Hast du noch Kontakt zu deiner Mutter?“, wollte sie wissen.

„Ich schreibe ihr ab und zu eine SMS, damit sie beruhigt ist. Sie weiß auch, dass ich Sarah kennen- und lieben gelernt habe. Sie ist nicht begeistert, aber ihr ist wichtig, dass ich glücklich bin, egal, ob mit einem Mann oder einer Frau", erläuterte Alice ruhig. Sie griff zu ihrem Spieß und aß ihn schneller auf, als ich gucken konnte.

„Wir könnten doch deine Mutter hierher einladen", schlug meine Mutti vor.

„Das wird mein Vater nicht zulassen. Sie steht halt unter seinem Pantoffel. Er wird es mitbekommen und dann bricht die Katastrophe herein. Das wäre der absolute Höllentrip für mich. Ach, was rede ich da? Für uns alle." Alice wirkte traurig. Ich wollte sie irgendwie trösten und überlegte eilig, was ich tun könnte.

„Wir werden einen Weg finden, Alice. Hast du schon einen Fernseher für deine Wohnung? Wir haben noch den von Sarah im Keller stehen, den kannst du gerne haben", wechselte Mutti das Thema.

„Wenn ihr den nicht mehr braucht, würde ich ihn gerne nehmen. Was bekommst du dafür, Senta?"

„Ein Lächeln von dir", antwortete Mutti schlicht und strich Alice über den Arm.

Alice aß noch zwei weitere Fleischspieße und ich nahm mir den letzten. Sie funkelte mich böse an. „Futterneid?", grinste ich.

„Blöde Kuh", murrte sie.

„Du hast einen sehr gesunden Hunger, Alice. Ich frage mich, wo du das lässt, du bist so schlank wie ich früher. Hat Sarah dir erzählt, dass ich in meinen Jugendtagen gemodelt habe?", warf Mutti ein.

„Wirklich? Warst du auch auf dem Cover der Vogue?", fragte Alice neugierig.

Sie fingen an, sich über Mode zu unterhalten, und ich schaltete auf Durchzug. Das war absolut nicht mein Thema. Ich schaufelte meinen Salat in mich hinein und spülte meinen Teller ab. Die beiden merkten nicht mal, dass ich duschen ging.

Ich seifte mich ausgiebig ein und summte irgendwelche Melodien von alten Schlagern, die mir einfielen. Ich war eindeutig zu oft auf Dorffesten gewesen und musste über mich selbst lachen. Ich hatte eine Zeit lang an so ziemlich jedem, das hier in der Nähe stattfand, teilgenommen und war stets irgendwann morgens sturzbetrunken heimgekommen, ohne genau zu wissen, wie ich das geschafft hatte.

Versonnen wusch ich die Seifenreste von meinem Körper und machte mich bettfertig. Anschließend tapste ich im Schlafanzug zurück in Richtung

Küche, als ich das Gespräch von Alice und Mutti hörte. Ich blieb im Flur stehen und lauschte. Sie sprachen über Alice' Träume.

„Ich möchte einfach nur mit Sarah zusammenbleiben, vielleicht heiraten wir ja auch irgendwann. Aber das hat noch Zeit, erst mal müssen wir uns besser kennenlernen. Mir ist es wichtig, dass ich finanziell unabhängig bin. Deswegen ist es mir immer noch unangenehm, dass ich von dir die komplette Einrichtung geschenkt bekommen habe."

„Alice, mein Schatz, nun mach dir mal keine Sorgen, wir werden deshalb nicht verarmen. Wir können uns morgen die Kosten teilen, wenn du magst. Du bist für mich wie eine Tochter. Du tust Sarah so gut, sie ist weniger rebellisch als vorher."

„Ich vermute, dass das auch an ihrem Outing liegt. Es kann echt erdrückend sein. Ich spreche aus Erfahrung."

„Ich weiß, mein Kind, aber eine Mutter spürt so was. Ich habe es geahnt und es wurde mir klar, als ich eines Nachts hörte, wie sie nach dir rief. Dir gehört ihr Herz. Pass bitte gut auf sie auf."

Ich ging in die Küche und sah, dass die beiden Sekt tranken.

„Hey, du warst ja schon ohne mich duschen", schmollte Alice und verstrubbelte meine Haare. Ich fuhr mit den Fingern durch meine Frisur und versuchte zu retten, was zu retten war, jedoch ohne Erfolg.

„Ihr wart so ins Gespräch vertieft und Mode ist nun absolut nicht meine Stärke. Ich trage das, was mir gefällt", gab ich zurück.

„Komm, Sarah, trink etwas mit uns", forderte Mutti mich auf und gab mir ein Glas.

„Nee, so was trinke ich nicht. Moment." Ich ging in mein Zimmer und holte aus meinem Schrank eine Flasche Bourbon Whiskey.

Alice grinste mich an. „Du willst dich wohl direkt abschießen, oder?"

„Sarah war früher Stammgast auf diversen Dorffesten, die kann das ab. Sie grölte morgens um sechs irgendwelche Schlager, sodass ich fast aus dem Bett gefallen bin", erzählte meine Mutter trocken.

Alice verschluckte sich an ihrem Sekt und prustete los. „Du hörst Schlager?", entfuhr es ihr und sie kriegte sich vor lauter Lachen nicht mehr ein.

„Ich war jung", grummelte ich und wurde rot. Peinlicher ging es nicht mehr. Es war mir immer egal gewesen, welche Musik lief, Hauptsache, es hatte genug Alkohol gegeben.

Alice küsste tröstend meine Wange. „Ich liebe dich, auch wenn du Schlager hörst. Auf Dorffesten geht so was immer", meinte sie verständnisvoll.

Ich kippte mir ein bisschen Whiskey ein, füllte das Glas mit O-Saft auf und nahm einen Schluck.

„Gib mal her, ich will das auch probieren", sagte meine Mutter und nahm mein Glas. Sie roch an dem Getränk, nippte und verzog das Gesicht. „Ich glaube, ich bin zu alt dafür“, hustete sie.

Nun schnappte sich Alice mein Glas und kostete ebenfalls. „Also, mir schmeckt es, obwohl ich früher fast nie etwas getrunken habe. Katholische Schule halt. Alkohol ist die Sünde.“

Ich holte mir mein nun halbvolles Glas zurück, trank es in einem Zug leer und füllte es von Neuem. „Ich muss aufholen, ihr habt schon eine Flasche Sekt intus“, rechtfertigte ich mein Tempo.

Alice lehnte sich zu meiner Mutter und zeigte ihr etwas auf ihrem Handy.

„Was tuschelt ihr denn da?“, wollte ich wissen.

„Ich zeige ihr unser Bild vom Strand.“

Mutti sah sich das Foto lange an und lächelte von einem Ohr bis zum anderen. „Kann ich mir das ausdrucken und einrahmen? Das ist echt toll geworden.“

Ich verschluckte mich. „Was?“

„Ja, gerne, ich habe kein Problem damit. Ich finde es auch schön. Kannst du es eventuell zweimal ausdrucken, dann stelle ich es in meine Wohnung“, bat Alice.

Die beiden machten sich sofort auf den Weg ins Wohnzimmer. Meine Mutter hatte einen Fotodrucker, weil sie die Technik der Printer in den Drogeriemärkten nicht verstand. Trotz meiner unzähligen Versuche, ihr das Prozedere nahezubringen, war es einfach nicht in ihren Kopf gegangen. So war sie schnurstracks in den nächsten Laden marschiert, um sich ein eigenes Gerät zu kaufen.

Wenige Minuten später kamen sie wieder, beide mit einem Foto in der Hand, und strahlten um die Wette. Ich leerte mein Glas und kippte noch mal nach. Mutti sah mich mahnend an.

„Das ist mein letztes, danach gehe ich ins Bett. Wir müssen ja morgen früh aufstehen.“

„Gut so, sonst hätte ich dir den Whiskey weggenommen.“

„Ich bin 18“, protestierte ich.

„Das heißt aber nicht, dass du erwachsen bist, Sarah“, konterte Mutti.

Ich seufzte, während Alice amüsiert zwischen uns hin- und hersah.

„Lach nicht, du bekommst später dein Fett weg“, maulte ich sie an.

Alice streckte mir die Zunge raus und ging duschen, während meine Mutter den Tisch abräumte.

Mit dem Bild von mir und Alice und der Whiskeyflasche in der Hand ging ich in mein Zimmer. Dort verstaute ich zunächst den Alkohol im Schrank, bevor ich das Foto auf meinen Tisch legte.

Ich wanderte zurück in die Küche und trank mein Glas aus. „Gute Nacht, Mutti. Ich habe dich sehr lieb."

„Gute Nacht, mein Kind, ich habe dich auch sehr lieb, obwohl du eine kleine Schnapsdrossel bist", grinste sie und küsste meine Wange.

Ich legte mich in mein Bett und wartete auf Alice, die wenige Minuten später hereinkam. Sie hatte nur ein Handtuch um ihren Körper geschlungen und sah mich verführerisch an. „Warum hast du deinen Schlafanzug noch an? Zieh den bitte aus. Ich mag es nicht, wenn du deinen schönen Körper unter viel zu viel Stoff versteckst."

Ich stand auf und zog mich langsam aus. Ihre fordernde Art war für mich noch etwas seltsam, doch ich mochte sie irgendwie.

Alice ließ mich nicht aus den Augen und biss sich auf die Lippe. Sie ließ ihr Handtuch fallen und küsste mich innig. So hatte sie mich bisher noch nie geküsst. So leidenschaftlich und fordernd. Ich hob sie hoch, was sie aufstöhnen ließ. Wie ich es liebte, sie in meinen Armen zu halten, ich hätte das stundenlang machen können. Ihre warme Haut brannte auf meiner.

Sie legte ihre Arme um meinen Hals. „Ich will mit dir schlafen", flüsterte sie leise und streichelte meine Brüste.

Sex? Jetzt? Das wäre falsch, es sollte doch nicht einfach mal so passieren.

„Der Alkohol macht dich wohl wuschig, hm? Ich fühle mich nicht bereit dafür. Gib mir noch ein bisschen Zeit. Ich will, dass unser erstes Mal etwas Besonderes wird, es soll nicht im Alkoholrausch passieren." Alice nickte wehmütig. „Gegen ein bisschen Körperentdecken habe ich jedoch nichts", fügte ich hinzu und griff fest an Alice' Po.

„Ich bin so heiß auf dich, bitte bremse mich, wenn es dir zu schnell geht, ja?", hauchte sie und biss mir in den Hals.

Ich stöhnte auf und legte sie ins Bett. Alice zerkratzte meinen Rücken und küsste meine Brüste. Ihre ungezügelte Art ließ mich erschaudern. Ich stellte meine eben getätigte Aussage, dass ich nicht bereit wäre, infrage. Man konnte das erste Mal nicht planen, es lief sowieso nie so ab, wie man es sich vorgestellt hatte.

Mein Unterleib zog sich vor Erregung zusammen. Mein Gewissen stand mit offenem Mund da und gestikulierte wild. Wieso musste sie auch so gut riechen? Kurz überlegte ich, ob mein Duschgel, das sie immer benutzte, die gleiche Wirkung auf sie hatte.

Ich küsste sie vom Hals abwärts bis zum Venushügel. Erwartungsvoll sah sie mich an. Quälend langsam berührte ich ihren Venushügel mit meinen Lippen, ließ sie hinüber zu den Oberschenkeln wandern.

Sie zuckte zusammen. „Hör nicht auf. Es fühlt sich so gut an", hauchte sie lüstern.

Der Sadist in mir wurde geweckt. Wenn wir hier schon rummachten, dann wollte ich sie auch bis aufs Blut reizen. Genüsslich ließ ich meine Zunge über ihren Venushügel gleiten bis hin zu ihrer empfindsamsten Stelle. Alice krallte sich im Laken fest und drückte mir ihr Becken entgegen. Ich hauchte ihr einige Küsse auf den Oberkörper, bis ich wieder an ihren Brüsten anlangte. Sanft umschloss ich ihre harten Burstwarzen mit meinen Lippen. Ich umkreiste ihre Brüste mit meiner Zunge und streichelte ihre Hüfte. *Verdammt, wieso musste Alkohol so enthemmend sein?*

Sie nahm meine Hand und führte sie zwischen ihre Beine. Behutsam streichelte ich sie, was Alice immer lauter stöhnen ließ. Mein Kopf war leer, alle Bedenken waren wie weggeblasen. In dem Moment gab es nur Alice und mich. Ich erhöhte das Tempo, bekam nicht genug von ihr und ihren lustvollen Seufzern, die mich so sehr erregten. Sie krallte sich an mich und ich biss in ihre Brustwarze. Laut stöhnte ich auf, während meine Liebste sich mir hingab. Ich durfte ihren Orgasmus miterleben.

Keuchend ließ sie mich los und ich musste dabei zusehen, wie ihre Augen sich mit Tränen füllten. Hatte ich was falsch gemacht? Unsicherheit durchflutete mich. Scheiße.

„Hey, ist alles okay? Habe ich dir wehgetan?“, fragte ich verunsichert und küsste sie sanft. Ihre Lippen waren ganz kalt.

Sie drehte sich auf die Seite und hielt sich die Hände vors Gesicht. Ich fühlte mich vollkommen hilflos, rutschte von ihr herunter und versuchte sie zu beruhigen.

Nach einer Weile drehte sie sich mit einem strahlenden Lächeln zu mir um. „Das war der schönste Orgasmus, den ich jemals hatte, mein Schatz.“ Sie küsste mich liebevoll. Ihre Lippen waren nicht mehr so kalt wie vorhin, was mich etwas beruhigte.

„Warum hast du denn geweint?“, hakte ich nach. Für mich war das absolut nicht nachvollziehbar. Wieso weinte man, wenn es laut eigener Aussage der schönste Höhepunkt überhaupt gewesen war?

Sie schmunzelte. „Hast du so was noch nie gehabt?“

Ich schüttelte den Kopf. Abgesehen davon, dass ich noch nie beim Sex einen Orgasmus gehabt hatte, war das, was eben passiert war, für mich völliges Neuland.

„Wenn eine Frau beim Orgasmus weint oder einen Lachanfall bekommt, hast du alles richtig gemacht. Mein Körper wurde regelrecht von Glückshormonen geflutet und deshalb habe ich geweint. Man kann so was nicht kontrollieren. Du bist ein Naturtalent“, lächelte Alice und streichelte mich.

Ich schloss die Augen. „Alles in Ordnung? Hat es dir etwa nicht gefallen?“, hörte ich sie betrübt fragen.

Mich plagten Gewissensbisse. War es richtig gewesen, mit ihr zu schlafen, obwohl wir erst einige Tage zusammen waren?

„Wir wollten eigentlich noch etwas damit warten und dann ist es einfach passiert. Es hat mir sehr gefallen, keine Frage. Ich hätte es nur gerne etwas romantischer gehabt."

Alice küsste meine Nase. „Noch war ich nicht mit meinem Kopf zwischen deinen Beinen. Ich verspreche dir, dass es romantisch wird."

Ich öffnete die Augen. „Ich hoffe, dass ich nicht sexsüchtig werde", lachte ich.

„Das kann durchaus passieren", erwiderte Alice keck und deckte uns zu.

Ich war neugierig, wie es wohl sein würde. Alice nannte mich ein Naturtalent und ich war schon irgendwie stolz auf mich. Es war schließlich das erste Mal gewesen, dass ich eine Frau befriedigt hatte, und diese war auch nicht irgendeine dahergelaufene, sondern diejenige, die ich liebte.

Sie schob ihr Bein zwischen meine und schlief ein. Ich kraulte ihren Kopf und atmete den Duft meines Shampoos ein. Ich schloss die Augen. Mein Rücken tat weh und fühlte sich zerkratzt an. Ich hoffte, dass keine Spuren zurückbleiben würden.

Kapitel 19

Ich schob den überfüllten Einkaufskorb vor mir her und versuchte, mit Alice, Martin und Mutti Schritt zu halten. Ich wusste schon, wieso ich Shoppen hasste. Mutti und Alice schienen den Spaß ihres Lebens zu haben und Martin war einfach nur glücklich, dass seine Geliebte glücklich war. Er grinste vor sich hin und versuchte, den beiden Damen unterstützend zur Seite zu stehen.

„Diese Vase würde doch im Flur toll aussehen", sagte er und zeigte auf ein knallrotes Exemplar aus Mangoholz.

Mutti und Alice beäugten die Vase skeptisch.

„Mir gefällt die auch, aber ich bin sowieso außen vor. Ihr beide seid darin besser als ich", merkte ich an und stützte mich auf dem Griff des Einkaufswagens ab.

Alice warf mir einen genervten Blick zu. „Ich sage dir das jetzt zum letzten Mal: Du darfst genauso mitentscheiden. Wenn du deinen Schnabel aber nicht aufbekommst, dann musst du damit leben", maulte sie mich an und ging weiter.

„Es ist deine Wohnung", rief ich ihr nach, aber sie wollte mich nicht hören. Ich hätte ebenso gut in eines der vielen Kissen schreien können, die im Korb lagen. Sie konnte manchmal ein richtiges Biest sein und ihren Dickkopf durchsetzen, dass ich dann einfach bloß sprachlos dastand. Man bekam mich eigentlich nur selten mundtot. Doch Alice hatte es in einer Stunde bereits zweimal geschafft. Ich nahm das Eulenkissen, das ich mir ausgesucht hatte, und spielte damit herum. „Du verstehst mich doch, oder?", raunte ich ihm zu.

Alice kam zu mir und legte ein paar Aufbewahrungsboxen in den Korb. „Ich wollte dich nicht so angehen, Liebling. Es tut mir leid, ich war unfair zu dir", sagte sie bedauernd.

Ich sah sie nachdenklich an. „Schon okay. Vielleicht habe ich es ja verdient. Ich mag solche Einkaufstouren nicht wirklich. Für mich ist das Stress pur."

Sie küsste meine Stirn und lächelte. „Wir sind fast fertig. Wie wäre es, wenn du ein paar schöne Bilder aussuchst? Du weißt ja, wie mein Wohnzimmer ungefähr aussehen soll", schlug sie vor und stupste mit dem Finger auf meine Nase.

Ich konnte ihr einfach keinen Wunsch abschlagen. Also übergab ich ihr den Wagen und ging in die nächste Abteilung, in der man von Bildern regelrecht erschlagen wurde. Ich stellte mich vor die Panoramabilder und suchte eins mit einem Strandmotiv. Zu meiner Überraschung wurde ich schnell fündig. Es schienen die Bahamas oder die Philippinen darauf zu sein. Der weiße Sandstrand und die Palmen wirkten zusammen mit dem blauen Meer sehr beruhigend. Ich stellte das Bild beiseite und suchte weiter, aber es gab keins mehr, das mir gefiel.

Ein Stück entfernt sah ich ein Motiv, welches mir sofort ins Auge stach. Ein in Nebel gehüllter Steg, auf dem mit dem Rücken zum Betrachter eine Person stand. Die Farben waren vollkommen entsättigt und das Bild wirkte – zumindest auf mich – entspannend.

„Das ist so trostlos.“ Mutti war plötzlich hinter mir aufgetaucht und betrachtete das Bild skeptisch.

„Ich finde, es symbolisiert etwas. Man weiß nie, was auf einen zukommt, und muss sich immer für neue Situationen wappnen“, erklärte Alice, die sich an mich lehnte.

„Genau das habe ich auch gedacht“, stimmte Martin ihr zu.

„Wir nehmen es mit, wenn es euch so gut gefällt“, murrte Mutti und legte das Bild in den Einkaufswagen.

„Ich habe noch eins herausgesucht“, sagte ich zu Alice und zeigte auf das Strandbild, das mutterseelenallein am Regal lehnte.

Sie sah es sich an und grinste breit. „Du Romantikerin.“

„Nur für dich“, antwortete ich und küsste sie liebevoll.

Martin schob den Wagen voran. Anscheinend hatte auch er so langsam keine Lust mehr.

Als Nächstes gelangten wir in die Kerzenabteilung und Alice flitzte zwischen den Regalen entlang. Duftkerzen, Stabkerzen, Stumpfkerzen, Teelichter ... Sie kam vollbepackt wieder und legte ihre Ausbeute behutsam in den Wagen, um anschließend nach den passenden Kerzenständern zu schauen.

Ich schlenderte zu den Laternen und nahm eine große und drei kleine mit. „Die sind für den Balkon“, rechtfertigte ich mich bei Mutti, die mich entsetzt ansah.

„Den habe ich ja total vergessen! Alice, wir müssen noch mal zurück und nach Balkonmöbeln schauen. Martin, komm mit.“ Mutti ging schnellen Schrittes voran, die anderen beiden hatten Probleme, ihr hinterherzukommen. Ich trottete gemächlich hinterdrein und summte vor mich hin.

Als wir bei den Balkonmöbeln ankamen, entdeckte ich ein paar Strandstühle, die bunt gemustert waren. Ich ließ mich in einen hineinfallen und wenig später nahm Alice neben mir Platz.

„Dein Balkon ist nach Süden ausgerichtet, oder?“, fragte ich sie.

„Ich glaube ja, eher Südwesten würde ich sagen“, antwortete sie. „Ich weiß, worauf du hinauswillst. Man könnte die auch mitnehmen zum Strand und ich finde sie echt schön. Senta?“, rief sie und Mutti stürmte heran.

Sie betrachtete uns in den bequemen Sitzgelegenheiten und nickte schließlich. „Die sind super, jetzt brauchen wir noch einen niedrigen Tisch dazu.“ Ich zeigte sofort auf den Tisch neben mir, der den gleichen Farbton hatte wie die Stühle. „Perfekt. Dann sollten wir alles haben.“ Mutti zog einen Zettel aus der Hosentasche und ging die Liste durch. Sie war wie immer sehr organisiert.

Martin verstaute die Stühle und den Tisch auf der Ablage des Einkaufswagens und wir gingen zur Kasse.

Dort zückte Alice ihr Portemonnaie, doch Mutti war schneller und legte ihre Kreditkarte auf den Tisch. „Senta, ich will nicht, dass du mir alles bezahlst. Wir hatten abgemacht, dass wir uns diesmal die Kosten teilen.“

„Du musst noch Essen und Getränke einkaufen, Liebes. Das kannst du bezahlen.“

Seufzend steckte Alice das Portemonnaie weg und fing an, die bereits abkassierten Waren in große Tüten zu packen. Martin und ich halfen ihr und wir verließen den Laden mit fünf vollkommen überfüllten Taschen. Mein Plan, mit zwei Autos zu fahren, ging auf.

„Super, wie du mitdenkst, Sarah, ein Auto hätte nie im Leben gereicht“, lobte mich Martin, als er die letzte Tüte und die restlichen Errungenschaften in den Audi lud.

Wir fuhren los und Alice drehte die Musik auf. Ich konnte ihren Gesichtsausdruck nicht einordnen, also drehte ich die Musik leiser und fragte: „Was ist los?“

„Deine Mutter hat mir die komplette Wohnung bezahlt und ich habe unglaubliche Gewissensbisse. Ich weiß absolut nicht, wie ich das wiedergutmachen soll. Sie hat ein Vermögen ausgegeben.“

„Es sind Geschenke und die sind, buchhalterisch ausgedrückt, ein gutgläubiger Erwerb.“

„Super, Schatz, nun bin ich total beruhigt“, antwortete Alice sarkastisch. „Ich muss mir etwas überlegen, um mich irgendwie erkenntlich zu zeigen.“ Die Ampel vor uns sprang auf Gelb, Alice trat aufs Gas und schnitt die Kurve.

Ich sah sie entsetzt an. „Du bist wahnsinnig! Bitte, fahr vorsichtig, Engel, ich will noch mein ganzes Leben was von dir haben“, schnaufte ich und sie legte die Hand auf meinen Oberschenkel.

„Tut mir leid. Ich möchte nicht, dass du böse auf mich bist, Liebling. Ich fahre jetzt vorschriftsmäßig, einverstanden?", entschuldigte sie sich und reduzierte das Tempo.

Wenig später kamen wir bei Alice' Wohnung an. Wir räumten alle Sachen nach oben und verstauten diese im Wohnzimmer. Alice und ich gingen zum nächsten Supermarkt zwei Straßen weiter und kamen mit drei vollen Tüten und zwei Sixpacks an Getränken wieder bei ihr an.

„Das nächste Mal, wenn wir so viel einkaufen, nehmen wir das Auto", japste sie und ließ sich aufs Sofa fallen.

Mutti hatte bereits die Kaffeemaschine aufgebaut und in Betrieb genommen. Sie goss in die neu gekauften Tassen Kaffee ein, während Alice die Einkäufe im Kühlschrank verstaute. Wir ließen uns im Wohnzimmer nieder und Mutti plante schon wieder die Dekoration mit Alice. Sie ergänzten sich super.

Martin und ich fingen ein Gespräch über ferne Länder an, die wir gerne bereisen wollten.

„Indien ist kulturell sehr schön, nur wirtschaftlich nicht stark", meinte er.

„Da hast du recht. Ich würde so gerne mal den Taj Mahal sehen", träumte ich.

Wir unterhielten uns außerdem über Schweden, Spanien und Chile, alles Länder, in denen ich gerne mal ein paar Wochen leben würde.

Irgendwann begannen Alice und Mutti, die Tüten auszupacken und das Geschirr, die Töpfe, Pfannen und andere Sachen in der Küche einzuräumen. Immer noch über meine Reisewünsche sprechend, nahm ich die Balkonmöbel und baute sie zusammen.

„Warte, ich helfe dir." Martin stellte seine leere Tasse ab und trug mit mir die Stühle und den Tisch auf den Balkon. Ich holte noch die Laternen und die passenden Kerzen und stellte sie dazu. „Du hast ein Händchen für so was, oder?", fragte Martin und sah mich an.

Ich erklärte ihm, dass ich für Alice alles tun würde, damit es ihr gut ginge.

„Tja, so geht es mir auch mit deiner Mutter, ich liebe sie sehr. Momentan ist sie aber sehr aufgeregt, weil sich ja einiges in kurzer Zeit geändert hat. Sie freut sich sehr, dass du so glücklich bist und eine tolle Frau gefunden hast." Er wirkte etwas scheu.

Entschlossen holte ich zwei Biere aus dem Kühlschrank und öffnete diese. „Hier, setz dich. Du bist so verkrampft, das merkt man total. Sei ein bisschen lockerer, ich bin nicht das Problem. Marco ist die größere Herausforderung", merkte ich an und prostete ihm zu.

„Senta meinte schon, dass er Angst hätte, ich könnte ihm seinen Platz als Mann im Haus streitig machen", erklärte er und nahm dankend das Bier an.

„Er kann ein richtiges Arschloch sein, ich habe miterlebt, dass er schon einige Männer rausgeekelt hat. Bleib stark, du scheinst ja ganz in Ordnung zu sein. Mein Segen hast du jedenfalls“, grinste ich und nahm einen großzügigen Schluck aus meiner Flasche.

„Das ist schön zu hören, danke, Sarah.“ Er lächelte ein wenig und streckte sich in seinem Stuhl. „Die sind echt gemütlich.“

„Ich habe ja auch Geschmack“, gab ich frech zurück.

„Ich war mal in Afrika und da hatten sie ähnliche Stühle aus Holz mit kleinen eingeschnitzten Gesichtern und Masken. Das sah echt cool aus.“

„Du warst schon einmal in Afrika? Erzähl, wie war es dort?“, forderte ich ihn auf und Martin fing an zu lachen.

„Es war verdammt heiß und die Leute sind total entspannt. Ich war nur zwei Wochen dort, aber es waren die schönsten, die ich bisher erleben durfte. Ich habe Elefanten gesehen und Löwen. Die Natur ist echt beeindruckend.“

Ich staunte und hing gebannt an seinen Lippen, bis Alice zu uns kam. „Hey, ihr beide, wir haben euch schon vermisst. Könnt ihr uns mal eben zur Hand gehen?“, fragte sie und streichelte sanft meine Schultern. „Das sieht toll aus, mein Schatz“, lobte sie meine Arbeit.

Martin und ich nickten und folgten meiner Freundin in die Wohnung.

Das Wohnzimmer war ganz unter dem Motto Strand dekoriert worden. Die Steine und Muscheln, die wir letztens gesammelt hatten, waren überall auf den Möbeln verteilt. Auf dem Wohnzimmertisch ruhte eine Schale aus hellem Holz, die mit einigen Teelichtern bestückt war. Auf dem Lowboard neben dem Fernseher, den wir vor der Shoppingtour hergebracht hatten, stand das Bild von Alice und mir. Die Vitrine hatte nun eine indirekte weiße Beleuchtung und war dezent mit Sekt- und Weingläsern bestückt. Das Sideboard, das ich im Schweiße meines Angesichts stundenlang aufgebaut hatte, erstrahlte ebenfalls im Schein einer indirekten Lichtquelle und ein kleiner Buddha saß in der Mitte. Um ihn herum waren Muscheln, Steine und zwei schmale, zylinderförmige Vasen mit Kunstblumen drapiert worden.

„Die werden bestimmt irgendwann gegen richtige ausgetauscht, oder?“, fragte ich Alice, die mir zunickte.

Hinter dem Buddha stand eine bauchige, kleine Flasche, aus der drei dünne Stäbchen herausschauten. Als ich das Konstrukt näher betrachtete, stieg mir ein sanfter Duft von Kokos in die Nase. Ich begriff erst in dem Moment, dass in der Flasche ein Duftöl war, und musste über mich selbst lachen.

Wir gingen ins Bad, wo Mutti den neuen, steinfarbenen Seifenspender befüllte. Überall waren Bambuselemente zu sehen. Man hatte das Gefühl, dass gleich Pandas um die Ecke kommen würden.

Alice nahm meine Hand und öffnete die Schlafzimmertür. Auf der Kommode standen weiße Kerzen, die von künstlichen Rosenblättern umrahmt wurden. An der von mir angebrachten Gardinenstange hingen dunkelblaue Vorhänge, die mit einem hölzernen Raffhalter zusammengebunden waren.

„Wenn es dunkel ist, muss ich dir noch etwas zeigen. Bei Tageslicht sieht es nicht so gut aus“, flüsterte Alice in mein Ohr.

Auf dem Bett lagen das Schlafzeug und mein Eulenkissen. Ich merkte erst beim zweiten Hinsehen, dass die Kissen einen Mrs-Aufdruck hatten.

„Moment mal, es gibt doch eigentlich nur einen Mr- und Mrs-Aufdruck. Du hast das echt zweimal gekauft? Was machen wir denn jetzt mit den beiden Mr?“, fragte ich verdutzt. Die Frage war doch wohl mehr als gerechtfertigt, oder?

Alice lachte. „Die schenken wir Sam.“

Ich musste ebenfalls lachen. „Die Idee ist gut, das machen wir. Vielleicht findet er ja bald seinen Traummann, schließlich ist er schwer damit beschäftigt, zu suchen.“

Meine Mutter und Martin kamen herein und verabschiedeten sich. „Treibt es nicht zu bunt“, mahnte ich sie spaßeshalber und Martin wurde ganz rot. Ertappt.

„Danke für das Bier“, murmelte er. „Wir sehen uns.“

Kaum war die Tür ins Schloss gefallen, schubste mich Alice aufs Bett. „Ich war den ganzen Tag nicht richtig für dich da und ich möchte mich revanchieren.“ Sie schob mein T-Shirt hoch und küsste meinen Bauch.

„Du wolltest ja auch deine Wohnung fertig haben. Da kann ich so was gut wegstecken.“

„Pscht! Du sollst es genießen. Schließe deine Augen.“

Ich seufzte und schloss meine Augen. Sie küsste sanft meine Hüfte und ich spürte wieder dieses Kribbeln im Bauch. Alice bahnte sich einen Weg zu meinen Brüsten hoch und hauchte mir sanfte Küsse auf die Haut. Bis mein Magen knurrte und die gesamte Romantik zerstörte. Super Timing.

Alice ließ sich neben mich aufs Bett fallen und sah mich an. „Wollen wir etwas essen? Du scheinst Hunger zu haben.“

Ich sah mich um und fand auf meinem Nachtschrank eine Uhr. Es war sechs. „Warum eigentlich nicht? Wir könnten auf dem Balkon essen, es ist noch so schön draußen“, schlug ich vor.

Alice rollte sich auf mich und verwöhnte mich mit liebevollen Küssen. „Du schmeckst nach Bier“, beschwerte sie sich und rutschte von mir herunter.

Ich stand auf und zog meine Liebste zu mir hoch. Ich streichelte ihre Wange bis zum Schlüsselbein hinunter. Alice beobachtete mich und ich konnte in ihren Blicken sehen, dass sie mehr wollte.

„Lass uns essen“, sagte ich, nahm ihre Hand und zog sie in die Küche.

„Hol bitte den Fisch aus dem Kühlschrank und stell einen Topf Wasser auf den Herd“, befahl mir Alice.

„Ja, Chefin.“

Ich legte den Fisch auf einen Teller, suchte nach den Töpfen und befüllte einen davon mit Wasser. Wir kochten zusammen ein leckeres Abendessen mit Fisch, gedünstetem Gemüse und Reis und setzten uns damit auf den Balkon. Die Luft war herrlich klar und die Sonne schien.

„Bier?“, fragte ich Alice.

„Oh ja, bitte. Das haben wir uns heute verdient, obwohl du ja schon eins hattest.“

Ich holte zwei Flaschen und stellte sie auf den kleinen Tisch.

„Auf uns, mein Liebling“, sagte Alice und stieß mit mir an.

Wir aßen schweigend unser Mahl und ich war begeistert, wie gut es schmeckte. „Engel, hast du bei deinen Eltern oft gekocht? Es schmeckt einfach superlecker.“

Alice grinste mich an. „Meine Mutter und ich haben gern zusammen gekocht. Sie hat aus den einfachsten Sachen ein Festmahl gezaubert“, erzählte sie und nahm einen Schluck Bier.

„Meine Kochkünste sind so lala. Ich bin nicht so gut darin. Selbst wenn ich nach einem Rezept koche, geht irgendwas schief.“

„Ich kann es dir beibringen, wenn du magst. Darf ich dich was anderes fragen?“ Alice sah mich mit ernstem Blick an und beugte sich zu mir. Verunsichert nippte ich an meinem Bier. „Willst du heute Nacht hierbleiben? Ich würde mich sehr freuen, die erste Nacht im neuen Bett mit dir zu verbringen.“

Mir fiel ein Stein vom Herzen. „So wie du mich angesehen hast, hatte ich schon Angst, dass du eine Hiobsbotschaft für mich hättest. Natürlich würde ich sehr gern bei dir übernachten.“

Alice strahlte über das ganze Gesicht und prostete mir zu. Ich grinste verträumt in den Sonnenuntergang, während ich mein Bier trank.

Alice räumte ihre neuen Klamotten in den Kleiderschrank und verschwand kurz ins Wohnzimmer. Als sie wiederkam, klebte sie etwas ans oberste Fach des Schrankes. Sarah stand nun dort.

„Womit habe ich dich nur verdient, mein Engel? Danke. Das ist wirklich sehr niedlich von dir“, strahlte ich Alice an, die meine Wange küsste. Ich zog die Vorhänge zu und Alice zündete die Kerzen an.

„Jetzt kann ich es dir ja endlich zeigen“, sagte sie plötzlich, ging zum Bett und drückte auf einen kleinen schwarzen Knopf. Prompt erstrahlte das gesamte Bettgestell in einem roten Licht. „Ich kann die Farbe nach Belieben ändern, guck", erläuterte sie mir und ließ die Beleuchtung ihre Farbe wechseln.

Ich ging zu ihr, betätigte den Knopf und tauchte so das Bett in einen hellblauen Schein. „So passt es auch super zu den Vorhängen", sagte ich, doch Alice hörte mir nicht zu. Sie hatte ihr Handy in der Hand und tippte wild darauf herum. „Schreibst du deiner Mutter?", fragte ich vorsichtig nach. Sie nickte kurz. Für mich war es das Beste, sie nicht weiter darauf anzusprechen.

Ich ging ins Bad und stellte fest, dass dort zwei Zahnbürsten im Becher ruhten. Auf einer stand in fein säuberlicher Handschrift: Sarah. Ich grinste und putzte mir die Zähne.

Irgendwann kam Alice ins Bad und zog sich aus. Am Waschbecken angelehnt, beobachtete ich sie. Sie stieg in die Wanne und duschte sich.

„Du weißt schon, dass die Zahnbürste zum Zähneputzen da ist und nicht nur, um sie im Mund zu behalten, oder?", erinnerte sie mich nach einigen Minuten, in denen ich ihr aufmerksam zugesehen hatte, wie sie sich einseifte.

Ich nahm die Zahnbürste aus dem Mund, spülte sie aus und fing an, mich auszuziehen. Kurz danach standen wir beide unter der Dusche und seiften uns ein.

„Hast du deiner Mutter erzählt, wie der Tag war?", murmelte ich, während ich ihren Rücken streichelte.

„Sie freut sich immer, wenn ich ihr schreibe. Sie vermisst mich sehr, aber sie ist glücklich, dass du und deine Mutter euch so um mich kümmert. Ich habe ihr unser Bild geschickt und sie meinte, dass ich sehr glücklich aussähe. Das bedeutet mir viel", erzählte Alice, während sie meine nassen Haare nach hinten strich. Ich nahm sie in den Arm und Alice fing an, leise zu schluchzen. „Es ist so verdammt schwer. Ich will doch nur meine Mutter wiedersehen. Sie fehlt mir so."

Ich wusste nicht, was ich sagen sollte, schließlich war ich auch noch nie in so einer Situation gewesen. „Wir finden einen Weg. Ich verspreche es dir, du wirst deine Mutter wiedersehen." Ich fing plötzlich an zu weinen, was ihr nicht entging. Warum mir jedoch Tränen über die Wangen liefen, wusste ich selbst nicht. Ich schob es einfach auf die Tatsache, dass ich es nicht mochte, wenn jemand, der mir nahestand, weinte. Wir wischten uns gegenseitig die Tränen aus den Augen. Es tat mir im Herzen weh, meine Liebste so zu sehen.

„Lass uns ins Bett. Ich brauche Schlaf und ganz viel Zuneigung", flüsterte sie mit tränenerstickter Stimme und spülte schnell die Seifenreste von unseren Körpern.

Wir legten uns ins Bett und es war ungewohnt, dass wir so viel Platz hatten. Normalerweise lagen wir recht dicht beieinander, in dieses Bett hätte ohne Probleme noch eine Person gepasst. Alice drückte sich an mich. „Ich würde sie gerne zu uns einladen, aber ich weiß, dass mein Vater mitkäme."

„Ich werde auf dich aufpassen, und wenn er meint, er müsste dich fertigmachen, werde ich ihm zeigen, wo der Frosch die Locken hat."

„Ich glaube, er hätte keine Hemmungen davor, dich zu schlagen, wenn er sich provoziert fühlt, und das will ich nicht. Es ist einfach eine beschissene Lage, in der ich mich befinde." Alice legte ihren Arm um mich und streichelte meinen Rücken.

„Selbst wenn er meint, er müsste mich schlagen, ist es mir egal. Er kann mich krankenhausreif prügeln, ich werde dich trotzdem lieben und du wirst immer noch lesbisch sein."

Alice sah mich traurig an. Ihre Augen waren vom Weinen geschwollen und rot. „Sag so was nicht. Ich will nicht, dass dir jemand wehtut."

Ich küsste ihre Stirn. „Ich mach dir einen Tee. Den kannst du jetzt gut gebrauchen", flüsterte ich und ging in die Küche. Ich nahm eine Tasse und setzte Wasser auf. Ich wusste, dass ich beim Einkaufen Kamillentee eingepackt hatte. Eigentlich half der angeblich nur bei Magenbeschwerden, aber er hatte mich schon öfter in einigen schwierigen Lagen beruhigen können. Vorsichtig brachte ich Alice den Tee und stellte ihn auf ihren Nachtschrank.

„Danke, Schatz."

„Trink, solange er noch heiß ist", forderte ich sie auf und legte mich wieder ins Bett. Ich machte mir Sorgen um sie, ich konnte schließlich nicht mit einem Fingerschnippen ihre Mutter herbeizaubern. Für mich war es deprimierend, dass ich in dieser Situation nichts machen konnte. Alice sollte glücklich sein.

Sie trank einen kleinen Schluck und drehte sich zu mir.

„Schlafen wir morgen aus?", wollte ich wissen.

„Liebend gerne. Die Woche war echt anstrengend."

Mein Handy klingelte in der Hosentasche und ich stand auf, um nachzusehen, wer mir schrieb. Natürlich war es Mutti.

Hey, ihr beide, wollt ihr morgen zum Frühstück vorbeikommen? Es ist so ruhig hier, ich bin es gar nicht gewohnt.

„Mutti fragt, ob wir morgen bei ihr frühstücken wollen", berichtete ich Alice.

„Auch wenn es total süß ist, ich bin fürs Ausschlafen", gestand sie ehrlich.

Ich nickte und tippte eine Antwort.

Hey, danke für die Einladung, aber Alice möchte morgen ausschlafen. Sie ist geschafft von der Woche. Sei uns nicht böse und schlaf schön. Ist ja auch schön, wenn mal alles ruhig ist.

„Sie ist es wohl nicht gewohnt, alleine zu sein, oder?“, fragte Alice.

„Nein, sie ist viel unter Menschen, außerdem war ich immer da. Sie wird sich dran gewöhnen, dass ich nicht immer zu Hause schlafen werde.“ Ich legte mein Handy auf meinen Nachtschrank und kuschelte mich an meine Liebste, die ihren Tee inzwischen geleert hatte.

Ich küsste ihren Rücken, als Alice aufstand, um die Kerzen auszublasen. „Jetzt können wir schlafen“, lächelte sie und kuschelte sich wieder an mich.

„Schlaf gut und denk dran: Das, was du heute Nacht träumst, geht in Erfüllung.“

„Ist das nicht so, wenn man die erste Nacht in einer neuen Wohnung schläft?“, entgegnete Alice mit hochgezogener Augenbraue.

„Na ja, auf einem Haufen Kissen zu schlafen, ist für mich kein Schlafen, sondern Ruhen“, grinste ich und sie biss mir in meine Brustwarze.

„Die Zeit war echt schlimm. Das Bett ist wahnsinnig gemütlich“, seufzte Alice, während sie eine gute Liegeposition suchte.

„Irgendwann beißt du noch so fest, dass mein Nippel abfällt“, brummte ich und schloss die Augen. Alice küsste mich sanft und wir schliefen ein.

Kapitel 20

Ich war vor Alice wach und bereitete das Frühstück zu. Leise spielte das Radio, als ihr Telefon klingelte. Neugierig sah ich nach, wer anrief. Es war ihre Mutter.

Ich ging dran. „Hallo, hier ist Sarah.“ Es herrschte kurz Stille.

„Hallo Sarah, ist Alice zu sprechen?“, ertönte eine sanfte, ruhige Stimme.

„Die schläft noch, kann ich ihr etwas ausrichten?“

„Sag ihr bitte, dass sie mich dringend zurückrufen soll. Es ist wichtig.“ Sie legte auf und ließ mich verwirrt zurück. Dieses Gespräch war schon seltsam gewesen, aber ich konnte verstehen, dass Alice' Mutter mir nicht gleich ihr Herz ausschüttete.

„Wer war das?“, fragte Alice.

Kurz zuckte ich zusammen. Ich hatte nicht bemerkt, dass sie aufgewacht war. „Deine Mutter. Ich wollte dich nicht extra wecken, du solltest ausschlafen.“

Sie nahm ihr Telefon und wählte umgehend die Nummer ihrer Mutter. „Hey, ich bin gerade wach geworden, was ist los?“ Ihr ganzer Körper wirkte angespannt.

Ich ging höflich aus dem Raum und deckte den Wohnzimmertisch. Dann nahm ich mein Handy und rief Maria, die Friseurin meines Vertrauens, an.

„Hey, Sarah, schön, mal wieder von dir zu hören. Ich bin morgen im Salon bis 18 Uhr, du kannst gerne vorbeikommen.“

„Ich bringe noch jemanden mit. Meine Freundin will sich ein paar Strähnchen machen lassen.“

„Deine Freundin? Du musst mir morgen alles erzählen, ich bin gerade leider unterwegs.“

„Klar, kann ich machen. Bis morgen.“

Aus dem Augenwinkel nahm ich wahr, dass Alice ins Badezimmer huschte. Sie machte sich dort fertig und ließ sich anschließend aufs Sofa fallen.

„Wir haben morgen einen Friseurtermin“, erzählte ich und schmierte mir ein Brot.

„Okay.“

Skeptisch sah ich sie an. „Ist alles in Ordnung?“

Alice kämpfte mit den Tränen. „Meine Mutter will sich von meinem Vater scheiden lassen. Sie hat mir erzählt, dass er sie schlägt, sie will dort einfach nur noch weg“, antwortete sie mir mit zitternder Stimme.

„Scheiße. Wir müssen sie herholen.“

„Sie kann schlecht zu mir ziehen, dafür ist die Wohnung zu klein.“ Alice barg das Gesicht in ihren Händen und atmete tief durch.

„Wir könnten ihr eine kleine Wohnung in der Nähe suchen und einen Anwalt konsultieren. Wir können sie doch jetzt nicht alleine lassen“, warf ich ein. Mein Kopf ratterte alle Möglichkeiten durch.

„Sarah, bitte. Ich will nicht, dass du das machst.“

„Engel, ich will dir und deiner Mutter helfen. Sie macht bestimmt gerade die Hölle durch. Wir müssen etwas unternehmen.“

Alice lehnte sich an mich und nahm meine Hand. „Ich kann es dir anscheinend nicht ausreden. Welchen Plan hast du?“, flüsterte sie leise und biss von meiner Stulle ab.

„Ich habe überlegt, erst mal zum Übergang ein Hotelzimmer zu buchen. So lange kann deine Mutter zur Ruhe kommen und sich hier einleben. Meine Mutter kennt bestimmt jemanden, der ihr schnell eine schöne und günstige Wohnung besorgen kann.“

Langsam trank sie ihren Kaffee und grübelte. „Ein Hotel wäre zu teuer, das können wir beide uns nicht leisten und ich will auch nicht, dass Senta alles bezahlt. Sie müsste dann eben doch erst mal hier auf dem Sofa schlafen. Oder ich überlasse ihr meine Wohnung und wir gehen wieder zu deiner Mutter.“

„Das wäre meine Alternative gewesen. Nun ist die Frage, wie wir deine Mutter hierher bekommen.“

„Sie mit dem Auto zu holen, wäre zwar möglich, würde aber meinen finanziellen Rahmen sprengen. Bis zu meinen Eltern sind es 800 Kilometer und zurück müssen wir ja auch.“

„Wir haben hier in der Nähe einen Flughafen“, schlug ich vor.

„Das wäre eine gute Möglichkeit. Sie meinte, dass Vater nächste Woche zu einer Konferenz müsste. In der Zeit könnten wir sie herholen.“

Ich schrieb meiner Mutter eine SMS, dass wir am Nachmittag vorbeikämen, um etwas zu besprechen. Prompt erhielt ich eine Antwort.

Hey, ich bin gespannt, was los ist. Marco und Martin verstehen sich übrigens prächtig, die sitzen seit Stunden vor der Konsole und spielen.

Ich zeigte Alice die Nachricht und sie lächelte. „Das freut mich sehr für Senta.“

Ich trank meinen bereits kalten Kaffee und Alice tippte auf ihrem Handy herum. „Habe ich dir eigentlich mal ein Bild meiner Mutter gezeigt?", fragte sie schließlich.

Ich schüttelte den Kopf und sie reichte mir ihr Handy. Alice sah ihrer Mutter sehr ähnlich. Diese hatte ebenfalls lange blonde Haare, die sie auf dem Bild zu einem Dutt gebunden hatte. Ihre grünen Augen lächelten mir liebevoll entgegen. Sie trug eine helle Bluse mit filigranen Stickereien, die ihr gut stand.

„Jetzt weiß ich wenigstens, von wem du diese wunderschönen Augen hast", stellte ich fest und gab ihr das Handy zurück.

„Leider habe ich kein Bild von meinem Vater, aber den findest du im Internet. Such mal bitte *Josef Henndriks, katholische Gemeinde Rosenheim*, und du wirst ihn hundertprozentig finden."

Ich öffnete den Browser auf meinem Handy und gab die Suchbegriffe ein. Sofort erschien ein stämmiger, groß gewachsener Mann mit kurzen grauen Haaren und Schnauzbart auf dem Bildschirm. Er trug eine religiöse Kutte, die ihn noch dominanter als ohnehin schon wirken ließ. Sein kühler Blick war bohrend und man konnte die herrische Art, die er ausstrahlte, beinahe körperlich spüren. Mit dem war nicht gut Kirschen essen, das war mir klar, ohne ihn persönlich zu kennen.

„Also, bei dem wollte ich nicht meine Beichte ablegen", sagte ich leicht angewidert.

„Er ist innerhalb der Gemeinde ein hohes Tier und wird von allen respektiert", erklärte mir Alice und berichtete von Aktionen, die er durchgeführt hatte, wie zum Beispiel Demonstrationen gegen Abtreibung und die Verteufelung von Homosexuellen.

Meine Kehle schnürte sich zu. Kein Wunder, dass Alice so dankbar war, weil meine Familie sie akzeptierte.

Wir überlegten und diskutierten noch eine Weile, wie wir Alice' Mutter Thea helfen konnten. Sie erzählte mir, dass sie körperlich fit war und gerne wanderte.

„Mal eine andere Frage, ich weiß gar nicht, wann du Geburtstag hast, Engelchen", platzte es aus mir heraus.

Alice zog eine Augenbraue hoch. Ich hatte wohl vergessen, ihr zu sagen, dass ich super darin war, Themen vollkommen zusammenhangslos zu wechseln.

„Wie kommst du denn jetzt darauf?", sagte sie denn auch prompt.

„Weiß nicht, ist mir eben so eingefallen", rechtfertigte ich mich und zuckte mit den Schultern.

Sie legte sich auf meinen Schoß. „Ich habe am Mittwoch Geburtstag."

Meine Kinnlade fiel herunter. Verdammt, das hieß, ich hatte drei Tage

Zeit, um ein Geschenk für sie zu finden. Grübelnd strich ich über ihr Haar und nahm mein Handy. „Scheiße, es ist schon drei, wir wollten doch zu meiner Mutter. Komm, wir müssen uns fertig machen."

Alice ging ins Schlafzimmer und zog sich an, während ich auf meinem Handy nach einem Geschenk suchte. Ich hatte schon eine grobe Vorstellung und suchte gezielt nach einer Kette. Ich fand eine silberne mit einem kleinen, schlichten Engel als Anhänger, die mir sehr gefiel. Ich bestellte sie direkt und wählte die Expresslieferung.

„Können wir?" Alice stand im Türrahmen, bekleidet mit Jeans und einem engen Oberteil.

„Ja, ich bin fertig."

Sie grinste mich an. „Du hast eben ein Geschenk für mich gesucht, kann das sein?"

Ich wurde rot und sah zu Boden, bis Alice auf mich zukam und mir einen Kuss gab. War es etwa so offensichtlich gewesen?

„Das schönste Geschenk, das ich überhaupt bekommen könnte, steht bereits vor mir. Mehr will ich gar nicht." Wir sahen uns an und plötzlich war ich mir gar nicht mehr so sicher, ob die Kette das richtige Geschenk war.

„Wir müssen los", wich ich aus.

Ein paar Minuten später standen wir in der Küche meiner Mutter. Martin begrüßte uns kurz und selbst Marco sagte Hallo. Die beiden waren wohl tatsächlich ein Herz und eine Seele.

Mutti machte uns einen Kaffee und bat uns ins Wohnzimmer. Ich schmiss mich in meine Lieblingsecke und machte es mir bequem. Alice setzte sich zu mir.

„Also, was habt ihr auf dem Herzen?", fragte Mutti, als sie das Wohnzimmer betrat.

Ich setzte mich ordentlich hin und nahm einen Schluck Kaffee. „Möchtest du es ihr erklären oder ist es dir lieber, wenn ich das mache?", wollte ich von Alice wissen. Ich war mir nicht sicher, ob sie emotional dazu in der Lage war, die Sache nahm sie sehr mit und ich wollte es ihr leichter machen.

„Ich möchte es gerne machen tun", antwortete sie und wollte gerade anfangen, Mutti von der schrecklichen Situation, in der sich ihre Mutter Thea befand, zu erzählen, als Martin hereinkam und sich dazusetzte.

Gespannt lauschten die beiden dem Bericht und Mutti musste die eine oder andere Träne verdrücken. Ich hielt während des Gesprächs Alice' Hand, weil ich spürte, dass es ihr Sicherheit gab. Eine Sicherheit, die sie gerade dringend brauchte. Sie weinte nicht und wirkte – zu meiner Überraschung – sehr gefasst.

Martin hingegen musste meine Mutter, die völlig aufgelöst war, tröstend in den Arm nehmen. „Wie kann man nur so sein? Ich verstehe das einfach nicht", schluchzte sie an seiner Schulter.

„Meine Mutter war schon immer der Sündenbock für alles. Sie nahm mich immer in Schutz, selbst wenn sie nicht wusste, worum es ging. Wir müssen etwas tun. Sarah und ich haben schon überlegt, was wir machen könnten. Ich würde ihr für den Anfang meine Wohnung überlassen. Sarah und ich würden dann erst mal wieder zu dir ziehen, Senta, wenn es in Ordnung ist."

Meine Mutter schnäuzte sich die Nase und nahm Alice' Hand. „Ich habe Freunde in München. Die können deine Mutter zum Flughafen bringen. Und wir holen sie hier ab. Auf keinen Fall werden wir sie bei deinem Vater lassen."

Martin versuchte, meine Mutter zu beruhigen. „Ich kann eine günstige Wohnung hier in der Nähe finden und mit einem Freund sprechen, der Anwalt ist", brachte er sich ein.

Überwältigt von der Hilfsbereitschaft vergrub Alice ihr Gesicht an meiner Schulter und weinte bitterlich. Sanft drückte ich sie an mich. „Ich bin euch so dankbar für eure Hilfe", schluchzte sie und ich küsste ihre Stirn. In dem Moment klingelte ihr Handy und sie gab es mir. Thea rief an.

„Hallo Frau Henndriks, Sarah hier."

„Sarah, wo ist Alice?", tönte es aus dem Lautsprecher.

„Sie liegt weinend in meinen Armen. Wir holen Sie da raus", verkündete ich ihr.

Es herrschte kurz Stille, bis man ein leises Schluchzen hören konnte. „Bitte bring mich zu meiner Tochter. Ich liebe sie so, wie sie ist. Holt mich am Mittwoch ab. Alice wird dir die Adresse geben."

„Freunde meiner Mutter werden Sie abholen. Ich schreibe Ihnen eine Nachricht mit dem Kennzeichen des Autos. Sie werden dann zum Flughafen gebracht und kommen hierher", sprudelte es aus mir heraus. Mutti gestikulierte, dass ich ihr das Telefon geben sollte. „Frau Henndriks, meine Mutter möchte Sie sprechen. Ist das für Sie in Ordnung?"

„Gerne."

„Ich gebe Sie mal weiter", verabschiedete ich mich und überreichte Mutti das Telefon.

Sie redete ruhig und einfühlsam auf Thea ein und erklärte ihr die weiteren Schritte, während Alice weiterhin in meinen Arm lag und lauschte.

„Ich glaube, dass deine Mutter dein Geburtstagsgeschenk wird", flüsterte ich ihr ins Ohr und küsste ihre Haare.

Sie sah mich mit feuerroten Augen an. „Ich kann es noch gar nicht realisieren, dass ihr das für mich macht. Dass du das für mich machst."

Ich lächelte und streichelte ihren Arm. „Ich habe dir doch gesagt, ich würde alles für dich tun.“ Alice formte ihren Mund zu einem scheuen Lächeln.

Mutti telefonierte immer noch mit Thea. „Wir werden dir helfen, egal, wie viele Mühen es kostet. Ich verabschiede mich mal an dieser Stelle und gebe dir deine Tochter.“ Mutti hielt Alice das Telefon hin, die es sofort nahm.

„Hallo Mama. Es ist schön, deine Stimme zu hören.“ Sie stand auf und verließ das Wohnzimmer. Seufzend sah ich ihr nach. Das würde sehr anstrengend werden, doch ich würde es auf mich nehmen.

Meine Mutter sah mich eindringlich an. „Ich wusste, dass du stark bist, aber dass du so was planst, damit deine Freundin ihre Mutter, die Schlimmes durchmacht, sehen kann, ist ein Zeichen wahrer Stärke. Ich habe bei meiner Erziehung offenbar alles richtig gemacht. Ich bin so stolz auf dich.“ Wieder fing Mutti an zu weinen und nahm mich in den Arm.

Auch ich konnte meine Tränen nicht mehr zurückhalten. „Ich habe eben eine Mutter, die mir stets den Rücken stärkt. Ich bin so froh, dass ich euch habe.“ Dabei sah ich zu Martin und lächelte schwach.

„Hey, kein Problem. Dafür ist eine Familie da“, erwiderte er.

Marco kam ins Wohnzimmer und setzte sich zu uns. „Ich habe euch belauscht. Ich weiß zwar nicht genau, was los ist, aber ich möchte euch helfen“, murmelte er.

Ich sah meinen kleinen Bruder erstaunt an und umarmte ihn. „Ich kenne dich so gar nicht. Danke, kleines Würstchen“, lächelte ich und verwuschelte seine Haare.

Alice kehrte ins Wohnzimmer zurück und musste wohl kurz verarbeiten, dass Marco und ich uns umarmten. „Ich soll euch ihre Nummer geben, damit ihr euch absprechen könnt. Vater wird das Anwesen am Mittwoch um neun Uhr verlassen und erst am Freitag wiederkommen. Sie hat bereits mit Agnes, der Hausdame, sowie Sascha und Paul, den Gärtnern, gesprochen. Sie hat alle entlassen und sie gebeten, auf keinen der Anrufe meines Vaters zu reagieren“, informierte sie uns kurz.

„Deine Eltern haben Bedienstete?“, fragte Marco neugierig und Alice nickte.

„Sie sind so was wie meine Vertrauten gewesen. In der Schule war ich Einzelgängerin und hatte keine Freunde.“

Marco fiel die Kinnlade herunter. „Alice, ich weiß, das klingt jetzt plump, aber ich dachte eigentlich, dass du in der Schule voll beliebt warst. Ich meine, du siehst halt nicht schlecht aus.“

Alice schenkte ihm ein Lächeln. „Danke, Marco, du weißt, wie man Komplimente macht“, zwinkerte sie ihm zu.

„Ich bewundere, dass du nie dein Lächeln verlierst, Alice", warf Mutti ein, die nun wieder neben Martin saß.

Alice setzte sich zu mir und kuschelte sich an mich. „Das ist erst so, seitdem ich deine Tochter an meiner Seite habe. Sie gibt mir viel Liebe und Kraft."

Ich war gerührt. Eine kleine Liebeserklärung an mich, die ich wohl so schnell nicht vergessen würde. Ich wollte etwas Schönes erwidern, doch sie drückte mir einen Kuss auf die Lippen, der voller Zuneigung und Wärme war, sodass ich gar nicht erst zu Wort kam. Wenn sie gewusst hätte, wie viel mir das alles bedeutete.

„Wisst ihr, ich habe Lust, ein wenig Musik zu hören." Marco ging zu unserer Soundanlage und legte eine CD ein.

„Bitte keinen Hip-Hop!", flehten Alice und ich gleichzeitig, sahen uns an und lachten los.

Aus den Boxen dröhnte Daft Punk und mich hielt nichts mehr auf dem Sofa. Ich fing an, mit meinem Bruder zu pogen, was mehr oder weniger gut klappte. Kurz darauf tanzten Mutti und Martin neben mir. Alice sah dem Treiben zu und grinste von einem Ohr bis zum anderen.

„Ihr seid die verrückteste Familie, die ich jemals kennenlernen durfte", rief sie und tanzte schließlich mit uns, als wäre nie etwas passiert.

Ich stand einfach nur da und sah ihr zu. Sie wirkte gelöst und glücklich. Ich schluckte und war entgeistert. Was sie mit ihrer Hüfte anstellte, ließ meine Fantasie auf Hochtouren laufen. So was gehörte verboten.

„Kannst du bitte aufhören, mich mit deinen Blicken auszuziehen?", flüsterte sie mir lachend ins Ohr. Ich schmunzelte und fühlte mich ertappt. Ich musste dringend daran arbeiten, nicht so durchschaubar zu sein.

Mutti tippte mich an und bedeutete mir, ihr zu folgen. Wir gingen in die Küche und sie sah mich neugierig an.

„Was denn?", fragte ich ungeduldig, während Sex on Fire im Wohnzimmer lief.

„Ich wollte mit dir das Abendessen vorbereiten. Wir haben ja momentan wenig Zeit, um mal alleine zu reden."

Ich sah sie schief an, bevor ich fünf Teller aus dem Schrank holte. Irgendwie wurde ich das Gefühl nicht los, dass ihr etwas auf der Seele brannte, das sie mir unbedingt mitteilen wollte.

„Wie läuft es bei euch? Bist du glücklich?", fragte sie mich.

„Es läuft so weit gut, Alice ist sehr ruhig, aber sie kann auch stur sein. Wir kuscheln viel und gestern haben wir zusammen gekocht."

„Oh, was gab es denn Leckeres?"

„Fisch mit gedünstetem Gemüse. War echt lecker, Alice ist eine hervorragende Köchin." Ich fühlte mich ein wenig wie bei einem Kreuzverhör.

Mutti bereitete Hackfleisch vor. „Was machen wir eigentlich zum Abendessen?“, hakte ich nach.

„Burger. Schneidest du ein bisschen Salat, Zwiebeln und Tomaten in Scheiben?“

Ich seufzte, nahm die besagten Zutaten aus dem Kühlschrank und fing an, diese in Scheiben zu schneiden. Mutti legte die zurechtgeformten Frikadellen in die heiße Pfanne. Sie sollte endlich auf den Punkt kommen, ich hasste es, wenn jemand mich so auf die Folter spannte.

„Darf ich dich was fragen, Sarah?“ Mutti wirkte nervös.

„Logo.“

„Hattest du schon mit Alice ... na ja, du weißt schon.“

Ich sah sie an und brauchte einen Moment, um zu verstehen, was sie meinte. „Ach, du willst wissen, ob wir schon Sex hatten. Du bist doch sonst nicht so verkrampft“, schmunzelte ich und schnitt die Brötchen auf.

„Es ist auch für mich neu, mein Kind. Nimm ein bisschen Rücksicht auf deine Mutter“, lächelte sie.

„Um deine Frage zu beantworten: jein.“

„Wie meinst du das?“

„Na ja, ich habe sie befriedigt, aber sie mich noch nicht. Es ist halt ein erstes Mal und ich möchte, dass es wunderschön wird. Das andere erste Mal war ja bei einem Typen und es war eine absolute Katastrophe“, erzählte ich, holte den süßen Senf, Ketchup und Remoulade aus dem Kühlschrank und stellte die Sachen auf den Tisch. Das erste Mal, als ich mit einem Mann geschlafen hatte, war ein Höllenritt für mich gewesen. Er war absolut nicht einfühlsam, geschweige denn rücksichtsvoll gewesen, obwohl ich noch Jungfrau war. Ich hatte es einfach über mich ergehen lassen und gehofft, dass er schnell fertig wäre. Danach hatte ich mich nie wieder bei ihm gemeldet.

Alice kam in die Küche und strahlte übers ganze Gesicht. „Hier seid ihr, ich habe mich schon gewundert, wohin ihr verschwunden seid. Hier riecht es echt lecker.“

„Wir haben uns unterhalten“, informierte ich sie.

„Über was denn?“, fragte sie nach und naschte von den Tomaten.

Ich seufzte und Mutti antwortete ihr. „Über eure Beziehung und euer Sexleben.“

Alice verschluckte sich an der Tomate und ich musste grinsen. „Ich hoffe, du bist mir nicht böse, aber wir haben da ein sehr offenes Verhältnis“, erklärte ich verlegen.

„Alles gut“, hustete Alice und brauchte einen Augenblick, um sich zu fangen. „Deine Tochter ist ein echtes Naturtalent“, gab sie schließlich unbekümmert zum Besten.

Mutti tätschelte unbeholfen meine Schulter. *Die Information hätte sie jetzt wirklich nicht gebraucht.* „Das habe ich mir schon gedacht. Sie ist eine hoffnungslose Romantikerin."

„Das haben wir gemeinsam und ich bin froh darüber. Meine letzte Partnerin war der schlimmste Romantikmuffel überhaupt."

„Oh, solche Menschen sind der Horror. Ich hatte auch mal so einen. Hauptsache, er wurde fertig, der Rest war ihm egal", erzählte Mutti, als sie die Frikadellen umdrehte.

„Na ja, eigentlich bin ich erst so eine hoffnungslose Romantikerin, seitdem ich mit dir zusammen bin", korrigierte ich die beiden, doch für Mutti war das Thema bereits beendet.

„Könnt ihr die Jungs holen? Essen ist gleich fertig."

Ich gab Alice im Vorbeigehen einen Klaps auf den Po und konnte noch hören, wie sie leise fluchte. Die Musik war aus und ich fand Martin und Marco in dessen Zimmer beim Spielen irgendwelcher Videospiele. „He, es gibt gleich Essen. Fahrt mal noch die Runde zu Ende und kommt dann in die Küche." Beide nickten und starrten weiterhin auf den Fernseher.

Die Burger schmeckten super und Alice befand sich mal wieder im Reinstopfmodus. „Hast du mal überlegt, an einem Wettessen teilzunehmen? Du würdest locker gewinnen", schlug Marco vor und sah ungläubig zu, wie Alice den Burger verschlang.

„Ich habe mal aus Spaß an einem teilgenommen und wurde Zweite. Ich war die einzige Frau in der Runde und habe den einen oder anderen gestandenen Mann unter den Tisch gefuttert. Danach konnte ich aber keine Hotdogs mehr sehen", lachte sie und nahm einen Schluck Cola.

Entgeistert starrte ich sie an. Ich ahnte, dass sie nur schwer satt zu bekommen war, und korrigierte die Kalkulation für unsere Lebensmittelausgaben großzügig nach oben.

„Du hast einfach nur einen gesunden Hunger. Machst du Sport?", fragte Martin, der noch bei seinem ersten Burger war.

„Ich habe in Rosenheim gefochten", schmatzte sie.

Martin pfiff anerkennend. „Säbel, Degen oder Florett?", hakte er nach.

„Florett, mit dem Säbel habe ich es mal probiert, war aber absolut nicht meins, genauso wie der Degen. Ich habe auch mit dem Florett angefangen, als ich sechs Jahre alt war", erklärte Alice.

Bei so vielen Informationen wurde mir ganz schwindlig, ich hatte davon ja gar keine Ahnung gehabt. „Willst du es denn weitermachen?", wollte ich wissen, sie konnte aber nicht antworten, weil ihr Mund zu voll war. Deshalb nickte sie einfach nur.

„Es macht total Spaß und ich hoffe, dass ich einen Verein finde, der mich nimmt. Sollte eigentlich kein Problem sein, ich bin immerhin viermal süddeutsche Meisterin gewesen."

Marco fiel vor Erstaunen fast der Burger aus der Hand. „So gut bist du? Und ich Idiot lege mich mit dir an, dabei kannst du mich einfach mit dem Degen aufspießen", krächzte er.

„Wenn ich einen Verein gefunden habe, kannst du ja mitkommen, die bieten bestimmt auch Schnupperkurse an. Vielleicht gefällt es dir ja", schlug Alice vor und Marco nickte begeistert. „Hast du eigentlich mal irgendwas in Richtung Sport gemacht, Liebling?", wandte sie sich an mich und musterte mich neugierig.

„Nein, ich war gerne für mich, daher ist Mannschaftssport nicht so interessant. Ich war lieber am Strand und habe Harry Potter gelesen."

Mutti grinste. Ich ahnte, was jetzt kommen würde. Bühne frei für die Anekdoten aus meiner Kindheit.

„Sarah hat sich damals einen Zauberstab gebastelt und uns diverse Flüche um die Ohren gehauen. Deshalb fing ich an, die Bücher ebenfalls zu lesen, und habe mir auch einen gebastelt. Damit jagten wir uns gegenseitig Flüche auf den Hals."

Alice grinste mich an. „Du hast doch nicht etwa einen unverzeihlichen Fluch ausgesprochen, oder?", fragte sie mit gespieltem Entsetzen.

„Wo denkst du hin? Ich bin eine brave Hexe", gab ich zurück und nahm mir den dritten Burger.

Ich war vollgefressen und streichelte meinen Bauch. Alice saß neben mir und suchte im Internet Fechtvereine in der Region.

„Schau mal, ich habe einen gefunden", teilte sie mir mit und stopfte eine Handvoll Nüsse in ihren Mund. War sie eigentlich irgendwann auch mal satt? Wie konnte man nur so viel essen?

Kaum merklich schüttelte ich den Kopf und warf einen Blick auf ihr Handy. Der Verein war mir unbekannt, aber er war nicht weit von uns entfernt. „Dann solltest du dort mal anrufen oder vorbeigehen", schlug ich vor. Alice nickte und legte ihr Handy beiseite.

Mutti und Marco räumten indes den Geschirrspüler ein und Martin blätterte in den Werbeprospekten der Wochenendzeitung.

„Wollt ihr hier schlafen oder geht ihr nachher zu euch rüber?", fragte Mutti und schloss die Klappe des Geschirrspülers.

„Hm, weiß nicht, morgen ist ja wieder Berufsschule. Ich werde wohl hier schlafen", beschloss ich.

„Dann gehe ich schnell nach Hause und hole meine Sachen und Unterlagen für morgen“, warf Alice ein und war schon durch die Wohnungstür verschwunden.

„Martin, hast du schon mit deinem Anwaltsfreund gesprochen?“, fragte ich nach und riss ihn damit von den Prospekten los.

„Hm? Ich habe ihm geschrieben, er wird sich morgen melden, wenn er in der Kanzlei ist.“

Ich seufzte und schrieb Alice eine Nachricht.

*Pass auf dich auf. Du bist gerade erst los und ich vermisse dich ganz schrecklich. :**

Wenige Minuten später klingelte es an der Tür und ich ging zur Gegensprechanlage. „Ja?“

„Ich bin's“, schallte Alice' Stimme durch den Hörer.

Ich drückte auf den Türöffner und wenig später fanden wir beide uns in meinem Zimmer wieder. Liebevoll schlang ich meine Arme um ihre Hüften.

„Du kannst aber auch wirklich nicht die Finger von mir lassen. Wie soll das denn morgen werden?“, tadelte sie mich lächelnd.

„Mir egal, was die anderen denken, ich werde dich trotzdem küssen und berühren“, gab ich trotzig zurück.

Alice steckte ihren fein säuberlich geführten Ordner in ihre Tasche und drehte sich zu mir um. „Wir können es vielleicht ganz dezent machen, sonst fangen die Typen von letztens wieder an, dämliche Sprüche zu reißen. Darauf habe ich echt keine Lust, ich hasse es, mich verbal zu duellieren und dann zu sehen, dass mein Gegenüber unbewaffnet ist.“ Sie küsste meine Stirn und ich schloss die Augen. Ich liebte diese kleinen Liebkosungen und konnte davon einfach nicht genug bekommen.

„Duschen?“, fragte ich.

„Sehr gerne.“

Sie ging vor ins Badezimmer und ich holte uns frische Handtücher. Als ich ins Bad kam, stand sie schon unter der Dusche. Ich zog mich schnell aus, schloss die Tür ab und stieg zu ihr. Sie legte die Arme um mich und biss mir sanft in die Unterlippe.

Langsam glitten ihre Hände von meinem Hals über die Brüste runter zu meinem Bauch. Ich zog sie näher an mich und stöhnte leise. Alice krallte ihre Hände in meinen Po und ich spürte, wie ich mehr und mehr davon erregt wurde. Sie biss mir in den Hals und ich drückte sie gegen die kalten Fliesen. Sie keuchte auf und ich küsste sie sanft.

„Ich will wissen, wie es ist“, flüsterte ich.

„Wenn du es hier und jetzt erleben willst, dann soll es so sein", hauchte sie in mein Ohr und knabberte an meinem Ohrläppchen.

Ich konnte mich nicht mehr beherrschen. Stürmisch küsste ich ihre Brustwarzen und ließ meinen Zeigefinger über ihren Körper wandern. Ich wollte wissen, wo es ihr besonders gefiel. Sie stieß mich von sich und drückte mich an die gegenüberliegende Wand.

„Du stehst auf kleine Machtspielchen", flüsterte ich und ein kleines Lächeln huschte über ihre Lippen, bevor sie mit meinen Brustwarzen spielte und mich wieder mal biss. Meine Erregung stieg ins Unermessliche.

Sie ging auf die Knie und liebkoste meinen Venushügel. Ich griff ihr in die nassen Haare und drückte sie zwischen meine Beine. Ich schloss die Augen und genoss jede Berührung und jeden Kuss, den sie auf meine Haut platzierte. Sie verstand, was ich wollte, und küsste meine empfindlichste Stelle.

„Oh, mein Gott", stöhnte ich, als Alice' Zunge zwischen meinen Beinen erregende Bewegungen vollführte, die sich wahnsinnig gut anfühlten. Mein Körper kribbelte wie verrückt und ich wollte mehr davon. „Nicht aufhören", flüsterte ich und meine Atmung wurde immer schwerer.

Ich merkte, wie Alice einen Finger in mich hineingleiten ließ und kleine Kreise damit vollführte. Ich kam – laut und vielleicht ein wenig zu ungehemmt. Dann ließ ich mich an der Wand hinabgleiten.

Völlig außer Atem saß ich auf dem Boden der Dusche, meine Liebste schmiegte sich an mich und streichelte mich zärtlich. Ich legte meine Arme um sie und wollte sie nie wieder loslassen. „Wenn der Sex mit dir immer so ist wie eben, brauche ich gar keinen Sport mehr", keuchte ich atemlos.

„Du warst wundervoll. Es war mir ein Vergnügen, dich zu entjungfern", flüsterte sie und sah mich liebevoll an. In ihren Augen konnte ich ein Glänzen erkennen, das ich bisher noch nie gesehen hatte. Sie waren voller Leidenschaft und auf der Suche nach mehr von dem, was wir eben erlebt hatten.

Sie stand auf und half mir hoch. Wir seiften uns wortlos ein und schenkten uns dabei immer wieder liebevolle Küsse. Als wir fertig waren, wickelte ich mir ein Handtuch um und sah zu, wie Alice das Gleiche tat.

„Darf ich dir etwas beichten, Engel?", fragte ich verlegen. Ich spürte, wie mir die Röte ins Gesicht schoss, während Alice mich erwartungsvoll ansah. „Ich hatte noch nie einen Orgasmus beim Sex", flüsterte ich schüchtern.

Sie sah mich erschrocken an. „Ernsthaft?"

Ich schüttelte den Kopf und blickte weg. Sie nahm mein Kinn und drehte mein Gesicht so, dass ich ihr Lächeln sehen konnte.

„Ich hoffe, dass es für dich genauso schön war wie für mich. Du hast dich so fallen lassen, dass ich mit dir kam, ohne dass du etwas bei mir gemacht hast."

Ungläubig schaute ich sie an. Ich hatte nicht mal gewusst, dass so was möglich war.

Ich trocknete mich ab und Alice verstrubbelte meine Haare. „Du magst das, hm?“, grinste ich und bürstete meine Haare zurecht. Alice streckte mir die Zunge raus. „Die hat mir sehr viel Freude bereitet“, feixte ich und Alice wurde etwas rot. Süß, wie schüchtern sie sein konnte.

Ich zog mir meinen Schlafanzug über und wir gingen in mein Zimmer. Auf dem Weg begegneten wir meiner Mutter. „Das war ja eine sehr lange Dusche“, lächelte sie schelmisch, woraufhin wir wortlos weiterschlichen.

Alice schloss meine Zimmertür.

„Sie hat uns gehört. Verdammt“, entfuhr es mir. „War ich so laut?“, fragte ich ungläubig, während ich mich ins Bett legte.

Sie nickte und kam zu mir. „Ich liebe diese hemmungslose, ungezügelte Seite an dir. Genau so habe ich mir den Sex mit dir vorgestellt. Meine Erwartungen wurden aber sogar noch übertroffen, als du meinen Kopf zwischen deine Beine gedrückt hast. Du bist so wundervoll gierig“, schwärmte sie und ich schloss die Augen. Alice legte sich auf mich und ich streichelte ihren Rücken.

„Ich will mehr davon. Ich glaube, dass du mir noch viel beibringen wirst“, nuschelte ich, bevor ich entkräftet einschlief.

Kapitel 21

Ich wurde mitten in der Nacht wach, weil Alice im Schlaf laut nach ihrer Mutter rief. „Alice, wach auf!“ Ich versuchte mehrmals, sie zu wecken, bis sie endlich aufschreckte. Sie drückte sich an mich und zitterte am ganzen Leib.

„Ich habe geträumt, dass meine Mutter von meinem Vater erschossen wurde. Ich habe versucht, es zu verhindern, aber ich konnte mich nicht bewegen. Es war so schrecklich“, flüsterte sie und ich spürte ihre Tränen auf meiner Brust. Ich strich ihr über den Rücken und versuchte, sie zu beruhigen. Solche Träume wünschte man nicht mal seinem schlimmsten Feind.

„Es war nur ein böser Traum, deine Mutter ist bald bei dir und ich bin auch noch hier.“

„Ich habe Angst, dass er ihr etwas antut. Er kann so unberechenbar sein.“ Das Zittern ließ etwas nach und sie schlief wieder ein.

Ich hielt sie weiterhin fest in meinen Armen und döste weg.

Der Wecker riss mich aus dem Schlaf. Alice lag auf mir. Sie streichelte gedankenverloren meinen Arm und zuckte kurz zusammen, als ich ihn um sie legte.

„Guten Morgen, mein Engel“, sagte ich müde und gab Alice einen Kuss.

„Guten Morgen, mein Liebling. Danke, dass du mich in der Nacht getröstet hast, ich konnte danach wesentlich ruhiger schlafen“, lächelte sie.

„Solche Albträume können einen echt die ganze Nacht wachhalten. Ich hatte früher auch welche und bin dann zu meiner Mutter ins Bett gekrochen.“ Ich biss mir auf die Lippe. „Verdammt, Sarah, deine Freundin vermisst ihre Mutter und dir fällt nichts Besseres ein, als solche Geschichten zu erzählen“, brummte mein Gewissen.

„Verzeih mir, das war taktlos“, entschuldigte ich mich hastig.

Alice stand auf und wartete an der Tür auf mich. „Lass uns diesen Traum einfach vom Körper waschen.“

Wir gingen zusammen duschen und machten uns für die Berufsschule fertig. Ich betrat schon mal die Küche, wo Mutti unser Frühstück vorbereitete.

„Guten Morgen, mein Kind.“ Sie küsste meine Wange und ich grummelte ihr ebenfalls ein „Guten Morgen“ zu. „Gut geschlafen?“, erkundigte sie sich.

„Alice hatte Albträume. Ich habe dementsprechend nicht viel Schlaf gehabt. Ich hoffe, dass der Friseurbesuch sie ein wenig entspannen kann.“

„Ich weiß noch, wie du damals in mein Bett kamst, als du solche Albträume hattest. Zu der Zeit, als wir kurz vor der Insolvenz standen", erinnerte sich Mutti.

Ich nickte stumm. Diese Monate zählte ich nicht unbedingt zu den schönsten meines Lebens. „Du hast Vatis Firma übernommen und die Umsatzzahlen brachen ein. Wir haben unser schönes Strandhaus verkauft und sind dann hierhergezogen."

„Vielleicht kannst du ja jetzt verstehen, warum ich Alice alles bezahlt habe. Sie ist in einer ähnlichen Situation wie wir damals und hat es absolut verdient, dass man ihr hilft. Und wenn ich jemandem helfen kann, den ich gern habe, tue ich es auch."

Alice schlurfte bedächtig in die Küche und sah mich nachdenklich an. „Ihr standet vor der Insolvenz und helft mir deshalb?", fragte sie.

Mutti nahm sie in den Arm. „Wir haben mehr auf dem Kerbholz, als du zu glauben vermagst. Aber das erzählen wir dir ein anderes Mal. Ihr müsst bald los zur Schule."

Alice nahm sich einen Kaffee und knabberte an einem Toast. Ich ging in mein Zimmer, um meine Sachen zu packen. Als ich die Picknickdecke aus meinem Rucksack räumte, musste ich lächeln. Unser erstes Date. Ich legte sie auf meinen Schreibtisch und verstaute den Kram, den ich für die Schule brauchte, im Rucksack.

Ich hörte, wie Mutti und Alice sich in der Küche unterhielten.

„Ramón und José holen deine Mutter ab. Den beiden würde ich mein Leben anvertrauen. Du brauchst dir also keine Sorgen zu machen, du wirst am Mittwochnachmittag deine Mutter wiedersehen."

„Ich hoffe, dass alles glattgeht und sie gesund hier ankommt", seufzte Alice.

Ich schulterte meinen Rucksack und ging in die Küche. „Fahren wir mit dem Auto oder nehmen wir den Bus?", fragte ich meine Freundin, die prompt mit „Auto" antwortete.

„Pass auf, dass dir keiner eine Beule reinfährt. Der war nicht gerade günstig", ermahnte Mutti sie und wir gingen hinunter zum Auto.

Alice war betrübt und ich wusste nicht, was ich dagegen tun sollte. Ich legte meine Hand auf ihren Oberschenkel, während sie fuhr.

„Mir geht der Sex mit dir nicht mehr aus dem Kopf", gestand sie mir und griff mir in den Schritt. Überrascht stöhnte ich auf und mir wurde bewusst, dass ich den ganzen Tag auf solche Berührungen würde verzichten müssen.

„Wenn du so weitermachst, müssen wir kurz im Wald anhalten. Du machst mich irre", drohte ich.

Alice bog in die Straße zur Berufsschule ein. Sie grinste breit und bewegte ihre Hand zwischen meinen Beinen, während ich mit mir kämpfte. Um keinen Preis der Welt wollte ich das hergeben, doch so erregt, wie ich war, würde ich mich niemals auf den Unterricht konzentrieren können. Zugegeben, ich saß eigentlich sowieso nur meine Zeit ab.

„Baby, ich werde mich nicht auf den Unterricht konzentrieren können", brummte ich und Alice lachte.

„Als würdest du überhaupt aufpassen. Wir können uns ja ein wenig schreiben. Deutsch ist immer so langweilig", maulte sie und parkte rückwärts ein. Sie stellte den Motor aus und die Schülergruppe, die am Eingangstor stand, starrte ungläubig den Audi an, aus dem wir ausstiegen. Alice nahm ihre braune Ledertasche, küsste mich flüchtig und ging zum zweiten Aufgang, während ich den ersten ansteuerte.

„Hey, Sarah, warte!", rief jemand. Ich drehte mich um und sah, dass es Sam war, der mir entgegenlief. Völlig außer Atem kam er an der Tür an und musste kurz verschnaufen. „Hat deine Mutter Alice einen Firmenwagen gegeben?", fragte er verwirrt.

Ich nickte.

„Ich finde es wundervoll, wie ihr Alice unterstützt", merkte er anerkennend an.

Ich stellte fest, dass er beim Friseur gewesen war und nun einen Irokesenschnitt hatte. Seine eigentlich braunen Haare waren zwei Nuancen heller, was seine braunen Augen besser zur Geltung brachte. Sam war heute sehr elegant gekleidet.

„Sag mal, hast du noch ein Date? Du siehst so schnieke aus in deinem feinen Zwirn", stellte ich fest und zupfte seinen Hemdkragen zurecht.

„Ja, ich treffe mich heute mit Tim in der Stadt, ein bisschen bummeln und danach wollen wir schwimmen gehen." Er grinste breit und ich freute mich mit ihm. Hatten die beiden nicht schon am Freitag ein Date gehabt? Vermutlich hatten sie es verschoben, Sam war ja krank gewesen.

Gemeinsam gingen wir in unseren Raum.

Der Rechnungswesenunterricht verging mal wieder gar nicht. Ich war einfach nur genervt von den Buchungssätzen und schrieb Alice eine Nachricht.

*Hey, mein Engel, ich hoffe, der Deutschunterricht ist spannender als meiner. Ich bin am Verzweifeln mit diesem dämlichen Mist. Wäre schöner, mit dir am Strand zu liegen. Denke bitte dran, dass wir heute noch einen Friseurtermin haben. :**

Ich bekam wenig später eine Antwort.

Hey, Liebling, das habe ich fast vergessen. Ich freue mich drauf. : PS: Ist dein Keller noch feucht oder muss ich dir in der Pause wieder in den Schritt fassen? ;)*

Dieses kleine Biest provozierte mich und meine primären Geschlechtsorgane bis aufs Blut.

„Sarah, Sie schreiben doch nicht etwa in meinem Unterricht SMS, oder? Sie kennen doch die Schulordnung“, ermahnte mich Frau Miller. Sie hatte lockige, schulterlange Haare und eine eher schlaksige Statur. Sie rückte ihre Brille zurecht.

„So was würde ich niemals tun, das wissen sie doch“, gab ich grinsend zurück und die Schulklingel erlöste mich von ihr und ihren Buchungssätzen. Ihre aufgesetzte freundliche Art war abartig, sie war ein Wolf im Schafspelz.

„Bitte beendet bis morgen die Buchungen und ich sammle sie ein, um sie zu benoten“, rief sie der Klasse noch zu.

Hilflos sah ich zu Sam hinüber, der fast fertig war. „Ich habe ein Date, ich kann dir leider nicht helfen.“

Ich seufzte, packte meine Sachen zusammen und ging hinunter, wo Alice bereits mit zwei Bechern Kaffee in der Hand auf mich wartete.

„Na, hast du Rechnungswesen überlebt?“, begrüßte sie mich und reichte mir einen der Becher.

„Danke, ja, und ich habe Hausarbeiten zu machen, weil die benotet werden.“

„Ich kann dir gerne helfen, wenn du möchtest“, erbot sie sich und nahm einen Schluck aus ihrem Becher. Sie war meine Rettung, ich konnte mir keine schlechte Note mehr erlauben, sonst würde meine Mutter mir den Hals umdrehen.

Wir setzten uns auf eine Bank vor dem Gebäude und Alice überlegte, welche Farbe sie für ihre Strähnchen wählen sollte. „Rot wäre zu krass. Was hältst du von einem hellen Braunton? Ich denke, das würde gut zu mir passen“, grübelte sie.

Eine Gruppe von Jungs ging an uns vorbei und sah uns verwirrt an. „Die ist wirklich lesbisch? Die braucht doch nur einen richtigen Kerl, der sie mal hart rannimmt, obwohl ich gegen Zusehen auch nichts hätte“, verkündete einer und beäugte Alice mit gierigen Blicken.

Statt auf die Aussage einzugehen – wie ich es getan hätte –, küsste sie mich und die Meute von Langzeitpubertierenden war schlagartig still.

„Ich nehme einen Braunton, habe ich beschlossen“, sagte sie und ich zog eine Augenbraue hoch. „Was denn? Stimmt was nicht?“, fragte sie verunsichert.

„Wir wurden gerade wie Tiere im Zoo angegafft und du bleibst völlig cool. Wie machst du das? Ich würde am liebsten jedem Einzelnen von denen eins mit der Keule überbraten“, brummte ich und trank einen Schluck Kaffee.

Alice lachte und streichelte meine Wange. „Du musst viel ruhiger werden. Was interessiert mich das dämliche Gesülze von denen? Die haben halt Pech. Mir doch egal“, witzelte sie und sah den Jungs hinterher.

„Vermutlich hast du recht. Es ist halt sehr neu für mich.“

Alice nahm gerade meine Hand, als Herr Fürst vorbeikam. Seine kurzen schwarzen Haare waren etwas zerzaust und er wirkte müde, zumindest ließen seine tiefen, dunklen Augenringe darauf schließen. Er lächelte uns zu. „Oh, hallo, ihr beide, alles gut bei euch?“, begrüßte er uns und sah auf unsere ineinander verschlungenen Hände.

„Moin, Herr Fürst, mir geht es super und Ihnen?“, gab ich fröhlich zurück.

Ich merkte, dass er verwirrt war, und Alice ergriff das Wort. „Ich weiß, was Sie denken. Bitte posaunen Sie es nicht im Lehrerzimmer herum.“

Er rieb sich die Stirn und seufzte. „In Ordnung.“ Er nickte knapp und marschierte weiter in Richtung Lehrerzimmer.

„Wir sollten langsam los. Du musst jetzt auch in den ersten Aufgang, oder?“, stellte ich fest.

„Ja, ich habe Kalkulationen bis zur Mittagspause und danach noch zwei Stunden Textverarbeitung. Ich werde vor lauter Langeweile sterben“, scherzte sie und küsste mich sanft.

Wir gingen zusammen ins Gebäude und ich verabschiedete mich mit einem Kuss an der Tür zum Computerraum. „Bis später, Engel.“ Alice winkte mir nach und verschwand dann im Raum.

Ich lief die Treppe hoch und bereitete mich innerlich auf den BWL-Unterricht vor. Ich kam gerade noch rechtzeitig, bevor Herr Fürst hinter mir die Tür schloss. „Wie immer auf den letzten Drücker. Bist du im Büro auch so, Sarah?“, fragte er, während ich auf meinen Platz neben Sam rutschte.

„Für Referenzen können Sie sich vertrauensvoll an meine Mutter wenden“, gab ich zurück und grinste schief.

„Heute geht es um Prokuren. Weiß jemand, was das ist?“, fragte er in die Runde und ich meldete mich.

„Der Prokurist vertritt den Geschäftsführer und hat dabei die gleichen Rechte und Pflichten wie er. In der Abschlussfloskel steht dementsprechend ppa.“

„Ganz genau.“ Herr Fürst nickte mir anerkennend zu.

Ich nahm mein Handy und tippte eine Nachricht an Alice.

*Wollen wir nach der Schule irgendwo eine Kleinigkeit essen? :**

Die Antwort ließ nicht lange auf sich warten.

*Definiere Kleinigkeit. Du weißt, wie viel ich essen kann. :**

Ich seufzte leise und schrieb:

*Ein belegtes Brötchen oder so. Wir müssen zum Bäcker um die Ecke, der hat die besten Ciabattas der Welt. :**

Sam schielte auf mein Handy und grinste. „Ist sie so verfressen?", fragte er leise.

„Sie hat bei einem Wettessen teilgenommen und wurde Zweite, beantwortet das deine Frage?", antwortete ich und Herr Fürst räusperte sich. Wir entschuldigten uns und tuschelten kurz danach weiter.

Ich erzählte ihm von Alice' Hobbys und die Geschichte mit ihrer Mutter. Sam hing regelrecht an meinen Lippen und schenkte dem Unterricht keinerlei Beachtung.

„Scheiße, was das Mädel durchmacht, ist heftig", flüsterte er mit großen Augen.

„Ich hoffe, dass am Mittwoch alles reibungslos über die Bühne geht." Mein Handy vibrierte und ich öffnete die MMS von Alice. Ihre Zunge zwischen ihrem Zeige- und Mittelfinger. Die Zunge, die mir gestern Abend so viel Freude bereitet hatte. Bei dem Gedanken zog sich mein Unterleib zusammen. „Guck mal, was für ein Miststück sie sein kann", flüsterte ich und zeigte Sam das Bild.

Er rollte mit den Augen und schrieb das Tafelbild ab. Hastig tippte ich eine Antwort:

Der Keller ist feucht.

Dann schrieb ich ebenfalls ab, was auf dem Whiteboard stand, bis die Stunde mit dem Klingelzeichen beendet wurde. Ich stopfte meine Sachen in den Rucksack.

„Geht ihr zusammen mittagessen?", fragte Sam und tippte auf seinem Handy herum.

„Ja, wir wollen zum Bäcker, möchtest du mit?", fragte ich höflich. Eigentlich wollte ich mit Alice alleine sein, aber Sam war mein bester Freund und ich wollte ihn und unsere Freundschaft nicht vernachlässigen.

„Ich will mit Tim telefonieren. Also seid ihr zwei Turteltauben ungestört", antwortete er.

„Wir sehen uns nachher", verabschiedete ich mich und rannte die Treppen nach unten.

Alice kam gerade mit einer Klassenkameradin aus dem Raum und strahlte mich an. „Sarah, das ist Chrisy. Sie war bei deinem Vortrag dabei und hat dich sehr gefeiert, als du den Jungs eine verbale Schelle gegeben hast." Chrisy hatte kurze dunkelblonde Haare und ein Unterlippenpiercing, das ihr echt gut stand. Sie war die Person, die damals bei der Exkursion zu Alice und mir getreten war, als wir zu zweit am Ufer des Sees gesessen hatten.

Ich nickte ihr kurz zu und nahm Alice' Hand. „Du hast hoffentlich Hunger?", fragte ich sie und zog sie aus dem Gebäude.

„Liebling, du bist doch nicht etwa eifersüchtig, oder?"

„Weil sie mit dir den ganzen Tag in einem Raum ist und dich ansehen kann, während ich von dir Bilder bekomme, bei denen bestimmte Stellen meines Körpers durchdrehen? Überhaupt nicht." Meine Aussage triefte vor Sarkasmus und sie lachte.

„Ach, Schatz, du kannst so süß sein. Ich gebe heute das Mittagessen aus." Sie zog mich an sich und küsste mich liebevoll. Wir spazierten zusammen zum Bäcker und Alice schrieb ihrer Mutter eine Nachricht.

Wir nahmen jeweils ein Ciabatta mit Tomaten, Mozzarella und dem wohl besten Basilikumpesto, das ich jemals gegessen hatte. Als Alice den ersten Bissen nahm, stöhnte sie.

„Du hast recht, das ist das beste Ciabatta der Welt", schmatzte sie.

Ich grinste und wir setzten uns in die Sonne. Es war angenehm warm und ich liebte es zuzusehen, wie der Sommerwind mit Alice' Haaren spielte. In null Komma nichts hatte sie ihr Ciabatta aufgegessen, während ich gerade mal die Hälfte geschafft hatte. Gierig sah sie auf meinen Brötchenrest und ich gab ihn ihr.

„Du machst momentan keinen Sport, nicht, dass du jammerst, wenn deine Hosen nicht mehr passen", neckte ich sie.

„Haha", antwortete sie mir schmatzend.

Ich legte den Kopf in den Nacken und genoss die Sonne auf meiner Haut. Es war Ende August und bald würde der Herbst kommen, zusammen mit dem Regen und den Stürmen, die ich so mochte. Für mich war es das Schönste, am Fenster zu stehen und zuzusehen, wie die Regentropfen an die Scheibe trommelten.

Alice seufzte und legte ihren Kopf auf meine Schulter. „Jetzt bin ich zumindest ein bisschen satt", murmelte sie.

Ich schmunzelte und strich durch ihre Haare. Meine kleine Raupe Nimmersatt. „Maria wird dich noch hübscher machen, als du es schon bist. Du wirst sie mögen."

„Woher kennst du sie?", fragte Alice neugierig.

„Meine Mutter ist ihre beste Kundin. Ich war einmal mit und bin seitdem von ihr begeistert. Sie ist anders als die anderen Friseurinnen in dem Salon und das mag ich total an ihr", erzählte ich und wickelte mir eine Strähne ihrer langen Haare um den Finger.

„Ich bin gespannt." Alice legte ihre Hand auf meinen Oberschenkel und streichelte mich.

„Du machst mich irre", bekannte ich. Sie grinste und kniff mir unvermittelt in den Oberschenkel. „Aua!", schrie ich und rieb mir die Stelle. „Wenn das blau wird, leg ich dich übers Knie", drohte ich ihr.

Alice schaute auf ihr Handy und ging nicht ein bisschen auf meine Drohung ein, was mich etwas ärgerte. „Wir müssen langsam zurück, in zehn Minuten haben wir wieder Unterricht."

„Zum Glück sind es nur noch 90 Minuten", seufzte ich und stand auf. Alice nahm meine Hand und küsste sie. „Und danach kommen meine Haare ab", freute ich mich und wir schlenderten zurück zur Berufsschule.

Die Pausen waren viel zu schnell um, schneller als vorher, als ich noch nicht mit Alice zusammen gewesen war und sie immer auf den Fluren beobachtet hatte.

Sam stand am Tor und rauchte eine Zigarette. Das tat er eigentlich nur, wenn er unglaublich aufgeregt war oder zu viel Stress hatte. „Na, ihr beiden Hübschen, hat euer Mittagessen geschmeckt?", fragte er und umarmte Alice zur Begrüßung.

„Es war sehr lecker. Nächstes Mal kannst du gerne mitkommen", lächelte sie.

„Sehr gerne."

Ich rieb mir die Augen und gähnte. „Noch ein Block BWL", jammerte ich.

Sam zog an seiner Zigarette und rollte die Augen. „Nun stell dich mal nicht so an."

„Es ist aber langweilig. Textverarbeitung mit Herrn Stock ist wenigstens noch witzig. Der macht nebenbei Yoga."

Alice lachte lauthals los. „Ernsthaft? Ich hatte noch nie bei ihm Unterricht." Sam und ich nickten. „Na, das kann ja ein Spaß werden. Ich halte euch auf dem Laufenden."

Sam warf seine Zigarette weg und wir gingen gemeinsam in den ersten Aufgang. Ich küsste Alice zum Abschied und sie ging in den Computerraum.

„Hey, Sarah, warte mal." Ich drehte mich um und erblickte Chrisy, die durch den Hintereingang hereinkam. Sie lächelte mich an und kam auf mich zu. „Du brauchst keine Angst zu haben, dass ich mich an Alice ranmache, ich habe schon eine Freundin. Ich passe nur auf sie auf, die Jungs in unserer Klasse sind megascharf auf sie."

Mein Herz wurde etwas leichter und ich strich mir die Haare zurück. „Danke, das ist lieb von dir. Ich gebe dir bei nächster Gelegenheit einen Kaffee aus", erwiderte ich und ging die Treppen hoch.

Die zweite Runde BWL war zäher als Kaugummi. Ich kritzelte auf meinem Block herum und schrieb mit Alice.

Herr Stock macht echt Yoga, während wir die Schnellschreibetests machen. Ich muss mir so das Lachen verkneifen.

Frag ihn mal, ob er einen Spagat kann.

Sam wurde immer nervöser. „Was ist denn los? Holt Tim dich etwa ab?", fragte ich leise.

Er schrieb mir die Antwort auf einen Zettel.

Er holt mich ab, ja, und ich hatte schon lange kein Date mehr. Ich hoffe, es geht alles gut und die Chemie stimmt.

Ich seufzte und mein Handy vibrierte. Alice hatte mir eine MMS geschickt, und als ich das Bild sah, bekam ich einen Lachanfall.

„Sarah, geh mal fünf Minuten an die frische Luft. Du quietschst ja schon vor Lachen", sagte Herr Fürst, der gerade etwas ans Whiteboard schrieb, und ich rannte aus dem Raum.

Auf dem Bild, das Alice geschickt hatte, war Herr Stock zu sehen, der einen perfekten Spagat demonstrierte. Er war extrem schlank, ein Windhauch hätte ihn problemlos wegwehen können. Blöd nur, dass sein Hosenschlitz offen war und etwas hervorblitzte, was man eigentlich nicht sehen wollte. Ich ging nach unten und setzte mich draußen auf die Treppe. Ich atmete mehrmals durch und beruhigte mich langsam.

Herr Fürst hat mich eben rausgeschickt, damit ich wieder runterkomme. Einfach herrlich, das Bild. :D

Kurz danach stand Alice hinter mir. „Konntest du dich wieder nicht zusammenreißen?", neckte sie mich und beugte sich über mich, um mich zu küssen. Ich prustete los und brauchte ein paar Augenblicke, um mich zu fangen. „Du Spielkind", schmunzelte sie und half mir auf. Sie griff mir in den Schritt und ich konnte ein Stöhnen gerade noch unterdrücken. Verdammtes Miststück! „Geht es denn jetzt wieder oder muss ich noch mal zugreifen?", feixte sie.

Ich war total erregt, was meine Gesamtsituation also nur geringfügig verbesserte. „Danke, Engel."

„Geh wieder in den Unterricht und ich geh noch ein wenig lachen. Sei brav!" Sie kniff mir in den Po und verschwand wieder.

Langsam stieg ich die Treppen nach oben und betrat den Unterrichtsraum.

„Na, Sarah, geht es wieder?", begrüßte mich Herr Fürst.

Ich nickte ihm zu. „Danke."

„Kein Problem. Machen wir weiter mit den Vollmachten."

Ich setzte mich zu Sam, der einen knallroten Kopf hatte. „Wie kannst du dich nur so zusammenreißen? Ich habe mir fast in die Hose gemacht."

„Bei mir hat auch nicht viel gefehlt. Das Bild ist echt super."

Ich grinste den Rest des Unterrichts vor mich hin und versuchte mich auf das Thema zu konzentrieren. Alice schrieb mir während der Stunde nicht mehr. Vermutlich hatte sie Angst, dass Herr Fürst mich wieder aus dem Unterricht warf.

Wir durften fünf Minuten früher gehen und so wartete ich vor dem Computerraum auf Alice. Sam war schon vorgegangen, damit Tim ihn auch fand. Er war vollkommen von der Rolle. Als es klingelte, betrat ich den Raum und wurde von der Klasse verwirrt angesehen. Alice schnappte sich ihre Tasche und zog mich hinaus. „Schnell zum Friseur, mein Hase. Ich freue mich schon voll." Sie kramte in ihrer Tasche nach den Autoschlüsseln und öffnete den Audi. Wir setzten uns hinein und ich gab die Adresse des Friseursalons ins Navi ein. Alice fuhr los und ich konnte einen kurzen Blick auf Tim erhaschen, der neben Sam her lief. Die beiden wirkten etwas unbeholfen.

Alice grinste. „Ich bin ja gespannt, ob das Date gut verläuft und die beiden ein Paar werden. Sie sehen zumindest süß zusammen aus."

Wir erreichten den Salon und ich ging voran. Maria erwartete uns bereits. Sie war etwas größer als ich und hatte Dreadlocks, die zu einem Zopf zusammengebunden waren. Sie trug eine schwarze Brille mit großen Gläsern, die ihr gut stand, und ein Bandshirt von den Ramones. Passend dazu hatte sie eine verschlissene helle Jeans an.

„Na, ist es wieder an der Zeit?", begrüßte sie uns grinsend und umarmte mich.

„Hi Maria, ich freue mich, dich zu sehen. Darf ich vorstellen: Das ist Alice."

„Hi Alice, ich freue mich, dich kennenzulernen. Wir fangen mit dir am besten an. Strähnchen machen dauert immer etwas länger."

Sie führte Alice zu einem freien Platz, von denen gerade reichlich da waren. Der Salon war fast leer, nur eine ältere Dame ließ sich eine Dauerwelle machen und las nebenbei Zeitung. Ich nahm mir eine Zeitschrift und setzte mich auf die Bank am Fenster. Der Laden war in Rot gehalten und wirkte total gemütlich. Im Radio lief Rockmusik und ich wippte im Takt mit dem Fuß. Maria und Alice unterhielten sich und wenig später gingen beide zu den Waschbecken hinüber.

„Die Kopfmassage von Maria wirst du lieben", rief ich Alice zu und blätterte in meinem Boulevardmagazin. Klatschpresse, aber immerhin hatte ich etwas zu tun. Ich las einige Artikel, damit ich mich nicht zu sehr langweilte, und beobachtete aus den Augenwinkeln Maria und Alice. Sie schienen sich gut zu verstehen, ich konnte sehen, wie meine Liebste immer wieder lachte.

Sie gingen zurück zum Frisiertisch und Maria nahm auf ihrem Hocker Platz. Sie gab Alice ein Buch und gemeinsam schauten sie etwas nach.

„Liebling?", rief mich Alice und ich ging zu ihr. Das Buch war ein Farbkatalog. „Soll ich lieber dieses Braun nehmen oder eher das?"

Ich betrachtete die beiden Brauntöne und konnte kaum einen Unterschied feststellen. „Ich finde beide gut. Entscheide du, es sind deine Haare, nicht meine", antwortete ich.

Sie entschied sich für das dunklere Braun und ich nahm wieder auf meinem Wartestuhl Platz. Die anderen Friseurinnen wussten, dass nur Maria an meine Haare durfte, und sprachen mich gar nicht erst an. Ich las weiter mein Klatschblatt und wusste mittlerweile so ziemlich alles Neue, das es aus den Königshäusern dieser Welt zu berichten gab.

Ungeduldig wartete ich, bis Maria mich endlich rief: „Sarah, dein Auftritt!"

Ich legte die Zeitschrift weg und setzte mich auf den Stuhl neben der älteren Dame. Sie würde mich nicht hören, die Trockenhaube war laut genug.

„Du hast mich nur hierhergesetzt, damit du mich in Ruhe ausquetschen kannst", grinste ich, als Maria mir den Umhang anlegte.

„Richtig. Du hast mir ja letztes Mal schon etwas von einer Alice erzählt. Wie kam das denn zwischen euch zustande? Ich muss ja sagen, dass du echt Geschmack hast, würde ich auf Frauen stehen, hätte ich sie auch genommen." Ich erzählte ihr von unserem Date und unseren Shoppingtouren und Maria hörte mir gespannt zu, während sie meine Haare um einige Zentimeter kürzte.

„Das klingt echt wie eine Lovestory aus den Jugendzeitschriften“, lachte sie und griff zur Schermaschine. „Wieder drei Millimeter an den Seiten und hinten?“

„Wie immer halt“, feixte ich. „Kannst du mir die Haare mit Pomade nach hinten ziehen? So mag ich sie am liebsten.“

„Die sind jetzt so kurz, das sieht dann eher aus wie ein Straßenbesen, ich würde sie so zur Seite fallen lassen. Das steht dir.“ Sie zwinkerte mir zu und schüttelte meine Haare zurecht.

Weil ich bereits fertig war, ging Maria wieder zu Alice hinüber. Ihre Haare waren mit Alufolie eingewickelt und ich war gespannt, wie es aussehen würde.

„Und? Gefällt es dir?“ Ich stand mit offenem Mund vor Alice und Maria grinste vor sich hin. Die dunkelbraunen Strähnen gaben ihr mehr Frische und ich hatte mich sofort von Neuem in sie verliebt.

„Du siehst fantastisch aus, mein Engel“, stammelte ich.

„Das macht dann 80 Euro“, verlangte Maria und ich gab ihr 90. „Danke, Sarah, du bist süß. Macht euch noch einen schönen Tag.“

Wir umarmten Maria zum Abschied und fuhren anschließend zu mir nach Hause.

„Sie ist echt eine Liebe, ich mag sie gern. Und ihre Kopfmassagen sind wirklich super“, erzählte Alice, während wir an einer Ampel warteten.

„Sag ich ja. Sie ist echt die Beste.“

Alice strich mir durch die Haare und kraulte mich am Hinterkopf. Ich schmiegte mich an ihre Handfläche. „Igelchen. Ich könnte dich stundenlang kraulen, es fühlt sich schön an.“ Die Ampel schaltete auf Grün und Alice beendete ihre Zärtlichkeiten. Schmollend sah ich zu ihr hinüber. „Tut mir leid, das ist ein Schaltgetriebe und einer muss den Job ja machen“, rechtfertigte sie sich, als sie meinen Schmollmund sah.

Verteidigend hob ich die Hände. „Ich habe doch gar nichts gesagt. Du kannst ja nachher weitermachen“, schlug ich vor. Alice zwinkerte mir zu, was ich als ein Ja interpretierte.

Wir kamen bei Mutti an und sie kochte uns Kaffee. „Alice, du siehst toll aus, die dunklen Strähnen stehen dir super“, meinte sie lächelnd.

„Danke, Senta. Liebling, hol mal deine Hausarbeiten, vielleicht kann ich dir helfen. Ich habe ja auch Rechnungswesen bei der Miller.“

Ich stiefelte in mein Zimmer und zog das Lehrbuch und meine Aufzeichnungen aus dem Rucksack. Mutti hatte gar nichts zu meiner Frisur gesagt, was mich ein wenig betrübte. Eigentlich war es total bescheuert, deprimiert zu sein, weil ich seit beinahe zwei Jahren keinen anderen Haarschnitt gehabt hatte. Alice sah skeptisch meine Aufzeichnungen an. „Du schreibst ja nicht gerade sauber“, brummte sie und versuchte mit zusammengekniffenen Augen, meine Schrift zu entziffern. „Ganz ehrlich, schreib das noch mal ordentlich ab, ich kann kaum etwas von deinem Geschmiere lesen“, schnaufte sie und ich seufzte.

„Na, endlich kann man etwas lesen.“

Ich hatte die letzte halbe Stunde damit verbracht, meine Aufzeichnungen sauber und ordentlich, so wie Madame Henndriks es sich gewünscht hatte, abzuschreiben. Gemeinsam buchten wir im Anschluss die übrigen Buchungssätze und schlossen die Konten ab. Bei der Aufstellung der Bilanz merkten wir, dass irgendwo ein Fehler war. Alice suchte akribisch, wurde aber nicht fündig. „Lasst mich mal“, warf Mutti ein, die ihre Zeitung beiseitelegte. „Schaut mal bei den Steuern, die wurden falsch verrechnet. Da liegt der Hund begraben“, erkannte sie nach wenigen Minuten.

Alice rechnete nach und ich änderte die Zahlen. Endlich stimmte die Bilanz und ich stopfte alles zurück in meinen Rucksack. „Wenn ich dafür keine gute Note bekomme, weiß ich auch nicht weiter“, scherzte ich und trank meinen inzwischen lauwarmen Kaffee.

Wir schoben uns eine Pizza in den Ofen und Alice fragte Mutti aus, wie es am Mittwoch ablaufen sollte.

„Thea wird um zehn Uhr abgeholt und um 12:43 Uhr geht ihr Flug hierher. Kurz nach zwei landet sie und ich hole sie ab. Ihr müsst zur Berufsschule.“

Alice wollte widersprechen, sah aber ein, dass sie gegen meine Mutter keine Chance hatte. Sie schrieb Thea die Neuigkeiten, während ich die Chance nutzte und ein weiteres Geschenk für Alice bestellte.

Als wir mit dem Abendessen fertig waren, gingen wir duschen und legten uns ins Bett. Ich massierte Alice’ Rücken und überhäufte diesen mit liebevollen Küssen.

„Wann hast du eigentlich Geburtstag, Liebling?“, brummte sie leise.

„Am 20. März“, entgegnete ich und flocht ihre Haare. Mein Vater hatte das früher immer bei mir gemacht. Es sah schrecklich aus, aber er hatte sich wirklich Mühe gegeben. „Die Strähnen stehen dir super, Engel.“ Sanft biss ich ihr in die Schulter, aber sie reagierte nicht, denn sie war eingeschlafen. Ich schaltete das Licht aus und legte mich zu ihr. Ich küsste ihre Wange und schlief schnell ein.

Kapitel 22

Ich hatte heute einen kurzen Tag gehabt und wartete mit Sam auf Alice, die noch zwei Stunden Unterricht hatte. Wir wollten unseren Barbesuch nachholen und Sam erzählte mir derweil von seinem Date.

„Er ist total süß und zuvorkommend, aber ich glaube, dass es nicht passt. Er ist total trainiert und ich bin ein wenig stämmiger."

„Ach, nun mach dich nicht so fertig. Du bist ein kleines Kuschelbärchen. Hat er sich schon bei dir gemeldet?", fragte ich neugierig.

„Er hat mir gestern Abend eine Gute-Nacht-SMS geschrieben, die war ganz süß. Hier, schau mal." Er gab mir sein Handy und ich las die besagte Nachricht.

Hey, mein Hübscher, ich habe mich sehr gefreut, dich endlich persönlich kennenzulernen. Ich hoffe, wir sehen uns bald wieder. LG Tim

Ich zog eine Augenbraue hoch und musterte Sam skeptisch. „Der will dich und du machst dir Gedanken wegen deines Aussehens. Trefft euch einfach noch mal und schaut, was passiert." Ich gab ihm sein Handy wieder und nippte an meinem Kaffee.

„Meinst du? Er hat mich ziemlich oft berührt und angelächelt und war auch total an mir interessiert, aber ich habe Angst, dass er mich nur verarscht", seufzte Sam und setzte sich auf die Stufen des Nebeneingangs.

Ich ließ mich neben ihm nieder und boxte ihm sanft auf den Oberarm. „Ach, Sam, Alice und ich haben euch gestern gesehen und ihr passt echt super zusammen. Ihr habt total süß ausgesehen."

„Wie geht es jetzt eigentlich mit euch weiter? Morgen kommt ja ihre Mutter, oder?"

Ich beobachtete zwei Spatzen, die auf dem Zaun saßen. „Ja, ich hoffe, es klappt alles." Alice wurde morgen 19, ich hatte ihr zwei Geschenke bestellt und hoffte, dass sie ihr gefallen würden. Wenn dann noch alles mit ihrer Mutter glattliefe, wäre ich mehr als zufrieden. „Ich bereite mich seelisch und moralisch auf einen emotionalen Tag vor", gestand ich ihm und streckte mich.

„Habt ihr eigentlich schon miteinander geschlafen?", fragte Sam vorsichtig.

„Ja", antwortete ich knapp und grinste breit.

Sam sah mich ungläubig an und seufzte dann theatralisch. „So viel zum Thema ihr wollt es langsam angehen."

„Es ist einfach passiert und der Moment hat gepasst. Es war unglaublich schön und ich würde es jederzeit wieder tun. Sie macht mich einfach glücklich mit ihrer liebevollen Art. Außerdem ist sie echt clever und kann auch mal austeilen, wenn es sein muss." Ich war ein wenig wütend, versuchte es aber so gut wie möglich zu überspielen.

„Ich wollte dich damit nicht angreifen. Tut mir leid", entschuldigte sich Sam, der wohl gemerkt hatte, wie mein Körper sich plötzlich verspannt hatte.

„Schon okay. Wir haben selbst festgestellt, dass wir es nicht so mit dem Langsammachen haben." Ich zuckte die Achseln.

„Hauptsache, ihr seid glücklich und liebt euch. Der Rest kommt von ganz allein."

Es klingelte und kurz darauf sah ich, wie Alice zu ihrem Auto ging. „Hey! Warte auf uns!", rief ich ihr zu.

„Na, dann kommt", antwortete sie lächelnd und wir setzten uns in Bewegung. Sie gab mir einen Kuss zur Begrüßung und umarmte Sam. „Danke, dass ihr gewartet habt."

„Kein Problem. Hoffen wir lieber, dass Sarah sich nicht abschießt", witzelte Sam und nahm auf der Rückbank Platz.

Alice und ich stiegen vorne ein und gemeinsam fuhren wir in die Stadt.

„Ich überlege, das Auto bei uns zu parken, damit ich auch was trinken kann. Andererseits will ich meiner Mutter nicht mit einer Alkoholfahne gegenübertreten", grübelte Alice laut, während sie in eine Seitenstraße abbog.

„Dann bleib lieber nüchtern. Ich werde mich auch nicht volllaufen lassen, versprochen", sagte ich aufrichtig und Sam lachte leise.

„Du bist ein Schluckspecht, wenn es um Alkohol geht. Bleib einfach beim Bier, dann passt es auch", ermahnte er mich.

Wir kamen wenig später am Regenbogen an und setzten uns an einen Tisch in der Sonne. Die Kellnerin hatte einen regenbogenfarbenen Button und kurze, wasserstoffblonde Haare, die zum perfekten Seitenscheitel frisiert waren. „Hey, was darf ich euch bringen?", fragte sie freundlich und schaute uns nacheinander an.

„Ich nehme ein Wasser."

„*Sex on the Beach*."

„Mensch, Sam, das ist ja fast eine Kriegserklärung an mich, obwohl ich mich doch heute zügeln muss", beschwerte ich mich. „Ich nehme ein Bier", wandte ich mich an die Kellnerin, die sich alles auf ihrem kleinen Block notierte.

„Alles klar, bin gleich wieder da“, tönte sie und verschwand.

„Die sieht echt süß aus“, gab Alice zu und Sam grinste mich an.

„Bitte kein Drama, Sarah. Nicht wie das letzte Mal, als wir fast Hausverbot bekommen hätten.“ Alice wurde neugierig und wollte wissen, was ich angestellt hatte. „Sie hat ein bisschen zu viel getrunken und eine Kellnerin, die hier arbeitet, angemacht. Die fand das gar nicht toll und hat Sarah rundgemacht, was das denn solle. Als Madame aber immer noch nicht aufhören wollte, kam der Chef und hat uns rausgeschmissen. Sarah hat sich am nächsten Tag entschuldigt und konnte das Hausverbot gerade noch mal abwenden.“

„Ich war betrunken und da bin ich ziemlich enthemmt. Daher feiere ich auch nur noch mit Freunden zu Hause. Die machen da nicht so ein Fass auf.“

„Meine Freundin ist also bei übermäßigem Alkoholkonsum ein ganz schlimmer Finger“, fasste Alice amüsiert zusammen.

Die wasserstoffblonde Kellnerin kam wieder und brachte uns unsere Getränke. Wir stießen an und genossen die Sonne.

„Sam, jetzt mal Butter bei die Fische. Warst du letzte Woche wirklich krank oder hast du einfach nur einen Kater gehabt?“, fragte ich meinen besten Freund, der schlagartig rot wurde.

„Ich hatte eine Nierenbeckenentzündung“, nuschelte er und Alice musste sich das Lachen verkneifen.

„Sei nicht so gemein zu ihm! Das muss als Mann voll schlimm sein“, ermahnte ich sie sarkastisch und Sam verpasste mir einen Rippenstoß.

„Das tat echt weh, das wünsche ich nicht mal meinem ärgsten Feind.“

In meiner Hose vibrierte mein Handy. Mutti. „Na, was gibt's Neues?“, fragte ich fröhlich.

„Du hast zwei Pakete bekommen, ein kleines und ein riesig großes.“

„Ja, das sind Alice' Geburtstagsgeschenke, die wird morgen 19.“

„Warum hast du mir das nicht erzählt?“, quietschte sie ins Telefon.

„Weil ich wusste, dass du wieder überteuerte Geschenke kaufen würdest. Du hast ihr schon die Einrichtung bezahlt, das reicht doch.“

Mutti seufzte. „Okay, dann kein Geschenk. Ich backe ihr einen Kuchen. Weswegen ich eigentlich anrufe: Ich habe mit Thea telefoniert, morgen wird nach Plan verlaufen. Sie weiß, wer sie abholt, und wir haben ein Codewort ausgemacht. Ich fühle mich ein bisschen wie in einem schlechten FBI-Film“, lachte sie. Witzigerweise kam es mir genauso vor, wir planten ja auch jede Bewegung Theas bis ins kleinste Detail.

„Dann weiß ich Bescheid, wir sind in der Bar und kommen wohl nicht zum Abendessen heim."

„Denkt bitte dran, ihr habt morgen Berufsschule. Finde ich raus, dass ihr zu Hause geblieben seid, könnt ihr euch auf was gefasst machen", drohte sie mir.

„Wir sind artig. Wir sehen uns vielleicht später. Hab dich lieb." Ich legte auf und leerte mein Bier. „Morgen geht alles klar, Engel."

Alice nickte kurz und ging in die Bar, um mir und sich selbst neue Getränke zu besorgen. Sie kam wenig später mit einem Tequila Sunrise und einer Cola wieder.

Ich grinste. „Ist das der Tequila, den du mir damals versprochen hast? Nur doof, dass du fahren musst, ich hätte gerne einen mit dir zusammen getrunken", schmollte ich und Sam seufzte. „Was ist los, alte Jungfer? Du bist doch noch gar nicht so alt." Wie ich es liebte, ihn aufzuziehen.

„Schieß dich einfach nicht ab", brummte er und nippte an seinem *Sex on the Beach*.

Wir unterhielten uns über die Ausbildung und lästerten über die Lehrer.

„Herr Stock ist echt komisch, aber an sich ein sehr liebenswerter Kerl. Wer gar nicht geht, ist Frau Miller. Sie behandelt einen immer von oben herab und so was kann ich gar nicht leiden", meinte Alice und nippte an meinem Drink.

„Hey, du musst noch fahren", herrschte ich sie an.

„Ein kleiner Schluck wird mich nicht umbringen", gab sie zurück und streckte mir die Zunge raus. Die hätte ich jetzt lieber woanders gespürt.

Schnell schüttelte ich den Gedanken wieder ab. Wir konnten jetzt nicht eben mal verschwinden, obwohl es mich ja schon gereizt hätte. Ich nahm meinen Cocktail und trank ihn halb leer. „Ich bin mir bei Herrn Fürst nicht so sicher, ob er nun Feuer oder Eis ist. Ich werde mit ihm einfach nicht warm", knüpfte ich wieder an das eigentliche Gespräch an.

„Das stimmt. Weißt du noch, als er uns gestern so komisch angesehen hat, weil wir Händchen gehalten haben?", warf Alice ein.

„Der ist katholisch", meldete sich Sam zu Wort. „Er kommt aus der Nähe von München, soweit ich weiß."

Alice verschränkte die Arme und dachte angestrengt nach. „Nicht, dass er meinen Vater kennt", flüsterte sie und ich legte beruhigend meine Hand auf ihr Bein.

„Steiger dich jetzt da nicht rein, Engelchen. Wir wollen uns doch einen schönen Abend machen", lächelte ich sie an. Sie legte ihre Hand auf meine. Für solche Gedanken war jetzt einfach kein Platz.

„Na gut, wenn wir schon am Lästern sind, ich mag Frau Schäfer nicht. Okay, Rechtslehre ist sowieso schon sehr trocken, aber sie bringt überhaupt keine persönliche Note rein. Sie rattert die Gesetze runter und das war es auch. Mit viel Glück schafft man es, alles mitzuschreiben. Ich bin vorhin fast vor lauter Langeweile eingeschlafen“, erzählte Alice.

Sam nickte zustimmend. „Ja, sie schafft es echt, einen zu ermüden. Ich bin froh, dass wir sie nicht morgens haben“, meinte er und Alice räusperte sich.

„Ich durfte sie im ersten Block aushalten. Ich hoffe, du denkst an mich, wenn du sie nachmittags hast“, feixte sie und kniff Sam in die Wange. Beide fingen an zu lachen.

„Sorry, Alice, das wusste ich nicht.“

„Kein Problem, Sam. Ich werde dich weiterhin mögen“, alberte sie herum.

Ich fand es toll, dass die beiden sich so gut verstanden.

Die Kellnerin kam zu unserem Tisch und fragte, ob wir noch etwas trinken wollten.

„Ich nehme noch einen Tequila Sunrise“, antwortete ich ihr und Sam orderte einen Swimmingpool.

„Ich hätte gerne eine Cola“, sagte Alice.

Die Kellnerin verschwand wieder und Sam leerte seinen *Sex on the Beach*. „Mädels, es ist echt schön, mit euch einfach nur zu chillen“, freute er sich. So langsam hatte er wohl seinen Pegel erreicht, denn er fing an zu nuscheln. „Hast du eigentlich vor, deinen Geburtstag zu feiern, oder willst du es eher ruhig angehen?“, wandte er sich an Alice.

„Ich lasse es ruhig angehen. Nächstes Jahr kann man überlegen, eine große Party zu schmeißen. Bis dahin sollte endlich Ruhe in meinem Leben eingekehrt sein.“

„Schatz, ich bin deine Freundin und da redest du von Ruhe?“, lachte ich.

Alice schmunzelte. „Stimmt, mit dir wird es nie langweilig. Ich bin gespannt, was du mir schenkst“, scherzte sie und gab mir einen sanften Kuss.

„Wirst du ja morgen sehen. Ich habe es leider nicht eingepackt, ich hoffe, dass dich das nicht stört.“

„An so was störe ich mich nicht. Das tollste Geschenk habe ich schon bekommen“, lächelte sie und strich mir über die Wange. Ich wurde etwas rot und war mir nicht sicher, ob es am Kompliment lag oder doch am Alkohol, der langsam wirkte.

Wir bekamen unsere bestellten Getränke und ich verlangte nach der Rechnung.

„Die bezahle ich aber“, protestierte Alice.

„Na gut, dann war jeder einmal dran“, gab ich nach.

Sie reichte der Kellnerin 30 Euro und die bedankte sich für das Trinkgeld.

Wir blieben noch eine Weile sitzen und ließen die letzte Woche Revue passieren.

„Frau Strelow hat mich nur mit Kleinigkeiten zugebombt. Ich durfte eine siebzehnseitige Exceltabelle erstellen, was denkst du, wie ich mich gefreut habe", meckerte ich Sam an.

„Nun mach dir nicht ins Hemd, die Frau geht bald in Rente. Sie ist streng, aber gerecht und sie hat jahrelange Erfahrung", rechtfertigte sich Sam.

„Ich verstehe sowieso nicht, wieso du nicht in die Personalabteilung gehst. Du würdest dort besser reinpassen als in ein Buchhalterbüro. Ich hoffe, du wirst nicht irgendwann so staubig wie die alten Jahresabschlüsse", witzelte Alice und nahm einen Schluck Cola.

Ich verzog das Gesicht. „Ich mache das für meine Mutter, das weißt du doch", murmelte ich und trank meinen Cocktail.

Alice küsste meine Wange. „Ich weiß. Du solltest ihr aber mal sagen, dass du das nur für sie machst", schlug sie vor.

„Wollen wir langsam los? Es ist schon acht, mein Gott, wo ist die Zeit hin?", beschwerte sich Sam.

Wir leerten unsere Gläser, gingen zum Auto und fuhren zu Sam. „Danke fürs Heimbringen, Alice. Wir sehen uns morgen beim Sportunterricht", verabschiedete er sich und stieg aus.

Anschließend fuhren wir aus der Stadt hinaus und hinein in ein kleines Waldstück.

„Wo willst du hin?", fragte ich verwirrt, als Alice am Wegesrand parkte und den Motor ausstellte.

Sie schnallte sich ab und saß mit einer schnellen Bewegung auf meinem Schoß. Sie zog mein Shirt aus und ich wusste nicht, was los war.

„Ich wollte dich schon immer mal im Auto verführen." Sie küsste mich am Hals und ich klammerte mich an ihren Rücken.

Ich war total überrumpelt und versuchte, ihre Zärtlichkeiten zu genießen. Langsam schob ich ihr Shirt hoch und öffnete ihren BH. Erwartungsvoll beobachtete mich Alice. Ihre Berührungen machten mich wahnsinnig. Ich konnte davon einfach nicht genug bekommen. Sie zog das Oberteil aus und ich streifte ihren BH ab. Behutsam küsste ich ihre Brüste und versuchte, ihre Hose zu öffnen.

„Hättest du ein Kleid an, wäre es für mich einfacher", stöhnte ich, als sie mir half, den Knopf zu öffnen. Ich schob meine Hand in die Hose und bemerkte, dass sie keine Unterhose trug. *Das war doch schon wieder von vorne bis hinten durchgeplant.*

Ich spielte mit ihren Brustwarzen und ließ meine Finger um ihre empfindlichste Stelle kreisen. Alice stöhnte laut und bewegte ihr Becken im Takt meiner Kreise. Ich überhäufte ihren Oberkörper mit Küssen und ließ langsam zwei Finger in sie hineingleiten. Sie legte ihre Hände um meinen Nacken, während ich das Tempo etwas erhöhte.

„Hör nicht auf“, hauchte sie mir zu und ich biss ihr sanft in den Hals. Ihr Becken erhöhte den Takt und sie umklammerte mich, als sie kam. Mein Gott, sie brachte mich um den Verstand mit ihrer Gier.

Langsam zog ich meine Hand aus ihrer geöffneten Hose und streichelte sie zärtlich.

Als sie wieder zu Atem gekommen war, schloss sie ihre Hose und schob unseren Sitz nach hinten. Sie rutschte von meinem Schoß und hockte sich in den Fußraum, von wo aus sie meine Hose öffnete und herunterzog.

„Ein Glück, dass wir Ledersitze haben“, stellte ich fest und sie übersäte meinen Bauch mit Zärtlichkeiten. Sie liebkoste meine Piercings und ich kam unverhofft und schnell.

Alice und ich sahen uns völlig entgeistert an. Scheiße.

Ich hob verteidigend die Hände. „Ich habe keine Ahnung, was das war, aber mir ging es auch viel zu schnell.“ Ich fühlte mich unglaublich schlecht und wäre am liebsten an Ort und Stelle im Erdboden versunken.

„Schade, aber ich kann dich ja heute Nacht noch mal verführen“, grinste sie frech.

Wir zogen uns wieder an und fuhren nach Hause.

„Tut mir leid, Engel. Ich kann mir echt nicht erklären, was los war“, entschuldigte ich mich beschämt, aber Alice streichelte nur meinen Oberschenkel und lächelte.

„Das kann mal passieren. Du bist es wohl einfach nicht gewohnt. Mach dir da jetzt keine Gedanken mehr drüber“, sagte sie.

Wenn es nur so einfach gewesen wäre. Ich suchte verzweifelt nach einer Erklärung dafür, wurde aber nicht fündig. Mir blieb nichts anderes übrig, als es auf den Alkohol zu schieben, von dem ich ja genug intus hatte.

Mutti, die gerade die Küche putzte, begrüßte uns und wärmte unser Abendessen in der Mikrowelle auf. „Ich hatte heute nur wenig Zeit zum Kochen und habe euch ein paar Steaks mit Knödeln gemacht“, entschuldigte sie sich und setzte sich zu uns an den Küchentisch.

„Ich bin aufgeregt, ob morgen alles klappt und weil ich nach langer Zeit meine Mutter wiedersehen werde.“ Alice blickte auf ihr Handy. Bisher hatte sich Thea nicht gemeldet. „Kleines, es wird alles gut gehen. Sie hat schon ihre Koffer gepackt und gut versteckt. Martin hat seinen Freund erreicht, er wird sich um die Scheidung kümmern“, besänftigte Mutti sie, als mir etwas einfiel.

„Aber wenn ihr Vater sieht, dass der Anwalt hier in Rostock sitzt, dann wird er doch eins und eins zusammenzählen können, oder?", hakte ich nach.

„Marcel wohnt nicht hier, aber ich freue mich, dass du so weit vorausgedacht hast, das ist sehr lobenswert", meinte Mutti.

Mein Gewissen war beruhigt und ich nahm unser Essen aus der Mikrowelle. Alice war mal wieder kaum zu bremsen.

„Hättest du vier Arme, würdest du noch schneller essen können", schmunzelte ich und Mutti funkelte mich böse an.

„Lass sie doch essen, so viel sie will. Ein paar Kilos mehr würden ihr nicht schaden", ermahnte sie mich.

Ich packte eine weitere Tasche für meine Sportsachen und Alice legte kurzerhand ihre eigenen mit hinein. „Wir sind in den gleichen Umkleideräumen, von daher ist es Quatsch, noch eine Tasche zu packen", argumentierte sie.

Ich stellte die Tasche zu meinem Rucksack und bemerkte erst jetzt, dass Alice' Geschenke eingepackt auf dem Tisch standen.

Sie umarmte mich und sprach: „So, so, das sind also meine Geschenke. Dann werde ich wohl bis Mitternacht wach bleiben und sie auspacken." Sie knabberte an meinem Ohrläppchen.

Ich legte meine Hände auf ihre und küsste ihr Kinn. „Schaffst du es auch, bis zum Aufstehen zu warten?"

„Hm, davon musst du mich erst überzeugen." Sie steckte ihre Hand in meine Hose und ich wusste sofort, worauf sie hinauswollte.

„Du bist ganz schön gierig", knurrte ich, doch Alice hatte bereits meine Hose geöffnet und zog sie herunter.

„Keine Berührungen, keine Zärtlichkeiten, keine Küsse. Du kennst die Regeln." Alice war wieder in ihrem Element. Sie zog mich aus und achtete penibel darauf, mich nicht zu berühren.

Als ich nackt vor ihr stand, verband ich ihr die Augen mit einer meiner Krawatten, die ich aus meinem Kleiderschrank nahm.

„Da ist wohl jemand auf den Geschmack gekommen", lächelte sie, als ich ihr das Oberteil vom Körper streifte.

„Genieße es", flüsterte ich ihr ins Ohr und ihre Nackenhaare stellten sich auf. Ich band ihre Haare zu einem Zopf und machte ihren BH auf. Ich küsste ihre Schultern – auch wenn es gegen die Regeln war – und zog ihr das überflüssige Kleidungsstück aus.

Sie räusperte sich kurz. Ich schenkte dem aber keine Aufmerksamkeit, die Regeln waren mir in dem Moment egal. Mein Herz klopfte bis zum Hals, als ich ihre Hose herunterzog. Wie konnte man nur so schön sein?

Ich nahm ihre Arme und legte sie um meinen Hals. „Festhalten", forderte ich und trug sie zum Sofa. Ich setzte mich vorsichtig hin und streichelte ihre Brüste. „Ich möchte, dass du meine Hände über deinen Körper führst und mir zeigst, was dir gefällt."

Sie zog die Krawatte von ihren Augen und warf sie in die Ecke. Leidenschaftlich küsste sie mich und führte meine Hände zu ihren Brüsten. Ich begann damit, ihre Brustwarzen mit meinen Daumen zu umkreisen. Ihre Gier ließ mich nicht kalt – im Gegenteil. Sie stöhnte leise und streichelte meinen Körper. Ich war so sehr erregt, dass ich Angst hatte, wieder einen Spontanorgasmus zu bekommen, doch Alice schien meine Bedenken zu spüren und schenkte mir ein liebevolles Lächeln.

„Wenn du willst, fangen wir mit dir an", schlug sie vor und rutschte von meinem Schoß.

Sanft küsste sie meine Oberschenkel und wanderte bis zu meinem Hals hoch, um sich dann wieder hinabzuarbeiten. Ich zitterte vor Erregung und Alice liebkoste mich zwischen meinen Beinen. Ich klammerte mich an die Lehne meines Sofas. Es fiel mir schwer, mich zu beherrschen. Kurz blieb mir die Luft weg, als ihre Finger in mich hineinglitten.

„Alles okay?", flüsterte sie.

Ich nickte nur. Ich spürte, was ihre Zärtlichkeiten bei mir ausgelöst hatten und drückte ihr mein Becken entgegen.

„Aua!", fluchte ich leise, als sie mir sanft in meine Körpermitte biss.

„Nicht so gierig. Genieße es", knurrte sie und funkelte mich böse an.

Ich schloss die Augen und lehnte mich zurück. Was sie mit ihren Fingern machte, trieb mich in den Wahnsinn und mein Stöhnen wurde immer lauter.

„Pscht! Reiß dich zusammen!"

Doch ich kam genau in diesem Augenblick und es war mir egal, wer mich hörte. Ich war völlig außer Atem und lächelte erschöpft Alice an, die mich sanft streichelte. Meine Augen füllten sich mit Tränen und ich heulte los, ohne zu wissen, warum. Mein Körper wurde von Glückshormonen durchflutet, wie ich es noch nie zuvor erlebt hatte.

Alice setzte sich auf meinen Schoß und ich drückte mich an sie, während sie mich festhielt und meinen Kopf streichelte.

„Du bist der Wahnsinn, ich hatte noch nie solche Orgasmen", weinte ich an ihrer Brust und ich fühlte, wie schnell ihr Herz schlug. Völlig verheult sah ich sie an und sie küsste meine Stirn.

„Das Kompliment kann ich nur zurückgeben."

Ich sah auf die Uhr. Mitternacht. „Alles Liebe zum Geburtstag, mein Schatz", flüsterte ich.

„Danke, mein Liebling. Ich packe die Geschenke morgen früh aus. Lass uns schnell ins Bett gehen, ich bin total müde.“ Ich trug Alice ins Bett und legte mich zu ihr. Ich kuschelte mich an ihren Rücken und sie hielt meine Hand fest.

„Danke für den wunderschönen und verdammt intensiven Orgasmus“, murmelte ich.

„Immer wieder gerne“, antwortete sie und küsste meinen Handrücken.

Kapitel 23

Alice war vor mir wach und beobachtete mich beim Schlafen. Zumindest vermutete ich das. Als ich wach wurde, lächelte sie mir nämlich schon entgegen. Müde rieb ich mir die Augen und legte meinen Arm um sie.

„Guten Morgen, mein Engel", murmelte ich verschlafen.

„Guten Morgen, Schatz. Du siehst so niedlich aus, wenn du schläfst, habe ich dir das schon einmal gesagt?" Sie stupste ihre Nase an meine.

Ich kuschelte mich an sie und mir wurde liebevoll der Rücken gestreichelt. So könnte ich jeden Tag beginnen. „Möchtest du deine Geschenke auspacken?", fragte ich und Alice sprang aus dem Bett.

„Ich dachte, du fragst mich nie", lachte sie und nahm die kleinere Schachtel.

„Halt! Erst das große Paket", bremste ich sie, woraufhin sie das andere Geschenk weglegte.

Ich rollte mich auf den Bauch und beobachtete, wie sie das Geschenkpapier aufriss und den Inhalt lächelnd betrachtete. Das Panorama der Ostsee bei Sonnenaufgang war mir bei meiner Suche sofort ins Auge gestochen. Einige wenige Wolken hingen am blauen Himmel, am Horizont erhob sich die Sonne und tauchte das Meer in verschiedene Orangetöne. Die kleinen Wellen brachen sich vor der Küste.

„Es ist wunderschön", hauchte Alice und ich stand aus dem Bett auf.

„Es würde in deinem Schlafzimmer total schön aussehen. Wir könnten es über dein Bett hängen", schlug ich vor, doch sie brachte mich mit einem Kuss zum Schweigen.

„Jetzt darfst du das kleine Geschenk auspacken", gestattete ich, nachdem sie sich von mir gelöst hatte.

Unter dem Geschenkpapier förderte sie eine kleine Schachtel zutage, die sie langsam öffnete. Darin verbarg sich eine hauchdünne Kette, an der die zarte Silhouette eines Engels baumelte.

„Ein kleiner Engel für meinen Engel", lächelte ich.

„Erst gehe ich duschen und dann möchte ich, dass du sie mir umlegst", bestimmte sie und verschwand im Badezimmer.

Ich räumte das Geschenkpapier weg und zog mich an. In zerrissener Jeans und weißem Hemd ging ich in die Küche, um für Alice und mich Frühstück zu machen, doch der Tisch war bereits gedeckt und Mutti begrüßte mich gut gelaunt.

„Guten Morgen, dein Kaffee steht schon bereit", verkündete sie freudestrahlend und schrieb eine Nachricht auf ihrem Handy. Ich setzte mich zu ihr und schmierte mir einen Toast. „Haben Alice die Geschenke gefallen? Ich habe gestern beim Einpacken mal gelinst und ich muss sagen, du hast einen fabelhaften Geschmack. Den musst du von mir haben", merkte sie an. Ich wurde einer Antwort enthoben, weil in diesem Augenblick Alice in die Küche kam. „Alice, mein Kind, alles Liebe zum Geburtstag und bleibe so, wie du bist", gratulierte Mutti ihr überschwänglich und nahm sie in den Arm.

„Danke, Senta, das ist lieb von dir", lächelte meine Freundin und drehte sich zu mir um. „Kannst du mir bei der Kette helfen, bitte?", fragte sie und ich nickte.

Wir gingen in mein Zimmer und Alice schlüpfte in das neue Kleid, das sie von meiner Mutter bei der Shoppingtour geschenkt bekommen hatte. Ich nahm die Kette und betrachtete den winzigen Anhänger. Andere hätten ihr vielleicht eine Kette mit einem Herz oder so was Ähnlichem gekauft, doch das war mir einfach zu kitschig. Ich ging zu meiner Liebsten und legte ihr das Geschenk um.

„Sie gefällt mir sehr und ist vor allem nicht so pompös", lächelte sie und spielte mit dem kleinen Engel herum.

„Zeig die mal meiner Mutter", schlug ich grinsend vor.

Wie von der Tarantel gestochen, flitzte sie in die Küche. Ich blickte ihr versonnen nach. Sie sah in dem Kleid einfach fantastisch aus.

Als ich mich der Küche näherte, hörte ich, wie Mutti das Kleid und die Kette lobte. „Du siehst umwerfend aus, Liebes. Die Kette ist wunderschön, sie passt zu dir. Sarah hat einen tollen Geschmack."

„Ich bin heute etwas aufgeregt, muss ich gestehen. Ich weiß nicht, wie ich reagieren werde, wenn ich meine Mutter wiedersehe. Kannst du mir eine Nachricht schreiben, wenn du sie vom Flughafen abgeholt hast?", bat Alice Mutti.

„Natürlich. Kannst du mir deine Schlüssel geben, sodass sie ihre Sachen schon einmal bei dir abstellen kann?"

Alice fischte prompt ihre Wohnungsschlüssel heraus und legte sie auf den Tisch. Sie nahm sich einen Kaffee und aß eine Banane. „Ich bin so aufgeregt, ich habe nicht mal wirklich Hunger, das will schon was heißen", schmunzelte sie und setzte sich auf meinen Platz.

Ich lehnte mich an die Arbeitsplatte und trank meinen Kaffee, während ich Sam eine Nachricht schrieb.

Moin! Treffen wir uns vor der Sporthalle?

Ich versendete die Nachricht und bekam wenig später ein kurzes *Ja* als Antwort zurück.

„Liebling, mach mal schneller, wir müssen los“, rief Alice und ich verschluckte mich an meinem Kaffee.

Ich hustete wie blöd und brauchte einen Moment, bis ich mich wieder gefangen hatte. Ich trank den Kaffee aus und nahm meinen Rucksack, Alice’ Tasche und die Sporttasche. Wir verabschiedeten uns von Mutti und gingen zum Auto.

„Irgendwie vermisse ich das Busfahren“, gab ich zu, als ich mich anschnallte.

„Magst du meinen Fahrstil nicht?“, neckte mich Alice und startete den Motor.

„Dein Fahrstil ist superentspannt, aber mir fehlen die Gespräche mit Gerd, meinem Lieblingsbusfahrer“, gestand ich und wir fuhren schneller als sonst zur Berufsschule. Hätte ich Alice sagen sollen, dass so die Zeit nicht schneller vergehen würde?

Wir parkten in der Nähe der Sporthalle.

Sam, der einige Meter von uns entfernt stand, kam winkend auf uns zu. „Guten Morgen, ihr beide“, begrüßte er uns. „Alice, alles Gute zum Geburtstag wünsche ich dir. Du siehst echt super aus, das Kleid steht dir“, staunte er.

„Da muss ich ja Angst haben, dass sich jemand an dich ranmacht“, griente ich.

Sie legte ihre Hände um meine Hüfte. „Ich will nur eine und das bist du. Der Rest darf nur gucken und staunen“, feixte sie und küsste mich liebevoll.

Sam räusperte sich und ich nahm die Sporttasche aus dem Kofferraum. Als wir die Umkleidekabine betraten, waren wir die Ersten und ich zog mich schnell um. Ich trug ein Tanktop und eine kurze schwarze Hose. Alice hatte ein schwarzes, enges Top an und eine blaue Sporthose, die für meinen Geschmack fast schon zu kurz war. Ich zog meine Sportschuhe an und stopfte meine Klamotten in die Tasche. Alice legte ihr Kleid vorsichtig obendrauf.

„Es soll nicht zerknittern, meine Mutter mag das nicht“, begründete sie ihre penible Falttechnik, die fast schon Origami glich.

Wir gingen in die Halle, in der ein paar Jungs Fußball spielten. Die Wände, hinter denen viele Matten und Geräte verstaut waren, ließen sich öffnen. Ich hüpfte auf einen Mattenstapel und Alice legte sich zu mir.

„Sport ist Mord“, murmelte ich und sah den Typen zu, wie sie auf den Ball hämmerten.

„Komm, eine Stunde Sport bringt dich nicht um. Herr Torino ist doch sowieso total entspannt. Sei mal ein bisschen motiviert", meinte sie und stupste mich an.

„Ey, Chicas! Nicht schlafen, heute machen wir mal Mannschaftssport", rief ein großer, braun gebrannter, lächelnder Mann, der eine Halbglatze hatte.

„Raúl, kann ich hier nicht einfach liegen bleiben und schlafen?", fragte ich und guckte ihn mit einem Dackelblick an. Raúl und ich duzten uns seit dem ersten Tag. Er gehörte zu meinen absoluten Lieblingslehrern und erzählte oft von Chile, wo er ursprünglich herkam.

„Schau dir Alice an, sie sieht total motiviert aus", entgegnete er und zeigte auf die Dame neben mir.

„Herr Torino, ich versuche, sie, so gut es mir möglich ist, zu motivieren, dafür müssen wir aber eine Runde Volleyball spielen, in Ordnung?", schlug Alice vor und grinste mich an.

Mir entwich ein Seufzer. Ich hasste Mannschaftssport so sehr, wieso konnten wir nicht einfach ein paar Klimmzüge machen und dann den Unterricht beenden?

„In Ordnung. Jungs, helft mir mal, das Volleyballnetz aufzubauen." Raúl drehte sich weg und Alice lachte.

„Ich liebe seinen spanischen Akzent. Er ist ein toller Mensch, mit ihm würde ich gerne einen trinken gehen", schmunzelte sie und ich zog eine Schnute. „Hey, was ist los?"

„Volleyball ist nicht so meins", gestand ich.

„Ach komm, es wird Spaß machen. Hey, Sam, bist du auch endlich mal da."

Dieser hüpfte auf die Matte und ließ sich auf mich plumpsen. Ich keuchte und er rollte sich zwischen mich und Alice. „Na, ihr beiden Hübschen, was machen wir heute?", wollte er wissen und sah uns erwartungsvoll an. Ekelhaft, wie man nur so früh so motiviert sein konnte!

„Volleyball spielen", antwortete Alice und Sam jubelte.

„Endlich wieder mal Volleyball, wie geil!"

„Guck, Sam freut sich", wies mich Alice auf diesen nicht zu übersehenden Umstand hin.

Ich wollte etwas erwidern, doch Raúl blies in seine Pfeife. „Kommt mal alle her, damit wir den Ablauf der heutigen Stunde besprechen können. Ein bisschen schneller, wenn ich bitten darf." Als wir uns um ihn geschart hatten, begrüßte er uns und erzählte, dass wir heute nach den obligatorischen zehn Minuten Ausdauerlauf Volleyball spielen würden. „So, dann los, lauft euch mal warm, jeder in seinem Tempo." Raúl joggte los und die Klassen rannten ihm maulend und ächzend hinterher.

Sam und ich liefen recht mittig, während Alice uns davonsauste. Sie war verdammt schnell und joggte schließlich neben unserem Sportlehrer her.

„Ich hoffe, wir beide kommen beim Volleyball wieder in ein Team, dann fühle ich mich nicht so alleine", keuchte ich Sam zu. Kondition? So was hatte ich noch nie besessen.

„Bestimmt, wir sind ja fast wie siamesische Zwillinge", lachte er und wir lenkten unseren Fokus auf das Laufen.

Alice überholte uns insgesamt zweimal und grinste uns an. „Nun gebt mal ein bisschen Gas, ihr beiden. Ihr schlaft ja fast ein", rief sie uns zu und ich hatte das Bedürfnis, ihr nachzujagen, doch meine Kondition war einfach zu unterirdisch.

Als die zehn Minuten endlich um waren, ernannte Raúl zwei Mannschaftskapitäne, die ihre Teams zusammenstellten. Sam und ich waren – wie erwartet – in einem Team. Alice gehörte zur gegnerischen Mannschaft.

Sam machte den Aufschlag und erzielte gleich einen Punkt, weil zwei Mädels sich nicht einigen konnten, wer nun den Ball annahm. Als ein Spieler des gegnerischen Teams mit dem Aufschlag dran war, vergeigte er ihn und der Ball knallte ins Netz. Bisher war ich ganz zufrieden, wir führten und Alice' Augen funkelten mich an. Ich stand am Netz und sie kam zu mir.

„Mein Ehrgeiz ist geweckt. Euch mache ich auch alleine fertig", drohte sie und grinste dabei perfide.

Für einen Moment vergaß ich, dass wir ein Paar waren. Hier ging es schließlich ums Gewinnen und ich wollte nichts lieber als das. „Das musst du mir erst mal beweisen, Mäuschen", entgegnete ich und ein Mitspieler manövrierte den Ball knapp übers Netz, sodass Alice ihn mit einem Sprung zurück in unser Spielfeld knallen konnte. Sam hechtete zum Ball und spielte ihn hoch genug, dass ich den Ball über das Netz bringen konnte. Jetzt durfte ich das nicht versauen.

„Hier kommt Mila!", brüllte ich, sprang hoch und schlug voll am Ball vorbei. Ich knallte unsanft auf den harten Hallenboden.

Alice bemerkte trocken: „Also, ich kann mich nicht erinnern, dass Mila so gespielt hat." Sie kringelte sich vor Lachen und ich raffte mich auf.

Scheiße, war das peinlich. Erst riskierte ich eine kesse Lippe und dann drosch ich vorbei.

„Beim nächsten Mal, Frau Henndriks." Ich funkelte sie herausfordernd an und rückte eine Position weiter. Ich würde nicht noch mal so eine Klatsche kassieren und bei Alice doof dastehen.

Ein etwas kräftigeres Mädchen spielte den Ball in meine Ecke. Ich gab ihn weiter an Sam, der ihn in die linke Ecke bretterte.

Es war ein durchwachsenes Spiel und wir führten knapp. Nun war ich mit dem Aufschlag dran und Alice grinste mir zu. Ich platzierte den Ball in der Mitte des Feldes und konnte einen Punkt erzielen. So einfach ließ ich mich von ihr nicht ablenken, da hätte sie schon härtere Geschütze auffahren müssen.

Alice war dran und ließ sich mit der Angabe Zeit. Spannung konnte sie aufbauen, daran bestand kein Zweifel. Sie stellte sich etwas mittig hin und hämmerte den Ball in meine Richtung. „Los, Mila!“, rief sie mir zu.

Ich pfefferte den Ball zu ihr zurück, woraufhin sie ihn zu Sam lenkte. Der spielte ihn weiter zu Goldlocke, einem dünnen, kleinen Mitschüler, der recht ruhig war, aber jeden Ball so über das Netz donnerte, dass ihn keiner annehmen wollte. Doch diesmal sprang meine Liebste herbei. Ich erwischte den Ball, schlug ihn zurück und punktete.

Raúl klatschte begeistert. „Super, so darf es weitergehen! Sehr gut gemacht!“, lobte er uns.

Mein Grinsen reichte von einem Ohr bis zum anderen. Alice jedoch zeigte mir nur ihren Mittelfinger. Rache konnte so süß sein.

Als die Stunde endlich vorbei war, hatten wir das Spiel knapp verloren. Wir halfen unserem Sportlehrer, das Netz abzubauen, und gingen in die Umkleideräume.

„Du bist echt gut“, lobte ich Alice.

„Du auch, obwohl dein Mila-Sprung mächtig schiefging. Hast du dir wehgetan?“, fragte sie mich besorgt und musterte mich.

„Nee, alles noch dran.“ Ich schälte mich aus meinen verschwitzten Sportsachen, zog mein Hemd über und benutzte mein Lieblingsdeo. Ich musste mich arg zusammenreißen, als Alice sich umzog, weil wir diesmal nicht alleine waren.

Sie schlüpfte in ihr Kleid und ich legte ihr die Kette wieder um. Ich merkte, wie wir schief angesehen wurden, aber es war mir egal. Eine Gruppe Mädchen tuschelte in der anderen Ecke des Raumes und sah uns immer wieder prüfend an.

Ich stopfte genervt unsere verschwitzten Sportklamotten in die Tasche und wir gingen zum Auto, als Alice auf ihr Handy starrte. „Mama hat mir geschrieben, dass sie abgeholt wurde“, teilte sie mir plötzlich ganz ernst mit.

Sam kam zu uns. „Alice, du solltest in einen Verein eintreten. Du bist echt gut, du hast bestimmt Potenzial“, lobte er sie, doch sie winkte ab.

„Ich spiele nur zum Spaß, ich möchte nicht unbedingt in einen Verein“, wich sie aus und legte die Sporttasche in den Kofferraum.

Wir fuhren hinüber zur Schule und holten uns einen Kaffee am Automaten.

„Ich hoffe, der Tag vergeht schnell. Ich bin so nervös", murmelte Alice und setzte sich auf die Bank, auf der wir letztens auch gesessen waren. Sam hockte sich dazu und ich lehnte mich an einen Pfahl.

„Heute musst du auf uns warten. Wir haben Kalkulationen und Textverarbeitung. Hoffen wir, dass Herr Stock wieder Yoga macht, dann kann ich mich wenigstens amüsieren", lenkte ich sie ab.

Alice nahm meine Hand. „Bitte flieg nicht wieder aus dem Unterricht. Ich habe gleich bei Herrn Fürst BWL und dann Rechnungswesen."

„Ich gebe mir Mühe, mein Engel. Sam passt auf mich auf."

„Wenn es denn sein muss", brummte der spöttisch.

Wir gingen gemeinsam in den ersten Aufgang und ich küsste Alice zum Abschied. „Pass auf dich auf", flüsterte ich ihr zu und verschwand in meinem Raum. Ich ging in meine Ecke und startete meinen Computer.

Kurz darauf betrat Herr Stock den Saal, teilte uns unsere Aufgaben mit und berichtete, dass er ins Schulleiterbüro müsse und es eventuell etwas länger dauern würde. Wir hatten sozusagen Stillbeschäftigung. Sofort packte ich meine Füße auf den Tisch und schloss die Augen. Sam widmete sich den Aufgaben und ich döste vor mir hin.

Die restlichen Stunden vergingen nur langsam und ich war froh, als ich endlich Alice wiedersah. Es war kurz nach zwei und wir marschierten schneller als sonst zum Auto. „Fang jetzt bitte nicht an zu rasen, ich möchte, dass du im Ganzen bei deiner Mutter ankommst", ermahnte ich sie und sie seufzte.

„Ich habe Angst, dass es total verkrampft abläuft, weißt du. Ich meine, mein Abgang war nun nicht die feine englische Art und ich hoffe einfach, dass sie mir das nicht nachträgt." Sie strich übers Lenkrad und legte ihre Stirn in Falten. Ihre Bedenken waren zwar absolut berechtigt, aber ich konnte mir nicht vorstellen, dass ihre Mutter so nachtragend war. Thea war laut Alice' Aussage die gute Seele des Hauses gewesen, die unter ihrem Mann sehr litt.

„Ich glaube, sie wird es verstehen. Warte doch erst mal ab und schau, wie es wird, okay?", versuchte ich sie aufzumuntern.

Sie nickte kurz und startete den Motor. Wir fuhren zur Tankstelle und Alice bezahlte die Tankfüllung mit der Firmenkarte, die einen speziellen Magnetstreifen hatte. Als sie wiederkam, wehten ihre langen Haare im Wind und ich spürte, wie mein Bauch kribbelte. Was für eine wunderschöne Frau sie doch war. Sie ließ sich auf den Sitz fallen und steckte den Kassenbeleg sowie die Karte weg.

Ich legte meine Hand auf ihren Oberschenkel und Alice sah mich fragend an. „Bist du bereit?", wollte ich wissen.

„Ich dachte schon, du wärst gestern auf den Geschmack gekommen und willst Sex“, lachte sie und streichelte meine Finger. „Ich bin bereit“, sagte sie schließlich und wir fuhren zu mir.

Alice parkte und schaute auf ihr Handy. „Senta wollte mir eigentlich schreiben, wenn sie bei euch sind“, meinte sie traurig und in dem Moment bekam sie die SMS, auf die sie so sehr gewartet hatte. „Wir sind da und alles ging gut“, las sie leise vor.

Alice stieg aus und ich holte schnell unsere Taschen aus dem Auto. Sie nahm meine Hand und ich konnte ihre Nervosität spüren. So verspannt hatte ich sie noch nie erlebt und ich hatte keine zündende Idee, wie ich sie hätte beruhigen können. Wir gingen nach oben zur Wohnung und vor der Tür atmete sie noch einmal tief durch.

Mutti begrüßte uns lautstark und machte sich daran, Kaffee zu kochen, während ich schnell die Taschen in mein Zimmer brachte.

In der Wohnzimmertür stand Thea. Sie lächelte und ich konnte erkennen, dass sie wässrige Augen hatte. „Alice“, flüsterte sie, nahm ihre Tochter in die Arme und drückte sie fest an sich. „Alles Liebe zum Geburtstag, mein Kind“, schluchzte sie.

Ich stand im Flur und beobachtete lächelnd die Szene. Mutti gab mir eine Kaffeetasse. Ich nickte ihr dankend zu und nahm einen Schluck.

Thea war eine große, schlanke Frau, die ihre langen blonden Haare hochgesteckt hatte und mindestens genauso hübsch war wie ihre Tochter. Sie trug eine weiße Bluse mit Blumenstickereien und eine graue Stoffhose.

„Ich habe dich so vermisst“, schluchzte Alice und Thea strich ihr über die Haare.

„Ich habe dich auch vermisst. Ich soll dich ganz lieb von Agnes, Sascha und Paul grüßen“, flüsterte sie kaum hörbar. Alice klammerte sich an ihre Mutter und diese küsste ihre Stirn, so wie ich es immer tat.

„Du hast alles richtig gemacht, Sarah“, raunte mir Mutti zu und blickte mich stolz an. Sie streichelte mir über den Kopf und ich lehnte mich an sie.

Ich stand einfach nur da und sah den beiden zu, wie sie sich in den Armen lagen. Meine Alice war überglücklich und hatte endlich ihre Mutter wieder. All die Tränen, die sie geweint hatte, waren vergessen.

Auf einmal blickte Thea mit geröteten Augen zu mir herüber. „Danke, Sarah. Ich würde dir gerne so viel sagen und dir zeigen, wie dankbar ich bin, aber ich kann es nicht in Worte fassen.“ Sie hatte eine sehr sanfte Stimme, die bestimmt gut Geschichten erzählen konnte.

„Ich habe nicht viel gemacht“, wich ich aus und wurde rot.

Sie löste sich aus der innigen Umarmung mit Alice und herzte mich. „Du hast dich um meine Tochter gekümmert. Das bedeutet mir sehr viel. Ich habe doch nur noch sie", bekannte sie mit tränenerstickter Stimme.

Ich streichelte ihr über den Rücken und lächelte. Sie roch nach Rosenwasser, was ich als sehr angenehm empfand.

Thea ließ mich los und sah mich eindringlich an. „Wenn du die Frau bist, die meine Tochter liebt und mit der sie den Rest ihres Lebens verbringen will, dann ist das für mich in Ordnung. Du scheinst ein sehr liebevoller und einfühlsamer Mensch zu sein. Ich freue mich, dich endlich persönlich kennenzulernen", sprach sie ruhig. Sie hatte tiefe Lachfalten, die sie sehr sympathisch wirken ließen. Über dem Auge klebten zwei kleine Pflaster. Es war für mich unverständlich, wie man einem Menschen, den man liebte, so was antun konnte.

„Lasst uns ins Wohnzimmer gehen", mischte sich nun Mutti ein und wir folgten ihrem Vorschlag.

Ich setzte mich in meine Ecke und Alice nahm neben mir Platz. Thea ließ sich gerade neben ihrer Tochter aufs Sofa sinken, als mein Bruder, den ich heute noch gar nicht gesehen hatte, aus seinem Zimmer kam.

„Hallo, ich bin Marco", stellte er sich bei Thea vor.

„Hallo, ich bin Alice' Mutter Thea", antwortete sie, woraufhin er höflich nickte und wieder in seinem Zimmer verschwand.

Mutti brachte für uns alle Kaffee und eine Obsttorte, die sie anlässlich Alice' Geburtstag gebacken hatte.

„Ich bin so froh, dass du hier bist und dass alles geklappt hat. Das ist das wundervollste Geschenk, das man mir hätte machen können", raunte Alice ihrer Mutter zu und spielte dabei gedankenverloren mit dem Anhänger der Kette. Ich trank etwas Kaffee, während Mutti den Kuchen in Stücke schnitt. Eigentlich hatte ich überhaupt keinen Hunger.

„Es ist schön, dich so glücklich zu sehen, Alice. Ich habe Thea am Flughafen gleich erkannt, ihr seht euch sehr ähnlich", berichtete meine Mutter, während sie allen ein Kuchenstück auf den Teller legte.

Alice sah zu mir und nahm meine Hand. „Ohne dich hätte ich niemals den Mut gehabt, das alles durchzuziehen. Danke, mein Schatz." Ihre Augen waren gerötet und ich küsste ihren Handrücken.

„Nicht dafür. Ich habe eigentlich nichts gemacht, Mutti war die Strippenzieherin. Ihr musst du danken", winkte ich bescheiden ab.

„Ach, jeder hat seinen Beitrag geleistet", wich Mutti aus und nahm einen Bissen vom Kuchen.

Ich ergriff meinen Teller, lehnte mich auf dem Sofa zurück und mampfte mein Stück Kuchen, das köstlich schmeckte. Ja, die Idee war von mir gekommen, aber dass Thea jetzt wirklich hier bei uns saß, verdankten wir nur meiner Mutter und ihren unzähligen Freunden, die überall in der Welt verstreut waren.

Während des Essens war es still und nach einer Weile lehnte sich Alice an mich und gab mir einen Kuss. „Ihr beide seid ein sehr schönes Paar", lächelte Thea und ich spürte die Röte in meinem Gesicht. Komplimente. Damit musste ich umzugehen lernen.

„Danke, Mama. Ich hoffe, dass ihr beide euch gut verstehen werdet. Sarah bedeutet mir sehr viel, sie ist eine wundervolle Frau, die ich in meinem Leben nicht mehr missen möchte."

„So toll, wie Alice mich hier darstellt, bin ich nicht. Ich habe auch meine Macken und Fehler, aber damit kann sie wohl gut leben", entgegnete ich und Thea beugte sich zu mir.

„Als ich dich vorhin sah, wusste ich sofort, dass du ein gutes Herz hast. So was spürt man, und wenn Alice sagt, dass du eine liebevolle Person bist, dann glaube ich ihr das", erklärte sie ruhig und nahm einen Bissen von ihrem Kuchen. Noch ein Sturkopf, der das letzte Wort haben musste.

„Ihr habt bestimmt viel zu bereden. Wir lassen euch mal alleine", warf Mutti ein. Alice gab mir einen Kuss, bevor ich meiner Mutter in die Küche folgte, wo ich mich nachdenklich an die Arbeitsplatte lehnte.

„Was ist los? Du wirkst so bedrückt", fragte sie und machte mir noch einen Kaffee.

„Ich weiß es nicht, ich freue mich voll, dass Alice ihre Mutter bei sich hat, aber ich habe so ein komisches Bauchgefühl. Irgendwas wird passieren, ich spüre das. Ich kann es mir auch nicht erklären." Ich überlegte angestrengt und massierte meine Schläfen.

„Selbst wenn etwas passiert, werden wir auch das meistern. Wir haben bisher immer einen Weg gefunden", lächelte Mutti.

Ich nahm meinen Kaffee und betrachtete sie. Sie wirkte erschöpft, aber überglücklich. Meine Mutter liebte es, Gutes zu tun. Wenn es Karma wirklich gab und man Punkte sammeln konnte, war sie bestimmt schon im Premiumbereich. Jeden Morgen gab sie den Obdachlosen am Markt ein Frühstück aus und sie war in diversen Hilfsorganisationen tätig. Ich hatte schon als kleines Mädchen ihr Engagement und ihren Tatendrang bewundert, die Welt ein kleines Stück besser machen zu wollen. Ich schob meine Bedenken und mein undefinierbares Bauchgefühl beiseite. Dafür war jetzt absolut kein Platz.

Wir bereiteten zusammen das Abendessen vor, zu meiner Überraschung half uns Marco. Er schälte die Kartoffeln und brachte sogar den Müll runter.

Als ich ihn fragte, warum er das nicht immer täte, meinte er: „Ich habe ja gesagt, ich will helfen. Also fange ich klein an und versuche, mich ein wenig nützlich zu sein. Zocken kann ich auch noch später“, feixte er und spülte die Kartoffeln ab.

„Ich dachte immer, dass du ein kleiner, nerviger Zwerg bist, aber momentan zeigst du deine liebenswerte Seite, die mir sehr gut gefällt. Bleib bitte so und wir zocken vielleicht mal zusammen“, schlug ich ihm vor und seine Augen strahlten.

„Ich werde dich fertigmachen“, witzelte er.

„Träum weiter“, entgegnete ich und Mutti lachte.

„Es ist schön, dass ihr euch annähert. Hat ja lange genug gedauert. Große Schwestern sind wohl doch nicht so doof, wie du immer dachtest, hm?“, zwinkerte sie Marco zu, der den Müllsack zuknotete und zur Tür hinaus verschwand. Mutti schob den mit Zwiebeln und Speck eingehüllten Rollbraten in den Ofen und stellte die gewünschte Temperatur ein. „Ich bin es gar nicht mehr gewohnt, für so viele Leute zu kochen“, gestand sie und ich musste schmunzeln.

„Es ist nur eine Person mehr als gestern, auch wenn Alice für zwei isst.“ Kaum merklich schüttelte ich den Kopf. Sie musste doch aus einer Mücke keinen Elefanten machen.

„Hast du mal überlegt, dass sie eventuell schwanger ist?“, fragte Mutti und sah mich schief an.

„Mutti, sie ist lesbisch. Ich glaube nicht, dass die Windbestäubung bei Menschen funktioniert. Und ich kann mir so viel Mühe geben, wie ich will, schwängern werde ich sie sicher nicht“, erwiderte ich. Mutti verdrehte die Augen. Das war wohl eine Information, die sie nicht haben wollte.

„Alice hatte schon als kleines Kind einen gesunden Hunger.“ Wir zuckten zusammen, als Thea plötzlich in der Küchentür stand. „Ich wollte nur für Alice und mich ein Glas Wasser holen“, erklärte sie lächelnd.

„Ich bringe euch gleich etwas, ich schneide nur schnell die Gurken fertig“, antwortete ich hastig und säbelte mir in meiner Aufregung fast die Fingerkuppe ab. Mein Gewissen schielte über seine Brille und seufzte leise. „Pass ein bisschen besser auf“, brummte es.

Ich brachte zwei Flaschen Mineralwasser und zwei Gläser ins Wohnzimmer. Alice lächelte mich liebevoll an und gab mir als Dankeschön einen sanften Kuss. „Setz dich doch kurz zu uns. Wir wollten ohnehin mit dir reden“, bat mich Thea. Ich nahm neben Alice Platz und war etwas verwirrt. „Meine Tochter hat mir alles erzählt, von eurem Kennenlernen bis hin zum heutigen Tag und ich muss sagen: Bitte bleib so! Du hast ihr Leben verändert und sie ist so glücklich und beflügelt von deiner Liebe. Ich möchte, dass wir zu jedem Zeitpunkt offen und ehrlich miteinander reden können. Versteh aber auch, dass das alles für mich sehr neu ist und ich vielleicht ein wenig Zeit brauche, um mit dir und deiner Art klarzukommen. Wie du bereits weißt, sind wir katholisch, was nicht heißen soll, dass wir spießig und erzkonservativ sind, denn dann würde ich nicht hier sitzen. Ich brauchte auch ein wenig Zeit, um zu verstehen, dass meine Alice Frauen liebt. Jetzt wo ich dich kennengelernt habe, kann ich nachvollziehen, warum sie sich in dich verliebt hat. Du hast ein Lächeln, das ansteckt, und deine Augen strahlen so viel Liebe und Ehrlichkeit aus, wie ich es schon lange nicht mehr erlebt habe. Wenn du Alice ansiehst, kann man das am besten spüren. Du liebst sie aus tiefstem Herzen. Meinen Segen habt ihr."

Ich war sprachlos und wusste nicht, was ich sagen sollte. Wir kannten uns nicht mal zwei Stunden und sie gab uns bereits ihren Segen. „Ich bin gerade ein bisschen platt. Ich freue mich, dass du da bist und dass vor allem Alice glücklich ist. Ich hoffe, dass wir beide ein gutes Verhältnis aufbauen können und du hier in Rostock neu anfangen kannst. Ich werde zusammen mit meiner Mutter Himmel und Hölle in Bewegung setzen, dass es dir hier gut geht." Ja, die Aussage mit Himmel und Hölle hätte ich mir verkneifen können, doch sie wollte, dass ich ehrlich war, also musste sie auch mein freches Mundwerk kennenlernen. Daran führte kein Weg vorbei. Ich knetete die ganze Zeit über meine Hände, weil ich so was einfach nicht kannte.

Alice streichelte mir über die Wange und ich schmiegte mein Gesicht an ihre Handfläche. „Liebling wir werden das alles zusammen schaffen. Ich habe noch eine Frage: Würdest du mich begleiten, wenn ich Mama nachher zu meiner Wohnung bringe?", bat sie und ich stimmte sofort zu.

„Kann ich euch in der Küche helfen?", warf Thea nun ein.

„Da musst du mit Mutti reden, ob noch etwas gemacht werden muss. Ich bin in der Beziehung leider überfragt", antwortete ich ihr bedauernd und Thea verschwand in die Küche.

Alice lehnte ihren Kopf an meine Schulter. „Danke, mein Schatz."

„Wofür denn?"

„Dass du einfach da bist. Ich habe Mutti alles von dir erzählt, was sie wissen muss, um mit dir normal umgehen zu können. Dass du halt nicht so gut darin bist, Gefühle auszudrücken, und so was", berichtete Alice und strich sich die Haare aus dem Gesicht. „Sie findet übrigens mein Kleid und die Kette wunderschön", fügte sie hinzu.

„Das Kleid hast du dir selbst ausgesucht und die Kette war ein Spontankauf. Ich freue mich sehr, dass sie dir und deiner Mutter gefällt."

Alice küsste mich liebevoll. Meine Welt war perfekt.

Kapitel 24

Mutti und Thea hatten bereits den Tisch gedeckt. Alice' Magen knurrte deutlich hörbar, als Mutti den Braten aufschnitt.

„Einen kleinen Augenblick musst du dich noch gedulden, Liebes", lachte sie und Alice grinste verlegen.

Sie hatte laut Aussage ihrer Mutter die halbe Torte alleine gegessen und ich war aufs Neue verwundert, wie diese schlanke Frau so viel essen konnte, ohne dass sie zunahm. Ich musste eine Tafel Schokolade nur ansehen und hatte ein Kilo mehr auf den Rippen.

Mutti stellte den Braten auf den Tisch und füllte Alice' Teller als Erstes. „Danke, Senta, das sollte erst mal reichen", meinte sie und Mutti befüllte die Teller von Marco und Thea.

Als alle ihr Essen hatten, faltete Thea ihre Hände. Alice tat es ihr gleich. Es war für mich eine ungewöhnliche Situation, doch ich legte aus Höflichkeit und Respekt die Hände zusammen und der Rest meiner Familie machte mit. Thea sprach ein kurzes Tischgebet, das ich zu meiner Überraschung kannte. Diese Rituale waren mir noch aus dem Religionsunterricht bekannt, nur war es für mich nie ein Thema gewesen, welcher Religion jemand angehörte. Wenn man freundlich zu mir war und mir respektvoll gegenübertrat, tat ich dasselbe. Eine einfache Gleichung.

An unserer Berufsschule standen öfter mal ältere Leute und verteilten kleine Bibeln, die ich in einem Karton unter meinem Bett sammelte. Ich diskutierte gerne mit ihnen, was sie dazu bewegte, an jemanden zu glauben, den sie noch nie gesehen hatten, und ich bekam immer die gleiche Antwort. „Der Herr hat viele Gesichter. Vielleicht hast du ihn bereits gesehen, aber ihn nicht erkannt."

In meine Gedanken vertieft, stocherte ich in meinem Essen herum.

„Sarah, ich glaube, dich beschäftigt etwas." Mutti sah mich schief an und ich stopfte mir einige Kartoffeln in den Mund, um nicht antworten zu müssen, doch sie war geduldig und wartete, bis ich hinuntergeschluckt hatte. Wie gerne hätte ich ihre Geduld und ihren Ehrgeiz gehabt. Es half also nichts, es totzuschweigen.

„Na ja, ich muss mich erst an diese Tischgebetssache gewöhnen und habe ein bisschen überlegt", gestand ich und erzählte die Geschichte mit den Bibeln. „Ich finde Religionen sehr interessant, aber ich kann mir nicht vorstellen, einer Kirche beizutreten“, warf ich ein und widmete mich wieder meinem Essen. „Ich mag Kirchen, zumindest ihre Architektur. Wir waren mal in Spanien in einer Kathedrale und ich liebte die Atmosphäre“, fügte ich noch schmatzend hinzu.

„Ich verstehe dich, Sarah. Wir wurden auch oft gefragt, warum wir an Gott glauben und uns an etwas nicht Greifbares klammern. Es gibt uns Kraft und Liebe, die mir persönlich sehr guttut. In der Gemeinde bekommt man stets Hilfe, egal, um was es geht“, meinte Thea und lächelte mich an. Alice rutschte unruhig auf ihrem Platz herum. „Alice redet nicht gern über unseren Glauben. Sie war schon damals auf der katholischen Schule eine Rebellin, trotzdem hatte sie immer gute Noten. Wie oft saßen wir beim Direktor, weil sie wieder etwas ausgefressen hatte“, lachte Thea.

„Können wir das Thema wechseln, mir ist das ein wenig unangenehm, Mama“, murmelte Alice verlegen und schaufelte ihren Teller in Rekordzeit leer.

Thea streichelte ihr über den Rücken und schenkte ihr ein liebevolles Lächeln. Marco fand das Thema offenbar interessant und stellte viele Fragen, die Thea alle beantwortete.

„Mutti, ich will nächstes Jahr in den Religionsunterricht und noch mehr erfahren“, bettelte er unsere Mutter an.

„Wenn du es möchtest, dann werde ich deine Klassenlehrerin darüber informieren.“

Wie ein Schwamm wollte er alles an Wissen aufsaugen, diese Tatsache brachte mich zum Schmunzeln. „Bitte, Marco, werd nie wieder zu diesem kleinen Egozentriker, der du warst. So gefällst du mir viel besser“, flehte ich im Stillen.

Alice hielt sich den Bauch und maulte, dass sie Bauchschmerzen hätte.

„Du hast den halben Rollbraten alleine gegessen, kein Wunder, dass dein Magen rebelliert. Ich mach dir einen Tee, dann sollte es dir bald besser gehen“, munterte ich sie auf und stellte den Wasserkocher an. „Möchtest du ein bisschen Honig dazu?“, rief ich ihr über die Schulter zu.

„Nein, danke. Ich trinke den so“, seufzte sie. Ich grinste in mich hinein. Da waren ihre Augen wieder größer gewesen als der Magen.

Der Wasserkocher schaltete sich aus, ich goss den Tee auf und stellte ihn Alice hin. Sie bedankte sich und ich half Mutti, den Tisch abzuräumen. Thea gesellte sich zu uns und Mutti holte die Sektgläser aus dem Schrank.

„Ich trinke keinen Alkohol“, sagte Alice’ Mutter.

„Das hatte ich total vergessen, tut mir leid, meine Liebe.“

Ich öffnete die Sektflasche und befüllte die Gläser. Thea bat stattdessen um ein Glas Saft, damit sie mit uns auf Alice' Wohl anstoßen konnte. Alice küsste mich innig. „Auf die wundervollste Frau, die mir so viel Liebe schenkt. Ich liebe dich sehr, mein Schatz."

Ich grinste und leerte mein Glas in einem Zug. Es war doch ihr Geburtstag, nicht meiner. Ich verzog das Gesicht und schüttelte mich. „Ich weiß schon, warum ich lieber Whiskey trinke", murmelte ich und holte den Bourbon aus meinem Zimmer.

„Du hast morgen Berufsschule", beschwerte sich Mutti und stemmte ihre Hände in die Hüften.

„Ich will mich auch nicht abschießen", knurrte ich zurück und nahm mir eine Cola aus dem Schrank.

Mutti achtete penibel darauf, dass ich mir nicht zu viel Whiskey einschenkte, und schürzte die Lippen. Ich trank einen Schluck und lehnte mich zurück. Volljährig zu sein, hieß also, trotzdem nicht alles machen zu dürfen, zumindest wenn man noch bei den Eltern wohnte.

Alice und Thea wollten nach der Schule in die Stadt und ich überlegte, was ich in der Zeit machen könnte.

„Komm doch mit, Senta begleitet uns auch. Oder willst du lieber was alleine machen?", fragte Alice.

Ich stimmte zu und überlegte, was ich eigentlich sonst immer nach der Berufsschule gemacht hatte. Mir fiel ein, dass ich eigentlich das Grab meines Vaters hatte besuchen wollen, was ich immer noch nicht nachgeholt hatte.

Alice und ich brachten Thea zur Wohnung. „Wenn etwas ist, ruf mich an, ja?", schärfte Alice ihrer Mutter ein und umarmte sie zum Abschied.

„Schlaft gut, ihr beiden, wir sehen uns morgen Nachmittag."

Anschließend spazierten wir nach Hause. Die Luft war herrlich und wir beobachteten die Sonne, die langsam unterging.

„Ich möchte gern mit dir das Grab meines Vaters besuchen. Ich war schon eine Weile nicht mehr da", durchbrach ich die himmlische Stille.

„Das können wir gerne machen. Freitag haben wir Zeit." Sie drückte meine Hand und ich schloss die Eingangstür auf.

Das Grab meines Vaters war mein zweiter Rückzugsort, wenn es mir schlecht ging. Ich redete dann auf den Grabstein ein, bis ich mich etwas besser fühlte. „Dann muss ich vorher noch Blumen besorgen", murmelte ich gedankenverloren.

„Wir suchen ein paar schöne für deinen Vater aus. Es bedeutet mir sehr viel, dass du mir sein Grab zeigst." Wie schon so oft nahm sie mein Gesicht in ihre Hände und lächelte mich an. Wie konnte man nur so einfühlsam sein und so viel Verständnis für mich verkorkste Person aufbringen?

Als wir in meinem Zimmer waren und endlich im Bett lagen, massierte ich Alice' Rücken im Kerzenschein. Sie genoss es sehr und erzählte mir, was sie mit ihrer Mutter besprochen hatte. „Ich habe noch nie so viel geweint wie heute. Nicht, weil ich traurig bin, sondern eher vor Glück, dass sie hier ist. Ich freue mich so sehr auf morgen", murmelte Alice müde und ich beendete nach einer gefühlten Ewigkeit die Massage.

Meine Hände schmerzten schon und ich legte mich neben meine Liebste. Ganz kurz verschwendete ich einen Gedanken daran, ihr von meinem unguten Bauchgefühl zu erzählen, ließ es dann aber sein. Ich wollte sie nicht unnötig beunruhigen.

„Es wird schön werden, und da es nicht mehr so warm ist, muss ich mir auch keine Sorgen machen, dass du umkippst", schmunzelte ich.

Alice kuschelte sich an mich und küsste mein Schlüsselbein. „Ich liebe dich. Schlaf gut", nuschelte sie, und bevor ich antworten konnte, war sie auch schon eingeschlafen.

Kapitel 25

„Fahr doch endlich, du Vogel!“, brüllte ich den Autofahrer vor uns an.

Alice sah mich erschrocken an. „Wer bist du und wo hast du meine Sarah gelassen?“, fragte sie.

Ich war absolut entnervt und konnte mir nicht erklären, warum. Ich vermutete aber, dass es an etwas Simplem lag. Ich hatte meine Tage bekommen und war mal wieder hoffnungslos in meinem Stimmungswirrwarr gefangen. Ich hatte gehofft, dass ich meine Gefühlsausbrüche verdrängen könnte, und dann brachte mich etwas derart Banales wie ein Autofahrer, der das Gaspedal nicht fand, aus der Fassung.

Alice streichelte meinen Oberschenkel und grinste in sich hinein. Sie schien es wohl witzig zu finden, dass ich so explodierte. Ich ließ mich in meinen Sitz fallen und schnaufte leise.

„Wegen dem Idioten kommen wir zu spät und Frau Miller hasst mich sowieso schon. Dann stehe ich wieder im Klassenbuch, und wenn meine Mutter das rausfindet, gibt es zu Hause Ärger. Toller Tag, so kann es weitergehen“, brummte ich sarkastisch und strich mir durch die Haare.

„Hast du schon mal überlegt, Schauspielerin zu werden? Du bist echt super“, bemerkte Alice und bog dann in die Seitenstraße ein. Sie räusperte sich kurz. „Spaß beiseite. Deine Mutter wird dich nicht übers Knie legen und außerdem kann man es doch plausibel erklären. Ansonsten spiel ich die Alice-Karte aus“, sagte sie und kraulte mich im Nacken.

Mit gerunzelter Stirn sah ich zu ihr. „Was ist denn bitte die Alice-Karte?“, fragte ich verwirrt.

Ihre Lippen formten sich zu einem breiten Grinsen. „Wenn ich jemanden vom Gegenteil überzeugen kann, ohne großartig etwas zu machen. Das beste Beispiel war heute Morgen. Ich wollte unbedingt dein Lieblingsshirt anziehen, das du so sehr magst und absolut nicht hergeben wolltest, und ich habe dich umgestimmt – ohne jeglichen Widerstand deinerseits. Das ist die Alice-Karte. Das hat schon bei der Hausdame funktioniert, wenn ich ausgehen wollte, aber eigentlich Hausarrest hatte. Einfach ein bisschen lieb gucken und schon hatte ich sie um den Finger gewickelt.“ Sie zwinkerte mir zu und bog auf den Sandweg zur Berufsschule ab.

Endlich kamen wir auf dem Parkplatz an. Ein Blick auf die Uhr sagte mir, dass wir nur zehn Minuten zu spät waren. Trotzdem würde Frau Miller mir die Hölle heißmachen. „Bis später, Liebling. Ärger Frau Miller nicht zu sehr“, belehrte mich Alice und gab mir einen flüchtigen Kuss.

Ich rannte die Treppen hoch und riss die Tür auf.

Frau Miller sah mich verwirrt an und verschränkte dann die Arme vor der Brust. „Warum bist du zu spät?“, fragte sie ungeduldig und schürzte die Lippen.

Ich kratzte mich am Kopf. Mist, eine Ausrede hatte ich mir nicht zurechtgelegt. Ich beschloss, die Wahrheit zu sagen. „Ein Schwachmat war nicht in der Lage, das Gaspedal zu finden, und deswegen hat die Fahrt länger als üblich gedauert.“

„Dann solltest du wohl nächstes Mal früher losfahren oder den Bus nehmen, so bist du wenigstens pünktlich. Setz dich“, befahl sie mir und ich ging zu meinem Platz, wo Sam schon auf mich wartete.

„Konntet ihr beide etwa nicht die Finger voneinander lassen und seid deswegen zu spät?“, feixte er und ich rammte ihm meinen Ellenbogen in die Rippen, bevor ich meine Unterlagen auspackte. Ein kleiner Notizzettel klebte auf einer leeren Seite.

*Lass dich nicht von der Ziege ärgern. Ich denk an dich. :**

Ich schmunzelte und steckte die kleine Liebesbotschaft von Alice in meine Hemdtasche.

Frau Miller gab mir meine Aufzeichnungen wieder, die sie letzte Stunde eingesammelt hatte. Oben rechts stand eine Eins und ich war mindestens genauso fassungslos wie Sam, der zu mir herüberspähte.

„Du hattest noch nie eine Eins in Rechnungswesen“, staunte er und nahm die Arbeit. „Seit wann schreibst du so sauber?“, fügte er hinzu.

„Alice“, brummte ich und schrieb das Tafelbild ab. Mein Handy vibrierte in meiner Hosentasche und schnell las ich Alice’ Nachricht.

*Na, hat sie dich ganz gelassen oder muss ich nachher deine Wunden lecken? :**

Ich tippte schnell eine Antwort, doch Frau Miller bemerkte es und ich musste mein Handy bis zum Ende des Unterrichts abgeben. Sie hätte mir alles nehmen können, aber doch nicht mein Telefon, wie sollte ich jetzt den Unterricht totschlagen? Ich versuchte mich zu konzentrieren, was jedoch nur mäßig funktionierte. Die meiste Zeit erzählte ich Sam von Thea und Frau Miller nahm mich heute auffällig oft dran, was mich aber nicht störte. Ich beantwortete jede ihrer Fragen und ließ sie erstaunt dastehen. Zufrieden grinsend lehnte ich mich zurück. Netter Versuch, aber so doof, wie sie dachte, war ich dann doch nicht.

Endlich klingelte es und ich durfte mein Handy wieder an mich nehmen. „Erwische ich dich noch mal, wie du in meinem Unterricht Nachrichten schreibst, landet es beim Schulleiter“, drohte sie mir und ich musste mir auf die Zunge beißen, um mir meinen Kommentar zu verkneifen. Garstige Ziege!

Sam und ich verließen den Raum. Draußen wartete Alice bereits auf mich. „Wieso hast du nicht geantwortet? Ich habe mir schon Sorgen gemacht“, fragte sie und sah mich prüfend an.

„Sie hat mich erwischt und mein Handy eingezogen“, grummelte ich und nahm den Kaffee, den Alice mir mitgebracht hatte. „Danke, den brauche ich jetzt. Ich musste aufpassen.“

Sie lachte und streichelte mir über den Arm, als ein junger Mann uns störte.

„Hey, Alice, kann ich kurz mit dir reden?“, stammelte er unbeholfen. Die Seiten seines Kopfes waren kurz rasiert und auf seiner Schädeldecke thronte ein kleiner Zopf. Menschen, die solche Frisuren hatten, wurden von mir kategorisch als Mülltüte deklariert. Er trug ein langes T-Shirt, kombiniert mit einer engen Hose, die eher einem Babystrampler ähnelte, und weiße Sneakers.

„Schieß los“, lächelte Alice ihn an und er wurde rot.

„Ich würde gerne mit dir unter vier Augen reden, wenn es in Ordnung ist“, stotterte er und die beiden gingen ein Stück beiseite.

Ich ließ sie nicht aus den Augen, was Sam nicht entging. „Ich wette, er will sie daten.“

„Er hat sie angefasst“, knurrte ich und beobachtete, wie der Typ meiner Liebsten an den Arm griff.

„Bleib ruhig, Alice kann mit so was umgehen. Sie ist doch nicht auf den Mund gefallen“, versuchte Sam mich zu beschwichtigen, doch in mir brodelte es bereits. Dieser Idiot hatte meine Freundin angefasst. In Gedanken ratterte ich meinen Schimpfwortkatalog herunter.

Alice kam wieder und bemerkte den vernichtenden Blick, den ich dem Kerl zuwarf. „Er wollte nur wissen, ob ich Single bin und ob ich nicht vielleicht mit ihm ausgehen möchte“, seufzte sie.

Ich nahm einen Schluck Kaffee, um das Ganze nicht kommentieren zu müssen. Hatte er etwa noch nicht mitbekommen, dass Alice in festen Händen – in MEINEN festen Händen – war?

Meine innere Erregung blieb natürlich nicht unbemerkt und Alice baute sich vor mir auf. „Ich weiß, dass du innerlich tobst und ihn zerfetzen möchtest, aber sieh doch bitte mal das Positive: Du hast mich. Niemand anders. Also hör auf, so böse zu gucken“, fuhr sie mich an und ich hätte niemals gedacht, dass es mich anmachen würde, wenn sie derart wütend mit mir sprach.

Ich zog eine Schnute und lehnte mich an die Wand. „Was würdest du tun, wenn mich eine andere Frau oder ein Typ anmacht?“, fragte ich trotzig.

„Ich würde ruhig bleiben und nicht so abheben wie du. Bei Typen würde ich mir überhaupt keine Sorgen machen, weil du den ganz klein mit Hut zusammenfalten würdest. So was nennt man Vertrauen“, antwortete sie ruhig.

Ich erschrak vor mir selbst und merkte, dass Alice recht hatte. Ich musste ihr vertrauen, sonst würde es mit uns nicht lange gut gehen. Ich ließ den Kopf hängen und starrte in meinen Kaffee. „Es tut mir leid“, flüsterte ich. Alice küsste meine Wange und verschwand die Treppen hinunter.

Der Tag hätte nicht noch beschissener werden können.

„War ich gerade bei eurem ersten Streit dabei?“, fragte Sam ungläubig und ich seufzte leise.

„Scheinbar ja und ich fühle mich echt scheiße“, grummelte ich und ging zurück in den Raum. Ich warf den leeren Kaffeebecher in den Mülleimer und ließ mich auf meinen Stuhl fallen. Ich war wirklich ein absoluter Volltrottel, wegen eines Typen so an die Decke zu gehen.

Es klingelte und ich machte mich bereit, 90 Minuten lang genervt über irgendwelchen Buchungssätzen zu kauern. Das Risiko, noch mal von Frau Miller erwischt zu werden, war mir zu hoch und ich beratschlagte mich mit Sam, was ich machen könnte, um mich mit Alice zu versöhnen.

„Erkläre es ihr. Das ist der einfachste Weg. Ansonsten sollen ja Rosen bei Frauen immer gut ankommen“, schlug er vor, während er etwas auf seinen Block kritzelte.

„Na klar, ich geh zu ihr hin und sage ihr, dass ich totale Angst habe, sie an jemand anderen zu verlieren. Sie vertraut mir und ich will das auch können. Ich hoffe, sie versteht mich“, brummte ich und schmierte meine Aufzeichnungen aufs Blatt. Alice würde mir dafür erneut an die Gurgel springen. Genervt warf ich meinen Stift beiseite. Ich seufzte leise und Frau Miller sah von ihrem Schreibtisch zu mir herüber.

„Brauchst du Hilfe, Sarah?“, fragte sie ungewohnt freundlich und ich schüttelte den Kopf. Sie widmete sich wieder ihren Arbeiten.

Die Stunde verging wider Erwarten recht schnell und ich schnappte mir rasch meine Sachen, um mit Alice zu reden. Ich wollte es nicht auf sich beruhen lassen, dass sie einfach wegging und wir uns anschwiegen. Sie kam aus dem Computerraum und zog mich ohne Umschweife aus dem Gebäude. Ich hatte Probleme, mit ihr Schritt zu halten, bis wir schließlich im Park ankamen. Sie stellte sich vor mich hin und sah mich erwartungsvoll an.

„Es tut mir leid, dass ich mich so scheiße benommen habe. Ich war wie ein Höhlenmensch, der sein Weibchen nicht teilen will, und ich verspreche dir, dass ich mich bessern werde. Bitte verzeih mir“, sprudelte es aus mir heraus.

Sie seufzte und streichelte mir über die Wange. Ich schmiegte mich an ihre Handfläche. „Du kannst so anstrengend sein, Schatz. Wirklich. Wir schaffen es aber zusammen, deine Eifersucht in den Griff zu kriegen, okay?“, flüsterte sie und legte ihre Stirn auf meine.

„Okay“, hauchte ich und spürte, wie es in meinem Bauch kribbelte, als sie mich liebevoll küsste.

„Es ist echt süß, wenn du versuchst, jemanden mit deinen Blicken zu töten“, schmunzelte sie, als sie sich auf die Bank setzte.

Ich verschränkte die Arme vor der Brust und hockte mich neben sie. „Na, schönen Dank auch. Kipp ruhig Salz in die Wunde“, maulte ich und kramte mein belegtes Brötchen aus meinem Rucksack, das wir uns vor der Schule beim Bäcker geholt hatten.

Alice zog mich an sich und legte ihren Kopf auf meine Schulter. „Willst du jetzt den ganzen Tag schmollen?“, säuselte sie mir ins Ohr.

„Ich bin einfach enttäuscht von mir selbst“, entgegnete ich und biss von meinem Brötchen ab.

„Du hast ganz schön ambitionierte Anforderungen an dich selbst und wirfst sie wohl gerne über Bord. Lass uns doch einfach gemeinsam daran arbeiten“, schlug Alice vor und nahm mir mein Brötchen weg.

„Ey, das ist meins!“, beschwerte ich mich und sah zu, wie sie es sich genüsslich in den Mund schob. Ich biss von der anderen Seite ab und grinste sie frech an. „Wie du mir, so ich dir“, schmatzte ich und nahm das Croissant aus der Tüte.

„Schatz, du bist wundervoll und ich liebe dich mit all deinen Macken und Fehlern“, nuschelte Alice mit vollem Mund.

Ich legte meinen Arm um sie und drückte sie an mich. Niemals im Leben hätte ich eine Frau gefunden, die mich so nahm, wie ich war ... außer Alice. Andere Frauen hätten mich nach so einer Aktion, wie ich sie vorhin gebracht hatte, zum Mond geschossen, doch sie tat das nicht. Sie investierte in diese Beziehung Liebe und Zeit, wofür ich ihr mehr als dankbar war. Ich wusste, dass ich nicht einfach war.

„Du bist die Richtige“, lächelte ich und wir aßen unser Mittagessen auf.

„Weißt du schon, was Mutti für den Nachmittag geplant hat?", fragte ich Alice, die immer noch ihren Kopf auf meiner Schulter hatte.

„Sie will Mama die Stadt zeigen und danach wohl mit uns ins Restaurant."

„Ins Restaurant?", wiederholte ich krächzend. Ich hasste so was, weil man sich meist total verstellte, ich irgendwie immer etwas verschüttete oder kleckerte.

„Ja, sie will mit uns Sushi essen gehen." Ich seufzte und Alice sah mich skeptisch an. „Stimmt etwas nicht?"

Ich gestand ihr, dass ich kein Fan von Restaurants war, dass ein Sushi-Lokal jedoch in Ordnung ging.

Sie kicherte und küsste meine Wange. „Ich mag auch keine Restaurants, aber Sushi geht immer. Ich hoffe, dass ich nicht zu gefräßig rüberkomme."

„Ich setz dich aufs Band, dann steigst du beim Koch einfach ab und futterst alles weg. Später roll ich dich in den Kofferraum und trag dich hoch ins Bett." Ich bekam für diese durchaus fiese Bemerkung einen Schlag auf den Oberschenkel. Alice sah mich schmollend an und ich kniff ihr in die Wange. „Du bist meine kleine Raupe Nimmersatt", lachte ich.

Sie sprang auf meinen Schoß und funkelte mich an. „Das ist eine bodenlose Frechheit!", empörte sie sich und legte meine Hände um ihre Hüfte.

„Mutti hat mich gefragt, ob du eventuell schwanger bist", schmunzelte ich, woraufhin Alice die Kinnlade herunterfiel. Ich streichelte ihren Bauch und grinste sie verwegen an.

„Meinst du, ich bin einmal zu oft nackt über eine Blumenwiese gelaufen?", fragte sie in spöttischem Ton und wir brachen in schallendes Gelächter aus.

Als wir uns wieder beruhigt hatten, beugte sich Alice zu ihrer Tasche hinüber und zog ein kleines Kästchen heraus. „Das hat mir meine Mutter geschenkt", erzählte sie und strich sich eine Strähne hinters Ohr.

Sie gab es mir und bedeutete mir, es zu öffnen. Ich musste zweimal schauen, bevor ich realisiert hatte, was es war. Ein silbernes Armband mit dem gleichen kleinen Engel als Anhänger, den sie um ihren schlanken Hals trug.

„Also, entweder ist das eine Fügung des Schicksals oder deine Mutter und ich haben den gleichen Geschmack", murmelte ich und verglich die beiden Engelsanhänger, die sich wie ein Ei dem anderen ähnelten. Ich nahm das Armband aus dem Kästchen und band es Alice um.

„Nun habe ich zwei Schutzengel. Die Welt kann untergehen und mir wird absolut nichts passieren", lächelte sie und ich streichelte ihre Hände. Ich wusste nicht, wie sie es anstellte, aber sie hätte mit ihrem Lächeln die dunkelste Ecke erleuchten können. Ich sah sie verliebt an und mein Bauch kribbelte wie verrückt. „Wir müssen langsam wieder los. Ich würde so gerne hierbleiben und mit dir den Tag vertrödeln“, seufzte Alice und rutschte von meinem Schoß.

„Nützt ja nichts, wir müssen zum Unterricht, sonst zieht Mutti uns beiden die Ohren lang“, warf ich ein und schwang mir meinen Rucksack auf den Rücken. Wir schlenderten zurück und hofften, dass die letzten beiden Unterrichtsstunden schnell vergehen würden.

Sams und mein Kopf lagen auf dem Tisch und wir lauschten dem eintönigen Monolog unserer Rechtslehrelehrerin. Wir spielten Schiffe versenken und ich war mal wieder am Verlieren. Sam hatte eine undurchschaubare Taktik entwickelt, die mich in die Verzweiflung trieb. Ich konnte versuchen, was ich wollte, ich hatte das Gefühl, ich traf nie ein Schiff von ihm. Gefrustet strich ich meine Haare, die ich heute Morgen mühevoll nach hinten frisiert hatte, zurück. Sam grinste und versenkte mein letztes Schiff. Er klappte die letzte Seite seines Blocks auf und erhöhte seine Strichliste um eins. Es stand in diesem Lehrjahr bereits fünf zu zwei und ich hatte das Gefühl, dass ich ihn wohl nicht mehr einholen würde. Ich rieb mir die Augen und war froh, als das Klingelzeichen den Feierabend einläutete.

„Habt ihr beide geschlafen?“, fragte Alice und musste sich das Lachen verkneifen. Sam und ich sahen wohl so aus, als wären wir gerade aus dem Bett gefallen.

„Rechtslehre halt. Sam hat mich beim Schiffeversenken haushoch geschlagen“, brummte ich müde, als wir zum Auto gingen. Sam verabschiedete sich und watschelte zur Bushaltestelle. Ich ließ mich auf meinen Sitz fallen und Alice verstaute unsere Taschen auf der Rückbank.

„Senta und Mama sind schon in der Stadt, wir treffen uns am Markt, sie meinte, du wüsstest ja, wo das ist“, teilte mir Alice mit, während sie sich anschnallte. Ich nickte müde und wir fuhren los. „Hier, ich habe mir schon gedacht, dass du müde sein wirst, wenn du aus dem Unterricht kommst.“ Alice griff nach hinten und zog einen Energydrink aus ihrer Tasche.

„Du denkst echt an alles“, meinte ich anerkennend und öffnete die Dose. Ich trank ein paar Schlucke und Alice summte leise vor sich hin. Ich zog eine Augenbraue hoch. Normalerweise war ich doch diejenige, die vor sich hin summte, es war für mich ungewohnt, dass sie irgendwelche Melodien von sich gab.

„Da seid ihr beide ja“, rief Mutti uns zu, als Alice und ich Hand in Hand über den Marktplatz schlenderten. Thea nahm erst Alice und dann mich in den Arm und herzte uns.

„Stadtführung schon beendet?“, fragte ich Mutti.

„Wir haben extra auf euch gewartet. Jetzt kann es losgehen", trällerte sie hochmotiviert und ging mit Thea voran. Alice und ich seufzten und trabten langsam hinterher.

Wir gingen durch die Einkaufsmeile, am Hafen entlang und blieben vor den kleinen Kirchen und Kapellen der Stadt stehen. Thea wollte jede Kirche gerne von innen betrachten und so zog sich unsere Führung ewig lang hin. Alice und ihre Mutter bestaunten die Fähren und Segelschiffe, die alten Fachwerkhäuser und die kleinen Geschäfte in den Seitenstraßen, von denen es mehr als genug gab.

Als Alice einen Donutladen entdeckte, huschte sie hinein und kam mit einer großen Packung Donuts wieder heraus. „Bedient euch ruhig, alle schaffe ich sowieso nicht", bot sie uns die bunten Süßigkeiten an und ich grinste.

„Du würdest drei solcher Packungen schaffen, Engelchen", feixte ich und nahm mir eines der Gebäckstücke aus der Schachtel heraus. Hätte ich bloß die Klappe gehalten. Alice warf mir einen vernichtenden Blick zu. Hastig drückte ich ihr einen Kuss auf die Wange, der sie wohl besänftigte.

Ich verstaute die restlichen Donuts in einer Tüte und wir gaben sie schließlich einem Obdachlosen, der in der Nähe einer Einkaufspassage saß. Er freute sich sehr, wünschte uns alles Gute und einen schönen Tag und grinste uns zahnlos zu.

Als wir wieder am Marktplatz ankamen, gab Mutti uns ein Eis aus. „Bei so viel Süßkram muss ich aufpassen, dass mir nicht die Hose zu eng wird", scherzte sie.

Wir setzten uns in den Schatten und sahen dem Treiben der gestressten Leute, die an den Läden vorbeihetzten, zu, während wir unser Eis verspeisten. Im Augenwinkel konnte ich beobachten, wie Alice ihre Portion verschlang. Ich streichelte ihr übers Bein. Wie konnte man nur so erotisch ein Eis essen?

„Wie du dein Eis isst, ist schon ein wenig verstörend", flüsterte ich ihr ins Ohr, als ich mich zu ihr hinüberbeugte. Sie grinste breit und leckte unbeirrt weiter. Zähneknirschend biss ich an meiner Waffel herum. Provozieren konnte sie wie keine Zweite.

„Ich verstehe schon, warum Alice immer ans Meer wollte. Es ist wunderschön hier", schwärmte Thea und ließ ihren Blick über den Marktplatz schweifen.

„Du hast den Strand noch nicht gesehen", warf ich ein.

„Auf den freue ich mich ganz besonders. Ich kenne ja nur die Berge", antwortete sie lächelnd.

„Vielleicht findest du ja einen Hühnergott", merkte Alice, die ihr Eis fast aufgegessen hatte, an.

„Was sind denn Hühnergötter?“, fragte Thea verwirrt. Mutti erklärte ihr, was es mit diesen besonderen Steinen auf sich hatte.

Nachdem alle aufgegessen hatten, gingen wir noch mal zum Hafen und genossen den Sonnenuntergang. Alice lehnte sich an mich und ich legte meinen Arm um sie.

„Es ist so schön hier, ich möchte nie wieder weg“, seufzte ihre Mutter und blickte verträumt auf die kleinen Segelboote, die am Steg anlegten.

„Thea, was hältst du davon, wenn wir morgen einen Segeltrip machen? Mein Freund Martin hat hier in der Nähe ein Boot liegen“, schlug Mutti vor und Thea war hellauf begeistert.

„Wir beide wollen morgen zum Strand“, verkündete ich, woraufhin Alice mich verdutzt ansah.

„Dann machen wir uns morgen einen schönen Tag auf See“, freute sich Mutti und schrieb Martin eine Nachricht.

„Liebling, soweit ich informiert bin, kannst du momentan nicht ins Wasser, wieso willst du dann mit mir zum Strand?“, raunte Alice mir zu, aber ich antwortete nicht. Ich hatte bereits andere Pläne für meine Liebste und mich.

„Lass dich überraschen“, brummte ich ihr zu und küsste ihre Stirn. Sie legte ihre Hand in meine und seufzte leise. Ich liebte es, sie auf die Folter zu spannen.

Wir saßen noch eine Weile da, bis Alice’ Magen so laut knurrte, dass Mutti aufsprang und wir zum Sushirestaurant gingen. Mutti hatte einen Tisch reserviert, welcher sich gleich am Anfang des Laufbandes befand. Alice und ich bestellten uns Cola und unsere Mütter nahmen jeweils ein Glas Wasser. Alice schaffte es nicht zu warten, bis die Getränke da waren, sondern bediente sich bereits an den vorbeifahrenden Tellern.

„Alice, nun warte doch noch einen Augenblick“, ermahnte Thea sie und Alice legte schmollend ihre Stäbchen beiseite. Sie wurde ganz rot und ich grinste in mich hinein. Wie artig sie sein konnte.

„So gierig, die junge Dame“, scherzte der Kellner, der unsere Getränke brachte.

Alice blickte zu ihrer Mutter, die langsam nickte, und meine Liebste machte sich über das Sushi her. Ich konnte von Glück sprechen, dass ich noch ein paar Maki und Nigiri abbekam.

„Schatz, nun lass den anderen Gästen wenigstens die Chance, etwas abzubekommen. Der Koch kommt kaum hinterher mit dem Sushirollen“, bat ich Alice. Sie legte eine kleine Pause ein und wartete geduldig, während Mutti Thea zeigte, wie man die Stäbchen am besten hielt.

„Ich habe noch nie Sushi gegessen“, gab diese verlegen zu und kämpfte mit dem asiatischen Besteck. Alice nahm ihr Handy und schrieb etwas. Sie schob es mir zu und ich las den Text.

Was hast du morgen vor und warum gucken mich die anderen Gäste so ungläubig an? Habe ich was im Gesicht?

Ich schmunzelte und schrieb ihr eine Antwort.

Du hast nach zehn Minuten bereits fünf Teller vor dir stehen, die können alle nicht glauben, dass in deinen wunderschönen, schlanken Körper so viel Essen hineinpasst.

Ich antwortete bewusst nicht auf die erste Frage, weil ich wusste, dass es Alice wahnsinnig machte. Ich schob ihr Telefon zu ihr zurück und nahm mir einen Teller mit Maki vom Band. Alice trat unter dem Tisch nach mir und ich musste mich beherrschen, um nicht mit ihr zu meckern. Ich sah sie böse an und sie griff aus Trotz gleich zu zwei Tellern mit Nigiri.

Ich reichte unseren Müttern ein wenig Sushi und hätte fast applaudiert, als Thea nach vielen kläglichen Versuchen ein Maki in den Mund manövrierte. Falls mal jemand einen Tipp fürs Abnehmen bräuchte, würde ich ihm einfach ein paar Stäbchen auf den Tisch knallen.

Ich zog den Notizzettel von Alice aus meiner Hemdtasche und gab ihn ihr. „Mit den besten Grüßen zurück an den Absender", grinste ich. Mutti machte einen langen Hals und versuchte zu lesen, was darauf stand.

Alice funkelte mich böse an. „Das bekommst du wieder", drohte sie mir und ich brach in schallendes Gelächter aus. Diese Neckereien mochte ich besonders, auch wenn ich wusste, dass die Retoure ziemlich fies für mich ausgehen würde.

Alice schnaufte und der Berg an Tellern türmte sich immer höher vor ihr auf. Thea grinste in sich hinein und ich vermutete, was sie dachte. Ja, Alice war unglaublich süß, aber auch unglaublich verfressen.

„Kannst du dich überhaupt noch bewegen, Engelchen?", fragte ich frech und wieder versuchte sie, mich zu treten.

„Du musst mich tragen, ich glaube, ich schaffe es nicht mehr, alleine zu gehen", maulte sie und strich sich über ihren vollen Bauch.

Ich trank meine Cola aus und Mutti bezahlte die Zeche.

Keuchend erhob sich Alice vom Tisch und griff nach meiner Hand. „Okay, ich habe es wirklich übertrieben", gab sie leise zu.

Als wir das Restaurant verließen, legte ich meinen Arm um ihre Hüfte und sie ihren um meine. „Kleine Raupe Nimmersatt", flüsterte ich ihr ins Ohr und sie kniff mir in den Po.

„Kleines Miststück", fluchte sie leise.

Alice ächzte beim Einsteigen und musste den Knopf ihrer Hose öffnen, um ordentlich sitzen zu können. Mutti fuhr Thea, die ziemlich müde war, zur Wohnung, während wir unser Zuhause ansteuerten. Ich fand das Schauspiel, wie Alice mit vollem Magen fuhr und schwer am Schnaufen war, äußerst amüsant und musste mir auf die Lippen beißen, damit ich nicht loslachte.

„Ich sehe das ganz genau, lach mich ruhig aus, du wirst schon sehen, was du davon hast", jammerte sie und bog eine Straße zu früh ab. Sie fluchte wie ein Rohrspatz und drehte bei der nächsten Gelegenheit um.

„Du hättest dort hinten rechts abbiegen können, dann wären wir auch angekommen", warf ich vorsichtig ein und Alice schlug mir auf den Oberschenkel.

„Komm du mir mal ins Bett, Frau Fischer", drohte sie mir und parkte das Auto. Als sie den Motor ausstellte, nahm ich unsere Taschen vom Rücksitz. Schnaufend stieg sie aus dem Wagen und knallte die Tür zu. „Ich schwöre dir, von Sushi bin ich erst mal kuriert. Mir ist schlecht", nörgelte sie, als sie um den Audi herumkam. Sie stellte sich neben mich und sah mich erwartungsvoll an. „Ich dachte, du trägst mich hoch, das hattest du mir doch in der Mittagspause versprochen", erinnerte sie mich.

Ich seufzte und gab ihr unsere Taschen. Ich beugte mich etwas hinunter und hob Alice mit einem Ruck hoch. So schwer war sie eigentlich nicht, nur hatte auch ich mehr als üblich gegessen. Sie legte ihre Arme um meinen Hals und ich trug sie mit viel Geschnaufe und Gekeuche in die Wohnung.

„Respekt, Liebling. Ich habe nicht erwartet, dass du es schaffst", lobte mich meine Liebste, als ich sie vor der Wohnungstür absetzte.

Marco riss diese urplötzlich auf und war vollkommen aus dem Häuschen. „Sarah, hier haben Leute geklingelt, die zu Alice wollten, aber ich habe nicht aufgemacht", sprudelte es aus ihm heraus.

„Lass uns erst mal rein", unterbrach Alice meinen kleinen Bruder.

Kurz nach uns traf Mutti mit Martin im Schlepptau ein. Marco erzählte, dass die Männer vor der Tür wissen wollten, ob hier eine Alice lebe, doch er wäre so clever gewesen, dies zu verneinen.

Ich verwuschelte lächelnd seine Haare. „Gut gemacht, kleiner Bruder. Ich würde gerne mal wissen, wer das war."

„Sie trugen einen Rosenkranz und einen Anstecker mit einer roten Rose, das konnte ich erkennen, als ich die Tür einen Spaltbreit geöffnet habe", erzählte Marco hastig.

Alice stand auf und verschwand in meinem Zimmer. Was war los? Ging es ihr nicht gut?

Ich folgte ihr und fand sie weinend auf meinem alten Sofa. Hilflos ließ ich mich neben ihr nieder.

„Das sind Leute aus unserer Gemeinde“, schluchzte sie.

„Aber woher wissen die, dass du hier bist?“, hakte ich vorsichtig nach und zog ein Taschentuch aus der Hosentasche. Alice nahm es dankend an und atmete tief durch. Die heutige Technik ermöglichte ja vieles, ich hielt ihren Vater jedoch nicht für einen Stalker, der auf Biegen und Brechen seine Tochter ausfindig machen wollte.

„Ich weiß es nicht, es macht mir aber Angst. Manche von denen sind sehr fundamentalistisch eingestellt und ich glaube, dass mein Vater Wind davon bekommen hat, dass Mama hier ist.“ Sie riss die Augen auf und rannte in die Küche.

Was war, wenn sie Alice' Adresse rausgefunden hatten? Verdammt, an Thea hatte ich überhaupt noch nicht gedacht.

„Senta, wir müssen meine Mutter aus meiner Wohnung holen. Diese Leute, die Marco gesehen hat, sind aus unserer Gemeinde“, weinte sie.

Martin stürmte sofort aus der Tür und war 15 Minuten später mit Thea und ihren Koffern wieder zurück.

„Was ist denn los? Martin meinte, ich könne nicht mehr in der Wohnung bleiben“, wollte Thea irritiert wissen und setzte sich auf die Bank.

Mutti erklärte ihr den Sachverhalt und ich versuchte, Alice zu beruhigen, die zitternd in meinen Armen lag. Ich drückte sie fest an mich, konnte ihre Angst spüren. Vor einem Kerl konnte ich sie beschützen, aber eine ganze Gemeinde war dann doch eine Nummer zu groß für mich. Ratlos streichelte ich Alice' Rücken und versuchte, einen Ausweg zu finden.

Martin stand fassungslos da und dachte angestrengt nach. „Ich verstehe nicht, wie die rausfinden konnten, dass Alice momentan hier ist“, gab er zu bedenken.

Mir schossen mit einem Mal Sams Worte durch den Kopf, die er an dem Abend in der Bar fallen gelassen hatte. Das würde zumindest ein wenig Sinn ergeben. „Herr Fürst“, murmelte ich und Alice vergrub ihr Gesicht an meiner Brust. Ich kniff die Augen zusammen. Ich wollte und durfte Alice nicht verlieren, nicht jetzt, wo es doch so gut mit uns lief.

Weil Mutti mich entsetzt und verständnislos gleichzeitig anblickte, erklärte ich es ihr. „Sam hat berichtet, dass Herr Fürst katholisch wäre und aus der Nähe von Rosenheim käme. Er hat gesehen, wie Alice und ich Händchen haltend auf einer Bank saßen. Ich vermute, dass er Alice' Vater kennt.“

„Scheiße.“ Mutti setzte sich und stützte ihren Kopf in die Hände. „Ihr beide bleibt morgen zu Hause. Ich will nicht, dass euch etwas passiert", murmelte sie.

Thea sah mich an. „Heißt der Mann eventuell Jakob Fürst?", fragte sie vorsichtig.

„Ich glaube ja", antwortete ich und sie schürzte prompt die Lippen.

„Dann kennt er Josef", bestätigte sie meinen Verdacht.

Alice krallte sich an mich und ich konnte meine Tränen nicht mehr zurückhalten. Ich war absolut machtlos in dieser Situation gefangen.

„Wir müssen irgendetwas tun", warf Martin ein und zückte sein Handy. Er verließ den Raum und Alice sackte in meinen Armen zusammen.

Ich trug sie ins Bett und legte mich zu ihr. „Er wird uns das Leben zur Hölle machen", weinte sie.

Ich wusste nicht, was ich machen sollte, versuchte aber, sie irgendwie zu beruhigen. „Wir finden einen Weg, mein Engel", flüsterte ich und strich ihr übers Haar.

„Ich habe Angst, dich und meine Mutter zu verlieren."

Ich drückte Alice fest an mich. Niemand sollte mir mein Glück entreißen.

Kapitel 26

Ich hielt Alice im Arm, die immer noch weinte. Mein Hirn ratterte und versuchte, eine Lösung für diese Situation zu finden, aber es war absolut hoffnungslos. Mein Blick schweifte durch mein Zimmer. Jetzt hätte ich den Rat meines Vaters gebraucht. Er hatte für alles eine Lösung.

„Er wird uns nicht eher in Ruhe lassen, bis er das hat, was er will. Er war schon immer so", flüsterte Alice heiser. Ich wischte ihr die Tränen aus dem Gesicht, das knallrot war. Ihre Augen waren vom Weinen verquollen.

Wortlos sahen wir uns an, als Thea in mein Zimmer kam. Sie wirkte müde und unglücklich. Doch sie lächelte etwas, als sie bemerkte, dass ich Alice fest im Arm hielt, und setzte sich ans Fußende des Bettes.

„Wir haben uns etwas überlegt", wisperte sie und ich legte die Stirn in Falten. „Ich werde zur Polizei gehen und meinen Mann anzeigen", verkündete sie und Alice schrak auf.

„Das bringt doch nichts. Er wird die anderen aus der Gemeinde gegen uns aufstacheln und dann haben wir richtige Probleme. Du weißt, was für einflussreiche Leute das sind", entgegnete Alice.

„Es hilft nichts, mein Kind. Wir können uns doch nicht vor denen verstecken. Ich will nicht wieder weggesperrt werden wie ein Tier. Das habe ich lange genug mitgemacht", widersprach Thea und nahm Alice' Hand.

Ich versuchte, einen klaren Gedanken zu fassen. „Ich geh duschen", murmelte ich und nahm meinen Schlafanzug mit ins Badezimmer. Dort drehte ich das Wasser auf und stand einfach nur unter dem heißen Strahl. Ich wollte Alice nicht verlieren und ich wollte auch nicht, dass sie ihre Mutter wieder hergeben musste. Es musste doch einen Weg geben, um für alle eine angenehme Lösung zu finden. Aber egal, wie sehr ich mir den Kopf zermarterte, mir fiel einfach nichts ein. Vom angestrengten Nachdenken bekam ich schon rasende Kopfschmerzen.

Ich seifte mich ein und verspürte plötzlich ein Schwindelgefühl. Ich setzte mich auf den Boden und versuchte, tief durchzuatmen. Irgendetwas schnürte mir den Hals zu, ich rang um Luft, die immer knapper wurde. Mein Körper rebellierte gegen den Stress und ließ mich immer wieder bebend erzittern. Ich griff zum Wasserhahn und stellte das Wasser aus. Meine Versuche aufzustehen scheiterten kläglich. Ich hatte keine Kraft mehr. Meine Beine waren weich wie Pudding und mein Kopf raste vor Schmerzen. Langsam schleppte ich mich aus der Dusche und rief nach meiner Mutter, die sofort erschien.

„Sarah, was ist los?“, fragte sie aufgeregt und versuchte mich hochzuziehen.

Ich schlang meine Arme um meinen Körper. Wie ein Häufchen Elend kauerte ich auf dem kalten Fliesenboden. „Es ist zu viel für mich. Ich habe schreckliche Angst, Alice und Thea zu verlieren, und ich kann absolut nichts tun. Ich fühle mich entmachtet“, weinte ich.

Mutti hockte sich zu mir und versuchte mich zu trösten. „Wir fahren morgen weg. Ich habe uns ein Blockhaus in Schweden gebucht, morgen früh geht es los.“

Ich freute mich nur mäßig, weil es nur eine kurze Reise sein würde und wir nicht ewig durch die Weltgeschichte reisen konnten. Weglaufen brachte nichts.

Sie wickelte mich in ein Handtuch ein und lächelte mich an. „Wir finden einen Weg“, sagte sie schließlich und wischte mir die Tränen aus dem Gesicht.

Da betrat Alice das Badezimmer. Ich drehte mich weg, denn ich wollte nicht, dass sie mich so verletzlich sah. Sie hockte sich vor mich hin und nahm meine Hände, die unaufhörlich zitterten. Ich starrte zu Boden und versuchte, meine Tränen, so gut es ging, zu verstecken.

„Du kannst nicht immer stark sein, Liebling“, flüsterte sie.

Ich drückte ihre Hände und schluchzte wie ein Baby. Meine Augen brannten wie Feuer. Sie hatte recht.

„Es muss doch eine Lösung geben“, flüsterte ich.

Mutti streichelte mir über den Rücken und Alice hob meinen Kopf an. Sie lächelte und küsste mich liebevoll. „Die gibt es bestimmt. Morgen fahren wir erst mal nach Schweden und lassen den ganzen Kram ruhen. Ich will, dass wir eine schöne Zeit haben.“

„Ich habe euch in der Berufsschule freistellen lassen. Marco und Martin kommen auch mit. Los, Sarah, zieh dir deinen Pyjama über und wir packen eure Koffer“, beschloss Mutti und half mir auf.

Sie verließ das Badezimmer und Alice trocknete mich ab. Ich fühlte mich hilflos, als sie mich anzog. Ich drückte ihr einen Kuss auf die Lippen und wollte alles um uns herum vergessen. Allein die Vorstellung, sie nicht mehr in den Arm nehmen zu können, versetzte mir einen schmerzhaften Stich in die Brust.

„Ich lass dich nicht gehen, um keinen Preis der Welt“, flüsterte ich, als Alice ihre Hände um mein Gesicht legte.

„Du denkst doch nicht wirklich, dass ich meinem Vater auch nur ansatzweise den Gefallen tue, zu ihm zurückzukehren. Du spinnst doch“, lachte sie. „Ich habe mein Glück gefunden und das steht hier vor mir. Das wird mir niemand nehmen.“ Mir schossen schon wieder Tränen in die Augen. „Nein, du weinst jetzt nicht mehr“, knurrte sie und ich versuchte mich zusammenzureißen.

Als ich endlich mein Schlafdress trug, gingen wir in mein Zimmer, wo bereits ein großer Koffer für uns stand. „Weißt du, wie lange wir bleiben werden?“, fragte ich Alice, die schon einen Stapel T-Shirts durchsuchte.

„Drei Tage. Wir müssen nächste Woche zur Polizei“, antwortete sie und packte einige Shirts in den Koffer.

„Du bedienst dich schon wieder an meinen Klamotten“, stellte ich fest.

„Ich bin deine Freundin, ich darf das“, gab sie spöttisch zurück und legte noch ein paar kurze Hosen dazu.

Ich schnaufte böse und sie fiel über mich her, kitzelte mich, bis ich um Gnade bettelte und nach Luft japste, doch sie hörte erst auf, als ich ihre Hände zu fassen bekam. Sie saß auf mir und sah mich herausfordernd an.

„Du bist so ein Biest“, lachte ich und versuchte mich aufzusetzen, doch sie drückte mich wieder auf den Boden. Wie konnte man nur so schnell von verzweifelt auf lächelnd wechseln? Sie überraschte mich immer wieder. Doch ich ließ mich von ihrem Lächeln anstecken. Ihretwegen konnte ich die Sorgen für einen Moment vergessen, wofür ich ihr unendlich dankbar war.

Sie küsste meinen Hals und ich ließ ihre Hände los. Wieder war ich Wachs in ihren Händen. „So handzahm, die junge Frau Fischer“, flüsterte sie und ich spürte ihr Grinsen auf meiner Haut.

„Wir müssen packen, mein Engel. Ich will doch mit dir durch die Fjorde rudern“, warf ich ein. „Du bekommst auch eine Schwimmweste“, fügte ich hinzu und gab ihr einen sanften Kuss.

„Wie großzügig von dir. Ich muss dann noch meinen Bikini aus meiner Wohnung holen.“

„Den wirst du nicht brauchen, dort kann ich dir das Schwimmen ohnehin nicht beibringen. Dafür geht es viel zu schnell viel zu tief abwärts, obwohl du im Bikini wahnsinnig gut aussehen würdest.“ Ich biss mir auf die Lippe, was nicht unbemerkt blieb.

„Ich höre deine Gedanken, du gieriges Biest“, tadelte sie mich und legte ihre Sachen in den Koffer. Für einen kurzen Augenblick umwehte mich der Duft des Parfums, welches sie getragen hatte, als sie mich damals auf einen Kaffee eingeladen hatte. Dieser angenehm süßliche Geruch ließ mich nicht mehr los. Ich rutschte näher heran und suchte den Flakon. Vorsichtig nahm ich ihn heraus und schnupperte daran. „Das hattest du drauf, als du mich das erste Mal umarmt hast“, schwelgte ich in Erinnerungen.

Alice lächelte, nahm das Parfum und sprühte sich etwas auf den Hals. „Es schien dir gefallen zu haben, du hast mich ja regelrecht weggeatmet", neckte sie mich und half mir hoch.

„Kann ja auch nichts dafür, dass ich eine Schwäche für schöne Düfte habe", murmelte ich geknickt und sah auf die Uhr. Es war bereits halb elf und ich war nicht mal ein bisschen müde.

Wir gingen in die Küche, wo Martin, Mutti, Marco und Thea saßen, und machten uns einen Kaffee. Thea lächelte ihre Tochter an, die ihr einen Kuss auf die Wange gab. Mutti nahm mich in den Arm und Marco kam dazu.

„Ich habe voll das schlechte Gewissen", murmelte er.

„Du hast alles richtig gemacht, nun zerbrich dir nicht dein kleines Köpfchen", besänftigte ich ihn.

„Wir machen uns eine schöne Zeit in Schweden und dann gehen wir gegen die vor. Wir schaffen das schon", fügte Mutti hinzu.

Alice streichelte mir über den Rücken und küsste meinen Nacken. „Kaffee?", fragte sie und ich drehte mich zu ihr um, um meine Tasse zu nehmen. Ihre Augen strahlten mich an. Ich würde alles tun, damit diese Frau bei mir bleiben konnte.

Mein Gewissen nickte zufrieden und schrieb wohl ein Telegramm an meinen Kampfgeist. Ich nahm meine Tasse und lehnte mich wie üblich an die Arbeitsplatte.

„Mutti, so wie ich dich kenne, hast du ein Blockhaus am Fjord gebucht mit Anleger, oder?", fragte ich, was sie mit einem Nicken bestätigte. „Wir brauchen aber zwei Ruderboote. Wir passen doch nicht alle in eins", beschwerte ich mich, doch Mutti grinste mich an.

„Daran habe ich gedacht, mein Kind", erklärte sie triumphierend.

„Du bist die Beste", lobte ich sie und nippte an meinem Kaffee.

„Ich gehe mal in den Keller und hole die Angeln", warf Marco ein, doch Martin bremste ihn.

„Ich komme mit. Du gehst da nicht alleine runter." Sie verschwanden aus der Tür und Alice lehnte sich seufzend an mich.

Seit der Hiobsbotschaft vorhin suchte sie ständig meine Nähe und nutzte jede noch so kleine Gelegenheit, um mich zu berühren. Sie stellte sich zwischen meine Beine und streichelte diese unaufhörlich. Ich flocht ihre Haare zu einem mehr oder weniger schönen Zopf.

„Das steht dir", merkte Thea an.

„Sie wirkt damit so brav und wir wissen, dass sie es definitiv nicht ist", sagte ich und küsste ihren Nacken.

„Hey, was willst du mir denn damit sagen?", warf Alice ein und drehte sich zu mir um. Der Zopf, der nur von meiner Hand zusammengehalten wurde, löste sich und mein Bauch kribbelte. Sie warf ihre Haare zur Seite, was mich immer wieder aufs Neue in den Wahnsinn trieb. Sie wusste, was sie machen musste, damit mein Herz schneller schlug.

„Damit will ich dir sagen, dass du ein kleines Biest sein kannst", bemerkte ich frech.

Ihre Augen verengten sich zu Schlitzen. „Ich bin das liebste Mädchen, das dir jemals über den Weg gelaufen ist", knurrte sie und Thea lachte lauthals los.

„Du bist rebellisch und stur, Alice. Aber du hast auch eine liebevolle und hilfsbereite Seite. All das zusammen macht dich zu einem wundervollen Menschen", sagte ihre Mutter und schenkte uns ein Lächeln.

Alice leerte ihre Kaffeetasse und verschwand im Bad, während ich schon mal ins Bett ging und es mir gemütlich machte. Ich kuschelte mich an mein Kissen, an dem Alice' vertrauter Duft hing, und entschloss mich dazu, es ein wenig mit ihrem Parfum einzusprühen. Alice würde denken, ich wäre total bescheuert, aber es war mir egal. Es roch einfach zu gut und ich würde ja nicht gleich den ganzen Flakon leer machen.

Ich deckte mich zu und schloss die Augen. Wenig später wurde ich von Alice geweckt, die versuchte, unbemerkt über mich drüberzuklettern.

„Scheiße, jetzt habe ich dich doch geweckt", fluchte sie und ließ sich neben mich fallen. Sie sah mich skeptisch an. „Hast du mein Parfum benutzt?", fragte sie und guckte mich verwirrt an. Ich zog mir die Decke über den Kopf und Alice seufzte. „Du bist echt panne, aber das liebe ich so sehr an dir." Sie rutschte unter die Decke und küsste mich liebevoll. Ihre Hände glitten über meinen Körper und ich griff in ihre langen Haare.

„Ich kann nicht, das weißt du doch", murmelte ich, doch Alice hörte nicht auf. Ich zog sie an mich, und als ich auf ihr lag, biss sie mir in die Brustwarze. Ich stöhnte auf und warf die Decke, unter der wir immer noch lagen, nach hinten ans Fußende. Alice' Blicke waren fordernd und gierig. Ich richtete mich auf und streichelte sie zärtlich.

„Nicht heute, okay? Ich wäre nur halbherzig bei der Sache und das will ich nicht, das hast du nicht verdient."

Alice sah mich enttäuscht an. „Du hast ja recht, aber ich kann von dir einfach nicht genug bekommen", seufzte sie, während mein Finger ihren Bauchnabel umkreiste.

„Ich kann von dir auch nicht genug bekommen, aber heute steht mir einfach nicht der Sinn danach", entschuldigte ich mich leise.

Alice setzte sich auf und legte ihre Arme um mich. „Ist schon in Ordnung. Kuscheln ist auch okay."

„Du bist traurig und enttäuscht, das merkt man voll."

Sie seufzte leise. „Ich will mit dir endlich zur Ruhe kommen. Unsere Beziehung hat noch gar nicht richtig angefangen und wir stolpern von einem Problem ins nächste. Manchmal habe ich das Gefühl, dass wir uns noch gar nicht richtig kennen. Als du vorhin in der Dusche zusammengebrochen bist, habe ich erst richtig gemerkt, wie sensibel und emotional du sein kannst. Es war für mich ein ungewohntes Bild, weil du sonst immer meine starke Schulter warst, an der ich mich anlehnen konnte, und auf einmal war es andersrum."

Ich atmete tief durch und streichelte sie. Es tat mir weh, das zu hören, doch ich konnte ja nicht ewig die Fassade der starken, selbstbewussten Sarah aufrechterhalten. Abgesehen davon wäre es auch vollkommen falsch und unfair gegenüber Alice gewesen. Sie sollte alle meine Facetten kennenlernen. Was sprach schon dagegen, auch mal emotional und sensibel zu sein?

„Ich hoffe, dass ich dich mit meiner verletzlichen Art nicht verschreckt habe. Es geht halt auch an mir nicht alles spurlos vorbei. Vielleicht können wir in Schweden ein bisschen Ruhe finden."

Alice richtete sich auf und küsste meinen Hals. „Du und mich verschrecken? Du hast früher kaum einen ganzen Satz herausgebracht, wenn ich in deiner Nähe war. Mich wirst du nicht mehr los", grinste sie.

Ich strich ihr durchs Haar. „Musst du mich daran erinnern? Das war mir megapeinlich", beschwerte ich mich. Ich legte mich neben sie und wenig später lag sie in meinen Armen.

„Gute Nacht, schlaf schön", nuschelte Alice.

Kapitel 27

Alice schlief an meiner Schulter, während ich aus dem kleinen Fenster sah. Die See strahlte die Ruhe aus, die wir alle dringend brauchten. Der Seegang war dementsprechend gering und zu meiner Überraschung hing niemand über der Reling, um sich zu übergeben. Alice, die sehr nervös war, war schnell eingeschlafen, Marco hörte Musik, während Mutti, Thea und Martin sich leise unterhielten, und ich träumte vor mich hin. Wir saßen auf einer kleinen Sitzgruppe aus rotem Stoff und man sah uns an, dass wir wenig Schlaf gehabt hatten. Ich beobachtete, wie Alice' Brustkorb sich langsam hob und wieder senkte, und es gab mir irgendwie ein gutes Gefühl. Ich spielte auf meinem Handy herum und bemerkte erst jetzt, dass ich Sam gar nicht Bescheid gesagt hatte, was los war. Ich hatte keine Auslandsflat und musste warten, bis wir am Terminal ankamen. Eigentlich hätte ich auch meine Mutter oder Martin fragen können, ob ich mal eben eine Nachricht von deren Handy schreiben dürfe, doch so dringend war es auch nicht. Sam würde es verstehen, zumindest hoffte ich das inständig.

Ich seufzte leise, als Alice langsam wach wurde. Sie hatte meinen Pullover an, den ich mitgenommen hatte. „Es wird ja wohl nicht so kalt sein", hatte sie getönt, bevor wir losgefahren waren. Alle Überredungsversuche waren gescheitert und letzten Endes hatte sie dafür die Quittung bekommen. Als wir eine Weile draußen gewesen waren, wurde ihr kalt, sodass ich ihr breit grinsend den Pulli überlassen hatte.

Verschlafen sah Alice mich an. „Na, Schlafmütze?", sprach ich sie an.

„Sind wir schon da?", fragte sie und schaute hektisch aus dem Fenster.

Ich blickte auf die Uhr. „Wir müssten in 30 Minuten da sein."

„Dann sieht man ja schon Land, oder?" Sie richtete sich auf, um aus dem Fenster zu spähen.

„Weiß nicht, wir können ja mal gucken gehen", schlug ich vor.

Zusammen gingen wir an Deck und hinten am Horizont konnte man tatsächlich schon kleine Erhebungen erkennen. Alice rieb sich die Augen.

„Es wird bestimmt wunderschön", flüsterte ich ihr zu, als ich mich an sie schmiegte.

Sie nahm meine Hand und bedeckte sie mit sanften Küssen. „Mit dir sowieso", schmunzelte sie.

Ich hätte ewig mit ihr an der Reling stehen können. Der raue Seewind umspielte ihre Haare. Der Duft von Salzwasser ließ mich in Erinnerungen an die Segeltörns mit meinem Vater schwelgen. Wir hatten einfach den Anker ausgeworfen und die Ruhe genossen, die nur vom Schreien der Möwen unterbrochen worden war. Wehmütig registrierte ich, dass die kleinen Erhebungen immer größer wurden.

„Meinetwegen könnten wir auch den ganzen Tag mit der Fähre durch die Weltgeschichte fahren. Ich war selten so entspannt wie jetzt." Alice drehte sich zu mir um und musterte mich eindringlich. „Denkst du an deinen Vater?", fragte sie vorsichtig.

Ich nickte stumm und schloss die Augen. „Immer wenn ich mit einem Boot unterwegs bin, habe ich das Gefühl, er ist wieder da", erzählte ich langsam. Ich spürte, wie Alice mich tröstend streichelte und küsste. „Meine Oma meinte mal, dass ein Mensch nur dann sterbe, wenn niemand mehr an ihn dächte", murmelte ich und öffnete langsam die Augen.

Alice lächelte mich an. „Sie hat recht." Sie zog mich an sich und gemeinsam warteten wir, bis wir endlich angelegt hatten.

Staunend stand Alice auf dem Steg, der in den Fjord ragte, und machte ein Foto nach dem anderen. Unser kleines rotes Blockhaus, das nur wenige Meter von einem größeren entfernt stand, hatte vor der Tür einen Anleger. Der Fjord erstreckte sich vor uns und wurde von felsigen und karg bewachsenen Bergen umrahmt. Es war bereits Abend und das Wasser schimmerte in verschiedenen Rottönen.

Ich stand am Haus angelehnt da und war glücklich. Ich zog mein Handy aus der Tasche und schoss ein Bild von Alice. Man konnte nur ihre Silhouette erkennen, um sie herum türmten sich die Berge auf und vor ihr erstreckte sich der Fjord.

In dem Moment kam Marco zu mir herüber. „Sarah, du bist auch wirklich nicht böse auf mich?", fragte er zaghaft und trat dabei von einem Fuß auf den anderen.

Ich seufzte und sah ihn an. Er war während der ganzen Fahrt mit der Fähre sehr ruhig gewesen und schien angestrengt nachzudenken. „Nein, Marco, du hast ja nichts falsch gemacht. Das hätte auch passieren können, wenn ich oder Mutti zu Hause gewesen wäre. Hör auf, dir Vorwürfe zu machen, und hol die Angeln raus. Da sind Fische, die ich fangen will", forderte ich ihn auf und er flitzte los, um die Ruten zu holen. Gerade eben kam Martin aus der Tür und ich rief ihm zu: „Hey, willst du mit Marco und mir ein bisschen angeln? Ich glaube, im Kühlschrank Bier gesehen zu haben."

„Klar! Geh du schon mal nach Würmern graben. Hinterm Haus ist ein Spaten", gab er zurück und verschwand wieder im Haus.

Ich seufzte und suchte hinterm Haus den Spaten, um unter dem Baum nach Würmern zu graben. Marco hatte die Ruten gebracht und sammelte nun die Würmer ein.

Ein paar Spatenstiche später hatten wir genug und setzten uns auf den Steg. Martin brachte die Getränke und hockte sich zu uns.

„Sind die Angeln startklar?“, fragte er und öffnete zwei Flaschen Bier.

„Logisch. Kann losgehen.“ Ich gab ihm vorsichtig eine Rute und fummelte den Wurm auf den Haken. Dann richtete ich mich auf und vergewisserte mich, dass ich genug Abstand hatte, um niemanden versehentlich zu verletzen. Ich löste den Bügel und warf die Angel aus. Mit einem leisen Plopp sank mein Haken gen Grund und ich klappte den Bügel zurück.

„Guter Wurf, man merkt, dass du das öfter machst“, lobte mich Martin.

Er und Marco warfen ebenfalls ihre Angeln aus, während ich eine Glocke an meiner Spitze befestigte. Ich sah zu Alice, die am Ende des Stegs saß, und schlenderte zu ihr hinüber.

„Dieser Ort ist etwas Besonderes. Es ist so idyllisch hier, ich könnte Ewigkeiten bleiben und die Natur genießen.“

Ich setzte mich zu ihr. „Ich kann mir vorstellen, irgendwann sogar hier zu leben. Das muss echt wunderschön sein.“

Alice sah mich mit strahlenden Augen an. „Ich komme mit, aber nur, wenn du im Holzfällerhemd Holz hackst“, schmunzelte sie.

„Wenn du weiter keine Wünsche hast, dann mache ich das“, versprach ich und hörte, wie die Glocke an der Angel bimmelte. Ich sprang auf und ergriff meine Rute. Langsam holte ich sie ein und mit einem Ruck war mein Abendessen fest am Haken. Ich manövrierte den Fisch in meine Hand und erlöste ihn von seinen Qualen. Fressen und gefressen werden.

Marco holte einen Eimer und füllte ihn mit etwas Wasser. Ich legte den Fang hinein und bereitete meine Angel für den nächsten Wurf vor.

„Das ging ja schnell“, staunte Thea, die gerade zu uns kam.

„Ich glaube, es war einfach nur Glück“, grinste ich verlegen und warf die Angel erneut aus. Ich nahm mein Bier und genoss die Aussicht.

Thea ging zu Alice und sie unterhielten sich. Ich war neugierig, wollte aber nicht die traute Zweisamkeit der beiden stören. Alice hatte mir nie erzählt, wie lange sie ihre Mutter nicht gesehen hatte, es war aber wohl eine ganze Weile gewesen. Ich fühlte mich schlecht, weil ich sie nie danach gefragt hatte.

„Hey, guck nicht so betrübt. Wir haben doch Spaß“, riss mich Martin aus meinen Gedanken.

„Es ist so viel passiert in der kurzen Zeit. Alice und ich haben in zwei Wochen schon mehr durch als Paare, die wesentlich länger zusammen sind“, seufzte ich.

Martin grinste mich an, was mich etwas verwirrte. „Aber ihr seid noch immer zusammen und das ist gut so. Ihr seid ein süßes Paar und ihr harmoniert miteinander. Wenn das alles vorbei ist und wieder Ruhe einkehrt, dann wird alles gut. Ich meine, dass euch das alles stärker zusammenschweißt. Wenn Alice dich wirklich will – und glaub mir, das tut sie –, dann steht ihr das durch."

Ich nippte grübelnd an meinem Bier. „Wie läuft es eigentlich bei dir und Mutti? Ich meine, sie ist ja immer viel beschäftigt", warf ich ein.

„Es läuft ganz gut so weit. Klar, wir helfen euch viel, aber so lerne ich euch besser kennen. Marco und ich verstehen uns super, was deine Mutter echt nicht erwartet hätte", erzählte er.

Ich drückte ihm mein Bier in die Hand. Ein Fisch hatte angebissen und zog die Sehne von der Spule. Es hätte nicht viel gefehlt und die Angel wäre vom Steg gefallen. Schnell holte ich sie ein und fischte eine verdammt große Forelle aus dem Wasser.

„Wow, das ist mal eine Forelle, wie sie im Lehrbuch steht", bewunderte Martin den Fang und half mir, den Haken zu lösen. Der Fisch war mindestens einen Meter lang und passte nicht in den kleinen Eimer. Daher beschloss Martin, die Beute gleich küchenfertig zu machen.

Marco warf die Angel wieder aus. „Ich will auch was fangen, du hast schon zwei Fische rausgezogen", maulte er.

„Geduld ist eine Tugend, kleiner Bruder", witzelte ich und bekam von ihm einen Schlag auf den Oberarm. Er grinste und trank einen Schluck Cola. Er hatte sich wirklich verändert, wirkte ruhiger als sonst. Normalerweise hätte er sich in eine Ecke verzogen und die ganze Zeit mit seinem Handy rumgespielt, aber er saß hier mit mir und fischte.

Ich lehnte mich zurück. Plötzlich bewegte sich Marcos Angel und er stand schnell auf, um den Fisch an Land zu ziehen. Zu seiner Enttäuschung war aber nur der Wurm abgeknabbert worden. Schmollend befestigte er einen neuen am Haken und warf die Angel wieder aus.

„Marco, meine Spitze zuckt, guck mal, ob was dran ist", rief ich ihm zu, als wir eine Weile in Stille verharrt waren.

Tatsächlich hatte er eine Forelle am Haken, die etwas kleiner war als meine. Er grinste breit und nahm den Fisch ab.

Alice und Thea gingen ins Haus. Ich nahm mein Bier und griff nach Alice' Hand, als sie an mir vorbeiging. „Trinkst du eins mit mir?", fragte ich vorsichtig. Sie schenkte mir ein Lächeln und sagte, dass sie sich eins hole und gleich wiederkäme.

Wenig später war sie mit einem Bier in der Hand zurück und setzte sich zwischen Marco und mich. „Na, ihr beide, macht ihr den Fjord leer?“, scherzte sie und hielt ihre Füße ins Wasser.

„Also, ich bade eigentlich nur meinen Wurm und Sarah fängt die ganzen Fische“, schmollte Marco. Alice drückte ihn liebevoll und sein Kopf wurde feuerrot.

„Sind wir etwa schüchtern?“, zog ich ihn auf und erhielt als Antwort einen ausgestreckten Mittelfinger.

„Haltet mich da raus, ich bin die Schweiz“, lachte Alice und lehnte sich etwas zurück.

Ich spürte, wie gut mir Alice’ Nähe tat, wusste aber auch, dass wir nicht immer so zusammen sein konnten. Spätestens wenn der Alltag wieder eingezogen war und wir zur Arbeit mussten, würden wir acht Stunden am Tag getrennt sein. Ich versuchte, diesen Gedanken zu verdrängen, auch wenn es mir schwerfiel.

Alice spritzte mich nass und grinste mich frech an.

„Du kleines Miststück“, fluchte ich und stand auf. Ich zog mein nasses T-Shirt aus und ging in unser Haus, um mir ein neues zu holen.

Nachdem ich mich umgezogen hatte, kehrte ich zum Steg zurück, wo Marco gerade versuchte, Alice das Auswerfen der Angel beizubringen. Es war ein witziges Schauspiel und ich war sehr stolz auf meine Liebste, als es endlich geklappt hatte.

„Machst du mir jetzt Konkurrenz?“, rief ich ihr zu.

„Klar. Ich will schließlich auch meinen Beitrag leisten“, strahlte sie mich an.

Wenig später hatte sie ihren ersten Fisch am Haken und überließ mir das Abmachen der Forelle.

„Du bist ja ein Naturtalent“, schmunzelte ich, als ich den Fisch in den Eimer legte.

„Ich hatte einen guten Lehrer“, entgegnete sie und Marco, der neben ihr stand, wurde schon wieder rot.

Wir fingen noch ein gutes Dutzend Fische und brachten sie in die Küche, wo ich Alice zeigte, wie man sie ausnahm. Am Ende überließ sie diese Aufgabe mir.

„Mir wird schlecht, wenn ich das sehe“, grummelte sie und hielt sich die Hand vor den Mund. Ihr Gesicht war kreidebleich.

Marco und ich waren geübt und hatten in Null Komma nichts die Forellen ausgenommen. Der Grill war schon vorbereitet und ich wickelte die Fische in Alufolie, um sie auf den Rost zu legen. Auf dem Herd kochten die Kartoffeln.

Während wir darauf warteten, dass das Essen fertig sein würde, ging ich mit Alice zum Steg. „Du hast dich beim Angeln wacker geschlagen, mein Engel“, lobte ich sie.

„Das Ausnehmen überlasse ich aber lieber euch, das ist absolut nicht meins“, entgegnete sie und streichelte mir über den Oberschenkel.

„Das ist okay, ich hoffe nur, dass es schmeckt und du mir etwas übrig lässt“, grinste ich. Alice kuschelte sich an mich. Sie war immer noch begeistert von diesem ruhigen Fleck Erde. Das letzte Mal, als sie so entspannt war, war am Strand gewesen.

„Vermisst du manchmal die Berge?“, fragte ich sie. Ich wollte keine alten Wunden aufreißen und biss mir verlegen auf die Lippe.

„Ein bisschen, aber ich habe mich in die Ostsee verliebt und in diesen Fjord. Ohne dich wäre das Ganze aber nur halb so schön.“ Sie küsste meine Wange und wir lauschten der Stille. „Wir müssen im Winter hierherfahren“, schlug sie vor.

„Das können wir gerne machen. Tagsüber gehen wir wandern und abends liegen wir vorm Kamin auf einem Bärenfell“, träumte ich vor mich hin.

„Du bist so eine hoffnungslose Romantikerin, mein Schatz“, lachte Alice und räusperte sich. „Meinetwegen liegen wir dann auf einem Bärenfell mit einem Glas Rotwein“, fügte sie hinzu.

Ich verzog das Gesicht. „Urgh, den darfst du trinken, für mich schmeckt das alles nach kaltem Glühwein. Ich nehme einen Whiskey“, beschwerte ich mich.

„Na gut, weil ich dich liebe“, lenkte Alice ein.

Ich strich ihre Haare beiseite und gab ihr einen Kuss in den Nacken. „Werden wir dann auch ein Haustier haben, wenn wir hier irgendwann mal wohnen sollten?“

„Welches Haustier hättest du denn gern?“

Ich verschränkte die Arme vor der Brust. „Einen Hund natürlich.“

„Dann sind wir uns ja einig, aber bitte keinen Chihuahua. Ein Husky wäre toll“, schwärmte Alice und sah mich mit leuchtenden Augen an.

„Keine schlechte Idee, ich wäre auch für einen Husky“, bestätigte ich.

Wir überlegten uns einen Namen und entschieden uns für Nuka, was so viel wie kleiner Bruder bedeutete.

„Wirst du ihm eine Hundehütte bauen?“, fragte sie mich, als sie sich an mich lehnte.

„Er bekommt einen ganzen Palast und wird wohl der verzogenste Hund, den es auf dem Erdball gibt.“ Ich drückte Alice an mich und atmete den Kokosduft ihrer Haare ein. Anscheinend benutzte sie immer noch mein Shampoo und mein Duschgel.

Martin rief uns zum Essen und wir gingen auf die kleine Terrasse. Der Fisch schmeckte fantastisch und Mutti hatte noch ein paar Scheiben Fleisch auf den Grill gelegt.

„Alice muss schließlich satt werden", scherzte sie.

Nach dem Essen spielten Marco und ich eine Runde Schach. Alice beschwerte sich über meine schlecht überlegten Züge und schob mich vom Sessel. Sie spielte mit viel Geschick und hatte Marco im Handumdrehen schachmatt gesetzt.

„Jetzt will ich gegen dich spielen", maulte ich und nahm Marcos Platz ein. Ich fing an und Alice brauchte nicht lange, um mich in die Verzweiflung zu treiben.

„Du bist echt gut, Engelchen", staunte ich, als sie auch mich schachmatt gesetzt und nicht eine Figur verloren hatte.

„Alice war früher im Schachclub und hat einige Turniere gewonnen", erzählte Thea, die nebenbei die Teller abtrocknete.

„Jetzt will ich es mal probieren", warf Martin ein und ich räumte meinen Platz für ihn.

„Ich brauche Gegner und keine Opfer", protestierte Alice.

„Frechheit", zischte ich und holte mir einen Stuhl.

Die beiden lieferten sich eine spannende Partie und Martin gewann ganz knapp.

„Du spielst echt gut, Alice. Du hattest mich fast. Wenn du magst, können wir noch eine Runde spielen."

Alice sah mich kurz an. „Bist du müde?", fragte sie mich und ich schüttelte den Kopf.

Schnell stellte sie die Figuren in die Anfangsposition und ich brachte ihr etwas zu trinken. Die beiden erlaubten sich keinen Fehler und ich schaute wie gebannt zu. Mutti und Thea gesellten sich zu uns und Mutti war ganz entzückt, wie hochkonzentriert Alice ihren nächsten Zug plante.

Alice jubelte und Martin verzog das Gesicht. „Das war echt eine knappe Kiste. Du bist echt gut, Hut ab", gab er zu und räumte die Figuren weg.

„Das Kompliment kann ich nur zurückgeben, ich musste mich echt anstrengen", grinste Alice und streckte sich genüsslich.

Wir räumten unsere Gläser in die Spüle und wünschten allen eine gute Nacht. Zusammen gingen wir in unser kleines Häuschen nebenan.

„Ich bin kaputt", seufzte Alice, während ich mich aus meinen Klamotten schälte. Sie beobachtete mich aufmerksam dabei. Langsam stand sie auf und streichelte mich. „Ich liebe deinen Körper", flüsterte sie, während ich ihren BH öffnete.

„Weißt du, was das Schönste ist?“, fragte ich sie und Alice zog eine Augenbraue hoch. „Wir müssen nicht leise sein“, raunte ich ihr zu.

„Aber du kannst doch nicht“, entgegnete Alice, als ich sie sanft aufs Bett legte.

„Das ist nicht schlimm, ich werde nicht umkommen“, murmelte ich, als ich ihren Bauch küsste. Ich biss ihr sanft in die Brustwarzen, sodass Alice laut aufstöhnte. Erregt von ihrem Stöhnen, zerkratzte ich ihre Oberschenkel. Sie streckte mir ihr Becken entgegen und ich küsste ihre empfindsamste Stelle. Ich verwöhnte sie, bis sie kam und ihre Fingernägel in meine Schultern grub. Es tat verdammt weh, doch ich liebte es. Das waren die Schmerzen, die mich erregten und die sie beschrieben hatte.

Ich war vollkommen außer Atem und Alice weinte. Ich lächelte müde und streichelte sie. Als sie sich etwas beruhigt hatte, kuschelte sie sich an mich.

„Das nächste Mal verschärfen wir die Regeln“, murmelte sie müde.

„Jetzt machst du mich neugierig. Was hast du denn vor?“, fragte ich hastig.

Alice grinste mich an. „Seile“, sagte sie provokant und schlief ein.

Ich ahnte, dass das nächste Mal deutlich intensiver sein würde als eben.

Kapitel 28

Wir wurden vom lauten Hämmern an der Tür geweckt. Martin rief uns und meinte, es gäbe gleich Frühstück.

Alice legte sich auf mich und streichelte meine Wange. „Hast du auch so gut geschlafen wie ich?“, fragte sie und küsste mich liebevoll.

Ich legte meine Hände auf ihren Po und drückte mein Becken gegen ihres. Sie stöhnte leise und biss sich auf die Lippe. „Ich habe sehr gut geschlafen, das Bett ist total bequem und die wunderschöne Frau neben mir hat mir die Nacht versüßt“, schmunzelte ich.

Alice setzte sich auf und kraulte meinen Bauch. „Du hast angefangen und es hat mir sehr gefallen. Ich hätte Lust auf mehr, aber dann kommen wir zu spät zum Frühstück“, flüsterte sie mir zu und spielte mit meinen Piercings. Ich stöhnte leise. Alice grinste mich frech an, als sie aufstand und in der Dusche verschwand.

Ich hechtete ihr nach und wir konnten natürlich nicht die Finger voneinander lassen. Alice verwöhnte mich nach allen Regeln der Kunst und ich kam so laut, dass ich Angst hatte, man hätte mich gehört. Mit einem triumphierenden Lächeln auf den Lippen stieg sie aus der Dusche und föhnte sich die Haare, als wäre nichts passiert. Ich brauchte einen Moment, um wieder zu Atem zu kommen, und trocknete mich schnell ab. Ich kniff Alice in den Po und küsste ihre Schultern. Sie machte mich einfach unheimlich glücklich.

„So viel Sex vertrage ich nicht“, murmelte ich, als ich in Unterwäsche zurück ins Bad kam und mir die Zähne putzte.

„Gewöhn dich dran. Wollen wir heute Abend die Badewanne einweihen?“, schlug sie vor.

Das Badezimmer war sehr groß und hatte eine freistehende Badewanne. „Aber nur, wenn wir zusammen einen Sekt trinken“, schlug ich vor.

„Okay, dann steht das schon mal fest. Ich freue mich drauf“, meinte Alice und ging ins Schlafzimmer. „Hör auf, mir auf den Arsch zu gucken!“, rief sie und ich fühlte mich ertappt.

„Ich kann nichts dafür, dass der so toll aussieht“, gab ich zurück und spülte meinen Mund aus.

Alice kam aus dem Schlafzimmer und lehnte sich an den Türrahmen. Sie trug ein enges Top und eine Shorts, die gerade so ihren eben gelobten Po bedeckte. „Du willst mich in den Wahnsinn treiben, kann das sein?“, fragte ich und trocknete mein Gesicht ab.

Alice grinste nur breit und ging schon mal zu den anderen. Ich zog mir ebenfalls eine Shorts an und ein weißes Hemd, das ich nur halb zuknöpfte. Ich wusste, dass es heute noch mal sehr heiß werden sollte.

Es saßen bereits alle auf der Terrasse und tranken Kaffee.

„Na, guck mal, wer da aus dem Bett gefallen ist“, trällerte meine Mutter gut gelaunt.

Ich schenkte mir einen Kaffee ein und setzte mich neben Alice und Marco. Ich nahm mir ein Croissant, während Mutti ein altes, in die Jahre gekommenes Radio an den Strom steckte. Die Sonne schien und der Himmel erstrahlte im schönsten Blau. Ich lehnte mich zurück und knabberte an meinem Croissant.

„Habt ihr gut geschlafen?“, fragte Martin leicht amüsiert.

„Wir haben sehr gut geschlafen, das Bett ist superbequem“, antwortete Alice, die eben ihr Brötchen mit Marmelade bestrich. Wahrscheinlich waren wir letzte Nacht doch etwas lauter, als wir gedacht hatten.

Ich rutschte verlegen auf meinem Stuhl herum und Mutti grinste mich an. „Liebe kann ja so schön sein“, lachte sie und strich mir über die Wange.

Sie erklärte uns die Pläne für den Tag. Zuerst wollten wir in die Berge zum Wandern und später ein wenig durch den Fjord rudern. Ich versuchte mich mindestens genauso sehr wie Alice zu freuen, die am liebsten sofort aufgebrochen wäre. Doch ich hörte ihr kaum zu, weil ich erst mal realisieren musste, dass meine Familie einschließlich meiner potenziellen Schwiegermutter gehört hatte, wie wir miteinander geschlafen hatten.

„Nun frühstücken wir erst zu Ende, Alice. Ein bisschen Geduld wirst du wohl noch haben müssen“, ermahnte Thea ihre Tochter, die seufzend nach dem letzten Brötchen griff.

Mutti und Martin packten etwas Proviant zusammen und ich räumte mit Marco den Tisch ab. Alice funkelte mich böse an.

„Schau mich nicht so an, ich erledige nur meine Aufgaben“, verteidigte ich mich und nahm den leeren Brötchenkorb. Die kleine Raupe Nimmersatt. Sie ergriff ihre zweite Brötchenhälfte und ging auf den Steg.

Als ich alle Lebensmittel im Kühlschrank verstaut hatte, nahm Mutti mich beiseite. „Macht nächstes Mal die Fenster zu, wenn ihr schon die Finger nicht voneinander lassen könnt“, sagte sie trocken und klopfte mir auf die Schulter, bevor sie die Teller abspülte.

Ich starrte sie an. „Ich habe nicht mal bemerkt, dass die offen waren. Danke für den Hinweis", murmelte ich verlegen und ging aus dem Haus.

Martin schulterte gerade den Rucksack und Marco wartete ungeduldig darauf, dass es endlich losging.

Ich trat zu Alice und nahm sie in den Arm. „Wir wurden letzte Nacht gehört, Mutti gab mir den Tipp, heute Abend die Fenster zu schließen. Wer hat die überhaupt aufgemacht?", maulte ich frustriert. Mir war die Angelegenheit megapeinlich.

Alice biss sich auf die Lippe und wich meinem Blick aus.

„Du hast sie aufgemacht?", fuhr ich sie an.

„Meine Güte, das kann doch mal passieren. Nun stell dich nicht so an", fauchte sie zurück und ging wütend zu Martin und Marco.

„Hey, Sarah, kommst du? Wir wollen los", rief Marco mir zu und ich trabte der Gruppe langsam hinterher.

Ein kleiner Pfad schlängelte sich durch den Fichtenwald, der nicht allzu steile Hänge und Felsvorsprünge bedeckte. Man konnte ein paar Vögel zwitschern hören, die irgendwo in den Bäumen saßen. Zwischen den hohen Stämmen sprossen einige Blaubeersträucher. Die Männer gingen voran und Mutti quatschte mit Thea. Alice wanderte ein Stück vor mir und ich versuchte, sie einzuholen.

„Sorry wegen vorhin", flüsterte sie mir zu, als ich auf ihrer Höhe war. „Mama und Senta haben mitbekommen, dass wir uns angekeift haben. Ich glaube, dass sie über uns reden", fügte sie leise hinzu. Wir waren leider nicht nah genug an den beiden dran, um irgendwelche Gesprächsfetzen mitzubekommen.

Alice nahm meine Hand. „Bist du mir noch böse?", fragte sie zaghaft. Ich schüttelte den Kopf und ließ unsere Mütter nicht aus den Augen. Alice blieb stehen und baute sich vor mir auf. „Willst du mich jetzt die ganze Zeit anschweigen? Was ist los? Rede doch mit mir." Ihre Stirn war in Falten gelegt und ihre Augen sahen traurig aus.

Ich seufzte leise, bevor ich ihr antwortete. „Mir ist es halt etwas peinlich, dass man uns hören konnte. Ich will keinen Streit mit dir, Engel. Dazu kommt, dass wir morgen wieder abreisen und ich wirklich besorgt bin, wie es weitergeht", gestand ich ihr leise.

Sie strich sich die Haare zurück und sah mich bedrückt an. „Lass uns doch erst mal unseren kleinen Urlaub genießen, grübeln können wir immer noch. Es ist so schön hier und ich will nicht, dass uns das durch Ängste und Befürchtungen kaputt gemacht wird", entgegnete sie.

„Mein Kopf gibt nun mal keine Ruhe. Versteh das bitte", raunte ich ihr zu.

Wir gingen weiter und versuchten, den Rest der Gruppe einzuholen. „Was trödelt ihr beide denn so?“, rief Mutti uns zu. Sie wartete mit Thea am Wegesrand auf uns und wir beschleunigten unser Tempo. „Wir haben etwas geklärt. Nichts Erwähnenswertes“, brachte ich zu unserer Verteidigung hervor.

Thea legte den Arm um Alice, die meine Hand nicht losließ. „Habt ihr beide euch gestritten?“, bohrte sie nach, während sie den Blick durch den Wald schweifen ließ.

„Streit würde ich es nicht nennen, eher eine Meinungsverschiedenheit“, wich ich aus.

„Aber nur, weil ihr miteinander geschlafen habt und es ein bisschen lauter war, müsst ihr euch doch nicht streiten“, kam Mutti unvermittelt zum Punkt.

Alice und ich wurden knallrot. Musste sie unbedingt das Kind beim Namen nennen? Ich wollte im Erdboden versinken, so peinlich war es mir.

„Wir haben jedenfalls beschlossen, die Fenster zu schließen, bevor wir ins Bett gehen“, grummelte Alice und drückte meine Hand.

„Eine sehr gute Entscheidung“, pflichtete Thea ihr bei.

Mir war das Gespräch unangenehm, obwohl ich eigentlich ein sehr offenes Verhältnis zu meiner Mutter hatte.

Ich beobachtete Marco und Martin, die eine kleine Aussichtsplattform gefunden hatten. Ich hatte gar nicht gemerkt, wie weit wir schon gewandert waren. Hinter uns lagen circa zwei Kilometer, die wir wie im Flug absolviert hatten.

Wir betraten die Plattform und ich lehnte mich ans Geländer, das schon etwas morsch war. Der Ausblick war traumhaft, man konnte unser Blockhaus sehen und den Steg.

„Eh, Sarah, irgendein Idiot hat da drüben ein Trollhaus gebaut. Der hat sich wohl im Land geirrt“, lachte Marco und zeigte auf die gegenüberliegende Seite.

„Ich habe keine Brille auf“, moserte ich und Martin reichte mir das Fernglas.

Ich musste schmunzeln, weil mein Bruder recht hatte. Alice sah mich verwirrt an. „In Norwegen baut man Trollhäuser. Ich kann mich nicht erinnern, dass man es auch in Schweden macht“, informierte ich sie und ihre Stirn glättete sich etwas.

„Doch, doch, sogar in Island baut man sie“, berichtigte mich Mutti.

Ich hob eine Augenbraue. „Wieder was gelernt“, sagte ich.

Alice ging zum Rucksack und kam mit einer Tafel Zartbitterschokolade wieder.

„Ich liebe die!", rief ich begeistert und öffnete hastig die Verpackung. Gemeinsam standen wir da, aßen Schokolade und genossen den Ausblick.

„Hast du noch andere Vorlieben, von denen ich noch nichts weiß?", neckte mich Alice, als wir bereits die Hälfte der Tafel verdrückt hatten.

Ich überlegte kurz. „Alte Burgen und Schlösser, nur leider haben wir in Norddeutschland nicht so viele", antwortete ich.

Sie nahm ein Stück Schokolade und sah auf den Fjord. „Dann magst du bestimmt das Mittelalter, oder?", hakte sie nach.

Ich lächelte verlegen. „Ja, das ist unglaublich interessant."

„Dann solltest du dir mal Schloss Neuschwanstein ansehen", warf Thea ein und nahm sich ein Stück Schokolade. Sie lächelte uns an und ihre grünen Augen leuchteten im Sonnenlicht.

„Das werden wir bestimmt irgendwann mal", bestätigte Alice.

„Rückt mal ein bisschen zusammen, ich mach ein Foto von euch", rief Martin und hielt seine Kamera hoch.

Mutti und Marco stellten sich zu meiner Linken auf und Thea nahm Alice in den Arm. Ich sah zu meiner Liebsten hinüber, die ihre Hand mit meiner verschränkte. Martin drückte mehrmals auf den Auslöser und kramte dann das Stativ aus dem Rucksack.

„Bereit?", fragte er, bevor er den Selbstauslöser einstellte und zu uns hastete.

Einige Sekunden später ging Alice mit Martin zur Kamera und sichtete die Bilder. Ihre zufriedene Miene verriet mir, dass sie wohl sehr gelungen waren. Sie fragte Martin etwas, das ich nicht hören konnte. Kurz darauf kam sie zu mir und legte ihre Arme um mich.

„Ich will noch ein paar schöne Erinnerungen nur von uns beiden haben", flüsterte sie mir zu, bevor sie mich küsste.

Aus dem Augenwinkel konnte ich beobachten, dass Martin die Kamera vom Stativ nahm und wie irre den Auslöser drückte. Wir ignorierten ihn und ließen uns nicht aus den Augen.

„Du machst mich glücklich", flüsterte ich ihr zu, als ich sie hochhob und küsste.

„Du mich auch, obwohl du manchmal echt anstrengend sein kannst", lächelte sie und ich setzte sie wieder ab.

„Ihr beide seid so wundervoll zusammen. Schaut euch mal die Bilder an", rief Martin uns zu.

Schnell gingen wir zu ihm. Die Bilder fingen die Gefühle, die ich für Alice hatte, perfekt ein. Wir sahen glücklich aus und die Landschaft rahmte dieses Glück ein.

„Davon möchte ich Abzüge haben", warf Thea ein, die plötzlich neben uns stand. „Ich habe meine Tochter schon sehr lange nicht mehr so glücklich gesehen“, fügte sie hinzu.

„Lasst uns weitergehen, wir wollen doch nachher noch rudern“, rief Alice.

Alice ließ sich aufs Bett fallen. „Mein Gott, war das anstrengend“, schnaufte sie.

„Die paar Kilometer“, zog ich sie auf und streifte meine Schuhe ab. „Komm, mach dich ein bisschen frisch, gleich geht's auf zum Rudern“, versuchte ich sie zu motivieren.

Während Alice murrend ins Bad trottete, ging ich zum Steg, wo Martin bereits ein paar Biere im Boot verstaute.

„Nicht, dass du nachher im Kreis fährst“, feixte ich und nahm zwei Stück, die ich ins Boot von Alice und mir legte.

„Sehr witzig. Wir können ja ein Rennen machen, und wer gewinnt, bekommt was Schönes“, forderte er mich heraus und hielt mir seine Hand hin. Ich zögerte einen Moment und schlug dann ein.

In diesem Moment kam Alice barfuß aus dem Haus und tippelte herüber zum Steg. Ich verkniff mir das Lachen und gab ihr eine Schwimmweste. „Die ziehst du bitte an, ich möchte dich nicht aus dem Wasser fischen, wenn du über Bord gehen solltest“, belehrte ich sie.

Martin sah ungläubig zu Alice. „Wie, du kannst nicht schwimmen?“, fragte er erstaunt.

„Ich will es ihr noch beibringen, aber nicht hier. Der Grund fällt zu schnell steil ab“, erklärte ich.

Da kam der Rest der Truppe aus dem Haus. Mutti gab mir ein wenig Obst und eine Flasche Sekt. „Stell die schon einmal bei euch in den Kühlschrank, Alice wollte sie unbedingt haben“, flüsterte sie mir zu und ich brachte das Getränk in unser Haus.

Zurück am Steg half ich Alice, die sich blitzschnell hinsetzte, ins Boot. Ihr war das Wackeln wohl nicht ganz geheuer. Amüsiert über ihre ersten zaghaften Berührungen mit einem Ruderboot, paddelte ich los.

„Die Weste steht dir richtig gut“, scherzte ich und kassierte dafür einen vorwurfsvollen Blick.

„Wehe, ihr streitet euch wieder!“, brüllte Mutti uns zu und drohte uns mit dem Zeigefinger.

„Würden wir niemals machen“, rief ich zurück und zog die Ruder durch.

Marco und Martin waren sich noch nicht einig, wann wer das Ruder durchziehen sollte, doch nach ein paar gescheiterten Versuchen paddelten sie synchron und wir steuerten auf die Steilwand an der anderen Seite des Fjords zu.

Alice beobachtete mich und bespritzte mich mit Wasser. „Hey, du kannst mich doch nicht einfach aus dem Rhythmus bringen, ich habe mit Martin gewettet, wer schneller ist“, rügte ich sie und wischte mein Gesicht trocken.

„Was ist denn der Wetteinsatz?“, wollte sie wissen. Sie wirkte immer noch etwas unsicher und hielt sich an der schmalen Reling fest.

„Was Schönes. Vielleicht eine Flasche Whiskey, das wäre echt super“, schmunzelte ich und ruderte weiter.

Wir waren ungefähr gleichauf mit den anderen und ich stellte die Ruder ins Wasser, um zu bremsen. Thea war mindestens so unsicher auf dem kleinen Boot wie ihre Tochter. Sie trug ebenfalls eine Schwimmweste und Mutti naschte vom Proviant. Marco und Martin diskutierten über Videospiele. Es war im Großen und Ganzen sehr harmonisch. Wir waren von den Bergen, auf denen einige wenige Bäume wuchsen, umringt und Alice setzte sich vorsichtig und mit wackligen Beinen zu mir. Sie legte den Kopf auf meine Schulter und ich holte die Ruder ins Boot.

„Du wirst ja richtig mutig“, stellte ich fest, als Alice sich zu meiner Mutter hinüberbeugte, um ein paar Weintrauben entgegenzunehmen.

„Du weißt, dass ich Essen liebe, vor allem Weintrauben“, erwiderte sie und stopfte mir welche in den Mund.

„Das hast du mir nie erzählt“, nuschelte ich mit vollem Mund.

„Du hast mich ja auch nie gefragt“, entgegnete sie und streichelte mir über den Kopf.

Ich nahm mir ein Bier und öffnete es an der Reling. „Möchtest du auch eins oder erst später?“, fragte ich Alice und hielt ihr das geöffnete Bier hin. Sie schüttelte den Kopf, ich nahm einen Schluck und stellte die Flasche zwischen meine Beine. Ich ruderte ein Stück weiter, um mich ungestört mit Alice unterhalten zu können.

„Entführst du mich jetzt?“, feixte sie und ich gab ihr einen Kuss auf die Wange.

„Ich dachte, wir könnten ein bisschen unter uns sein“, gab ich zurück und holte die Ruder wieder ein. Ich drehte mich zu ihr und fummelte nervös das Etikett am Flaschenhals ab. „Ich habe eine Bitte an dich“, fing ich an. Alice legte ihren Kopf schief und hörte mir gespannt zu. „Können wir wenigstens versuchen, unsere Beziehung ein bisschen langsamer anzugehen? Ich meine, klar, der Sex mit dir ist wunderschön. Deine Nähe und deine Küsse, das alles bedeutet mir so viel. Ich will das nicht mehr missen. Nur merke ich, dass wir uns wegen Lappalien in die Haare bekommen, und das muss nicht sein. Unsere Situation ist auch nicht unbedingt die optimalste. In den zwei Wochen, in denen wir jetzt ein Paar sind, ist so viel passiert, ich muss das erst mal sacken lassen. Bitte, verstehe mich nicht falsch. Ich will dich nicht hergeben, dafür bin ich zu sehr in dich verliebt“, erklärte ich ihr mit zitternder Stimme. Mein Bauch verkrampfte sich ein wenig, weil ich Angst vor ihrer Reaktion hatte. Es ging eigentlich wieder um dieses leidige Thema, das wir schon mehr als einmal durchgekaut hatten.

Alice nahm meine Hand und streichelte sie. Ihre Augen füllten sich mit Tränen. „Weißt du, ich war noch nie mit jemandem so glücklich wie mit dir. Ich habe mich noch nie so geborgen und sicher gefühlt wie bei dir. Ich weiß, es geht alles verdammt schnell, aber es ist anders als in einer normalen Beziehung. Alle sagen uns, dass wir so ein süßes Paar wären, und es bestätigt mich darin, dass wir das Richtige getan haben. Ich hasse es, wenn wir uns wegen belangloser Sachen streiten. Natürlich lässt sich das manchmal nicht vermeiden, aber da oben auf der Aussichtsplattform, als Martin von uns Bilder gemacht hat, da war ich der glücklichste Mensch auf diesem Planeten. Das will und werde ich niemals hergeben. Wenn meine Mutter eine eigene Wohnung hat und endlich Ruhe eingekehrt ist, möchte ich mit dir zusammenleben, und wenn wir merken, dass wir uns gegenseitig nerven, dann möchte ich, dass wir so ehrlich sind und es der anderen sagen. Ich will dich nicht verlieren, Liebling“, weinte sie und ich drückte sie an mich.

„Du brauchst doch nicht zu weinen. Ich wollte dich nicht verletzen. Es ist nur alles so neu für mich. Ich befinde mich eigentlich im Streit mit mir selbst. Einerseits will ich es ruhig angehen, andererseits möchte ich dieses ganze Neue, für mich völlig Unbekannte kennenlernen. Kein Mensch war mir jemals so nah wie du“, flüsterte ich und streichelte sie tröstend.

„Ich verstehe es ja. Ich versuche auch, dir die nötige Zeit zu geben, aber wenn ich dich ansehe oder du mich berührst, will ich dich einfach nicht mehr loslassen aus Angst, aufzuwachen und festzustellen, dass es nur ein Traum war.“ Ich nahm einen Schluck Bier und bot Alice die Flasche an, die sie halb leer trank. „Wir sind absolute Dramaqueens, das steht fest“, bemerkte sie und wischte sich die Tränen aus den Augen.

„Wir sind nur einfach nicht so, wie man es erwartet. Wollen wir zurück und in die Wanne? Ich möchte auf das Rennen mit Martin verzichten, wenn ich ehrlich bin“, gestand ich und Alice nickte zustimmend. Ich legte die Ruder in die Vorrichtungen und steuerte auf den Steg zu. Mir taten schon die Arme weh, doch ich biss die Zähne zusammen und versuchte, schnellstmöglich ans Ufer zu gelangen. Emotionale Gespräche waren anstrengend und raubten mir die Kraft. Ich hatte genug davon.

Alice ließ Wasser in die Wanne ein, während ich Sam eine Mail schrieb, in der ich ihm die aktuelle Lage erklärte. „Er wird böse sein, dass er es erst jetzt erfährt“, seufzte ich und sendete die Nachricht ab.

„Er wird es schon verstehen", tröstete mich Alice und streichelte meine Schulter.

Ich legte mein Handy auf den Tisch und schloss die Augen. Alice und ich hatten schon mehrmals darüber gesprochen, die Beziehung ruhiger anzugehen, letzten Endes hatten wir uns aber nie daran gehalten. Deshalb hatten wir beschlossen, einfach so weiterzumachen wie bisher, weil uns sowieso niemand vorschreiben konnte, wie man eine Beziehung führte. Wir erklärten uns zu Rebellen der Mainstreambeziehung und würden das gleich in der Wanne mit Sekt begießen.

Ich trat an die Wanne, die halb voll war, heran und drehte den Wasserhahn zu. Ich legte zwei Handtücher bereit und öffnete die Sektflasche. Alice kam mit Sektgläsern und stellte sie auf einen kleinen Hocker. Wir zogen uns aus und stiegen ins heiße Wasser. Alice befüllte die Gläser und reichte mir eins nach hinten.

„Auf uns Rebellen", verkündete sie und stieß mit mir an.

Ich nippte kurz an meinem Glas und stellte es auf den Hocker zurück. Alice hatte ihre Haare hochgesteckt und ich konnte ohne Probleme ihren Nacken küssen, als sie sich an mich lehnte. Sie erschauderte kurz und ich streichelte über ihre Arme.

„Wenn wir wieder daheim sind, möchte ich, dass wir nur noch mit Sekt baden", schlug sie vor und legte ihren Arm um meinen Hals.

„Ich würde mich freuen, wenn wir ab und zu auf Bier oder Whiskey ausweichen könnten", wandte ich ein.

„Damit habe ich kein Problem", lachte sie.

Es fehlte nur ein wenig Musik, aber ich hatte kein Radio finden können. Wir lagen einfach nur da ohne irgendwelche Hintergedanken oder Anspielungen auf Sex und wir empfanden es als wunderschön.

„Mir geht es nicht darum, ständig mit dir zu schlafen. Diese Zweisamkeit wie jetzt, das ist mir wichtig, was nicht heißen soll, dass wir nur alleine zu Hause hocken. Ich möchte auch gern mal mit dir ausgehen", bekannte sie und sah dabei zu, wie sich unsere Daumen umkreisten.

„Bitte zwinge mich nicht zu tanzen."

„Als würden dich alle dabei beobachten", antwortete sie spöttisch.

„Ich kann dich sowieso nicht davon abbringen. Dann werden wir wohl irgendwann zusammen ausgehen und ich freue mich schon sehr darauf."

Ich massierte Alice noch eine Weile und trank ein wenig Sekt, obwohl ich mich immer noch nicht mit diesem Schaumwein anfreunden konnte.

Als die Sektflasche leer war und unsere Haut schon ganz runzelig, stiegen wir aus der Wanne und machten uns bettfertig. Wir verzichteten auf das

Abendessen und legten uns in das wohl bequemste Bett, in dem wir jemals geschlafen hatten. Alice trug ein T-Shirt von mir und kuschelte sich lächelnd in meine Arme.

„Die letzte Nacht mit dir in Schweden. Ich hoffe, wir kommen bald wieder hierher", träumte sie und sah mich hoffnungsvoll an.

„Ganz bestimmt. Lass uns schlafen, wir müssen morgen früh noch packen." Ich küsste ihre Nase und wünschte ihr eine gute Nacht. Die Fenster blieben diese Nacht offen, was mich kurz vorm Einschlafen noch schmunzeln ließ.

Kapitel 29

Alice packte bereits unsere Sachen, als ich aufwachte. Von draußen konnte ich Stimmen hören.

„Na, Schlafmütze, bist du auch endlich mal wach?", begrüßte sie mich.

Ich rieb mir den Schlaf aus den Augen und lächelte sie müde an. „Du bist ja schon fleißig, eigentlich wollte ich dir helfen", grummelte ich.

Alice gab mir einen Kuss und zog die Decke weg. „Los, aufstehen!", rief sie.

„Hey!", protestierte ich und griff nach der Decke.

„Geh duschen", forderte sie mich auf, bevor sie mich noch mal küsste.

Ich schleppte mich ins Badezimmer und machte mich fertig. Als ich wieder herauskam, legte ich unsere Waschtaschen in den Koffer, den Alice schloss und vor die Tür stellte.

„Wie hast du geschlafen?", fragte ich sie.

„Nicht so gut. Morgen geht der Alltag los und ich weiß nicht, ob ich dafür bereit bin", seufzte sie und streichelte mir über die Wange.

„Es wird alles wieder gut. Wenn das vorbei ist, machen wir uns einen schönen Abend. Nur wir zwei", versprach ich ihr und ich konnte sehen, wie ihr ein kleines Lächeln über die Lippen huschte. Ich konnte sie verstehen, durchlitt ich doch die gleichen Ängste wie sie.

Wir gingen zum Frühstück auf die Terrasse, wo wir schon erwartet wurden.

„Ihr seid aber spät dran, wir müssen in zwei Stunden los", brummte Mutti.

Thea wirkte nervös und unruhig. Alice streichelte ihr über den Arm und schenkte ihr ein liebevolles Lächeln. „Ich bin aufgeregt, wie es weitergehen wird. Den Urlaub hier werde ich bestimmt niemals vergessen", gestand sie.

„Ich auch nicht. Ich könnte mir sogar vorstellen, irgendwann hier zu leben", offenbarte Alice.

Ich nahm mir ein Brötchen. „Wenn wir irgendwann genügend Geld haben, warum nicht. Du hast dich ja schon ans Fischessen gewöhnt", schmatzte ich, als ich abbiss.

„Sarah, so habe ich dich nicht erzogen. Ab 100 Gramm im Mund wird es undeutlich", ermahnte mich meine Mutter.

„Mein Freund hat mich angerufen, er hat eine Wohnung für dich, sie ist bei Alice in der Nähe. 50 Quadratmeter, Badewanne und ein Balkon, im ersten Stock", warf Martin ein und sah zu Thea hinüber, die vor Freude in die Hände klatschte.

„Das klingt toll, die möchte ich mir gerne ansehen", antwortete sie gut gelaunt und man konnte ihre tiefen Lachfalten sehen.

„Er wird sich auch um deine Scheidung kümmern", ergänzte Martin, bevor er von seinem Brötchen abbiss.

Alice lehnte sich an die Reling und blickte traurig auf Schweden zurück. Sie hatte wieder meinen Pullover an, der ihr etwas zu groß war. Ich hatte mein Hemd hochgekrempelt und kam vor Hitze fast um.

„Ich weiß nicht, wieso du frierst, ich schwitze wie ein Tier", ächzte ich und stellte mich zu ihr.

„Ich bin es halt nicht gewohnt", erwiderte sie und verschränkte ihre Arme vor der Brust. Seufzend nahm ich sie in den Arm und drückte ihr einen Kuss in den Nacken. „Welche Farbe soll unser Blockhaus haben?", fragte sie plötzlich und ich brauchte einen Moment, um dem sprunghaften Themenwechsel zu folgen.

„Hm, ich würde blau schön finden", schlug ich vor.

„Da sind wir schon mal einer Meinung. Ein blaues Blockhaus mit weißem Dach und einem kleinen Schuppen für deine Angelsachen und das Boot." Sie drehte sich zu mir um und strahlte mich an. „So ein Haus will ich mit dir irgendwann haben."

Ich lächelte sie an. „Denk bitte an den Holzpflock, damit ich auch im Winter Holz hacken kann, sonst bleibt der Kamin aus", fügte ich hinzu und Alice fing an zu lachen.

„Andere gehen ins Fitnessstudio und du hackst Holz. Denk bitte ans Holzfällerhemd. Ich will ja auch was zum Gucken haben." Sie tippte mir auf die Nase und ich schmunzelte.

„Das haben wir ja schon abgemacht." Ich summte vor mich hin und wir nahmen schweren Herzens Abschied.

„Tschüss, Schweden, wir kommen bald wieder. Versprochen", sagte Alice wehmütig.

Wir rollten unsere Koffer klappernd zum Taxistand und die Taxifahrer verluden diese zügig im Kofferraum. Ein ziemlich schlaksiger musterte immer wieder Alice, die sich in meine Arme schmiegte. Meine Mutter, Thea, Martin und Marco würden ein eigenes Mietfahrzeug nach Hause nehmen, weil wir ohnehin nicht alle in eins passten. Außerdem wollten sie noch bei der Wohnung vorbeifahren, die Martins Freund für Thea aufgetan hatte.

„Morgen regeln wir erst mal die Sache mit meinem Vater, danach können wir überlegen, wie wir weiterhin vorgehen", murmelte Alice mit gekräuselter Stirn, nachdem wir erschöpft von der Überfahrt ins Taxi gestiegen waren.

„Wohin soll es denn gehen?", fragte der schlaksige Fahrer, der zu unserer Verwunderung einen Anzug trug. Warum bemerkte ich es erst jetzt? Er war doch schon die ganze Zeit um sein Auto herumgewuselt.

Ich nannte ihm die Adresse und er fuhr abrupt los. Alice legte ihre Hand auf meine und beobachtete den Mann. Ich schrieb Sam eine Nachricht, dass wir auf dem Heimweg wären, und erschrak, als Alice meine Hand drückte. Sie zog ihr Handy aus der Hose, schrieb hastig eine Nachricht und gab mir ihr Handy.

Der ist aus unserer Gemeinde.

Ich starrte das Display an. In dem Moment sprach der Taxifahrer meine Freundin an. „Du siehst gut aus, Alice, warst du im Urlaub?" Er betätigte einen Knopf, sodass sämtliche Türen verriegelt wurden.

„Hat dich mein Vater dazu angestiftet, mich aufzuspüren, Richard?", antwortete sie ruhig, doch ich spürte, wie ihr Puls raste.

Mein Blut hämmerte in meinen Adern, ich konnte meinen erhöhten Herzschlag regelrecht hören. „Was wollen Sie von uns und wo kutschieren Sie uns hin?", herrschte ich den Mann an, der ruckartig das Taxi zum Stehen brachte. Schnell zog er eine Waffe aus der Innentasche seines Jacketts und richtete sie auf mich. „Du solltest nicht so vorlaut sein, junge Dame", bellte er mich an. Ein Muskel unter seinem rechten Auge zuckte unentwegt.

Ich lehnte mich zurück und hob beschwichtigend die Hände. Alice tat es mir gleich. Er lächelte zufrieden, ließ die Waffe sinken und legte sie auf den Beifahrersitz, bevor er den Wagen aus der Stadt hinauslenkte. Er trat das Gaspedal durch und raste durch die Dörfer, nahm dabei keinerlei Rücksicht auf uns oder auf den Gegenverkehr. Mir war schon ganz schlecht, als wir endlich an einer alten, verfallenen Scheune ankamen.

Der Mann nahm die Waffe wieder an sich, stieg aus und riss meine Seitentür auf. „Aussteigen", schrie Richard hysterisch und ich schnallte mich schnell ab. Er zerrte mich aus dem Auto und jemand kam, um Alice zu holen. Sie brach in Tränen aus und zitterte fürchterlich, als wir in die Scheune geschubst wurden.

Ich stolperte und fiel hin. „Verdammte Scheiße", fluchte ich, als jemand auch noch meine Hände fesselte.

„Wir wollen ja nicht, dass du auf dumme Gedanken kommst", zischte mir Richard ins Ohr. Er zog mich weiter und manövrierte mich zu einem verschlissenen Stuhl.

Alice wehrte sich vehement und der andere Typ, der stämmiger war, verpasste ihr eine Ohrfeige. „Halt gefälligst still, dein Vater wird dir den Kopf schon wieder geraderücken. Schau doch mal, was aus dir geworden ist!", schrie er sie an und schob sie auf den Stuhl, der vor mir stand. Sie blutete etwas am Auge und weinte bitterlich. Intervallweise erzitterte ihr ganzer Körper, sie wandte den Blick von mir ab.

In mir kochte die Wut, doch ich konnte Alice nicht helfen, sosehr ich auch versuchte, mich von den viel zu engen Seilen an meinen Handgelenken zu befreien, es wollte mir einfach nicht gelingen. Stattdessen wurde mein Kopf an den Haaren nach hinten gerissen. Kopfüber grinste mich Richard an. Es stank nach Fäkalien und mir wurde schlecht. Ein wenig Licht drang zwischen den schief angenagelten Brettern vor den Fenstern hindurch. Draußen hörte ich Schritte. Die Tür knallte auf und eine große, stämmige Gestalt kam auf mich zu. Sie verpasste mir einen Faustschlag ins Gesicht und traf mein Auge. Die getroffene Stelle pochte wie wild und Alice schrie vor Entsetzen.

„Lass sie in Ruhe! Es geht doch hier um mich!"

„Schon okay. Wird bestimmt nur dick", versuchte ich sie zu beruhigen, doch meine Worte konnten Alice nicht besänftigen.

„Sie ist der Grund allen Übels", schnarrte der Mann.

Ich sah zu ihm hoch und erkannte die eiskalten Augen mit dem bohrenden Blick sowie die kurzen grauen Haare. Es war Josef, der mich missbilligend ansah und sich nun mit einer eleganten Drehung zu seiner Tochter umwandte, ohne mich aus den Augen zu lassen. Alles an ihm strotzte vor Ekel und Abneigung. Aus den Augenwinkeln konnte ich erkennen, wie der Hass in Alice' Augen aufloderte, als er seinen Blick von mir löste und sich zu einem schäbigen Lächeln zwang.

„Wir haben uns lange nicht mehr gesehen, mein Kind. Ich hoffe, dir gefällt es hier nicht zu sehr, wir werden nämlich wieder nach Hause fahren. Doch vorher möchte ich mit dir reden." Er wirkte plötzlich ruhig, fast schon gelassen, als er sich einen Stuhl nahm und ihn so ausrichtete, dass er uns beide gut im Blick hatte. „Was habe ich falsch gemacht, dass du mit so was zusammen sein willst? War ich nicht streng genug mit dir?", fragte er und zeigte verachtend auf mich, ohne den Blick von Alice abzuwenden.

Ich lachte leise und jemand packte mich am Genick. „Ich habe gesagt, du sollst nicht so vorlaut sein!", knurrte mich Richards Stimme an. Er bohrte seine dünnen Finger in meine Nackenmuskulatur. Ich presste die Lippen zusammen, niemals würde ich ihm den Triumph gönnen, einen schmerzerfüllten Schrei auszustoßen.

„Vater, lass Sarah aus dem Spiel. Es geht hier um mich und es kann dir egal sein, wen ich liebe oder nicht!", brüllte Alice Josef an.

Er versuchte, ihr über die Wange zu streicheln, doch sie zog angewidert ihren Kopf weg. Sie versuchte aufzustehen, wurde aber von dem stämmigen Mann zurück auf den Stuhl gedrückt.

„Du liebst sie nicht, das bildest du dir nur ein. Das liegt daran, dass du glaubst, du könntest nur Frauen lieben, aber das stimmt nicht. Der Herr hat andere Pläne mit dir, er wird dir vergeben. Wir können dich wieder auf den Pfad Gottes holen, du musst uns nur vertrauen", redete er mit süßlicher Stimme auf sie ein und klang dabei so paranoid, dass ich an seinem Verstand zweifelte. Ich erschauerte und beobachtete mit einem Auge – das andere war bereits zugeschwollen –, wie er abermals versuchte, ihre Wange zu streicheln.

Alice zog wieder ihren Kopf weg und sah ihn voller Verachtung an. Diesen Blick hatte ich noch nie bei ihr gesehen. „Du bist besessen von deinem Glauben und denkst, du handelst in Gottes Auftrag, doch du machst das absolute Gegenteil. Du hast meine Mutter geschlagen, als ich gegangen bin, und sie mit Füßen getreten. Du hast mich immer nur unter Druck gesetzt, damit ich irgendwann dasselbe Ansehen genieße wie du. Aber wenn man sein eigenes Kind nicht so lieben kann, wie es ist, dann ist das einfach nur armselig", blaffte sie ihn an, sodass Josef von seinem Stuhl aufsprang.

„Ich habe euch immer geliebt, aber ihr wusstet es nicht zu schätzen! Ihr hattet alles! Ich habe sogar für dich einen Mann ausgesucht, der zu dir gepasst hätte!", kreischte er unbeherrscht, doch Alice blickte die ganze Zeit mich an.

Ich konnte den Hass und die Angst in ihren Augen sehen, die sie in die Knie zwangen. Ich musste ihr irgendwie Zeit verschaffen. Sie brauchte mich und meine kesse Lippe, die so unverblümt ehrlich war.

„Wenn du dir so viele Sorgen um mein Wohlergehen machst, warum wolltest du mich dann therapieren, warum hast du mich rausgeschmissen? Passt es dir nicht in den Kram, dass ich lesbisch bin?", flüsterte sie und Josef sprang erneut auf, obwohl er sich gerade erst gesetzt hatte.

„Du bist nicht lesbisch, das ist nicht wahr! Du redest dir das ein!", brüllte er und schüttelte Alice, die sich mit angeekeltem Blick von ihm abwenden wollte, doch der stämmige Mann hielt sie immer noch fest.

„So wie du mit deiner Tochter umgehst, möchte ich dich auch gar nicht als Schwiegervater haben", mischte ich mich ein. Mein Gewissen schüttelte nur den Kopf. „Super, Sarah, was Besseres ist dir wohl nicht eingefallen."

Nervös starrte ich ihn an. Seine dunkle Robe fiel elegant über seine breiten Schultern hinab, der Saum berührte nicht mal die Erde. Warum auch immer, er flößte mir Angst ein. Er ließ von Alice ab und kam zu mir. Meine Freundin sah mich flehend an, doch ich wollte einfach nicht, dass er sie berührte. „Du bist schuld, dass sie so ist. Du hast ihr diesen Floh ins Ohr gesetzt", zischte er mich an und zog eine Pistole aus seiner Kutte.

„Und du glaubst, wenn du sie hierherbringst und mich krankenhausreif prügelst, wird sie wieder normal und geht mit dir munter und fröhlich zurück nach Rosenheim? In welcher Welt lebst du?“ Ich versuchte, so ruhig wie möglich zu reden, und sah ihn entschlossen an, zumindest versuchte ich es.

Er presste die Lippen zusammen und richtete die Waffe zwischen meine Augen. „Du bist Abschaum. Du kommst aus der Hölle und dahin solltest du auch wieder zurückgehen“, fauchte er mich an und entsicherte die Pistole.

Mein Handy vibrierte in der Hosentasche, was Josef zusammenzucken ließ. Konnte der Zeitpunkt nicht noch ungünstiger sein? Er fischte das Telefon heraus, nahm den Anruf an und hielt mir das Gerät hin.

„Sarah? Wo seid ihr? Wir machen uns Sorgen.“ Es war meine Mutter.

Josef drückte mir die Waffe an die Stirn. Der kalte Stahl brannte auf meiner nassgeschwitzten Haut. „Alice ist bei mir. Wir sind in einem neuen Geschäft, wo es massenweise Schmuck gibt. Willst du auch einen Rosenkranz mit einer roten Rose?“

„Was? Was meinst du?“

Er legte auf und steckte mein Handy ein. Ich hoffte, dass meine Mutter eins und eins zusammenzählen konnte. „Braves Mädchen. Hättest du gesagt, wo wir sind, hätte ich dich wohl erschießen müssen. Gott hätte mir verziehen, ich hätte einen Dämon zurück in die Hölle geschickt.“ Er lachte hämisch und meine Nackenhaare stellten sich auf. Dann senkte er die Waffe und ging zu Alice. „Warum trägst du nicht deine schönen Kleider? So ziehst du doch nur alle Blicke auf dich und du bist doch ein frommes Mädchen.“ Er beäugte sie und Alice spuckte ihm voller Verachtung vor die Füße.

Ich versuchte aufzustehen, doch Richard drückte mich auf meinen Platz zurück. Dafür, dass er so dünn war, hatte er eine Menge Kraft. Ich musste Zeit schinden. „Was erwartest du dir von dieser Aktion eigentlich?“, warf ich ein und spürte sofort die Schmerzen. Er hatte mich geohrfeigt.

„Schweig still!“, schrie Josef mich an und ich schmeckte etwas Blut. Meine Lippe war wohl aufgeplatzt.

Alice weinte und bettelte ihn an aufzuhören. „Sie ist mein Leben, sie macht mich glücklich. Hör auf, ihr wehzutun“, schluchzte sie und ließ sich vom Stuhl gleiten. Sie kniete vor ihm und er sah verächtlich auf sie hinab.

„Womit habe ich so was wie dich verdient?“, klagte er und trat auf Alice’ Brustkorb ein.

Sie schrie vor Schmerzen und krümmte sich, versuchte, irgendwie von ihm wegzukommen. Ich sprang von meinem Stuhl auf und stieß ihren Vater weg. Niemand sollte ihr wehtun, vor allem nicht der Mensch, der sie gezeugt hatte. Ich verstand einfach nicht, wie man so sein konnte, wie man sein eigenes Fleisch und Blut so behandeln konnte.

Seine Begleiter stürzten sich auf mich, zogen mich von Alice weg und rissen meinen Kopf nach hinten. Ich sah direkt in Josefs kalte blaue Augen. „Du Bastardkind, das wirst du bereuen.“ Er richtete erneut die Pistole auf mich. Seine Augen funkelten und er trat dichter an mich heran.

Angst überkam mich, doch wie sollte ich mich gegen drei Männer wehren? Meine Chancen waren minimal, wenn nicht sogar bei null.

„Du wirst hier verrotten und meine Tochter werde ich zurechterziehen. Sie wird einen stattlichen Mann bekommen und mich stolz und glücklich machen“, erzählte er und lachte in seinem Wahn.

Ich versuchte, seinem Blick standzuhalten, doch die Eiseskälte in seinen Augen zwang mich in die Knie. Alice kroch mit schmerzverzerrtem Gesicht zu mir. Wie konnte man nur so stur und hartnäckig sein, vor allem in einer solchen Situation?

„Das wird nicht passieren. Dann musst du uns beide erschießen. Ich werde dein Leben zur Hölle machen und immer wieder gegen dich ankämpfen“, keuchte sie unter Schmerzen und legte ihren Kopf auf meine Beine.

„Du sturer Esel, du bist verdammt süß, aber das ist der denkbar schlechteste Zeitpunkt dafür, sosehr ich deine Loyalität auch zu schätzen weiß“, dachte ich angstvoll.

Josef lächelte wirr. „Jakob Fürst, euer Lehrer, meinte, ihr würdet ständig Händchen haltend über das Gelände der Berufsschule spazieren. Er hat euch in der Stadt gesehen, als ihr Einkaufen wart. Er hat mir alles über euch beide erzählt. Hätte ich ihn nicht auf der Konferenz getroffen, hätte ich dich niemals gefunden, mein Kind. Sieh nur, wie du hier liegst und mich anbettelst, deine Sarah leben zu lassen. Glaubst du, ich kann den Willen Gottes ändern? Er hat es mir befohlen und so werde ich es vollenden.“

Der stämmige Scherge zog Alice weg, sie wehrte sich vehement und kreischte wie am Spieß. Ich schloss die Augen. Die Angst hatte mich vollkommen bewegungsunfähig gemacht.

„Hast du noch einen letzten Wunsch, bevor ich dich zurück in die Hölle schicke?“, fragte er spöttisch.

Ich sah zu Alice hinüber, die einige Meter von mir entfernt festgehalten wurde. Sie sah mich voller Angst an, ihre Lippen zitterten ununterbrochen.

„Menschen wie du predigen Nächstenliebe und Frieden, dabei widersprichst du dir selbst. Wenn dir dein Glaube so wichtig ist, dann ist das für mich in Ordnung. Wenn du aber deine Familie schikanierst und drangsalierst, weil du glaubst, das ist der richtige Weg, dann hast du dich getäuscht. Du kannst nicht von mir erwarten, dass ich das toleriere. Menschen lieben Menschen, es ist egal, ob nun Mann und Frau, Mann und Mann oder Frau und Frau. Man glaubt es kaum, aber ich habe auch die Bibel gelesen und weiß, was da drinsteht. Erinnerst du dich an das fünfte Gebot? Du sollst nicht töten. Scheinbar hast du aber genau das mit mir vor. Alice wird sich von dir abwenden, genauso wie es deine Frau getan hat. Dann bist du alleine und kein Gott wird dich noch schützen." Meine Stimme war so fest und selbstsicher, wie es mir unter diesen Umständen nur möglich war. Mein Herz schlug mir bis zum Hals und ich sah noch einmal zu Alice hinüber, die mich fassungslos betrachtete. „Es wird alles wieder gut", lächelte ich.

Josef drückte zweimal ab und traf mich am Oberschenkel und am Bauch. Meinen Körper schien es zu zerreißen und ich fiel vornüber. Die Einschussstellen brannten, als würde man mir ein heißes Eisen auf die Stellen drücken.

Alice schrie und weinte, sie wehrte sich, als mit einem Mal die Tür aufflog. Ich krümmte mich vor Schmerzen, Massen von Blut traten aus den Wunden aus. Verdammt, das konnte nicht das Ende sein. Wir wollten doch zusammen in Schweden ein Blockhaus haben, mit einem Hund und vielleicht sogar irgendwann mit Kindern. Vor meinen Augen liefen meine Vorstellungen wie ein Film ab, bis die Schmerzen so stark waren, dass ich schreien wollte, aber es kam kein Laut aus meinem Mund. Ich sackte zusammen und konnte nur noch erahnen, dass jemand auf mich zurannte. Ich hörte Muttis Stimme und lächelte matt, bevor ich das Bewusstsein verlor.

ALICE

Als Sarah dalag und die Rettungssanitäter versuchten, sie wiederzubeleben, hatte ich das Gefühl, mein Herz würde zerbrechen. Die Angst, mein neu gewonnenes Glück und die Frau, die ich so sehr liebte, zu verlieren, brachte mich fast um den Verstand. Ich bekam am Rande mit, wie die Polizisten meinen Vater in Handschellen abführten und meine Mutter neben mir kniete und weinte. Sarah wurde beatmet und ihr wurden irgendwelche Spritzen verabreicht.

Als ihr Herz wieder schlug, wurde sie auf die Trage gelegt und ins Krankenhaus gefahren. Ich würde dieses Bild niemals wieder vergessen. Senta fuhr mit ihr und Martin zerrte mich und Mama ins Auto. Meine Platzwunde war mit zwei Pflastern fixiert worden und ich sollte im Krankenhaus noch in die Notaufnahme. Doch daran konnte ich nicht denken. Ich hatte noch nie solche Ängste durchlebt wie in diesem Moment. Wir rasten in die Stadt zum Krankenhaus. Mein Kopf schmerzte vom Weinen wie verrückt. Ich sprang aus dem Auto und ging sofort zur Notaufnahme. Man machte einen Ultraschall und sagte mir, dass alles in Ordnung sei außer ein paar geprellten Rippen. Für diese gab man mir Schmerztabletten mit. Ich fragte nach Sarah, aber ich bekam keine Auskunft. Verzweifelt sah ich mich nach Mama um, die im Wartebereich saß und mit den Polizisten sprach, die uns gefolgt waren. Ich wollte endlich wissen, wie es Sarah ging, und machte mich auf die Suche nach Senta. Die Angst, sie zu verlieren, machte mich krank. Als ich Senta endlich in einem der weißen, schier endlosen Flure fand, sagte sie mir, dass Sarah im OP wäre und wir Geduld haben müssten. Sie würde danach zum Aufwachen auf die Intensivstation verlegt werden, zu der ich keinen Zutritt hatte. Ich ließ mich auf eine Sitzbank fallen und tat etwas, was ich schon sehr lange nicht mehr gemacht hatte: Ich betete, dass alles gut ging.

Mein Kopf lag auf Sarahs zugedeckten Beinen und ich ließ, seitdem sie auf ihr Zimmer verlegt worden war, ihre Hand nicht mehr los. Mama und Senta brachten mir Kaffee und wollten mich überreden, mal ein wenig an die frische Luft zu gehen. Sie sagten, ich sähe müde und erschöpft aus, aber es war mir egal. Ich hatte Angst, dass Sarah, wenn ich ihre Hand losließe, nie wieder aufwachen würde. Ich redete mit ihr und streichelte sie immer wieder. Wie sehr ich es vermisste, ihre blauen Augen zu sehen, in denen ich mich gerne verlor. Die mich so funkelnd anleuchteten, wenn ich vor ihr stand. Ich hatte sogar ihre Lieblingsmusik im CD-Player abgespielt, damit sie vielleicht erwachte.

Zwischendurch kam eine Schwester und überprüfte die Geräte. Überall an Sarahs Körper waren Kabel zur Überwachung. Ihre kurzen schwarzen Haare waren zerzaust und ich versuchte, sie zu bändigen. Ich wusste, dass sie viel Wert darauf legte, dass zumindest ihre Frisur saß. Es gelang mir aber nicht, was mich schier in die Verzweiflung trieb. Ihr rechtes Auge war angeschwollen und blau. Ich besorgte etwas zum Kühlen und legte es vorsichtig darauf. Zwischendurch schreckte ich auf, weil sie im Schlaf etwas murmelte. Egal, wie genau ich hinhörte, ich konnte es nicht verstehen. Ich ärgerte mich so sehr, dass ich nichts verstand, und brach in Tränen aus.

Meine Mutter lag zur Beobachtung im Bett neben Sarah. Sie stand unter Schock und konnte sich nicht erklären, wie der Mann, den sie einst aus Liebe geheiratet hatte, zu so etwas fähig war. Immer wieder versuchte sie, mich aufzumuntern und zu trösten, aber es gelang ihr nicht.

Nach langem Bitten und Betteln durfte ich in dem Zimmer schlafen und bei Sarah bleiben. Ich hielt ihre Hand und küsste sie. Immer wieder raunte ich ihr zu, was wir noch alles vorhätten. In einem Blockhaus in Schweden wohnen, einen Hund anschaffen, der bereits einen Namen hatte, und glücklich sein.

Als Sam zu Besuch war, schwiegen wir uns die meiste Zeit an. Senta versuchte immer wieder, ein Gespräch anzufangen, doch ich reagierte nicht.

Unentwegt sah ich Sarah an und betete, dass sie bald aufwachte. Sam weinte und umarmte mich, als er seine beste Freundin in diesem Zustand sah. Auch er konnte sich nicht von ihr loseisen. Irgendwann fing er an, mit Sarah zu schimpfen, und ich platzte vor Wut. Ich schrie ihn an, was ihm einfiele, und er sah mich verdutzt an. Er ging kurze Zeit später und ich weinte in die Decke meiner Sarah.

Zwei Polizeibeamte kamen und nahmen meine Aussage auf. Ich versuchte, die Erinnerungen, die ich bereits, so gut es ging, verdrängt hatte, hervorzurufen und somit einen detaillierten Ablauf der Tat wiederzugeben. Immer wieder sah ich zu meiner Sarah und kämpfte mit den Tränen. Sie schlief nun schon seit zwei Tagen.

SENTA

Es war schrecklich, mein Kind mit all den Kabeln und Kanülen dort liegen zu sehen. Ich schlief kaum noch und es brach mir das Herz zu sehen, wie Alice nicht von ihrem Bett wich. Die Ärzte meinten, dass Sarah sehr viel Glück gehabt hätte und in ein paar Wochen wieder fit sein würde. Jeden Tag fuhr ich nach der Arbeit zu ihr und brachte Alice etwas zu essen mit, was sie jedoch kaum anrührte. Man konnte ihre Verzweiflung spüren. Oft weinte ich, wenn ich ging, und Martin musste mich abholen. Die Polizei hatte unsere Aussagen aufgenommen. Thea stand immer noch unter Schock und wir versuchten, uns, so gut es ging, um sie zu kümmern. Ich würde die Bilder, wie mein Kind auf dem Boden lag, schrie und sich vor Schmerzen krümmte, niemals vergessen. Es zerriss mir mein Herz. Ich hatte schon meinen Mann, den ich so sehr geliebt hatte, verloren. Ich wollte nicht auch noch mein Mädchen verlieren. Sam besuchte uns und auch er konnte seine Tränen nicht zurückhalten. Er schimpfte mit Sarah und bat sie, wieder aufzuwachen. So hatte ich ihn in all den Jahren, die ich ihn schon kannte, nicht erlebt. Er war sonst sehr ruhig und zurückhaltend. Er hatte versucht, Alice zum Spazierengehen zu überreden, doch selbst er konnte sie nicht dazu bewegen.

Marco saß immer in einer Ecke und beobachtete, wie das EKG Sarahs Herztöne aufzeichnete. Jedes Mal, wenn ihr Herz aussetzte, sprang er auf und rannte in den Flur, um eine Schwester zu holen. Ich konnte ihn nicht trösten, weil ich die gleiche Angst verspürte wie er. Sie dort liegen zu sehen mit ihrem blauen Auge und den Verbänden um Bauch und Bein, machte mich wahnsinnig. Sie hatte ihr Leben doch noch vor sich.

Martin tröstete mich unentwegt. Es war nun schon das zweite Mal in meinem Leben, dass ich so leiden musste.

Kapitel 30

Ich hörte ein leises Murmeln um mich herum und das Piepen von Geräten. Jemand hielt meine Hand und ich versuchte, die Augen zu öffnen. „Alice", nuschelte ich leise. Ich fühlte mich schwach und abgeschlagen. Mein Auge pochte wie verrückt.

Als ich endlich meine Lider aufbekommen hatte, sah ich meine Liebste, die meine Hand küsste und mich mit geröteten Augen musterte. „Ich bin hier", flüsterte sie und ihr rollte eine Träne über die Wange.

Mutti kam zu mir und Marco rannte hinaus.

„Sehe ich so scheiße aus, dass er wegrennen muss?", grinste ich müde. Ich atmete tief durch. Sprechen fiel mir schwer.

Mutti lachte leise und strich mir über die Stirn. „Na ja, frisch siehst du nicht aus, aber wir sind froh, dass du wieder bei uns bist."

Ich versuchte mich aufzurichten, sackte aber bei dem Versuch zusammen, weil die Schmerzen im Bauch und im Oberschenkel zu groß waren.

„Schon dich", flüsterte mir Alice zu und streichelte meine Hand.

„Frau Fischer, schön, dass Sie wieder ansprechbar sind. Wie geht es Ihnen?" Der Arzt war hereingekommen und Alice rutschte beiseite, damit er mich untersuchen konnte. Sein Stethoskop war kalt und ich erschrak kurz, als er es auf meine Brust legte. „Sie sind noch ein wenig schwach, aber Sie werden schon bald wieder auf dem Damm sein. Sie hatten großes Glück. Die Kugel im Bauch hätte Sie fast das Leben gekostet. Sie werden wohl von den Einschüssen Narben behalten."

„Dann habe ich wenigstens spannende Geschichten zu erzählen." Ich lächelte etwas, der Arzt nickte mir aufmunternd zu und verschwand wieder.

Marco kam zu mir und mit glasigen Augen schnauzte er mich an: „Mach nie wieder so einen Scheiß, okay? Wir müssen doch noch zusammen zocken." Kaum hatte er zu Ende gesprochen, rannen ihm Tränen über das Gesicht. Ich war überrascht, ihn so zu sehen. Er wirkte so verletzlich und anscheinend war ich ihm nicht so egal, wie er immer tat. Er war wirklich auf dem Weg, ein besserer junger Mann zu werden. Mutti nahm ihn in den Arm und versuchte, ihn zu trösten.

„Du willst also echt, dass ich dich fertigmache? Ich habe schon Videospiele gespielt, da hast du noch in die Windeln gemacht", nahm ich seine Herausforderung an. Sprechen war echt anstrengend und ich schloss die Augen.

Eine Schwester kam herein und verabreichte mir Schmerztabletten.
„Danke“, flüsterte ich ihr zu und sie lächelte mich an.
„Versuchen Sie sich zu schonen“, riet sie mir und verließ das Zimmer.
Alice rückte dichter an mich heran und küsste meine Stirn. „Wo ist Thea?“, fragte ich.
„Im Bett neben dir.“
Ich drehte langsam den Kopf und sie lächelte mir zu. „Ich habe deine Tochter, so gut es ging, beschützt“, flüsterte ich und sah, wie ihre Augen sich mit Tränen füllten.
„Dafür bin ich dir sehr dankbar und ich stehe in deiner Schuld. Ich hoffe, ich kann es irgendwann wiedergutmachen.“
Alice ging zu ihrer Mutter und umarmte sie. „Es ist vorbei. Endlich ist es vorbei“, weinte sie an ihrer Brust.
„Was ist mit ihm passiert?“, wollte ich wissen und wandte mich langsam wieder meiner Mutter zu.
„Er wird eine Weile einsitzen und darf sich niemandem von uns mehr nähern“, antwortete Martin, der am Fußende meines Bettes lehnte. „Sie wollen deine Aussage noch aufnehmen, komm aber erst mal wieder zu Kräften.“
„Ich bin ja total stolz auf euch, dass ihr gecheckt habt, was ich am Telefon meinte“, verkündete ich und Martin lachte.
„Du hast eindeutig zu viele Krimis gesehen. Deine Mutter brauchte eine Weile, um es zu verstehen. Wir haben sofort dein Handy orten lassen und sind mit der Polizei zu dieser Scheune gefahren.“ Er zwinkerte mir zu und es sah irgendwie bescheuert aus, sodass ich lachen musste.
„Liebling, du sollst dich schonen“, ermahnte mich Alice und kam zu mir zurück.
„Lasst ihr uns kurz alleine?“, fragte ich in die Runde, die einvernehmlich nickte. Thea wurde von Marco gestützt, scheinbar setzte ihr die ganze Sache gehörig zu.
Als die Tür zu war und wir endlich alleine waren, fragte ich Alice, wie es ihr ginge. „Der Tritt in den Bauch tat echt weh, aber es ist alles in Ordnung. Die Platzwunde wird auch bald verheilt sein, ich bin froh, dass sie nicht genäht werden musste.“ Ich sah ein paar Abschürfungen an ihrem Handgelenk und zeigte darauf. „Das ist schon fast verheilt. Wichtig ist, dass du wieder gesund wirst. Wir haben doch noch einiges vor.“ Sie küsste mich vorsichtig. Es war schön, ihre Lippen auf meinen zu spüren. Hätte ich mehr Kraft gehabt, hätte ich so schnell auch nicht aufgehört.
Rasselnd atmete ich ein. „Schweden. Ich weiß. Ich bau dir dein Blockhaus, nur in ein langes Holzfällerhemd gekleidet“, scherzte ich und Alice lachte.
„Du bist doof. Erst mal müssen wir Mama helfen, ihre neuen Möbel auf-

zubauen. Sie hat sich die Wohnung gleich nach unserer Ankunft angesehen und war begeistert. Die Scheidungspapiere liegen bereits auf dem Tisch des Anwalts. Ich hoffe, mein Vater stimmt der Scheidung zu und es geht schnell über die Bühne."

„Dann könnt ihr gemeinsam neu anfangen."

Alice nahm meine Hand und legte sie an ihre Wange. „Du siehst müde aus. Schlaf etwas, ich geh mir einen Kaffee holen."

„Ich will auch einen."

„Nein. Du kannst einen Schluck Wasser haben. Ich helfe dir." Sie nahm einen Becher vom Nachtschrank und half mir, etwas zu trinken.

„Danke, mein Schatz", lächelte ich und schloss die Augen. Ich war erschrocken darüber, wie solch einfache Dinge meine Kräfte aufzehrten, und schlief ein.

Kapitel 31

Ich nahm meine Krücken, während Martin meine Tasche trug. Ich musste noch einen Verband am Bauch tragen und, um Wundinfektionen zu verhindern, diesen täglich vom Arzt wechseln lassen. Ich durfte nach gut fünfzehn Tagen trister Krankenhausatmosphäre nach Hause und freute mich auf mein Bett. Alice ging neben mir und behandelte mich wie ein rohes Ei.

„Engel, es geht mir wirklich besser, und nein, ich möchte keinen Rollstuhl. Es ist echt süß, wie du dich um mich sorgst, aber ich schaffe das schon", sagte ich, als sie mir diverse Hindernisse aus dem Weg räumte und mich bereits mehrmals gefragt hatte, ob ich nicht doch lieber einen Rollstuhl benutzen wolle.

„Wenn du hinfällst und erneut operiert werden musst, kippe ich um. Das stehe ich nicht noch mal durch", maulte sie mich an. „Ich nehme dir gleich die Krücken weg und packe dich in einen Rollstuhl."

Ich humpelte grinsend zum Fahrstuhl und lehnte mich an die Wand. Es war schon süß, wie sie sich um mich sorgte, doch ich fühlte mich wesentlich besser. Alice hatte ihre langen Haare zum Zopf gebunden und sah mich streng an.

„Ich pass schon auf mich auf", erklärte ich und stieg in den Fahrstuhl.

Alice seufzte und Martin hinter uns lachte. „Ihr seid wie ein altes Ehepaar", teilte er uns mit. Alice sah ihn entrüstet an. „Sie wird schon wissen, was sie tut. Sarah bekommt man nicht gebändigt." Er zwinkerte ihr zu.

Ich humpelte durchs Foyer und sah Alice' Audi vor der Tür stehen. Zwei Sicherheitsmitarbeiter fluchten, was das Auto hier zu suchen hätte, und Alice' Gesicht wurde rot.

„Dann musst du nicht so weit mit den Krücken laufen", erläuterte sie und verfrachtete mich auf die Rückbank.

Martin verstaute die Tasche und Alice fuhr uns nach Hause.

„Muss ich noch an der Apotheke anhalten, um deine Medikamente zu holen?", fragte Alice und beobachtete mich im Rückspiegel.

Ich zog ein Rezept aus meiner Hemdtasche und gab es ihr. „Würdest du morgen mit zum Arzt kommen, damit er dir zeigt, wie du den Verband anlegst? Ich habe keine Lust, da ständig hinzugehen", warf ich ein und sah aus dem Fenster.

Der Himmel draußen war strahlend blau, nur einige kleine Wolken waren zu sehen. Grundsätzlich bestes Strandwetter, doch Sand und Krücken ließen sich nur schwer miteinander vereinbaren, was mich enorm ärgerte.

Alice hielt an der Apotheke an und holte die Medikamente.

„Euer Lehrer wurde übrigens suspendiert." Martin drehte sich zu mir um.

„Ich wusste, dass der Dreck am Stecken hatte. Kennst du das, wenn man so ein Bauchgefühl hat, dass etwas passieren wird, du aber nicht weißt, woher es kommt? Das hatte ich, als Thea hergeholt wurde", sagte ich und starrte weiter aus dem Fenster.

Martin runzelte die Stirn. „So eine Art innere Eingebung? Na ja, du hattest recht damit. Ich bewundere euch beide echt. Ihr hättet tot sein können."

„Ich weiß, der Typ ist einfach nur krank und absolut realitätsfern. Ich bin froh, dass es vorbei ist und er uns nichts mehr antun kann."

Alice stieg ein und reichte mir eine große Tüte mit Tabletten nach hinten. „Die Dame hat dir noch eine Tüte Gummibärchen mit reingelegt", grinste sie mich über den Rückspiegel an und ich durchsuchte hastig die Tüte.

„Wenn ich nett bin, teile ich mit dir", gab ich zurück und wir fuhren zu meiner Mutter.

Ich brauchte für die Treppen etwas länger als sonst und Alice behütete mich von Neuem. Als wir oben ankamen, öffnete Mutti mir die Tür und ich humpelte ins Wohnzimmer, wo zu meiner Überraschung Sam saß.

„Hast du dich verlaufen?", begrüßte ich ihn und ließ mich in den Sessel fallen.

„Ich bin so verdammt froh, dass es dir besser geht. Und Witze kannst du auch schon wieder reißen. Ich würde ja gern mit dir einen trinken gehen, aber du stehst unter Tabletteneinfluss. Wir wollen ja nicht deine Leber versauen", erwiderte er und umarmte mich.

„Werde ich schon in der Berufsschule vermisst?", fragte ich und nahm den Kaffee, den Mutti mir brachte.

„Ich werde ständig gefragt, wo ihr seid und was ihr habt. Ich habe aber dichtgehalten, es geht niemanden was an, was passiert ist. Ich ziehe meinen Hut vor euch beiden, ihr seid in meinen Augen Heldinnen", schmunzelte er und Alice umarmte ihn.

„Sarah hat auf mich aufgepasst und ich wäre wohl ohne sie nicht mehr hier", bekannte sie.

Alice hatte das Ganze schon ziemlich gut verarbeitet und konnte darüber reden. Ich war noch nicht ganz so weit. Deshalb erzählte Alice Sam die Geschichte und ich hörte einfach nur zu.

Sams Kinnlade klappte einige Male herunter und war geschockt. „Alice, das ist dein Vater, aber der hat sie nicht mehr alle. Ich hoffe, der sitzt lange ein", schimpfte er.

Ich raffte mich auf und humpelte ins Bad. Es war ein wenig schwierig, auf die Toilette zu gehen, aber ich hatte inzwischen meine eigene Technik entwickelt. Ich schleppte mich zum Spiegel und betrachtete mein Veilchen. Es war schon fast verheilt und der Arzt meinte, es würde eine kleine Narbe zurückbleiben.

Alice kam ins Bad und streichelte mir über den Rücken. „Ich bin so froh, dass du wieder zu Hause bist. Es ist schrecklich, ohne dich einzuschlafen", sagte sie leise.

Ich drehte mich zu ihr um und lehnte mich ans Waschbecken. „Ich bin froh, endlich aus dem Krankenhaus raus zu sein. Das Essen hing mir schon zum Hals heraus", griente ich.

Alice küsste mich sanft und betrachtete mein Auge. „Als du dalagst und ich an deinem Bett saß, hatte ich Angst, ich könnte dich verlieren. Deine Operation war nicht gerade einfach. Ich war so glücklich, als du wach wurdest. Mir fiel ein Stein vom Herzen", gab sie zu und versuchte, die Tränen zurückzuhalten.

„Ich habe in den zwei Tagen von dir geträumt. Wir waren verheiratet und hatten Kinder, die mit dem Hund spielten. Mutti hat uns ein Blockhaus in Schweden gekauft, so wie wir es uns vorgestellt haben." Ich legte die Stirn in Falten. Ich war mir nicht sicher, ob es ein Traum gewesen war. Ich griff zu meinen Gehhilfen und Alice küsste mich liebevoll.

„Das werde ich ihm nie verzeihen", flüsterte sie und öffnete mir die Tür.

Abends fuhren wir zu Alice' Wohnung. Sie hatte überall Kerzen aufgestellt und zündete diese nach und nach an. Auf dem Couchtisch standen jeweils eine kleine Flasche Sekt und Saft. Alice legte eine CD ein und leise sang Jessie Ware ihre Lieder.

„Ich dachte, wir machen uns einen ruhigen Abend, nachdem so viel passiert ist", murmelte sie und kippte mir etwas Orangensaft ins Glas. Sie öffnete den Sekt und stieß mit mir an. „Auf dass du bald wieder fit bist und wir endlich zur Ruhe kommen."

„Erst wenn der Prozess durch ist, wird es ruhig", ergänzte ich und trank einen Schluck.

Alice zog eine kleine Tüte aus der Hosentasche und reichte sie mir. Darin befanden sich zwei kleine Kugeln. „Ich habe den Arzt gebeten, mir die zu geben. Ich will sie mit dir in die Ostsee werfen und das Ganze vergessen, auch wenn deine Narben mich immer daran erinnern werden."

Ich war gerührt von der Idee und sah die Kugeln eine Weile an. Ich konnte immer noch nicht fassen, wie knapp ich dem Tod entronnen war. Alice legte ihren Kopf auf meine Schulter und kraulte mich am Hals.

„Ich weiß nicht, ob wir damit die Ostsee verseuchen wollen. Wir sollten sie lieber vergraben“, schlug ich vor.

„Wie du möchtest“, lächelte sie mich an und ich lehnte mich zurück. „Ich habe noch etwas für dich.“ Sie ging zum Sideboard und öffnete eine Schublade. Langsam zog sie eine kleine Schachtel heraus und kam zu mir herüber. „Hier.“

Sie reichte mir das kleine Kästchen und ich öffnete es aufgeregt. Sonst war ich doch immer diejenige, die ihr Geschenke machte. Im Inneren der Box befand sich eine Kette mit einem kleinen Amulett. Ich öffnete es und sah die Silhouetten von Alice und mir auf der rechten Seite. Auf der linken Seite stand: Nur mit dir. Ein Leben lang.

Ich wischte mir die Tränen aus den Augen und zog Alice, die ebenfalls kurz vorm Weinen war, an mich. Ich küsste sie und hielt die Kette fest in meiner Hand. „Ich liebe dich“, flüsterte ich.

„Ich liebe dich auch.“

Ich würde diese Frau niemals mehr hergeben.

Autorin

Lisa Radtke, 1990 an der wunderschönen Ostseeküste geboren, die sie niemals mehr missen möchte, schrieb „Das Meer mit dir“ aus einer Schnapsidee heraus, die eigentlich nur eine Gutenachtgeschichte für eine Freundin sein sollte. Inspiriert durch ihr eigenes Coming Out und von ihren Freunden ermutigt, schrieb sie die Geschichte von Sarah und Alice auf.
Seit Jahren wohnt sie in der Hansestadt Rostock und möchte ihre Wahlheimat nicht mehr missen.

Mehr Informationen zu der Autorin gibt es auf facebook.de/LisaRadtke-Autorin oder auf Twitter: LisaRadtkeAutor

LGBT-Buchtipp

Petra Kania
Johanna, alles hat seine Zeit
Eine Frau findet zu sich selbst

ISBN: 978-3-96074-003-2
Taschenbuch, 270 Seiten

Johanna, seit vielen Jahren mit Martin verheiratet, führt nach außen hin eine intakte Ehe. Deshalb trifft es sie völlig unerwartet, als sie eines Tages bei einem Besuch in einer Buchhandlung Vera begegnet und sich Gefühle in ihr regen, die sie bis dahin nicht kannte. Plötzlich wird Johannas ganzes bisheriges Leben infrage gestellt und sie verfällt in eine schwere Depression – sie kann ihre eigenen Gefühle einfach nicht einordnen. Noch nie hat sie sich zu einer Frau hingezogen gefühlt ...

Bevor Johanna zu sich selbst und zu ihrer Liebe zu Vera stehen kann, muss sie einen harten und beschwerlichen Weg gehen. Der führt jedoch letztendlich zu der Erkenntnis, dass sie, Johanna, nicht auf der Welt ist, um zu sein, wie andere sie gerne hätten ... und sie erkennt, dass alles seine Zeit hat.

Auch als Kindle eBook erhältlich.